COLLECTION FOLIO

Martin Winckler

Légendes

Gallimard

Martin Winckler, pseudonyme de Marc Zaffran, est né en 1955 à Alger. Sa famille s'installe en France dans les années 1960. Devenu médecin, Martin Winckler commence à publier ses premiers textes et, en 1989, paraît son premier roman *La Vacation*. En 1998, *La Maladie de Sachs* rencontre un énorme succès et Michel Deville l'adapte pour le cinéma deux ans plus tard. En 2001 et 2002, sur le site internet de P.O.L, il entreprend la publication en feuilleton de *Légendes* et de *Plumes d'Ange*.

à Juno, Chuck et Jim, en souvenir de Betty

à Opher Liba, en souvenir de 2001

à Paul Otchakovsky-Laurens, en souvenir du Ko

Tout est vrai, puisque je l'invente.
Tout est faux, puisque je l'écris.

RAPHAËL MARCŒUR

PRÉAMBULE

(Le Mans, juillet 2001)

Dans la chambre de l'un de mes enfants, une affiche portant la photo du vaisseau spatial *Enterprise* clame « All I need to know about life I learned from *Star Trek* » (« Tout ce que je dois savoir sur la vie, je l'ai appris dans *Star Trek* »). L'esprit de cette affiche témoigne d'une attitude très américaine à l'égard de la culture : il n'est pas interdit de revendiquer sa dette envers une fiction populaire et, en même temps, de la regarder avec distance. Il n'est pas interdit de mêler tendresse et ironie.

Un jour, après avoir revu *Sneakers,* beau film méconnu de Phil Alden Robinson, je me suis mis à énumérer les titres des films que j'avais vus et qui m'avaient marqué depuis l'enfance. Je jouais alors avec l'idée vague d'écrire un texte qui se nommerait « Un film par jour », dans la lignée des *Films de ma vie* de François Truffaut. Ce ne serait pas un texte critique, mais une suite de réminiscences dans lesquelles les films constitueraient des repères affectifs. J'avais envie de définir ce qu'ils avaient suscité en moi, à un moment donné, et, ce faisant, de raconter ce qu'ils avaient ponctué ou accompagné.

Au bout de cinquante et un titres, je me suis dit qu'il était impossible d'en décrire un pour chaque jour de l'année. En avais-je vu assez ? Sûrement, mais est-ce que tous avaient pour moi une valeur intime ? Devais-je les laisser resurgir spontanément ou me les remémorer en plongeant dans des dictionnaires de films ? Et d'ailleurs, pourquoi seulement des films ? J'aime le cinéma, mais aussi les livres et beaucoup d'autres supports de l'imaginaire. Je dois de belles émotions à des bandes dessinées, à des séries télé, à des pièces de théâtre, à des fictions radiophoniques ou gravées sur disque...

J'ai grandi dans la fiction.

Elle m'a protégé des souffrances qui suintaient de ma famille et consolé de mes chagrins. De même que le jeune héros mutant de *Cristal qui songe* de Theodore Sturgeon dévore des fourmis pour y trouver la substance qui lui manque, j'ai dévoré des histoires sous toutes les formes. Elles ont toujours été et sont encore ma drogue et mon indispensable source d'énergie.

Mais en creusant un peu, on se dit qu'une fiction, ça n'est pas seulement une histoire inventée par quelqu'un d'autre. Tout, autour de nous, (se) nourrit (de) l'imaginaire. Les événements qualifiés de réels, d'établis, d'indiscutables, et que l'on se surprend parfois à citer de manière presque générique (« ma naissance », « ma ville natale », « mes années de fac/de service militaire/de galère », « mon premier mariage », « la mort de mon père ») sont des fables. Rêves et souvenirs sont toujours des trompe-l'œil : nés dans une chambre noire, ils se projettent hors de nous, ils montrent et ils cachent — ne parle-t-on pas, en psychanalyse, de souvenirs-*écran* ? Les photos de soi au milieu des autres sont à elles seules de petites histoires recomposées. Pour ne pas se dissoudre dans l'écoulement du temps, chaque homme, chaque femme, élabore ses fictions personnelles — mensonges, fantasmes, faux-semblants, espoirs insensés, conquêtes irrésistibles, vengeances et crimes parfaits. Pour l'écrivain, les textes en projet ou en travail sont des fictions bien avant de devenir des livres et, dès leur publication, ses livres deviennent des fictions que s'approprient d'autres que lui...

La mémoire est un monde sous-marin : aussi vivant que le corail, l'imaginaire y recouvre lentement l'épave de chaque événement, réel ou non ; les monstres nés dans l'inconscient y évoluent ou s'entre-dévorent avec les formes chatoyantes que nous avons rencontrées ; au souvenir des fictions se mêle indissolublement la fiction des souvenirs...

Dans ma tête et sur le papier, j'ai bientôt abandonné l'évocation filmique pour une plongée autobiographique. J'ai eu envie d'explorer pêle-mêle les histoires qui ont nourri mes émotions et celles que j'ai élaborées pour pallier mes oublis et panser mon horreur du vide. Le texte (le livre) que je voulais désormais écrire serait une réinvention de ma vie, réelle et rêvée, dans un monde en suspens.

Vu comme ça, le projet était fabuleusement excitant. Et démesuré.

Quand j'ai entrepris d'organiser mes fictions, je les ai d'abord classées par « genre » (films, livres, bandes dessinées, disques et pièces radiophoniques, programmes de télévision, histoires réinventées, histoires écrites). Mais je voulais signifier aussi la manière dont ces genres avaient agi (agissent encore) sur moi, dont j'agis sur eux. Après de nombreux tâtonnements, j'ai fini par donner à mes catégories des titres qui ont le mérite d'être polysémiques : « lieux », « voix », « bras », « cases », « songes », « pages », « traces », « toiles », « reflets »... La liste, à elle seule, ne constituait pas un ordre. D'abord, certaines de mes fictions pouvaient appartenir à plusieurs catégories. Ensuite, même si je ne voulais pas m'en tenir à la chronologie (« les fictions sont intemporelles », écrivais-je à la fin d'une première version de ce texte-ci), je ne pouvais pas l'ignorer complètement. Je devais rendre compte de la simultanéité, en moi, des sentiments d'aujourd'hui et des émotions d'hier, expliquer que les fictions de l'enfance ont modelé mes pensées d'adulte et qu'en retour je n'ai de cesse, aujourd'hui, de les redécouvrir. Enfin, lorsqu'elle est très intime, une fiction n'est jamais suspendue dans le néant. Je me rappelle très bien où, et avec qui, j'ai vu certains films marquants (*L'Empire des sens* !), dans quel fauteuil j'étais lové lorsque j'ai lu *La Vie mode d'emploi*, et sur quel bureau j'ai écrit les textes qui me sont le plus chers... Autour de ces lieux d'invention, il y a bien entendu un lieu de vie, une ville et des sources où j'allais m'abreuver : des librairies et des cinémas, des maisons de la presse, des bibliothèques mais aussi un rempart, un café, la porte d'une maison, une salle de classe désaffectée, un lit et bien d'autres lieux aux contours estompés. D'ici, j'aperçois mes fictions amarrées à des cadres incertains, eux-mêmes ancrés à des époques plus ou moins précises, et le tout dérive de conserve. Dans l'espace infini où je vagabonde, je me repère d'après le lieu (flou), la date (approximative), le genre (arbitraire). Trois dimensions — il en manque une.

Les fictions qui constituent un individu coexistent toutes à un moment donné, mais elles ont sédimenté peu à peu et se replacent sans cesse. Le simple fait de les écrire (de les lire) dans un ordre, quel qu'il soit, ne suffit pas pour restituer leur mouvement brownien. Pour ce livre-ci, écriture et lecture se doivent d'être fluctuantes et imprévisibles, comme le sont les fictions dans la vie de chaque jour. En fouillant dans les sédiments de mes mondes intérieurs, je cherche à remuer les vôtres. Pour reprendre le titre français d'une nouvelle de science-fiction lue il y a très longtemps, j'aimerais que, devant ces histoires, le lecteur se retrouve *en proie au temps*.

Au début de l'année 2001, la livraison quotidienne sur le site P.O.L d'un roman de Jacques Jouet, *La République de Mek-Ouyes,* me souffle la solution : je propose à Paul Otchakovsky-Laurens de publier ce livre-ci en feuilleton. Les épisodes, rédigés au fur et à mesure de mes explorations, ont été (seront) publiés chaque jour, pendant plusieurs mois. À la fin de chaque chapitre, des liens renvoient à d'autres récits de fiction, passés ou à venir, chacun est libre de les emprunter ou de les ignorer. Le feuilleton cessera (a cessé) à la publication en volume. Bien sûr, au moment de cette publication, j'ai déjà depuis longtemps fini de l'écrire. Tout ceci devrait pouvoir entretenir la confusion...

Cependant, ce que vous lisez en ligne en ce moment même est identique à ce qui sera imprimé sur le papier; ce que vous avez commencé à lire sur le papier ne contient rien d'autre que ce qui s'est affiché, jour après jour, sur les écrans informatiques.

Entre le moment où je commence à écrire et celui où vous finissez de lire, ce qui a changé, ce qui changera, c'est peut-être vous, c'est peut-être moi.

CHRONOLOGIE

Depuis ma naissance, j'ai habité successivement :

— dans un appartement de la « colonne Voirol », un quartier d'Alger (Algérie), de 1955 à 1961,

— dans un pavillon en préfabriqué à Natanya puis dans une maison ancienne à Jaffa (Israël), entre octobre-novembre 1961 et octobre 1962,

— dans une demeure bourgeoise sise au 5, rue du (ou des) Chardon(s), à Pithiviers (Loiret), entre 1963 et 1972,

— dans une maison à sous-sol au 3000 W. 86th Street, à Bloomington (Minnesota), entre août 1972 et juillet 1973,

— dans un foyer d'étudiants (rue Hélène Boucher) puis en colocation (rue Plantin) et enfin dans un appartement biscornu (rue Desaix) à Tours (Indre-et-Loire), entre octobre 1973 et l'été 1979,

— dans une maison à étage au lieu-dit « Les Petites Billardières », à Montbizot (Sarthe), entre l'été 1979 et février 1983,

— dans une fermette restaurée au lieu-dit « La Croix » à Souillé (Sarthe), entre février 1983 et décembre 1991.

Depuis décembre 1991, j'habite au Mans (Sarthe) — jusqu'en 1994 rue Ambroise Paré, au rez-de-chaussée d'une bâtisse ancienne entourée d'un parc, aujourd'hui rasée par les promoteurs, et depuis, dans une maison assez grande pour que huit enfants y aient chacun leur chambre...

Depuis 1979 ou 1980, je séjourne aussi périodiquement, sans domicile fixe, dans une ville imaginaire que j'ai baptisée Tourmens.

Alger, 1955-1961

(Lieux, 1)

Je suis né à Alger (Algérie), mais j'en garde peu de souvenirs. Je l'ai quittée, avec ma famille, fin 1961 je crois — je ne suis même pas sûr de la date. Pour moi, cette ville tout entière est une fiction. J'en ai vu des photos, des films que ma mère avait faits. J'ai entendu beaucoup d'histoires à son sujet, jusqu'à ce commentaire entendu un jour dans la bouche de ma sœur, qui y était retournée à la fin des années soixante-dix : « C'est une toute petite ville ! » Plus qu'une suite d'images défraîchies dans ma mémoire ancienne, l'Alger de mon enfance est surtout une ribambelle de mots. Les mots que les membres de ma famille prononçaient quand ils se racontaient leur vie passée.

Beaucoup de mots qui me reviennent d'Alger désignent des lieux. Pour certains, je sais ce qu'ils désignent : la *rue Champlain* et *Bab-El-Oued* sont les lieux où mon père a grandi ; l'*avenue de la Bouzaréah* est celle où, bien plus tard, il eut son cabinet médical, la *Colonne Voirol* désigne le quartier où mes parents, ma sœur, mon frère et moi avons habité pendant les années qui ont précédé notre départ (mais quel était le nom de la rue, exactement ?) ; *la*

Madrague désigne la plage où nous nous rendions le dimanche et *le cabanon* la maison d'été (familiale ? elle n'appartenait pas à mes parents, peut-être à un de mes oncles) où l'on se réunissait ; *le jardin d'essais,* c'est le parc où mon père nous emmène le dimanche et où nous donnons à manger des cigarettes aux gazelles (je vois la gazelle pointer son museau au travers du grillage). D'autres noms, d'autres mots — *le Gouvernement Général, la rue d'Isly, Saint-Eugène, Mustapha* — sont en revanche opaques, presque *insignifiants* — à ceci près qu'ils résonnent, dans une zone sonore de mon cerveau, par la voix de ma mère ou de mon père.

Une autre catégorie de mots venus d'Alger (ou de l'enfance), et non des moindres, est bien sûr la liste des plats, des recettes ou des gâteaux — surtout des gâteaux — que ma mère a cuisinés jusqu'à la fin de sa vie et dont j'orthographie ici le nom tel que je l'entendais prononcer autour de moi, et non tel qu'on « doit » l'écrire (d'ailleurs, chacun l'entend différemment...) : *tchoutchoukah, galettes blanches, mekrods, cigares aux amandes, kénéglettes, sphériès,* ou cette confiserie aux amandes dont le nom, sur les boîtes métalliques dans laquelle elle est vendue, est « halva », mais que j'ai toujours entendu désigner par le terme a priori peu appétissant de *caca de cheval.* Le lieu « Alger » est aussi associé à des noms de personnes, qui ont compté dans la vie de mes parents ou dans la mienne : « Goldenberg », « Tassadite ».

Il y a un an ou deux, une journaliste a sollicité ma participation à un livre-souvenir sur l'Algérie d'avant l'indépendance, l'Algérie mythique de mes parents et de leur génération. Intéressé par le projet (il consistait à demander à des « personnalités » de raconter leurs souvenirs en les illustrant d'une riche iconographie d'époque), j'ai accepté, mais avec réticence. Je pensais n'avoir rien de suffisamment précis pour que ma contribution fût intéressante. Elle a insisté. Assis à une table de café, je lui ai raconté les quelques souvenirs qui me revenaient. Au bout de quelques mois, j'ai reçu les épreuves des pages où elle les avait saupoudrés. Comme j'aurais pu le prévoir, ça ne m'a pas plu. Mon interlocutrice, qui m'avait pourtant enregistré, les avait réécrits en me faisant dire, par exemple, que ma mère confectionnait tel ou tel plat typique... dont je n'avais jamais lu (ni entendu) le nom avant de le lire sur ces pages fraîchement composées ! En tout, ma contribution au livre se résumait à cinq ou six paragraphes. Je n'eus aucun scrupule à demander qu'elle les supprime et qu'on retire mon nom de la liste des participants. Je suis à peu près sûr que l'auteur était de bonne foi, et qu'elle n'avait pas modifié sciemment ce que je lui avais livré, mais le projet d'un livre consacré à mon père me trottait déjà dans la tête, et j'avais décidé que si quelqu'un devait réinventer mes souvenirs d'Alger, si ténus soient-ils, ce devait être moi, et personne d'autre.

Liens :
* La dictée d'Alger
* Tassadite
* La peur que mon père meure

Origines

(Clichés, 1)

(Tourmens, 2001.) Mes albums-photo sont tous rouges, ne me demandez pas pourquoi — rouges ceux que j'ai remplis (j'en reparlerai) quand je me suis mis à essayer de saisir tout ce qui bougeait, rouges ceux que ma mère a composés bien plus tard, pour laisser une trace visuelle et écrite de l'histoire familiale. Le plus étonnant c'est que mes albums ont un point commun remarquable avec les siens : elle comme moi avons collé entre les clichés des étiquettes portant une date, un commentaire, parfois même un sentiment attaché à l'événement représenté. Je ne me rappelle pas si ma mère faisait déjà des albums-photo quand je me suis mis à en faire (elle s'est longtemps plainte de ne pas avoir le temps de le faire, jusqu'au jour où, vivant seule, elle s'est plainte de n'avoir plus que ça à faire), mais je sais que, très tôt, mes albums ont eu pour fonction de me rappeler des lieux, des visages, des événements que je craignais d'oublier. Curieusement, les souvenirs attachés à mes propres albums sont bien moins nets que ceux qui émergent en parcourant les albums composés par ma mère. Sans doute parce que les photos en noir et blanc de la jeunesse de mes parents et de ma petite enfance, ainsi que les photos en couleur de l'exil, m'ont été maintes fois annoncées, expliquées, commentées, ressassées.

Le premier album (sur la couverture il est écrit « Alger, 1952-1961 » en lettres noires au Letraset) commence par une photo des parents, à l'entrée d'un bâtiment qui n'est certainement pas une mairie mais probablement une synagogue, le jour de leur mariage — comme en atteste la date — 23 octobre 1952 — figurant sur l'étiquette. Il se poursuit par des photos de leur premier enfant, un petit garçon né en février 1955, représenté à trois semaines, à trois mois, à dix mois, et à deux ans (avec un point d'interrogation), puis du second — un autre petit garçon — à quinze mois, puis des deux ensemble (« Mes deux beaux petits garçons ») sur un portrait posé, et sur une photo prise « sur le balcon [de l'appartement] à la Colonne », puis sur une photo où l'on voit le père, calotte (on ne dit pas « kippa », chez les séfarades) sur le crâne, rompre le pain du kiddouch — la prière du vendredi soir — devant les deux garçons un peu hébétés en robe de chambre et leur sœur aînée souriante.

Page suivante, retour en arrière : une photo de la mère marchant dans la rue dix ans plus tôt, tenant par la main sa fille, alors âgée de cinq ans. Sur d'autres photos, le benjamin des trois enfants a de bonnes joues, des cheveux longs et frisés qui le font ressembler à une petite fille — surtout sur un cliché où on le voit jouer au côté de « Maggie », la fille aînée des voisins de palier. À la page suivante, c'est l'aîné des garçons de nouveau, âgé de deux ou trois ans, peut-être, jouant avec un chien en peluche au faciès redoutable. Ensuite, sur quatre pages encore, les photos montrent les deux garçons presque toujours vêtus de la même manière, en cardigan et casquette puis en chemise et short sur des balançoires dans un jardin public aux côtés du père, de la mère et de la grand-mère maternelle ; en bob et maillot blanc sur la plage de la Madrague ; en cardigan dans un pré avec une cousine ; en polo rayé et short sombre sur le balcon de l'appartement ; en chemise, short et gants blancs sur le même balcon, semble-t-il, le jour d'un mariage important. Sur ces photos-là, les garçons ont six ans et demi et cinq ans à peu près, on est en 1961, la mère n'est jamais souriante, on peut le comprendre, et d'ailleurs, à la page suivante, elle change de sujet.

à suivre...

Liens :
* Accueil
* Huit cents diapos d'Amérique
* Le gâteau d'anniversaire

Enfance

(Fables, 1)

Avortement
(Alger, 1953 ou 1954)

Sa mère est enceinte, mais la grossesse s'interrompt précocement. Plus tard, elle racontera à son fils qu'elle voulait recommencer tout de suite, mais que — bien qu'il s'agisse pour lui de son premier enfant — le père, inquiet, avait préféré attendre. Attendre quoi ? Attendre comment ? Comment faisait-on à l'époque pour ne pas avoir d'enfants ? Comment faisaient ses parents ? Il a du mal à les imaginer décidant de ne « rien faire » pendant plusieurs semaines, mais il conçoit parfaitement que cet homme ait voulu protéger sa femme. Pourtant, une fausse couche, en soi, ça n'est pas grave. En quoi une nouvelle grossesse pouvait-elle être dangereuse pour elle ? Toujours est-il que, finalement, ils recommencent, et, cette fois-ci, « ça tient ».

Cette histoire, il l'associera longtemps au sentiment, très profond, d'être un rescapé in extremis ; à l'idée, permanente, que sa présence en ce bas monde n'est pas tout à fait légitime. Alors que beaucoup d'enfants doutent, dit-on, de leur origine paternelle, il n'a jamais douté que son père fût le sien. Son propre doute réside ailleurs. Le premier-né de son père, celui que cet homme aurait dû chérir et soigner, n'était-ce pas cet autre fils (pourquoi a-t-il toujours été convaincu qu'il s'agissait d'un garçon ?) mort avant d'être né ? S'il avait vécu, ses parents n'auraient pas pu le concevoir, lui, aussi peu de temps après. Ce qu'il ne saura pas pendant très longtemps, c'est que le fantôme de ce frère avorté masque un secret qui lui ressemble trait pour trait.

Arrivée
(Alger, 22 février 1955)

Quand il naît, son père est aux anges : c'est son premier enfant. Ceux qui le croisent dans la rue disent qu'il flotte à trente centimètres au-dessus du sol. *Et en plus, c'est un fils...*

Quand il est né, après un accouchement un peu long et difficile, sa mère aurait dit : « Il est affreux cet enfant. » L'accoucheur lui aurait répondu, scandalisé ; « Comment pouvez-vous dire une chose pareille ? » Le lendemain, la mère aurait trouvé que *finalement,* c'était un très beau bébé.

Aléas
(Alger, 1955-1956)

Sa mère l'allaite. Mais elle est tellement énervée que sa sœur aînée lui lance : « Ce n'est pas du lait, que tu lui donnes, c'est du babeurre ! »

Un jour, sa mère découvre qu'il a les ongles des pieds drôlement coupés. Je veux dire : coupés d'une drôle de manière. Personne ne les lui a coupés comme ça. Rien de plus rigolo qu'un nourrisson qui prend son pied et le porte à sa bouche. Comme tout nourrisson, il le fait. Mais en plus, il se ronge les ongles des pieds.

Sur les cartes d'identité, on est censé indiquer les signes particuliers. La sienne, adulte, portera la mention « néant ». Mais ça n'est pas la réalité. Sous le sourcil gauche, il sent une petite boule dure, de la taille d'un pois. C'est un kyste, une petite poche remplie de liquide. Il l'a depuis la petite enfance. En tirant sur un fil qui pendait le long d'un meuble, il a reçu son premier coup de téléphone. Ça l'a marqué.

Accueil
(Alger, 22 octobre 1956)

Sa mère accouche une nouvelle fois. Les parents l'ont préparé, pendant les mois précédents, à l'idée d'avoir une petite sœur. Ils lui ont dit qu'ils l'appelleraient Annie. Mais c'est un frère, à qui l'on donnera un prénom ambigu, et un diminutif qui, finalement, ne le sera pas moins. Pendant plusieurs semaines, malgré les explications réitérées de ses parents, il insistera pour le nommer Annie.

Mimosas
(Alger, 1959-1960 ?)

Dans un vase posé sur (un meuble ? un énorme poste de radio ? je persiste à voir un poste de télévision, mais mes parents n'avaient pas la télévision à Alger) il y a du mimosa en plastique. Ses fleurs sont très jaunes. Un jour, l'enfant entre dans le salon où la mère reçoit (ses sœurs ? des amis ?). Par la porte-fenêtre ouverte, il voit du mimosa dans un pot, sur le balcon. Il s'extasie : « Oh, comme elles sont belles ces fleurs, maman, on dirait les mêmes que... » Il se tourne vers le pot, qui est vide. À son étonnement et à la réalisation que le mimosa du balcon n'est autre que celui du pot répond le rire tonitruant de sa mère. Le même rire avec lequel elle racontera plus tard l'histoire en concluant : « Il était *vexé* !!! »

Liens :
* « Mes hortensias ! »
* Sana
* Le livret de famille

Appartements

(Lieux, 2 ; Reflets, 1)

Je n'ai pas grand souvenir de l'appartement de mes parents à Alger. Ni grand fantasme, d'ailleurs. Les différentes photos que j'ai retrouvées m'en apprennent très peu sur l'intérieur du logement. Je sais qu'il devait comporter au moins trois chambres : celle de mes parents, la mienne, et celle dont j'entendis un jour ma sœur dire qu'elle la perdit à l'arrivée de mon (notre) frère : comme elle était plus grande, nous y avons été logés lui et moi, tandis qu'elle allait investir la mienne... Je sais aussi qu'il était situé au dernier (troisième ou quatrième ?) étage d'un petit immeuble acheté en copropriété avec des amis. Au même étage vivaient les E., qui avaient deux filles dont une, Maggie/Maguy (sur ce point d'orthographe, ma mère et moi ne sommes pas d'accord) avait à peu près mon âge. Je nous vois, mon frère, elle et moi, jouer à la *princesse endormie au fond de l'eau.* Plus bas vivaient André, cardiologue ami de longue date de mon père, sa femme Germaine et leurs deux fils. Plus bas encore (il n'y avait peut-être que trois étages, finalement), les A. Je ne me souviens que de leur nom. N'était-ce pas Monsieur A. qui était dans la police ?

Côté cour, une rampe conduisait au garage en

sous-sol. André, l'ami de mon père, m'asseyait sur ses genoux pour tenir le volant quand il y rentrait sa voiture. C'est sur cette rampe, aussi, que j'ai eu pour la première fois peur que mon père meure. Les autres souvenirs qui sont attachés à cet appartement (par exemple : moi dans mon lit et mon frère dans un lit à barreaux — nous avons la rougeole ou les oreillons et mon père a demandé à un de ses confrères de nous examiner) me paraissent si suspects que je n'arrive pas à les croire ancrés dans une expérience réelle. Leur seul cachet d'authenticité réside dans le fait qu'il s'agit de souvenirs « suspendus » : contrairement aux fables que je trimballe dans mes valises, ils ne m'ont pas été sans arrêt remémorés par ma mère.

J'ai un souvenir précis d'un autre appartement : chez l'une des sœurs de ma mère, il y avait un poste de télévision. Mon oncle avait un magasin d'appareils électroménagers, il avait toujours chez lui le *nec plus ultra* de ce qu'il vendait. Sur l'écran du poste tel que je l'imagine aujourd'hui, je vois une scène de *Jim la Jungle* (un explorateur coiffé d'un casque de jungle se détache sur une dense végétation) et le générique d'*Ivanhoé,* où Roger Moore, à cheval et coiffé d'une banane années cinquante, est suivi en chantant par une armée de paysans admiratifs.

Liens :
* La peur que mon père meure
* Le verre d'eau
* *Les Grandes Séries*

Photos remémorées

(Bras, 1)

Sur la première, qui est très floue, il est dans les bras de sa grand-mère paternelle. C'est son premier petit-fils, le seul qu'elle connaîtra vraiment. Il porte une sorte de vêtement blanc qui ressemble à une robe (peut-être le vêtement qu'on lui a mis pour sa circoncision). On les voit d'un peu loin. Ou alors, le cliché est de petit format, comme on les faisait à l'époque, avec des bordures crénelées. La grand-mère sourit. Elle présente le bébé à l'objectif. C'est un objet de fierté. Elle le tient avec amour comme si c'était son propre enfant, comme elle a tenu son propre enfant.

Sur la seconde, prise du balcon côté cour, on me voit dans une voiture à pédales, surveillé par Tassadite, la bonne Kabyle, sur l'accès en pente du garage. La jeune femme est brune, elle a les cheveux tirés en arrière. Elle regarde l'objectif et me tient d'une manière plus que tendre. Protectrice.

Sur la troisième, je suis assis sur les genoux de mon père. Il a encore des cheveux au sommet du crâne, des cheveux noirs qui commencent à se clairsemer. Il a des lunettes d'écaille à monture épaisse. Il est en chemise et on voit ses bretelles (dans mon souvenir, il aura des bretelles toute sa vie, à partir de ce moment-là). Ses manches sont relevées et il tient un verre d'eau qu'il me présente. Je lui tourne le dos, je regarde le verre. Je fronce les sourcils. C'est une affaire sérieuse. Je suis pensif. Ce n'est pas un simple verre d'eau. C'est ce que mon père, dont l'autre main est posée tendrement sur moi, me tend pour étancher ma soif. Avant de boire, je réfléchis.

Ces trois photos figurent peut-être dans mes albums, mais je ne les ai pas recherchées avant de les évoquer ici. Les revoir me révélerait sans doute que je me trompe sur plusieurs points — en particulier sur la manière dont les trois personnages me touchent. Mais ici, ce qui m'importe n'est pas ce qui se voit, c'est ce que je ressens.

Dans mon souvenir comme dans mon imaginaire, il n'y a pas de photos où ma mère me tient dans ses bras. Je sais bien que ça ne veut rien dire : pendant longtemps, je n'ai pas vu de photos où je figurais avec mes enfants ; les photos, c'est moi qui les prenais, je ne pouvais pas prendre en même temps mes enfants et l'appareil. Je sais bien que la réalité est peut-être tout autre : je pourrais sans doute retrouver des photos de moi bébé dans ses bras. Mais je n'ai pas non plus le souvenir des bras de ma mère. Alors que je me souviens parfaitement des bras de mon père. À tous les âges.

Liens :
* Histoire de confiance
* Le rire de ma mère
* Grands-pères

Kanmargo

(Voix, 1)

(Alger, 1957 ?) Le petit garçon sait à peine parler. En revanche, il sait aller sur le pot. Il le réclame. Mais il réclame aussi *Kanmargo.* En fait, il ne veut pas aller sur le pot si on ne met pas *Kanmargo* sur le tourne-disque. C'est bien un tourne-disque — pas une « platine ». Un truc avec un bras massif, qui se termine par une tête sur laquelle on fixe un saphir — pas un « diamant ». Quand on pose le bras sur le disque — qui n'est pas un « vinyle », mais une galette de bakélite, qui ne tourne déjà plus à 78 mais à 33 tours/minute — ça fait du bruit, ça frotte, ça crachouille, ça grattouille *Kanmargo dégrafait son corsage / Pour donner la gougoutte à son chat / Tous les gars, tous les gars du villa-a-ge / Étaient là là-là là-là là là, étaient là là-là là-là là* et ça le fait rire, le petit garçon. Ou peut-être que ça le plonge dans un abîme de réflexion. Mais en tout cas, ça lui permet d'aller sur le pot, et d'y faire ce qu'on doit y faire. Sa mère s'inquiète : « Est-ce que ça ne va pas devenir un réflexe conditionné ? Est-ce qu'il pourra aller sur le pot sans devoir écouter cette chanson ? »

Plus tard, bien plus tard, l'adulte glisse un CD dans le lecteur du véhicule à huit places dans lequel il transporte ses enfants, et parmi les refrains qu'il chante en chœur avec eux il y a *Brave Margot* mais aussi *Le temps ne fait rien à l'affaire/Quand on est con, on est con.* Et ça le fait rire.

Ce qui le fait moins rire et le plonge dans un abîme de perplexité, c'est que l'un de ses garçons, qui aime beaucoup Brassens lui aussi, a pour chanson préférée *La guerre de 14-18.*

Liens :
* Le retour du Zouave
* Le baiser
* La guitare

Lire les images

(Pages, 1)

(1958 ?) C'est à Alger que j'aurais appris à lire, si j'en crois la mythologie familiale. Ma tante Colette, l'une des sœurs aînées de ma mère, m'a souvent raconté qu'elle me faisait la lecture lorsque j'étais enfant et que, sans avoir appris l'alphabet, je désignais les phrases sur le livre et prononçais les mots avant elle. J'ai pu observer le phénomène plus tard, chaque fois que j'ai lu des livres en carton à l'un de mes enfants. La mémoire des petits est un instrument si puissant qu'arrive un moment où ils ont intégré le texte et donnent l'illusion de le lire, alors qu'ils ne font que se laisser guider par l'image pour restituer ce qu'ils ont retenu par cœur. Je n'ai pas fait autre chose quand, à l'âge de treize ans, j'ai mémorisé le long texte biblique que je devais lire et chanter le jour de ma bar-mitzvah.

Avant d'apprendre à lire, on fait la connaissance des mots dans la voix de l'adulte ou de l'enfant plus grand qui nous les présente pour la première fois. Plus tard, lire c'est sans doute aussi invoquer, ne serait-ce que faiblement, le son de ces voix. Je ne sais pas s'il en va de même pour tout le monde, mais quand je lis, j'entends une voix lire dans ma tête. C'est la mienne, bien sûr. Mais elle porte en elle les accents de toutes celles et tous ceux qui m'ont lu des histoires.

Liens :
* Ma bar-mitzvah
* *Boule et Bill*
* *Cours, ballon !*

Le rêve de la pendaison

(Sens, 1)

(Alger, ?) C'est probablement mon rêve le plus ancien. Je ne le place nulle part et « nulle quand », car je ne sais pas quand je l'ai fait. Mais je me souviens assez précisément de ce qu'il représente, et j'imagine qu'il vient de loin. Par l'éclairage (indirect, tamisé), il ressemble à un tableau hollandais. Il représente trois personnages. Une femme adulte, un bébé, et une petite fille, debout près de la table ou assise sur une chaise. Le bébé est assis sur la table. Il est nu. Il a les bras potelés et le ventre rond. Il a peut-être neuf ou dix mois, l'âge où un bébé tient très bien assis, marche à quatre pattes et se met debout dans un parc ou marche en poussant les chaises. Une corde pend du plafond. D'un air très peu concerné, la mère passe un nœud coulant autour du cou du bébé. Le bébé ne bouge pas. La petite fille non plus.

Liens :
* Le bébé qui marchait en poussant les chaises
* Lits de jumeaux
* Rêves dont je sors

La peur que mon père meure

(Sens, 2)

(Alger, septembre 1961.) C'est au premier album composé par ma mère que je dois de connaître la date précise de cet événement. C'est le jour du Kippour, le grand pardon. C'est le soir, famille et amis sont réunis dans l'appartement de mes parents. Ils ont dû rentrer tard de la synagogue, sans doute après 19 heures. Il y a là un invité israélien dont j'ignore le nom, un homme que je vois avec une tête d'Einstein, une crinière de cheveux frisés. Un des convives n'est pas là, et tout le monde l'attend. Il se nomme Goldenberg, on le désigne par son grade (capitaine ? commandant ?), ce qui semble signifier qu'il est militaire. En réalité, il s'agit d'un agent d'Interpol. La soirée s'avance. On l'attend toujours. Soudain, l'un des copropriétaires de l'immeuble (celui qui est inspecteur de police ?) frappe à la porte et annonce qu'il a entendu la terrible nouvelle à la radio. Goldenberg a été victime d'un attentat, on l'a mitraillé dans sa voiture, il est mort. Plus tard dans la soirée, mon père propose de ramener l'invité israélien à son hôtel. Tout le monde le supplie de ne pas partir. Dans l'image, son hôte et lui (en chemisette et short, ce qui est peut-être réaliste, en septembre, à Alger) sont sur la rampe qui monte du garage et ma mère, mon frère et moi, bras tendus vers lui (un peu comme sur les tableaux de Delacroix), nous l'implorons de rester. Il reste et l'hôte dort dans l'appartement. Quelques semaines plus tard, nous quittons l'Algérie. Est-ce de cet épisode qu'est née en moi la crainte que mon père disparaisse ? Et je dis bien mon père, car je n'ai jamais vraiment eu peur que ma mère meure. Quand j'imaginais sa mort, c'était avec lui, et s'il m'arrivait d'imaginer que l'un de mes parents mourait, je redoutais bien plus de me retrouver seul avec elle que seul avec lui. Mais cette peur de me retrouver sans père, je sais qu'elle remonte à bien plus loin. Ce n'est pas tant une peur que l'anticipation d'un chagrin que je ne veux pas éprouver parce que je le connais déjà, le chagrin d'être orphelin que mon père a, je l'imagine, si vivement ressenti tout au long de sa vie.

Liens :
* Mouchoirs en papier
* *Abraham et Fils*
* Jours de Kippour

New York, 11 septembre 2001

La nécrologie

(Quêtes et Pertes, 1)

(Pithiviers, années soixante.) Il ne sait pas s'il s'agit d'un rêve ou d'un fantasme, il a tout de même l'impression qu'il s'agit d'un souvenir : celui d'avoir aperçu, parmi les papiers de son père ouverts dans la « salle blanche », qui servait de bureau à sa mère, une courte nécrologie de son grand-père, mort en 1915 au front, à l'ennemi, au champ d'honneur, la fleur au fusil. Ce qu'il croit se rappeler très vaguement, c'est que ce court article sur papier jauni fait de son grand-père un jeune homme (à l'heure où j'écris, je ne sais même pas quel âge il avait lorsqu'il est mort) prometteur et doué, qui avait entrepris des études (de géomètre ? d'arpenteur ?) peu courantes pour un garçon de son milieu, et qui aurait été (qui était déjà) la fierté de sa famille et de sa communauté s'il les avait menées à bien.

Avec cette nécrologie fantôme, qui se trouve peut-être parmi les lettres que le disparu écrivit à sa femme entre son incorporation et sa mort dans la boue d'une tranchée, les deux traces qu'il garde de son grand-père sont une unique photo et son nom, Mardochée Zaffran, qui est aussi le sien, non pour l'état civil, mais pour la tradition : lorsqu'il allait à la synagogue pour les prières commémoratives, montait sur l'estrade, s'accoudait au pupitre recouvert de velours rouge, tenant à la main le carré de papier sur lequel sa mère ou sa tante avait dressé une liste, le rabbin, au milieu du récitatif en hébreu, penchait son oreille vers lui et le désignait du doigt et chantait son nom — *Morde'haï Zaffr'an* — avant de poser l'index sur le carré de papier et d'énumérer les noms de tous les disparus que les femmes y avaient inscrits.

Liens :
* La salle blanche
* *L'asguère*
* Pseudos

Haut-parleurs

(Voix, 2)

(Alger, années cinquante.) Les parents ont sûrement beaucoup écouté la radio. Ils l'écouteront encore longtemps après le départ d'Algérie — les informations, mais aussi les jeux de la mi-journée et plus tard, dans la voiture, au retour de Paris le dimanche soir, l'émission consacrée au théâtre ou au cinéma. Il ne se souvient pas qu'ils aient écouté de la musique quand il était enfant, mais, si c'était le cas, ils écoutaient probablement du jazz et très vraisemblablement du swing : il le faut bien, pour qu'il ait été contaminé au point de reconnaître sans se tromper Count Basie, Duke Ellington ou Lionel Hampton sans qu'il ait jamais su s'il y avait l'un de leurs disques chez lui, ou de se mettre à fredonner dès qu'il entend chanter Ella Fitzgerald et, outre Brassens, beaucoup d'autres chanteurs (Trénet, les Frères Jacques, Patachou, Mouloudji) pour lesquels il garde une tendresse qu'il retrouve rarement chez des hommes de sa génération. Lorsqu'il regarde un film ou un dessin animé de l'après-guerre, la silhouette d'un poste de radio lui est immédiatement familière, rassurante, chaleureuse, comme s'il avait grandi juste devant.

Il lui revient aussi en mémoire un drôle de souvenir, qui ne se rattache peut-être pas à cette époque mais que la mémoire persiste à lui faire placer là : il est sur le balcon de l'appartement, il n'a pas plus de cinq ou six ans, forcément, puisqu'ils sont partis d'Algérie ensuite, et il chante *Laisse les filles / Tu as bien le temps / D'avoir des milliers d'embêtements / Crois-moi...* en singeant Johnny Hallyday avec une raquette de jokari en guise de guitare. Mais en quelle année Johnny chantait-il donc ça ?

Il a sûrement, à l'époque, écouté des livres-disques, des histoires racontées en quelques dizaines de phrases par la voix d'un acteur de l'époque. Le plus ancien qui émerge est aussi l'un de ses pires souvenirs. C'est *La Petite Marchande d'allumettes*. Il a toujours trouvé insupportable l'idée que cette enfant meure dans la neige et le froid, sans parents ni foyer. Il ne veut pas la réécouter, cette histoire abominable (l'idée qu'une fée-mère-fantôme vienne la prendre dans ses bras au moment où elle s'éteint n'a rien, mais alors vraiment rien, de réconfortant), mais il doit l'écouter quand même, à plusieurs reprises. Le disque est un 45 tours, il ne dure que quelques minutes, mais c'est long comme une éternité.

Liens :
* « Le Petit Ménestrel »
* « Le Pop-Club »
* Magnétophones

Beaux parleurs

(Toiles, 1)

(Alger, années quarante et cinquante.) Il sait que ses parents ont dû aller beaucoup au cinéma, également. Surtout sa mère, avant-guerre. Et surtout (mais pas seulement) pour y voir des films américains. De là lui vient, pense-t-il, le goût des comédies musicales d'Astaire et Rogers, de Pierre Fresnay et Yvonne Printemps, les drames et mélodrames qu'interprétaient Louis Jouvet, Harry Baur, Gérard Philipe, Cary Grant, Charles Boyer et Irene Dunne, les comédies de Hope et Crosby et celles de Sacha Guitry. Pour certains, il verra ces films adolescent, puis adulte, grâce au « Cinéma de minuit » de Patrick Brion. Plus tard encore, lorsque les rééditions en vidéo se multiplieront, il retrouvera et offrira à sa mère des films qu'elle n'a pas revus depuis quarante ans.

Son père aimait sûrement les films policiers de James Cagney, de Humphrey Bogart et d'Edward G. Robinson (à qui il disait ressembler), les films d'aventures avec Gary Cooper, Errol Flynn ou Tyrone Power et, inévitablement, ceux qui traitaient de la guerre de 14 comme *À l'ouest, rien de nouveau* ou *Sergent York*.

La sœur et le frère aîné de sa mère aimaient tout

particulièrement les films de Lewis et Martin et, longtemps, ils n'en ratèrent aucun (d'ailleurs, sa tante le traitait de Jerry Lewis quand il faisait le clown).

Sans doute était-il trop jeune pour aller beaucoup au cinéma quand ils vivaient en Algérie, mais ses parents l'y ont certainement emmené. Deux images ne l'ont jamais quitté : la première est celle d'un enfant effrayé par un monstre, et qui se réveille entouré par des visages patibulaires ; la seconde est celle de Tarzan qui, pour faire taire (ou tuer) l'un des chasseurs malveillants qu'il combat, l'entraîne avec lui au fond d'un marais. Il n'a jamais revu le second film (qu'il serait probablement assez facile d'identifier), mais a revu à plusieurs reprises le premier. C'est *Moonfleet,* de Fritz Lang — l'histoire d'un enfant, John Mohune, que sa mère, avant de mourir, envoie rejoindre un homme ambigu qui pourrait être son père.

Plus tard, alors qu'ils vivent à Pithiviers et que lui-même n'a sans doute que huit ou dix ans, ils feront plus de quarante kilomètres, certains soirs, pour aller au cinéma à Orléans et — ce qui est moins compréhensible, quand il y pense — l'y emmèneront voir des films d'adultes, alors qu'il aurait sûrement été mieux dans son lit. Il se souvient encore des titres (*Le Septième Juré, Les Bonnes Causes*), des acteurs (Bernard Blier, Pierre Brasseur, Marina Vlady) et de scènes impressionnantes (Blier étranglant une jeune femme qui s'est refusée à lui).

Liens :
* *Johnny s'en va-t-en guerre*
* *Prisonniers du passé*
* « Cinéma / Cinémas »

Illustrés

(Cases, 1 ; Fables, 2)

(Alger, fin des années cinquante.) Ça se passe avant qu'on ne parle de bande dessinée, et que les termes comic-strip, comic-books ou tout simplement comics ne fassent partie du vocabulaire courant. Le père, qui rentre de son travail, rapporte *Bibi Fricotin* ou *Les Pieds Nickelés*. Il a acheté deux exemplaires du même magazine. Un pour chacun de ses deux garçons. La mère demande : « Pourquoi pas deux illustrés différents ? » « Parce que je ne veux pas qu'ils se disputent. »

Plus tard, à l'adolescence, alors que le père lui demandera ce qu'il trouve dans les bandes dessinées, le fils répondra : « Tu n'en as jamais lu, toi ? » Et le père, avec un sourire ému, conviendra que si, il lisait *Cri Cri* et *L'Épatant*. Dans la mémoire du fils devenu adulte, ces deux titres mystérieux contiennent des mondes à eux seuls. Quels personnages abritaient-ils ? Quelles émotions ? Quelles histoires ?

Aujourd'hui, s'il offre des illustrés à ses enfants, s'il est ému en les voyant découvrir ceux qu'il lisait à leur âge, c'est parce que, longtemps après avoir représenté les aventures trépidantes de personnages extraordinaires, les illustrés représentent une part d'enfance que l'on a envie de transmettre.

Liens :
* La « Bibliothèque pour Tous »
* Tourniquets
* Les belles histoires de l'Oncle Paul

Au travail

(Traces, 1)

(Tourmens, 7 août 2001.) Au début, ça paraît simple : il suffit de mettre des mots sur le papier, et les souvenirs affluent : on note ce qui vient, les associations d'idées suivent sans difficulté et très vite, tout ou presque, dans le déroulement de chaque journée (le fait que Thomas télécharge *Alice's Restaurant,* la longue épopée-protestation d'Arlo Guthrie ; la citation des dialogues d'un film au cours d'une soirée chez les copains ; la note de bas de page d'un article de magazine ; le coup de fil de Didier P. me proposant de participer à un recueil d'articles sur « Judéité et bande dessinée »), peut battre le rappel d'un souvenir pertinent. Mais il ne suffit pas de noter, de faire des listes ou d'ouvrir les albums pour que les textes s'écrivent. D'abord, la légitimité d'un texte ne se résume pas à son objectif ou à son contenu. Elle se trouve aussi dans le mouvement d'écriture de ce texte : est-ce que, lorsque j'écris ce livre-ci (ou n'importe quel autre ?), je suis fidèle à ce que je veux écrire ? Je ne parle pas de sa validité en tant que texte littéraire (je ne suis pas du tout placé où il faut pour l'affirmer et, à vrai dire, c'est le cadet de mes soucis) ni même de sa pertinence (politique, morale, sociologique, psychanalytique, que sais-je ?), mais bien de sa *légitimité* pour moi (l'auteur, le scribouillard, celui qui l'écrit) — j'entends par là sa place dans la continuité de l'écriture (de la vie, de la fiction ?). Est-ce que *Légendes* a sa place parmi les romans, les réflexions sur le soin, les manuels militants, les traductions et les essais sur les séries télévisées de « Martin Winckler » (qui, lui aussi, soit dit en passant, est une fiction) ? Est-ce que ce texte-ci, intitulé « Au travail », a sa place dans *Légendes* ?

*

« Au cours de l'écriture, il rencontre périodiquement des résistances, des obstacles. Il hésite, se demande ce qu'il fout là, exactement — et d'ailleurs, est-ce que ça intéressera quelqu'un de lire ça ? Ces hésitations ne sont pas le fait d'un tempérament velléitaire (bien qu'on lui ait souvent reproché de faire trop de choses à la fois et de ne pas les mener *toutes* à bien, tant il est vrai qu'on est toujours plus prompt, en France, à désigner les essais non transformés qu'à prendre la mesure de ce qui a été effectivement accompli) mais d'un mode de fonctionnement qui lui est propre : écrire (travailler, vivre) est un processus continu, qui procède par essais et erreurs, et alterne hyperactivité et abattement, jubilation et doute. L'abattement, il le soigne en regardant trois ou quatre épisodes d'affilée de *Law & Order* ou de *Star Trek : Deep Space Nine* sur le combiné télé-magnétoscope de son bureau. Le doute, il l'épuise dans une entrée désabusée de son journal, un tour à la librairie ou une partie de *Descent*. Très vite, il se remet à écrire. Il ne sait pas si ce qu'il écrit a un intérêt quelconque — ce n'est pas à l'écrivain de dire ça, c'est à l'éditeur (qui prend le risque de publier), et au lecteur (qui prend le risque de s'ennuyer) — mais lui, son boulot et son mode de vie, c'est l'écriture. Un soir, tout de même, il s'étonnait devant un psychiatre norvégien, lui-même écrivain, de cette capacité à ne jamais rester abattu plus de vingt-quatre heures. Où pouvait-il donc trouver l'énergie qui lui permettait de travailler sans arrêt ou presque ? Avec un rire homérique, l'autre répondit : "*Vous êtes peut-être un maniacodépressif dont les phases dépressives sont très, très courtes !*" »

Liens :
* « Martin Winckler »
* Isaac Asimov
* « Monsieur Cinéma »

Origines, suite

(Clichés, 2)

(Tourmens, 2001.) Les quatre pages suivantes de l'album sont consacrées au père, Ange, que personne n'a jamais appelé comme ça. Sa mère et ses tantes l'appelaient « Angeot ». Plus tard, ses amis l'appelèrent « Zaffran » ou « Zaza » selon qu'ils étaient ou non intimes ; sa femme, elle, l'appelait tout simplement « Za ». C'est comme ça qu'elle le désigne sur l'étiquette d'une photo de classe à l'école primaire — il est le seul, sur quarante-cinq garçons en blouse grise ou noire, à porter des lunettes. Sur la suivante, qui le représente à seize ans, assis les jambes croisées devant un décor, probablement dans la boutique d'un photographe, il est mince et ressemble à son fils aîné au même âge. À gauche de la photo de classe, deux portraits des grands-parents Zaffran témoignent, par simple juxtaposition, de l'abîme qui les sépara peu après la naissance de leur unique fils. Photographié en buste en 1914, Mardochée Zaffran, les cheveux courts, est coiffé... d'une chéchia ? d'un bonnet ? et vêtu d'une veste à motif qui pourrait bien être celui de son régiment de zouaves. Il n'a guère plus de vingt-cinq ans. Juste en dessous, Céleste Gharbi, son épouse, est vêtue d'un gilet tricoté. Elle a les cheveux blancs et la photo est prise alors qu'elle a passé la soixantaine.

Les photos suivantes représentent Ange, beaucoup moins mince, à diverses époques ultérieures de sa vie. Les étiquettes précisent : « Le sportif ! L'officier ! Le potache. L'étudiant » (quatre clichés où on le voit seul ou avec des camarades), « Le médecin : [l'hôpital] Laënnec. La bronchoscopie » (la photo manque dans l'album, mais si je me souviens bien, il est en blouse et tablier blanc, entouré par d'autres médecins et une infirmière, debout près d'une table sur laquelle repose un patient dont il va examiner les bronches), « Le Tireur d'élite ! » (dans certains stands de foire, lorsque la balle atteignait le centre de la cible, elle déclenchait la prise d'une photo au flash qui était remise aux meilleurs), « Le congressiste » (à table avec des confrères), « L'HOMME » (en majuscules sur l'étiquette), et enfin « Le Père ! » sur un cliché où on le voit souriant de toutes ses dents, entouré par ses deux petits garçons tandis qu'à l'arrière-plan sa femme les regarde avec un sourire de vrai bonheur.

Sur les trois pages qui suivent, c'est le tour de la mère, Denise, que personne n'a jamais appelée comme ça. La tradition familiale orale rapporte que sa propre mère, Henriette, aurait voulu la prénommer Nelly. Devant le refus de l'officier d'état civil d'Oujda (Maroc), où cela se passait, son père, Joseph, serait retourné le dire à sa femme, et Henriette lui aurait répondu : « Appelle-la comme tu veux, moi je l'appellerai Nelly. »

La disposition de ces pages est la même que pour Ange — photo des parents, photo de classe, portrait posé puis instantanés pris à différentes époques de la vie de Nelly — mais il y a plusieurs différences : d'abord, aucune des étiquettes qui parsèment ces trois pages ne porte le nom de la jeune femme (mais souvenez-vous que c'est elle qui, bien plus tard, compose cet album) ; ensuite, sur la première photo, Henriette Temime et Joseph Miguérès sont représentés ensemble, Henriette tient un bébé dans ses bras (sans doute l'un des deux garçons d'Ange et Nelly) ; enfin, et c'est sans doute le plus étrange, aucune photo ne la représente avec ses enfants. Sur cette suite de clichés, datés de 1939 à 1950, Nelly est une jeune femme de son temps, coiffée et vêtue à la mode. Le portrait posé (elle a dix ou douze ans, donc vers 1933-1935) et la dernière grande photo d'elle semblent se répondre curieusement. Sur le portrait, assise jambes croisées dans un fauteuil de bois un peu trop grand pour elle, un magazine ouvert sur ses genoux, elle regarde l'objectif avec un grand sourire. L'étiquette porte la mention « La femme fatale » — sans doute à cause de sa coupe à la Louise Brooks. Sur la dernière (« Un soir de réveillon au St Georges. 1950 ? ? ? »), vêtue d'une robe de tulle noire, debout devant une colonnade et un pan de mur portant des mosaïques, elle tourne et relève légèrement la tête en une pose presque cinématographique et, chose surprenante, sa main, qui pend nonchalamment le long de son corps, tient une cigarette allumée (je crois bien n'avoir jamais vu ma mère fumer).

à suivre...

Liens :

* Noms, prénoms et diminutifs
* Les cigarettes dans le tiroir
* Histoire(s) de famille(s)

Dje'ha

(Fables, 3)

(Alger, Pithiviers.) Les histoires qu'Ange raconte le plus souvent, lui semble-t-il, sont des histoires de Dje'ha — Dje'ha le fou, l'imbécile ou le sage, selon la manière dont on entend l'histoire : c'est lui qui, lorsqu'on lui demande où se trouve son oreille gauche, passe la main droite par-dessus son crâne pour la montrer. C'est lui qui, après avoir réduit progressivement la ration d'avoine de son âne sans que celui-ci cesse de travailler, décide de ne plus le nourrir du tout (puisqu'il bosse sans bouffer) et qui, le jour où l'âne meurt, soupire : « Dommage. Juste au moment où il commençait à s'habituer. » Mais l'histoire préférée d'Ange (et celle que préfère son fils aîné) est différente de toutes les autres. Cette histoire-là, le fils a mis longtemps à en faire le tour. Elle est aussi importante pour lui que l'histoire favorite de sa mère — une histoire de confiance — et met en scène les deux mêmes personnages, le même couple de personnages, la même symbolique relationnelle, mais de manière diamétralement opposée. Quand on l'a entendue, cette histoire de Dje'ha, on pense d'abord que Dje'ha est un imbécile, mais on finit aussi par comprendre que c'est un homme d'une grande intelligence, qui connaît l'humanité mieux que personne, et qui, surtout, sait parler, rappeler les règles et régler les problèmes par la seule parole. Cette histoire, qu'Ange racontait volontiers, faisait rire son fils dès qu'il se mettait à la dire. Non parce qu'elle est très drôle en soi (elle est beaucoup plus grave que drôle), mais parce que, dès qu'il se met à raconter, sourire en coin, Ange fait immédiatement apparaître des sourires chez ceux qui l'écoutent. Ange est un conteur-né. Tout est histoire dans sa bouche. À lui seul, il est un répertoire d'histoires — drôles comme la vie, fantastiques comme les rêves, sombres comme la vie. Il en connaît des vertes et des pas mûres, des gratinées, des bizarres, des incroyables, des mystérieuses, des inouïes. Il les raconte au cours des repas, en présence d'un invité exceptionnel, et en général c'est sur requête, un peu comme un pianiste de jazz à qui l'on demande un morceau très aimé du public. « Allez, Zaza, raconte-nous telle histoire... » Mais il les raconte aussi dans son bureau, quand son fils vient le voir, après que le dernier patient a passé la porte et avant qu'il ne parte en visite sur les routes du Gâtinais. Le garçon s'assied sur le canapé qui sert de lit d'examen, son père lève les yeux du journal qu'il est en train de lire, la conversation s'engage sur des petits riens, et au détour d'une phrase, Ange sort un mouchoir de sa poche, ôte ses lunettes et, pendant qu'il les essuie, demande, sourire en coin : « Je t'ai déjà raconté l'histoire de l'homme qui était allergique à sa femme ? », et le visage de son fils s'illumine déjà, emporté par l'anticipation du plaisir... Comment s'étonner alors que le garçon aime, lui aussi, raconter des histoires ? Il ne les raconte pas très bien (comment pourrait-il les raconter aussi bien que lui ?) mais il tente sa chance. Parfois, ça marche. Bien plus tard, quand il lui montrera ses premiers textes, Ange découvrira que les écrits de son fils reprennent les histoires qu'il racontait (*La poule unijambiste*) ou mettent en scène un double de lui (*The Right Time and the Right Place*). Il ne vivra pas assez longtemps pour savoir que la jubilation de son fils à l'écriture est probablement très proche de celle qu'il éprouvait, après la fin du repas et juste avant la partie de poker, quand il tirait des larmes de rire aux amis et parents attablés, comme on le voit le faire sur une autre photo du premier album rouge : c'est la jubilation de (se) raconter une histoire et d'être enveloppé par les rires de l'auditoire.

Liens :
* Histoires de pères
* Les Borgia
* La misère sur le pauvre monde

Les films d'Alger

(Reflets, 2)

(Pithiviers, 1993.) En Algérie, dans les années cinquante, Nelly avait fait des films avec une caméra Pathé Baby. Le format de la pellicule était de $8^{1/2}$? $9^{1/2}$? C'était une pellicule avec des trous au milieu. Les films étaient invisibles depuis longtemps car le projecteur — qu'elle avait emporté avec elle, à moins qu'ils n'en aient racheté un en arrivant à Pithiviers, mais je n'ai guère de difficulté à l'imaginer emportant son projecteur en exil (ça n'était pas plus illogique que l'attitude d'Henriette qui, à son départ d'Algérie, mise en demeure de choisir d'emporter l'un de ses deux services de table, celui de tous les jours ou celui des jours de fête, avait finalement emporté celui de tous les jours) — était depuis longtemps hors service (mais il le voit encore, ce projecteur, entreposé dans le grenier de la maison familiale, il voit encore ses bras articulés, son mécanisme apparent, ses roues dentées en acier nickelé...). Un jour, quelqu'un (la fille de Nelly, sans doute) a rassemblé tous les films et les a fait transférer sur cassette vidéo. Les images, à présent visibles et consultables par tous, restaient cependant opaques pour ceux qui n'avaient pas connu cette époque — d'autant plus qu'elles avaient souvent été tournées avec une lumière insuffisante et que, sur les cassettes, elles ont été montées dans le désordre... Un jour, alors que Nelly était déjà malade depuis quelques mois, et qu'elle n'en avait plus pour très longtemps à vivre, l'aîné des fils a passé les cassettes sur son magnétoscope en lui demandant de les commenter, d'expliquer séquence après séquence de quoi il s'agissait, de quelle époque, de quelles personnes, de quels événements. Bien installées dans leurs fauteuils, Nelly et sa sœur Colette ont commenté les cassettes. Muni d'un magnétophone, l'aîné des fils enregistrait leurs réactions, leurs exclamations, leurs soupirs. Il a gardé les cassettes vidéo, la cassette audio, mais, à ce jour, ne les a pas revues, réécoutée. Ces récits-là sont encore en suspens, endormis dans le nulle part, le nulle quand des bandes magnétiques.

Liens :
* Super-8
* La voix de l'ange
* L'aîné des fils

Histoires de pères

(Fables, 4)

La première, celle d'Ange, est une histoire simple et riche. Un matin, Dje'ha se rend à la ville avec son âne. Arrivé en ville, il attache son âne à un poteau et entre dans la casbah pour y faire des emplettes. Quand il revient, au bout de plusieurs heures, l'âne a disparu. Dje'ha s'adresse aux commerçants alentour, personne n'a vu l'âne, personne n'a vu quiconque le voler, mais c'est une évidence. L'âne était attaché. S'il n'est plus là, c'est qu'on l'a pris. Au bout d'une heure supplémentaire de recherches, Dje'ha s'adresse un à un à tous les hommes qui discutent, commercent ou travaillent là et leur déclare très calmement : « Dites à tous ceux que vous verrez passer que Dje'ha veut que son âne lui soit rendu ce soir, avant la nuit. Si ce soir Dje'ha ne retrouve pas son âne à l'emplacement où il l'a laissé, *Dje'ha fera ce que son père a fait le jour où on lui a volé son âne !* » Ses interlocuteurs le regardent. Dje'ha est sérieux, il dit la vérité, tout ceci est une affaire grave, qui ne doit pas être prise à la légère. On se passe le mot : « *volé l'âne de Dje'ha... si l'âne n'est pas rendu ce soir... ce que son père a fait le jour où on a volé son âne...* ». Au couchant, Dje'ha trouve son âne à l'endroit où il l'a laissé. Il hoche la tête et regarde alentour, puis, chevauchant l'animal, il franchit la porte de la ville. Un marchand lui court après. « Dje'ha ! Dje'ha ! Dis-moi, qu'est-ce qu'il a fait, ton père, quand on lui a volé son âne ? » Sourire en coin, Dje'ha répond : « Eh bien, il est rentré à pied ! »

*

La seconde histoire, l'une des favorites de Nelly, est beaucoup plus ambiguë. Un vieux Juif (dans les histoires, il faut que les Juifs soient vieux pour prodiguer un enseignement qui tienne debout) parle à son fils :

— Mon fils, tu as dix-huit ans, tu es presque un adulte, il est temps que je t'apprenne une chose très importante.

— Je t'écoute, Papa.

— Tu me fais confiance ?

— Oui, Papa, bien sûr, on doit toujours faire confiance à son père.

— Alors grimpe sur la table.

— Pourquoi faire, Papa ?

— Si tu me fais confiance, grimpe sur la table.

Le fils s'exécute.

— Bien, maintenant, plonge !

— Comment ça, « plonge » ?

— Plonge. Comme si tu plongeais dans l'eau.

— La tête la première ?

— La tête la première.

— Mais, Papa, si je plonge, je vais me faire mal !

— Tu me fais confiance ?

— Oui, Papa, mais...

— Alors, si tu me fais confiance, plonge !

Le fils s'exécute. Évidemment, il s'escagasse.

Pendant qu'il se relève, le nez ensanglanté, le père lui dit :

— Voilà, mon fils, ce que je voulais t'apprendre : dans la vie, on ne peut faire confiance à personne, même pas à son père.

Bribes

(Sens, 3)

(Alger, ?) Nous sommes en visite chez quelqu'un, et je suis coincé dans les cabinets. J'ai tourné le verrou, et je ne peux plus ouvrir. De l'autre côté, c'est l'effervescence. Il n'y a que des femmes, et ça fait du bruit. Je ne sais pas si je pleure, mais je n'en mène pas large. Quelqu'un (ma tante ?) essaie d'ouvrir le vasistas extérieur au moyen d'une perche. Je ne sais pas comment je fais pour sortir (mais j'imagine que, pour la première fois, je comprends qu'on reste souvent coincé par trop de hâte, parce qu'on a tenté de tirer la porte avant d'avoir tourné le verrou complètement et que, sous l'effet du léger déplacement de la porte, le verrou coincé ne joue plus — il suffit de repousser la porte à fond pour que le verrou se remette à glisser sans difficulté), toujours est-il que je sors, triomphant, pour voir ma mère effondrée entre les bras... de ses amies ? Non, elles sont les unes sur les autres, ce doivent être ses sœurs ou ses cousines.

*

Un vieil homme est allongé dans un grand lit. Il est malade, peut-être mourant. C'est Joseph, le père de

Nelly. Des femmes l'entourent. L'une d'elles le rase au moyen d'un rasoir électrique. (Est-ce que ça existait, les rasoirs électriques, avant 1960 ?) Je ne sais pas si j'ai peur, si je suis impressionné, si je suis triste. Je me souviens seulement de ce lit, de cet homme presque entièrement recouvert par un drap, et qui n'est déjà plus là.

*

Je suis sur l'eau et, quelques secondes plus tard, je suis sous l'eau. Je n'ai pas peur, mon regard est tourné vers le haut et, dans la lumière qui traverse la surface, je vois l'ombre de mon père tendre la main pour me repêcher.

*

L'escalier est en béton peint en blanc, la rampe en béton plein. Il n'y a que deux portes par étage. Je suis à mi-chemin entre l'avant-dernier et le dernier étage. Je vois les deux portes, deux rectangles marron (?). Quelqu'un se penche et me lance un verre d'eau.

Liens :
* Le verre d'eau
* Le rêve de l'escalier
* Les Borgia

Amnésie

(Quêtes et Pertes, 2)

(Tourmens, 2001.) J'ai oublié la couleur de ma chambre. J'ai oublié ce qu'étaient mes jouets préférés. J'ai oublié si j'avais besoin d'un nounours pour m'endormir. J'ai oublié quels livres on me lisait quand j'étais petit. J'ai oublié si je suçais mon pouce. J'ai oublié la couleur du ciel d'Alger. J'ai oublié à quoi pouvait ressembler la cuisine. J'ai oublié le visage de Tassadite, qui s'est probablement occupée de moi plus que ma propre mère pendant ma petite enfance. Je ne me souviens pas des odeurs, je ne me souviens pas de la chaleur et je ne me souviens pas du froid — mais on m'a souvent raconté qu'à ma naissance, en février 1955, il avait neigé à Alger. Je ne me souviens pas de mon école maternelle et, à l'exception d'un souvenir plus que douteux (je fais des acrobaties dans un arbre pour attirer l'attention d'une petite fille rousse que je trouve bien jolie), je ne me souviens même pas être jamais allé à l'école maternelle. Je ne me souviens pas des balançoires. Je ne me souviens pas de la plage. Je ne me souviens pas des repas.

J'ai oublié le merveilleux gâteau d'anniversaire qu'on m'a fait pour mes six ans — je vois bien, sur la photo, qu'il s'agit d'un gramophone ; j'imagine parfaitement que les autres enfants présents et moi avons dû nous disputer le privilège de dévorer le pavillon, qui devait être fait de chocolat ou de nougatine ; et enfin, je mesure la valeur symbolique de ce gâteau somptueux, mais je ne me souviens pas de l'avoir vu, et encore moins de l'avoir dégusté. Et bien sûr, je ne me souviens pas des cadeaux que l'on a pu m'offrir ce jour-là. Je vois bien sûr la photo que ce devait être un jour important : la table est dressée, autour de moi il y a sept enfants — je reconnais mon cousin Jacques, ma cousine Judith —, mon frère fait la grimace et si Henriette, Ange et ma sœur ont une tête sinistre, je fais un sourire charmant à l'intention de l'objectif, on est en février 1961 et dans huit mois nous aurons quitté l'Algérie.

Je ne me souviens pas de mes peurs d'enfant. Je ne me souviens pas de mes pleurs d'enfant.

Liens :
* « Je refuse »
* *XIII* de Vance et Van Hamme
* Mon cousin Jacques

Le billet de 5 francs

(Songes, 1)

(Tourmens, 2001.) Cette histoire-là, il l'a portée longtemps. C'est une histoire (ré)inventée. Ça ne peut pas être un simple souvenir, tant elle est édifiante, tant elle est chargée de symboles — et d'ailleurs, elle est beaucoup trop belle. Il l'a enjolivée, il l'a épurée, il l'a réinventée à chaque narration, alors même qu'elle tient en très peu de mots. En voici la toute dernière version en date, écrite spécialement pour ce livre...

Il est au cabinet de son père à Alger. Il attend, dans une pièce à part, qu'Ange ait fini ses consultations. Il entrouvre la porte pour voir ce qui se passe dans le couloir. Par l'entrebâillement, il voit Ange raccompagner à la porte un homme pauvre, barbe grise, visage ridé, sautillant sur des béquilles — il n'a qu'une jambe. L'homme se retourne vers Ange et, s'appuyant sur ses béquilles, glisse la main dans sa poche, en sort un billet de 5 francs, le lui tend. Sans un mot, Ange prend doucement la main de l'homme entre ses deux mains et la lui referme sur le billet, pour lui signifier qu'il ne veut pas de son argent. L'homme range son billet, hésite et donne à Ange une poignée de main, qui dure longtemps, et ils se regardent sans rien dire.

Cette histoire, cette belle histoire, elle est à lui et à personne d'autre. Elle fait partie de ses valises personnelles. Personne ne la lui a jamais racontée, car personne d'autre que lui n'a assisté à l'événement, et pendant très longtemps il ne l'a racontée à personne. Ni à sa mère, ni à son frère, ni à sa sœur. Il ne l'a probablement pas racontée à Ange non plus, et il se demande ce qu'aurait été sa réaction s'il l'avait fait un jour. Sans doute aurait-elle consisté à répondre : « Je ne me souviens pas », et à rester pensif et silencieux.

Cette histoire, cette belle histoire, elle contient Ange tout entier. Le patient est vieux, pauvre et infirme, mais il se tient debout et fait la même taille que le médecin. Ils sont égaux. Ange refuse son billet mais accepte la poignée de main. Ils sont quittes. Ils se serrent chaleureusement la main. Ils sont frères.

La seule question qui le turlupine encore un peu est celle-ci : pourquoi un billet de 5 francs ? Est-ce que ça existait, à la fin des années cinquante, les billets de 5 francs ?

Liens :
* *Plumes d'Ange*
* Le sacrifice d'Isaac
* La mort d'André

Origines, fin

(Clichés, 3)

La suite du premier album est constituée de photos de groupe montrant successivement la vie depuis le mariage d'Ange et de Nelly : « la famille » — plus précisément, la famille de Nelly : sa mère, sa fille, ses sœurs, l'un de ses frères (mais, curieusement, pas l'autre, peut-être parce qu'il n'était pas à Alger à l'époque, ou parce qu'il n'a jamais été quelqu'un de facile à saisir) ; le beau voyage qu'Ange et Nelly firent en Espagne en mai 1960 (« Séville », « Cordoba », « Tolède », indiquent les étiquettes) avec le frère et la cousine de Nelly et leur conjoint respectif ; un voyage antérieur fait en 1956 en Israël ; le réveillon de Noël 1960 (dîner à quinze suivi d'un « petit... poker ») ; les activités de Nelly dans le cadre de la WIZO, organisation internationale des femmes sionistes (« Kermesse », « Exposition de tables de fêtes », « Mannequin en costume judéo-arabe »...) ; un congrès, des repas à l'hôpital ou chez « le patron », le professeur V., dont Nelly fut la secrétaire, Ange le chef de clinique, et leur premier enfant le filleul.

Trois seulement des cinq dernières pages portent encore des photos.

Sur la première, affublée de l'étiquette « Divers » (!),

un cliché noir et blanc — « Un anniversaire chez Armande avec Tata Louise » — est la seule trace d'une présence de la famille paternelle. Louise, sœur de Céleste, est la tante d'Ange. Armande, fille de Louise, est sa cousine germaine, mais, toute sa vie, Ange l'aura considérée comme sa sœur.

Sur la seconde page, quatre photos en couleur (ce sont les seules de l'album) montrent les convives en septembre 1961, le soir de Kippour dont j'ai déjà parlé (« On attendait A. Goldenberg. Il venait d'être assassiné ! »). L'atmosphère n'est pas à la grande gaieté, alors même que ce soir-là, les deux garçons de Nelly et Ange, en pyjama et tout sourire d'être restés debout si tard, entourent le bébé que leur cousine Michèle a mis au monde quelques semaines ou quelques mois plus tôt.

Sur la page suivante, en noir et blanc de nouveau, on voit Nelly et sa sœur Colette. « Mon dernier dimanche à Alger. Oct 1961. » Sur le second cliché, le visage de Colette est un peu flou, mais il n'est pas invraisemblable qu'elle soit sur le point de pleurer.

Les photos que Nelly a choisies pour composer cet album destiné à l'aîné de ses fils (elle en a fait pour chacun de ses deux autres enfants, et aussi pour ceux de ses petits-enfants qu'elle a eu le temps de connaître) sont presque exclusivement des portraits. Même si les étiquettes indiquent des lieux et des dates, je vois bien que les clichés ont été choisis pour montrer le visage des amis et des aimés, vivants ou déjà disparus. À ce titre, la dernière photo est singulière. Elle est prise de la fenêtre de l'appartement et représente, je crois, la cour de l'immeuble (ou peut-être son côté jardin). Elle n'est pas datée, mais l'étiquette porte les mots : « La maison sous la neige — Décor pareil à nos cœurs qui quittent ALGER ».

À moins qu'il n'ait neigé en octobre 1961, ma mère a illustré son chagrin du départ au moyen d'un cliché pris la semaine de ma naissance.

Premier interlude : Le départ

(Tourmens, 2001.) Nous quittons l'Algérie. Je sais que nous partons sans ma mère, qui nous rejoindra plus tard. Je sais que nous partons très vite à cause d'un rêve, celui que je nomme le rêve de l'escalier. Sa tante Louise, qui est aveugle, le fait venir et lui dit : Angeot, ça fait trois nuits que je rêve de ta mère, elle est au bas de l'escalier, elle m'appelle, « Louise ! Louise ! », je me penche dans l'escalier et je dis « Qui est là ? » et elle dit « C'est moi, ta sœur, Céleste. Je suis fatiguée, je suis vieille, je ne peux pas monter, écoute-moi, Louise, écoute-moi. Dis à mon fils qu'il prenne sa femme et ses enfants et qu'il s'en aille. S'il te plaît, Louise, fais-le pour moi. » Et Louise dit que la première fois qu'elle a fait ce rêve, elle n'a rien dit, mais que la nuit suivante et la nuit d'après, sa sœur était de nouveau au bas de l'escalier et lui criait « Louise ! Louise ! Est-ce que tu es allée dire à mon fils de partir ? » et Louise lui a répondu « Non, je ne l'ai pas vu. » Et Céleste, qui est morte depuis plusieurs années, se lamente « Louise, Louise, va lui dire qu'il faut qu'il parte, qu'il emmène sa famille, il ne faut pas qu'il reste. Va le lui dire, Louise, je t'en prie ! » Alors voilà, dit Louise, je te le dis, il faut que tu t'en ailles, c'est ta mère qui me le demande, qui te le demande...

Nous prenons le bateau. Pourquoi n'ai-je, encore une fois, aucun souvenir de ce qui était certainement un énorme bâtiment ? Ce genre de chose doit impressionner un petit garçon qui n'a pas encore sept ans. Mais je ne me souviens pas d'avoir franchi la passerelle en tenant mon père par la main, je ne me souviens pas de la cabine ou des coursives, je ne me souviens pas d'Alger s'éloignant dans le lointain, j'ai beau me pencher sur le bastingage et scruter dans toutes les directions, je ne vois rien, c'est la brume et le vent emporte ma casquette qui s'engloutit dans les flots.

Nous partons pour Israël. Via Marseille ? (Je me souviens que nous avons fait escale à Marseille, et je me souviens d'avoir vu, sur le téléviseur des gens qui nous ont hébergés une nuit, Claude Nougaro chanter *Y'avait une ville / Et y'a plus rien* devant un décor blanc. Mais est-ce que c'était ce voyage-là, ou celui du retour ?) Sans escale ? En tout cas, notre destination, c'est celle-là. Je sais aujourd'hui que si nous partons en Israël, et non en France, comme le feront tous les autres membres de la famille, c'est parce que Ange et Nelly sont sionistes depuis longtemps, sûrement depuis la fin de la guerre, ils sont allés en Israël à plusieurs reprises, Nelly fait partie de la WIZO, Ange travaille avec l'Agence juive (qui, je crois, aide des Juifs du monde entier à s'installer dans le nouvel État), alors, quand Ange décide d'obéir au rêve de sa tante et aux supplications de sa mère, les membres de l'Agence juive disent : « Si le docteur Zaffran quitte l'Algérie, il faut qu'il vienne en Israël. » Et voilà.

Tard, plus tard, bien plus tard — nous sommes installés à Pithiviers, Israël est loin derrière lui, derrière nous —, Ange dîne chez un ami, il y a beaucoup de monde, on lui présente un type, on lui dit son nom, ils se serrent la main, il ne le connaît pas mais l'autre a l'air de le connaître. Ils doivent causer comme ça, échanger des banalités, et puis quand l'homme s'éloigne, l'hôte s'approche et dit « Tu sais qui c'est, j'espère ? » J'imagine Ange, clope au bec comme je l'ai toujours vu, secouer la tête et dire Non, je ne le connais pas. Et son hôte de déclarer sans rire : « Il était chargé de te descendre. » Et Ange de me raconter, plus tard encore, bien plus tard, je suis adolescent ou jeune homme, ce sont des choses dont il parle un peu plus volontiers, d'un air à la fois désabusé et perplexe, que le type en question était un tueur de l'OAS que l'on avait chargé de l'éliminer. Seulement — *Tu vois comment c'est, le destin* — le tueur en question, dit Ange... du moins, c'est ce qu'on m'a expliqué, avait un jeune type à former. Le jour où il doit m'assassiner, il lui met un revolver dans la main, et il lui dit « Tu vois le gros, là-bas, qui sort de l'immeuble avec son chapeau et sa sacoche ? Suis-le et quand tu seras dans la foule, fais-lui son affaire. » Et le jeune me suit, dit Ange, mais au moment de tirer, sa main tremble, il n'ose pas, il me laisse filer et, comme nous avons pris le bateau peu après, le lendemain peut-être, il n'a plus eu d'occasion de réessayer — et puis, à quoi bon tuer un type qui s'en va ?

Ange cesse de parler, il est pensif, il fait peut-être mine de ranger le contenu du grand tiroir de son bureau, et puis il le referme, ôte sa clope de son bec et dit « Mais tu vois, le pire dans cette histoire, c'est que dans la cellule de l'OAS qui m'avait condamné à mort, il y avait un de mes amis, quelqu'un que je connaissais depuis le lycée. Quand il l'a su, il a appelé à mon cabinet pour me prévenir, mais comme je n'y étais pas il s'est dit *Tant pis, c'est le destin* et il s'en est lavé les mains. » Et je vois que ce qui l'attriste, ce n'est pas la peur rétrospective d'avoir échappé à la mort à cause d'un gamin qui n'a pas pu ou su appuyer sur la détente (son sourire paternel quand il racontait ça...), mais le souvenir du faux ami, du faux frère, de la trahison — c'est comme ça la vie : c'est parce qu'il a vécu qu'il souffre d'avoir été trahi.

Mais moi, éberlué — la trahison ne me soucie pas autant que lui encore — je demande : « Mais pourquoi voulaient-ils *te tuer* ? » Et lui : « Ah, ça, c'est une autre histoire. »

Liens :
* Le tract du FLN
* La galette du Massif central
* *Exodus*

Israël

(Lieux, 3)

(Tourmens, 2001.) Quand nous quittons l'Algérie, on est en octobre 1961, j'ai six ans. Mon frère en a cinq, d'ailleurs on les lui fête sur le bateau, et du coup je sais au moins que le 22, on est en pleine mer et, quand j'y pense, je vois une coque noire voguer sur des flots agités, il fait nuit, ça n'est pas un souvenir mais une vignette, je serais prêt à parier que ça sort de *Coke en stock* ou du *Crabe aux pinces d'or,* il faudra que j'y jette un œil un de ces quatre.

Israël, ça ne dure pas longtemps. Dix ou onze mois. Juste assez pour se construire des souvenirs douloureux, même à l'âge que j'ai, mais surtout à l'âge de mes parents, des souvenirs pleins d'amertume. Quitter Alger, c'était quitter la terre natale, la terre d'ancêtres qui étaient là depuis bien avant la conquête française, depuis 1492 ou dans ces eaux-là, lorsque Isabelle la Catholique a chassé les Juifs du royaume d'Espagne et que certains des Zaffran se sont retrouvés de l'autre côté de la Méditerranée, et que d'autres ont passé les Pyrénées et sont remontés vers le nord, jusqu'en Allemagne ou en Pologne, en échangeant un f contre un s au passage. Et c'est comme ça qu'au XXe siècle, régulièrement, on m'a fait remarquer qu'il y a des Szafran qui écrivent et d'autres qui peignent et d'autres qui font de la musique, vous seriez pas cousins ? J'imagine donc que quitter Alger, c'est un peu comme quitter l'Espagne cinq cents ans plus tôt, ça fait mal mais Ange et Nelly se disent sans doute On survivra, on est vivant, on est ensemble, on nous attend.

Seulement, voilà, on ne nous attend pas.

Israël a longtemps été la terre promise pour le Juif errant, mais le Juif errant est arrivé et il n'est pas venu seul, ils sont nombreux, des cargos *Exodus* il y en a eu beaucoup, et parmi ces gens venus de partout il y avait pas mal de médecins. Et depuis, ils ont fait des petits, on est en 1962, et le pays en a fabriqué d'autres, des médecins, des jeunes et des tout frais, alors un pneumo-phtisiologue algérois de presque cinquante ans, ça n'est pas vraiment indispensable au système de santé du pays.

Israël, pour moi, ça n'est pas vraiment un lieu de vie, mais une zone de transit, je ne sais plus comment nous y sommes arrivés et je ne crois pas avoir jamais entendu mes parents me le raconter ; en revanche, je me souviens très bien avoir entendu ma mère raconter comment ils en étaient partis. Nelly est dans la cuisine, elle repasse et elle a chaud. Ange rentre, abattu d'avoir compris que ce n'est pas l'hôpital qui lui verse son salaire, mais l'Agence juive, qui a insisté pour le faire venir et qui ne peut tout de même pas le laisser crever de faim avec sa famille, voilà pourquoi il va tous les jours dans un hôpital où on ne lui laisse rien faire, où on ne lui donne rien à faire, où il ne fait que de la figuration. Il a mis du temps à comprendre, c'est difficile d'ouvrir les yeux quand ça fait aussi mal de voir, mais il a fini par comprendre et quand il rentre, le visage fermé, et qu'il entend Nelly se plaindre d'avoir trop chaud quand elle repasse, il lui dit que c'est fini, elle n'aura plus chaud comme ça, ils s'en vont.

Je ne sais pas ce que mon père a ressenti quand il a compris qu'il n'avait pas sa place là-bas. Je pense qu'il a beaucoup souffert, je pense que la trace de cette souffrance s'est inscrite en moi, de manière insensible, secrète, invisible — la souffrance d'un homme qui a dû abandonner une première terre pour échapper à une mort violente, puis une seconde pour échapper à la mort lente.

Pour moi, Israël, ça n'est pas un lieu mythique, c'est l'impasse dans laquelle mon père ne nous a pas enfermés. Plus tard, il dira : « Si nous étions restés là-bas, ton frère et toi auriez été obligés de vous battre. » Et voilà pourquoi j'écris aujourd'hui assis bien tranquillement tandis que dans Jérusalem et dans Tel-Aviv des jeunes gens bardés de dynamite et de plastic se font exploser au milieu de la foule et que d'autres jeunes gens bardés d'armes bombardent et tirent — *Who'll stop the rain* ?

Liens :
* Le garçon sur la terrasse
* Le Livre d'Esther
* « Un médecin a les mains nues »

Zone de transit

(Pages, 2 ; Lieux, 4 ; Fables, 5)

(Tourmens, 2001.) Il y a des bribes, des bricoles, des histoires récurrentes — comme des livres d'images qu'on fabrique en soi quand on n'en a pas eu de vrai — que les parents rappellent et spécialement celle-ci (c'est Nelly qui raconte) :

Nous sommes à Natanya, en transit dans le logement temporaire qu'on nous a attribué à notre arrivée dans le pays, au milieu d'une rangée de maisons identiques. Ce sont des maisons toutes simples, aux cloisons de bois ou de brique, avec deux ou trois pièces au maximum. Dehors, le terrain est meuble et incertain, il a plu, les flaques d'eau laissent au sol des plaques glissantes, masquées par une fine croûte de terre séchée. Presque chaque jour, en rentrant de l'école (il y en a une, j'y vais dans la journée, tandis que mes parents y vont le soir pour apprendre l'hébreu), mon frère ou moi, malgré tous nos efforts pour les éviter, nous nous étalons sur l'une de ces plaques de glaise humide et nous rentrons sales et trempés. Un jour, excédée de voir mon frère revenir crotté une fois de plus (elle n'a pas beaucoup de vêtements de rechange, je pense que nous attendons encore le « cadre » qui contient la plus grande partie de nos affaires), Nelly se met à hurler. Quand Ange revient (du travail ?), il trouve son cadet devant la maison, debout au soleil, les bras étendus.

— Qu'est-ce que tu fais là ?

— Je sèche.

*

Ce genre d'histoire fait partie du folklore familial, des souvenirs plutôt gais d'une époque plutôt triste. Il y en a bien d'autres, qui me reviennent mais que je n'ai aucun plaisir à évoquer, et qui s'effacent devant un souvenir, tout à fait personnel et, à mes yeux, bien plus signifiant.

À Natanya, mon frère et moi dormons ensemble, comme nous l'avons toujours fait, comme nous le ferons encore pendant plusieurs années. Je me souviens vaguement que la chambre est grande. Mais comme je suis petit, tout me paraît grand et il est probable qu'en plus, la pièce est presque vide, ou alors qu'il s'agit de la pièce commune, et pas d'une vraie chambre. Un soir, mes parents doivent s'absenter. Ils ne vont pas loin, peut-être à une réunion ou à un de leurs cours destinés aux nouveaux immigrants, à quelques centaines de mètres de là, dans une maison un peu plus grande que la nôtre. Ils me disent que je dois rester pour garder mon frère, et me mettent ainsi dans une situation d'angoisse et de culpabilité terrible : je n'ai que six ans et demi, mon frère vient d'en avoir cinq, j'ai peur de rester seul, mais j'ai la responsabilité de mon cadet. Je ne peux pas dire que j'ai peur, parce que ce serait dire que je ne me sens pas capable de veiller sur lui, que je ne suis pas à la hauteur de la confiance que me font mes parents. Me désigner comme responsable de mon frère sous-entend que je dois mettre ma peur en sourdine.

Moi qui n'ai jamais laissé mes enfants seuls à la maison avant qu'ils n'aient douze ou treize ans — pas même cinq minutes, le temps d'aller acheter du pain sur la place —, j'ai du mal à croire que mes parents (je soupçonne ma mère, qui sera coutumière du fait, d'avoir imaginé le stratagème) m'aient imposé cela. Mais nécessité faisait loi, sans doute. Et comment leur en vouloir de partir alors qu'ils me font pareille confiance ?

Pour faire face à l'épreuve, je reste éveillé. Et, pour rester éveillé, je lis. C'est mon plus ancien souvenir de vraie lecture. Qu'est-ce que je lis ? Je ne sais pas. Il est improbable que je lise déjà l'hébreu quelques semaines seulement après notre arrivée. Donc, il doit s'agir d'un livre ou d'un illustré en français. D'images et de textes qui me permettent à la fois de m'abstraire du monde alentour et de calmer mon angoisse de solitude et de vulnérabilité.

Comme à de nombreuses autres reprises au cours de ma jeune vie, mon angoisse me fait provoquer une catastrophe. Je lis à la lueur d'une de ces petites lampes de chevet que l'on pince sur le bois de lit et dont l'ampoule porte, directement posé sur le verre, un cône de métal qui lui sert d'abat-jour. Pour ne pas gêner le sommeil de mon frère, je pose mon pull à grosses mailles sur la lampe. Et, bien sûr, le pull finit par brûler. Quand mes parents rentrent (ou est-ce le lendemain, après que je me suis endormi, épuisé de les avoir attendus ?), je fonds en larmes. J'ai brûlé mon pull et ça me permet de pleurer sans dire à quel point j'ai eu peur.

Désormais, parmi d'autres missions plus avouables, la lecture me protégera du monde environnant, le temps qu'il faut pour que les difficultés s'estompent, pour que ma peur s'atténue, pour que mon chagrin se tarisse. La fiction protège de l'affliction. Temporairement, du moins. De là à dire que cette nuit d'angoisse a changé ma vie, il n'y a qu'un pas, et je m'empresse de le franchir d'autant plus allègrement que je n'y avais jamais pensé avant de le raconter. Même si ce n'est pas vrai, quel bonheur de pouvoir dire, aujourd'hui, que ce soir-là, pour la première fois, la fiction est venue à mon secours.

Liens :
* La Bibliothèque pour Tous
* *L'île* (le dessin de cinquième)
* « Bookie »

Le garçon sur la terrasse

(Clichés, 4 ; Fables, 6)

(Jaffa, 1962.) L'absence de photographies prises pendant l'année passée en Israël veut certainement dire quelque chose. On ne prend pas de photos quand on n'est pas heureux, quand on n'a pas envie d'attraper le bonheur au filet pour le coller dans un album. Et, du passé qu'on préfère oublier, on ne garde pas les photos — on jette celles qu'on ne veut plus voir, on en découpe la silhouette de celui ou de celle qu'on aimerait n'avoir jamais connu, on gribouille au stylo le visage qu'on trouve hideux : on ampute et on maquille.

D'Israël, j'ai pourtant une photo. La photo d'un garçonnet de sept ans, en short, chemisette et casquette, pris à contre-jour sur fond de jardin, accoudé à la rambarde de la terrasse située à l'avant de la maison.

C'est plus tard dans l'année, nous vivons à Jaffa, au rez-de-chaussée d'une maison assez vaste (quelqu'un habitait au premier, il me semble). C'était une maison de style mauresque, je crois. Je me souviens assez bien d'une grande salle de séjour dallée où il y avait la place pour dîner, plus vaguement de la chambre où mon frère et moi dormons, et assez clairement du jardin enclos. Il y a beaucoup d'ombre, des arbres, une fontaine en pierre au milieu.

Dans ce jardin, mon frère et moi jouons avec les gamins du quartier et nous apprenons à parler l'hébreu plus vite que nos parents. Devant la grille, un jour, un homme gare son vélomoteur et, grâce à mon frère qui traduit, demande à mon père de le soigner de ses épouvantables maux de tête.

Dans le jardin, nous jouons à la guerre avec nos camarades. Nos fusils sont faits d'un tasseau de bois à un bout duquel est fixé un élastique de slip et, à l'autre, une pince à linge. On coince l'élastique tendu dans la pince, on glisse dedans une baie un peu dure cueillie sur un arbre du jardin, il n'y a plus qu'à viser et libérer le projectile... Je me vois toucher l'un de mes adversaires au bras, exactement là où je l'ai visé.

*

Dans la maison de Jaffa, il ne fait pas de doute que je lis beaucoup. Qu'est-ce que je lis ? Encore une fois, je ne sais plus. En tout cas, je suis si concentré que la lecture m'attire un déboire qui fera encore beaucoup, *mais beaucoup* rire ma mère, près de vingt ans plus tard.

Mon frère, comme souvent, a fait une bêtise grosse comme lui (mon frère a longtemps été plus dodu que moi, je ne suis pas sûr qu'il en aille de même encore aujourd'hui) et, comme toujours, il a mis notre mère en colère. Elle lui court après, tablier autour de la taille, brandissant quelque chose dans sa main enfarinée (elle a toujours les mains enfarinées) : pas un couteau (faut pas exagérer) et pas non plus un rouleau à pâtisserie (mon père l'aurait tuée si elle avait touché à un cheveu de l'un de ses fils), peut-être tout simplement un torchon, en tout cas elle le poursuit, il tourne autour de la table, il l'évite, il s'enfuit, il s'engouffre dans la chambre et, le dos au mur, se plante devant le lit sur lequel je suis assis, plongé dans ma lecture. Ma mère surgit dans la chambre, elle se dresse devant lui en criant, je me lève d'un bond sans comprendre ce qui se passe et je ne comprends pas mieux quand la foudre s'abat sur moi — dans la grande tradition du burlesque, mon frère s'est baissé et j'ai pris une baffe à sa place.

Liens :
* Le local
* La partie d'échecs
* Le tir à l'arc

Le Livre d'Esther

(Pages, 3 ; Sens, 4)

(Tourmens, 2001.) Le Livre d'Esther est ce qu'on appelle un « apocryphe ». Il ne fait pas partie du Pentateuque, des cinq volumes de ce que les Juifs appellent la Torah et les Chrétiens l'« Ancien Testament ». La fête qui correspond au Livre d'Esther s'appelle le Jeûne d'Esther. Si je me souviens bien, ça tombe l'été — à moins que je ne le confonde avec cette journée d'été où l'on ne doit pas se baigner, en souvenir de l'épée que Gabriel, après en avoir occis tous les premiers-nés d'Égypte, a laissée tomber dans la Méditerranée.

Le jeûne d'Esther est une journée où seules les femmes jeûnent. Et ce jeûne renvoie au Livre d'Esther, qui raconte l'histoire d'Esther et de Mardochée.

Si je me souviens bien, le Juif Mardochée, oncle d'Esther, est le conseiller financier du roi de Perse, Assuérus. Assuérus est très épris d'Esther, qui est une de ses favorites. Lorsque le Grand Vizir, Hamman, convainc Assuérus que les Juifs doivent être massacrés, Esther (qui a ou n'a pas dit au roi qu'elle était juive) l'implore d'épargner son peuple et elle jeûne en signe de solidarité. Mardochée a vent d'un complot (?) fomenté par Hamman (pour devenir calife à la place du calife, probablement) et prévient Assuérus. Celui-ci demande à son Vizir ce qu'il faudrait faire d'un homme qui a apporté au royaume prospérité et richesse. Hamman, pensant qu'il s'agit de lui, répond qu'il faudrait le vêtir des plus beaux habits, le faire monter sur le plus beau cheval et le faire parcourir la ville précédé de hérauts chantant ses louanges. « Et que faudrait-il faire d'un homme qui a trahi ? » demande Assuérus. Exalté et méchant, Hamman répond : « Il faudrait le vêtir de guenilles, le faire monter sur un âne et le promener en ville en l'exposant aux quolibets de la foule. Ensuite, il faudrait le pendre. »

Alors, Assuérus (qui aime toujours Esther) épargne les Juifs, honore Mardochée et fait pendre Hamman. Depuis, les femmes juives jeûnent pendant une journée en mémoire d'Esther, qui a sauvé son peuple.

Voilà l'histoire telle que je m'en souviens.

*

(Jaffa, 1962.) Quand nous sommes arrivés à Jaffa, mes parents m'ont scolarisé dans une école... tenue par des prêtres catholiques. Peut-être parce qu'on y parlait aussi le français. En tout cas, ma première journée d'école (la seule dont je me souvienne) a mal commencé. Nous étions tous vêtus de blouses grises, nous étions en rang dans la cour pendant que l'un (des frères ? des pères ? comme ils ne faisaient pas partie de ma famille je n'ai jamais su comment les désigner) des enseignants faisait l'appel. Il le faisait en hébreu, bien sûr. Je guettais mon nom, et je savais qu'il ne dirait pas Marc Zaffran mais quelque chose comme *Morde'haï Za'hafran*.

J'attendais, l'oreille tendue, qu'il me nomme, et comme il n'y avait que des noms hébreux prononcés en hébreu, j'avais peur qu'il me nomme et que je ne me reconnaisse pas. Enfin, je l'ai entendu dire *Morde'haï Yakh'Marr* ou quelque chose d'approchant, j'ai fait un pas en avant, l'appeleur m'a regardé avec un drôle d'air et j'ai fait un pas en arrière, mais il m'a fait signe d'avancer et de rejoindre le groupe de ceux qu'il avait déjà appelés. Quand nous arrivons dans la classe, l'enseignante demande qu'on sorte un livre, et je n'ai pas le bon livre, et je me mets à pleurer, d'autant plus que je me retrouve au milieu de garçons nettement plus grands que moi. L'enseignante s'approche, elle regarde mon livre, elle vide mon sac de manière un peu brusque, elle dit en français que je ne suis pas à ma place et je me retrouve dans le couloir, sur un banc, devant le bureau du *pfrère* principal. Évidemment, j'étais dans la mauvaise classe, j'avais répondu à l'appel d'un nom qui n'était pas le mien et, comme le garçon qui le portait avait eu la mauvaise idée de rater la rentrée, on n'avait pas constaté l'erreur tout de suite, je comprends aujourd'hui le drôle de regard de l'appeleur en soutane quand je suis sorti du rang.

(Natanya ? 1961 ou 1962.) Dans l'une des écoles que j'ai fréquentées (ça se passait avant l'école des pfrères), pour la fête d'Esther, la maîtresse a fait jouer à toute la classe une représentation de l'histoire d'Esther. Ma mère m'a confectionné un costume rouge et blanc, avec un chapeau conique et une barbe noire : je jouais le rôle d'Hamman.

Le premier rôle que j'ai joué, à pas tout à fait sept ans, c'est celui du traître. On ne devrait jamais faire jouer le rôle du traître à un enfant sans lui avoir demandé son accord.

Liens :
* Axis 2001
* Mon divorce
* La timbale et le rouleau

Deuxième interlude : Le cerf-volant

(Jaffa, 1962.) Je suis sur un terrain vague (ou peut-être seulement vide), je fais voler un cerf-volant. Je suis seul. Je suis éberlué de voir le losange de papier flotter au vent, presque à la verticale de la pierre sous laquelle j'ai coincé la ficelle. Un cerf-volant, ça ne devrait pas tenir verticalement comme ça, avec aussi peu de vent. Je ne sens pas du tout le vent, là où je suis. Je ne sens rien. Je vois le ciel bleu acier, et le cerf-volant qui flotte, contre toute logique.

Aujourd'hui, je regarde cette année en Israël comme je regardais le cerf-volant. Avec incrédulité. Ça ne peut pas être vrai.

Et d'abord, comment se fait-il que j'aie tout oublié de l'hébreu ?

Le voyage d'hiver

(Lieux, 5; Sens, 5; Fables, 7)

(La Bourboule, fin 1962.) Si Israël était une impasse, La Bourboule est un puits sans fond. Nous sommes repartis pour la France. Paul (le frère aîné de ma mère) s'est installé à Paris. Il a aussi repris (a l'intention de reprendre?) le cabinet d'un médecin de cure, dans un *patelin* du Massif central. En attendant de trouver mieux, mon père nous y emmène. Quand je descends du train, je suis tout émerveillé de voir qu'il y a de la neige et je ne comprends pas que mes parents ne soient pas aussi heureux que moi. Mais c'est l'hiver. Et pendant l'hiver, à La Bourboule, en 1962, il fait froid et il n'y a pas un chat. Dans la maison tout en hauteur, la chaudière ne cesse de tomber en panne et la tradition raconte qu'une nuit, Nelly se réveillant ne trouve pas Ange auprès d'elle. Elle descend l'escalier dans le noir (une lampe à pétrole à la main...) et trouve Ange en peignoir et caleçon, assis sur les marches de la cave, un autre caleçon enroulé autour de la tête — il a beau être un homme courageux, cette nuit-là il a froid aux oreilles — et, un journal ou un roman policier (ou peut-être le mode d'emploi) à la main, il veille la foutue chaudière qu'il a remise en route.

— Qu'est-ce que tu fais là ?
— Je caille.

*

Comme il n'y a pas de travail pour un médecin de plus hors des périodes de cures, nous ne resterons pas à La Bourboule. Mon oncle, qui n'a rien mais alors *rien à voir* avec celui de Tati, y sera médecin de cure l'été pendant plusieurs années. Nous reviendrons à La Bourboule, en visite (ma mère) et en cure (mon frère et moi), parce que mon frère fait des sinusites à répétition. On m'obligera à aller avec lui dans les bains de vapeur et ça me fera dégueuler de sorte qu'on finira par nous transférer dans une autre salle, où des gens s'asseyent en rond autour d'une fontaine qui vaporise dans l'air de l'eau de La Bourboule en gouttelettes invisibles. Là, je ne dégueule pas mais, franchement, je m'emmerde, car ça dure des heures et on n'a pas le droit de lire.

*

J'ai un autre souvenir du Massif central, un souvenir délicieux dont je ne suis pas sûr qu'il s'agit d'un souvenir ni que ça se passe vraiment dans le Massif central. (Oui, je sais, pour vous, c'est plutôt agaçant de lire que je suis sans arrêt dans l'incertitude, mais c'est comme ça l'enfance, quand on l'évoque avec ceux qui l'ont vécue avec vous, on s'épuise à confronter les versions et on jure mordicus que la nôtre est la bonne et que les autres se fourrent le doigt dans l'œil, mais quand on en parle à des étrangers, on n'est jamais tout à fait sûr que ce qu'on raconte est vrai — et ça, pour moi, c'est vraiment reposant.)

Nous sommes en voiture. Je vois la carte — une

carte comme on en voit au mur des classes d'école primaire — et, sur la carte en relief, je vois notre voiture longer le bord sud du Massif central dans le sens des aiguilles d'une montre et s'engager dans une des incisures. Mon père nous emmène dans un petit village qu'il connaît et où, nous dit-il, on cuisine une pâtisserie délicieuse. Alors, il veut nous la faire goûter. (Là, je brode. Je me souviens seulement de la voiture, de mon père, du Massif central et de la pâtisserie.) Et on en achète, et elle est effectivement délicieuse. Comme je suis le plus souvent infoutu de décrire ce que j'ai mangé à midi, je le suis tout autant de vous décrire de quoi elle est faite, cette pâtisserie, j'ai seulement le souvenir (le sentiment ?) qu'il s'agit d'une sorte de gâteau très fin, très croustillant, recouvert d'une fine couche de sucre. Ça, c'est un souvenir précieux, mystérieux, délicieux, et je fantasme qu'un jour, au décours d'un tour de France en voiture (*ça,* c'est un *vrai* fantasme — comme celui de gagner au Loto lorsqu'on ne joue jamais), je trouve comme par miracle le petit village en question, je m'arrête parce que je n'ai plus d'essence, j'ai faim, j'entre dans une boulangerie pour acheter un pain au chocolat et le gâteau de ma mémoire est là, en cet instant, *Ça fait si longtemps que j't'attends.*

Liens :
* *La Quatrième Dimension*
* *Hitchcock Magazine*
* Pithiviers feuilleté, pithiviers glacé

Surnoms

(Sens, 6)

(Alger ? / Tourmens, 2001.) Mon père se prénommait Ange, mais j'ai toujours entendu tout le monde l'appeler Zaza. Ma mère se prénommait Denise, mais j'ai toujours entendu tout le monde l'appeler Nelly. Mon frère se prénomme Michel, mais on l'a toujours appelé Mick (enfin, presque). Ma sœur se prénomme Claude mais on l'a toujours appelée Claudie.

Cette tendance à donner des surnoms était beaucoup plus marquée dans la famille de ma mère que dans celle de mon père. Mes parents désignaient les tantes, les cousins ou les cousines de mon père par leurs prénoms : Louise, Hélène, Raphaël, Armande, Simon, André, Albert, Rolande, Éliane... Mais Colette et Lisette, les sœurs de ma mère, ont toujours été surnommées Coco et Zizou. L'un de ses frères, Paul, n'avait pas de diminutif, mais j'ai parfois entendu mes tantes appeler leur autre frère, André, « Dédé ». Ma mère avait aussi deux cousines qui étaient sœurs et qu'on appelait Ninise et Lulu, et pendant longtemps j'ai eu beaucoup de mal à savoir laquelle était Ninise et laquelle était Lulu. Je m'en suis tiré en décidant que celle qui ressemblait (vaguement) à Nelly (Denise) devait être Ninise, tandis que celle qui ressemblait (de loin) à Colette (Coco) devait, très logiquement, être Lulu.

Autant que je le sache, tous les membres de ma famille proche ont au moins un autre prénom sur leur état civil. Je suis le seul qui n'en aie qu'un : Marc. Et, quand j'étais enfant, personne dans ma famille n'a jamais cherché à m'appeler autrement.

(Pithiviers, années soixante.) À l'école puis au lycée, jusqu'en troisième à peu près, les garçons qui ne m'aimaient pas beaucoup m'appelaient « Tarzan ». Ça rimait avec Zaffran, mais ça n'était pas destiné à me flatter : j'étais malingre, très maladroit de mon corps, plutôt trouillard, plutôt renfermé.

(Bloomington, 1972.) En seconde ou en première, par connivence avec les comic-books que j'avais découverts en Angleterre, je me suis inventé un pseudonyme : « Axis 2001 ». Quand je suis parti en Amérique, j'ai emporté le pseudonyme avec moi, mais il n'a jamais pris. Mes copains d'Amérique m'ont toujours appelé Marc (en l'écrivant parfois avec un k), à l'exception de mon frère américain, Charles Stainer III (qu'on appelle Chuck, ce qui le distingue de son père, Charles Stainer, Jr, que tout le monde nomme Charlie), qui m'a toujours appelé « Sjaaack », en traînant le a, parce que « Frère Jacques » ça fait très français. Moi, je l'ai toujours appelé « Chucky-Baby ».

Liens :
* Le vrai Marc et le faux
* Mon pire ennemi
* *'Nuff Said !*

La table de multiplication

(Voix, 3 ; Reflets, 3)

(La Bourboule, Noël ? 1962.) Je dois apprendre mes tables de multiplication. Je dois les savoir par cœur. Comme je ne les sais pas, ma mère m'a exilé dans une chambre (la sienne ? dans mon souvenir, il y a un couvre-lit que je ne connais pas). Je suis debout entre le lit et la fenêtre et j'ingurgite mes tables en pleurant, parce que c'est une torture de me faire apprendre cette chose absurde jusqu'à ce que je la dise sans réfléchir (aujourd'hui, quand je les fais réciter à Léo et Olivier, elles me reviennent de manière automatique, comme une chanson ou une comptine, c'est le cas de le dire et ça me rappelle un sketch de — comment s'appelait-il ? Il donnait sa voix à Pollux, le chien anglais du *Manège enchanté* ! et sa femme était comédienne, elle aussi — dans lequel un instituteur demande au cancre de la classe de réciter la table des neuf, alors le gamin tourne autour du pot, il parlemente, il temporise, et finalement, quand il voit que le maître va le punir, il finit par chanter : *Nanana-na, Nanana-na, Nanana-na-na,* et conclut : « La musique y'a pas de problème, mais les paroles, j'arrive jamais à m'en souvenir ! » — *Jacques Bodoin* !) et je pleure, je pleure, de rage et d'impuissance jusqu'au moment où mon frère entre dans la chambre tout excité et me dit : « Pleure pas, pleure pas, on va avoir la télé ! »

Et là, je m'arrête tout net, parce que rien ni personne ne nous a laissé entendre qu'on aurait la télé dans ce trou à rat où il faut aller à l'école (dont je n'ai aucune image, aucun son, rien de rien) dans la neige et le froid. Alors, ce que mon frère m'annonce n'est pas une nouvelle, mais un vrai miracle. Je sèche mes larmes, la table de multiplication cesse d'être une torture, je m'en fous, ça n'a plus d'importance, on va avoir la télé.

On nous l'installe le jour même, et j'attends avec impatience que le technicien ait fini de la régler car on est jeudi et, à cinq heures, il y a *Zorro*.

Liens :
* 45 tours
* *La Foire aux cancres*
* La bibliothèque de Zorro

Le jardin suspendu

(Fables, 8 ; Lieux, 6 ; Sens, 7)

(Pithiviers, avril-mai 1963.) Nous logeons à l'hôtel des Touristes, faubourg du Gâtinais à Pithiviers (Loiret). À l'hôtel des Touristes, il y a des souris. De mon lit je les vois sortir d'un trou du mur et traverser la pièce, alors je ne me lève pas, je reste couché et je lis mes illustrés. Nous sommes là en transit, encore une fois. Et, si j'en crois la tradition, c'est pendant qu'il était dans le métro qu'Ange a su qu'il y avait du (« *Tu vois comment c'est, le destin* : j'étais allé voir un type, en région parisienne, qui vendait sa clientèle, mais [il a dû le préciser, mais j'ai oublié pourquoi] ça ne s'est pas fait et j'étais déprimé, tous les médecins d'Algérie s'étaient déjà installés en France depuis un an, ils avaient repris les cabinets qu'il y avait à reprendre et puis, depuis la commercialisation des antituberculeux, il n'y avait plus vraiment de travail pour les pneumo-phtisiologues, alors je ne voyais pas du tout comment j'allais gagner ma vie et vous élever, et j'étais là, au fond du tunnel à regarder mes pieds quand, à une station, j'entends quelqu'un qui frappe au carreau, c'était [un type qu'il connaissait] qui m'avait aperçu du quai. Je descends, il me demande ce que je fais, je lui dis que je cherche une clientèle à reprendre et il me dit : “Je connais un généraliste qui a l'intention de céder, vous devriez aller le voir.” Et moi, continue Ange, j'en avais marre de ne rien faire depuis un an, j'y suis allé, j'avais fait beaucoup de médecine avant de devenir spécialiste, ça ne me faisait pas peur et j'avais vraiment envie de me remettre au ») boulot à Pithiviers. S'il avait su...

S'il avait su ce qu'avait été Pithiviers, ce qui s'était passé à Pithiviers, ce que représentait Pithiviers, Ange ne serait peut-être pas allé s'y installer, c'est du moins ce que je l'ai entendu dire longtemps après, à la fin des années soixante-dix.

Aujourd'hui, en 2001, je me dis que s'il avait su, et s'il n'y était pas allé, et s'il ne nous avait pas emmenés là, ma mère, mon frère et moi, la face du monde aurait été changée, pour moi en tout cas, et je me mets à rêver de ce que nous serions tous devenus... mais voilà, *C'était écrit,* comme disait Nelly, nous nous sommes retrouvés à Pithiviers (Loiret), à l'hôtel des Touristes, faubourg du Gâtinais, en attendant de nous installer dans la nouvelle maison.

Nous y étions déjà allés une fois. Elle était sombre et pleine de meubles — ça m'avait frappé parce que je venais de passer dix-huit mois dans des logements dont les meubles ne cessaient pas de se déplacer, déménagement, emménagement, et, quand ils ne bougeaient pas, il est probable qu'il n'y en avait pas beaucoup, toujours est-il que c'était impressionnant, ce salon, et cette grande pièce au premier étage où je découvre deux grands garçons jouant au ping-pong. Mon frère et moi sommes trop petits pour jouer alors on nous fait redescendre, emprunter un couloir, ouvrir une lourde porte sur un jardin vaste et ombragé, une vraie jungle, et nous nous mettons à crier et à courir parce que là-bas, au fond, sous une poutrelle métallique tendue entre deux arbres immenses, une balançoire nous tend les bras.

*

J'ai toujours été incapable de décrire la matérialité des choses — le physique et l'habillement des gens, la forme des objets, l'ameublement d'une pièce —, mais tentons le coup. La maison de Pithiviers et son jardin occupent tout l'espace compris entre la rue du (des) Chardon(s) — qui va de l'imposante église Saint-Salomon-Saint-Grégoire à la place de la Mairie — et la rue Alix de la Tour du Pin — qui repart de la place dans l'autre direction. En sortant dans le jardin par le couloir de la cuisine, on descend deux marches et on débouche sur un espace pavé délimité par la protubérance d'une petite pièce oblongue que ma mère appelait la réserve (à droite), un bosquet de noisetiers et une rangée de rosiers (en face), l'entrée extérieure de la cave (à gauche). Au-delà des rosiers, à gauche et en face, une couronne de pelouse forme un demi-cercle le long de la maison et des murs. Au bout de la pelouse, près du haut mur qui sépare le jardin de la rue Alix de la Tour du Pin, il y a un autre bosquet. Cernés par les pelouses, sur un vaste espace couvert de gravier, s'élèvent les deux grands arbres portant poutrelle (des anneaux et un trapèze flanquent la balançoire) et, un peu à gauche, un troisième arbre aussi grand et je ne peux pas vous en dire plus, je suis nul en botanique. À droite, à quelques mètres de la balançoire, le jardin est amputé de tout son coin droit par un muret en briques haut de cinquante centimètres, qui court en arc de cercle jusqu'au bosquet de noisetiers planté en face de la cuisine. De l'autre côté du muret, en contrebas, une grande cour pavée descend en pente douce vers un grand portail de rue. À droite de la cour se dressent des dépendances comprenant un grand garage qui a dû autrefois être une écurie, une pièce que j'entendrai toujours nommer « la buanderie », une porte ouvrant sur un bûcher et un escalier qui permet d'accéder, au-dessus du garage et de la buanderie, à un très grand grenier qui servira à étendre le linge jusqu'à ce que l'escalier et le plancher soient trop vermoulus pour qu'on puisse y monter sans risquer de passer au travers. Vous me suivez ?

Ce jardin, avec ses arbres, sa pelouse, son gravier, sa balançoire, sa cour en contrebas, son muret (et les hortensias de ma mère), *c'est tout un poème,* j'ai une histoire à raconter pour chacun de ses centimètres carrés, je pourrais en faire un livre entier. Ce jardin et sa maison sont la bulle dans laquelle je me suis mis à respirer, autour de laquelle j'ai gravité en grandissant, et dont je me suis éloigné à l'âge adulte sans pouvoir, pendant longtemps, m'en détacher complètement. À Pithiviers, des milliers d'histoires et de souvenirs commencent à éclore, et parmi eux, beaucoup m'appartiendront en propre.

*

« Faire de la médecine générale, ça ne me faisait pas peur, disait Ange, et puis il fallait que je gagne ma vie pour vous élever. Quand j'ai vu qu'il y avait un jardin, ça m'a décidé, je me suis dit : c'est ce qu'il faut à mes enfants. »

Voilà pourquoi j'imagine que, même s'il avait su ce que cela signifiait alors et ce que ça signifierait bien plus tard, il nous y aurait quand même installés, dans ce jardin, à Pithiviers.

Liens :
* Rue du Chardon/rue des Chardons
* Les hortensias
* Photos de clocher

Pithiviers (Loiret)

(Lieux, 7 ; Songes, 2 ; Traces, 2)

(Tourmens, 2001/Pithiviers, 1963.) Je n'ai jamais dit « Tourindréloire » ou « Lemansarthe », mais j'ai toujours dit « Pithiviéloiret », comme si le nom de la ville ne se suffisait pas à lui-même. Peut-être parce que je l'ai longtemps écrit, bien avant qu'on n'utilise le numéro des départements, sans parler du code postal à cinq chiffres.

Comme beaucoup d'enfants, j'en suis sûr, j'écrivais mon adresse ainsi :
Marc Zaffran
5, rue des Chardons
Pithiviers (Loiret)
France
Europe
Terre
Univers

Aujourd'hui, quand je pense à Pithiviers, j'imagine des rues presque vides. Il y a des gens dans les boutiques, mais pas dehors. J'avance seul. J'ai beaucoup marché seul à Pithiviers. Je ne vois pas mon frère à mes côtés. Je ne vois pas de camarades — j'en avais très peu, pour ainsi dire pas du tout. Je vois vaguement mes parents marcher devant moi, le dimanche, lorsque ma mère n'avait pas envie de cuisiner et qu'il nous arrivait d'aller déjeuner à quelques centaines de mètres de la maison, au « Bon Coin », le bar-restaurant de celles qu'on appelait « les cousines », deux femmes originaires d'Afrique du Nord qui étaient des clientes de mon père. Je vois surtout les rues former une sorte de labyrinthe familier. Je ne vois pas vraiment les maisons car je marche déjà tête baissée, les yeux fixés à un mètre devant mes pieds (je me surprends à le faire parfois encore aujourd'hui) comme je le ferai plus tard, sur le chemin du lycée, en me délectant du craquement des feuilles mortes.

*

L'univers d'un enfant, c'est un périmètre qui s'élargit à mesure que ses jambes s'allongent. Au début, pendant les années d'école primaire, le mien comprend seulement la maison, son jardin et le pâté de maisons — presque une île — par lequel ils sont contenus, protégés. Peu à peu s'ajouteront : à l'extrémité de la rue des Chardons qui débouche sur la place de la Mairie, l'école primaire dans laquelle je fais mon CM2 ; au fond, la mairie, son jardin et le cinéma ; à l'autre bout de la rue du Chardon le clocher, gigantesque (c'est un des plus hauts de France, je crois), que je photographiais du jardin en me demandant s'il tomberait sur nous le jour où il s'effondrerait (il est toujours debout) ; au-delà du clocher, la rue des Quatre Vents avec deux lieux quasi contigus qui étaient pour moi comme l'enfer (l'épicerie où ma mère m'envoyait de temps à autre chercher trois bricoles que j'étais infoutu de me rappeler quand j'y arrivais) et le paradis (la Bibliothèque pour

Tous) ; au bout de la rue des Quatre Vents, la place du Martroi et sa librairie et, de l'autre côté, la rue de la Couronne et son marchand de journaux.

*

Le cinéma. La Bibliothèque pour Tous. La librairie. Le marchand de journaux. Pendant la plus grande partie de mon enfance finissante et de mon adolescence, ce sont mes principales destinations quand je sors de chez moi. Pour ne pas dire les seules. En dehors de l'école et du lycée, bien sûr.

*

Quand j'entre à l'école, on est en mai. J'ai un peu plus de huit ans, on me scolarise en CE2 (je n'ai fait que deux autres classes primaires ensuite). À la fin de l'année, à la distribution des prix, on me remet un « prix spécial pour élève arrivé en cours d'année ». Ma famille en est très fière, évidemment, et on me rappellera longtemps cette distinction, alors que je ne cesserai de me demander à quoi je la dois, et si vraiment je la mérite. Comment ai-je pu ne pas souffrir d'avoir changé cinq ou six fois d'école en dix-huit mois ? Comment se fait-il que mon expérience israélienne ne m'ait pas définitivement dégoûté de l'école ? La seule explication que je puisse trouver à cela c'est que la lecture (y compris celle des livres de classe) me préserve du chagrin et de la douleur et que l'école me permet d'exister.

Cette hypothèse est solidement ancrée dans le souvenir d'un épisode mythique — encore un ! Mon institutrice de CM1 se nomme (si je me souviens bien) Madame Andrau. Dans la classe, elle a trois garçons du même âge qui sont fils de rapatriés :

François A., André G. et moi. Tous les trois, nous sommes très bons en orthographe et nous avons les meilleures notes de la classe. Un jour, pendant une récréation ou après l'école, elle nous fait faire une dictée un peu spéciale. C'est un texte qui parle d'Alger. Il est truffé de noms propres — de rues, de quartiers. Elle veut savoir lequel de nous trois fera le moins de fautes. Elle corrige les copies devant nous. François a fait trois fautes, André une seule. Quand vient mon tour, elle lit fébrilement, je la vois lever la tête et dire : « Zéro faute. »

De ce mythe fondateur je n'ai bien entendu aucune preuve, seulement un souvenir apparemment très précis mais, une fois encore, hautement suspect (j'ai pris l'habitude d'être très soupçonneux à l'égard de mes souvenirs les plus gratifiants, alors que je le suis paradoxalement beaucoup moins avec les plus humiliants. Et vous ?) et je ne peux évidemment pas en demander confirmation aux autres protagonistes. Je n'ai jamais revu Madame Andrau, qui a dû aller enseigner ailleurs. Après l'école primaire, François, que j'aimais beaucoup, est devenu progressivement très agressif avec moi jusqu'à devenir mon pire ennemi lorsque nous sommes devenus lycéens. Quant à André, que j'ai perdu de vue puis retrouvé et que je vois et entends régulièrement (il est journaliste sportif à France Télévision et, alors que je ne regarde jamais le sport à la télé, j'éprouve un plaisir sans mélange quand je l'entends commenter du volley féminin), je n'ai jamais osé lui demander s'il se souvient de cette anecdote, car je trouve ma version parfaitement immodeste.

Qu'elle soit ou non le reflet d'un épisode réel, cette trop belle histoire n'en a pas moins une grande valeur à mes yeux : un garçon de huit ou neuf ans qui peut écrire sans faute le nom de tous les quartiers de sa ville engloutie entretient indubitablement un rapport privilégié avec la lecture, l'écriture et la transmission.

Liens :
* La signature sur la porte
* *Un littéraire, pas un scientifique*
* L'émission de radio

Chambre d'enfant

(Lieux, 8 ; Voix, 4)

(Pithiviers, 1963.) Au début, ce n'est pas ma chambre, mais celle que nous partageons, mon frère et moi. C'est la plus grande pièce de la maison après la salle à manger. Elle est au premier étage, juste à côté de la chambre des parents, dont une double porte la sépare. Elle a deux grandes fenêtres et un petit cabinet de toilette avec baignoire sabot, qui communique, deux marches plus haut, avec une troisième chambre, que nous appellerons éternellement « la chambre de Claudie » mais qui hébergera régulièrement oncles et tantes en visite le week-end.

Dans notre chambre, nous jouons, nous lisons, nous nous chamaillons. Parfois, notre mère entre en coup de vent et dit « Qu'est-ce que vous faites ? J'ai entendu BamBamBam, comme si quelqu'un tombait par terre ! Vous vous battiez ? » Mon frère et moi sommes sur nos lits, plongés dans nos bandes dessinées. « Non, on ne se battait pas ! » Bien sûr qu'on se battait, mais l'escalier craque et la rampe vibre, et nous nous sommes séparés en vitesse dès que nous l'avons entendue se précipiter à l'étage.

*

Chaque matin, quand ma mère ouvre la porte pour nous faire lever et nous envoyer à l'école, la lumière me fait mal à la tête et je m'en plains. On finit par m'amener à un ophtalmologiste qui diagnostiquera une myopie et un astigmatisme prononcés. J'ai huit ou neuf ans et je me mets à porter des lunettes.

Un matin, je me réveille brusquement. C'est dimanche, on aurait dû me laisser dormir, mais la porte est grande ouverte et dans la lumière se découpe une silhouette abattue. Assise au bord de mon lit, ma mère me regarde. Au moment où je me redresse elle tend la main vers moi, me caresse la tête, et dit gravement : « Tu sais, hier, le président Kennedy a été assassiné. »

Je ne sais pas qui est le président Kennedy. Ma mère m'explique que c'est, que c'était un grand homme, et je comprends qu'il devait l'être, pour qu'elle vienne confier ce lourd chagrin à un enfant de mon âge. Dix ans plus tard, pendant mon année dans le Minnesota, j'entendrai beaucoup d'adultes me confier de manière détachée que tous les Américains de leur génération savent exactement ce qu'ils faisaient, où ils étaient, et quel épisode de leur vie s'est brusquement interrompu quand ils ont appris la nouvelle. Et moi, je saurai exactement quel chagrin cache ce détachement apparent.

*

Le lit de mon frère est placé derrière la porte, à droite en entrant par le couloir. Le mien est disposé juste en face de la porte, entre les deux fenêtres.

La porte se ferme à huit heures du soir, lorsque ma

mère éteint la lumière dans notre chambre. Elle reste fermée, mais je demande à ma mère de laisser la lampe du couloir allumée, et le rai de lumière sous la porte m'accompagne quand je m'endors.

Je ne m'endors pas tout de suite. Je lis sous mes couvertures avec une lampe de poche. Mon frère fait la même chose. Souvent, il s'endort en lisant. Alors, je me lève, je m'approche de son lit, je lui ôte le livre de la main, j'éteins sa lampe de poche et je retourne dans mon lit. Je marche à pas de loup car le parquet de la chambre craque et j'ai peur qu'on m'entende. Si la lampe du couloir est restée allumée, je m'enhardis, j'allume ma lampe de chevet pour lire plus confortablement. Dès que j'entends la porte de la salle à manger s'ouvrir, au rez-de-chaussée, j'éteins et je fais mine de dormir.

Mon père, qui a dû comme d'habitude s'endormir devant la télé, monte le premier, une bouteille d'eau sous le bras. Il entre dans la chambre, il se penche sur mon frère puis sur moi et nous embrasse. Je sens le baiser sur ma joue, mais je ne bouge pas.

*

Comme tous les enfants, j'ai du mal à me lever le matin pour aller à l'école, mais le dimanche, je me réveille avant tout le monde. La veille, j'ai entrouvert l'une des deux portes qui séparent notre chambre de celle de nos parents. La seconde porte est voilée, ou peut-être mal taillée, elle n'est pas parfaitement jointive à sa partie inférieure. Je me penche vers la fente, j'écoute, j'attends. J'attends que les ronflements de mon père s'élèvent et me rassurent : s'il ronfle, c'est qu'il est vivant. Parfois, ses ronflements s'atténuent puis s'arrêtent et restent suspendus un long moment, puis enfin ils reprennent, plus sonores qu'avant. Je souris, je retourne vers mon lit, je reprends ma lampe de poche et ma lecture interrompue depuis la veille.

Liens :
* Arsène Lupin
* « Les cinq dernières minutes »
* Le local

Pièces éparses

(Lieux, 9)

(Pithiviers, 1963 et après.) Au premier étage, les fenêtres de la chambre de nos parents, de la nôtre et de la chambre de Claudie s'ouvrent côté rue. Côté cour, il y a la salle de bains, les toilettes, l'escalier et une autre chambre, qu'on appellera toujours la chambre du jardin. C'est là que séjournera périodiquement ma grand-mère Henriette. J'y dormirai moi aussi, bien plus tard, quand ma chambre aura été attribuée à mes enfants. J'y ferai même ma deuxième pneumonie.

La chambre du jardin a, elle aussi, de grandes étagères encastrées. Ma mère y range les quelques beaux livres qui ont survécu aux déménagements : Georges Duhamel et Shakespeare en édition de bibliophile, un recueil de lithographies de Benn... À Pithiviers, mes parents s'abonneront à une édition par correspondance des écrivains ayant reçu le prix Nobel. Les volumes ont une reliure de cuir blanc. Sur les tranches qui s'alignent peu à peu, à raison d'une par trimestre, je lis des noms qui ne me disent rien — je veux dire : dont je n'ai pas très envie de savoir ce qu'ils ont à dire : Sully Prudhomme, Selma Lagerlöf, Rudyard Kipling, Roger Martin du Gard, Winston Churchill. Ces volumes-là sont à hauteur de regard.

Les coffrets Shakespeare, couleur parchemin, sont rangés beaucoup plus haut.

*

Entre la chambre du jardin et la chambre de Claudie se trouve une profonde penderie. Une lampe s'allume quand on ouvre la porte, s'éteint quand on la referme. Un jour, je cherche à savoir comment ça marche. Après avoir repéré l'interrupteur à ressort, tout en haut de la porte, je grimpe sur une chaise pour voir si, quand j'appuie dessus, la lumière s'éteint. Le bouton n'est pas isolé, le choc électrique me jette au bas de la chaise et je me retrouve sur le dos, des petits oiseaux voletant autour de ma tête.

Au fond de la penderie, il y a une porte condamnée. C'est celle que Madame Alix de la Tour du Pin empruntait pour descendre à sa chapelle privée. La chapelle fait saillie dans le jardin. Le dimanche, on entend les fidèles y chanter.

*

Au second étage, il y a un grenier biscornu. Il est poussiéreux, évidemment. Je n'ai pas le droit d'aller jusqu'au fond parce que le crépi du mur tombe en plaques et le plancher est un peu défoncé. Des bagages déformés, vestiges de l'errance, y sont entassés. Après la mort de ma mère, je retrouverai dans une grande malle des livres de mon enfance qu'elle ne s'est pas résolue à jeter.

Il n'y a pas que le grenier (côté jardin), au second étage. Il y a aussi, côté rue, la chambre de bonne (et non « *une* chambre de bonne » — car elle ne fut jamais louée à un étudiant — ni « la chambre de *la* bonne », car mes parents en eurent plusieurs, des jeunes filles de dix-huit ou vingt ans qui vivaient chez nous pendant la semaine, faisaient les courses, la cuisine, le ménage, le repassage et répondaient au téléphone, et à qui ma mère disait apprendre à tenir une maison en attendant qu'elles se marient) et deux autres pièces, longtemps désaffectées, que mon frère et moi appelons « le local » — nom que nous avons d'ailleurs gravé sur la porte de l'une d'elles.

Le local est notre repaire, l'endroit où nous entreposons les squelettes de planeurs en balsa que nous avons brièvement tenté de construire au club d'aéromodélisme, de l'autre côté de la rue, et où nous bricolons ce que deux garçons de huit ou dix ans peuvent bricoler quand ils s'isolent — des tas de choses inutiles comme, par exemple, tracer sur le sol carrelé des traits à la colle et y mettre le feu.

Liens :

* *J'ai longtemps cru que je ne serais jamais écrivain...*

* *Espèces d'espaces* de Georges Perec (Galilée, 1974)

* Au-dessus du grenier

La Bibliothèque pour Tous

(Lieux, 10 ; Pages, 4)

(Pithiviers, 1963.) C'est un vendredi après-midi, je rentre de l'école. Il fait sombre, on doit être en hiver. J'entre dans ma chambre. La porte de communication est ouverte. Je la franchis car la lumière est allumée dans la chambre de mes parents. Il n'y a personne, mais sur la commode sont posés deux albums de bandes dessinées, un Michel Vaillant (peut-être *Route de nuit*) et un autre (*La Grande Menace* de Jacques Martin ? Un album de Blake et Mortimer ?), je ne me souviens plus lequel. Je suis sûr que l'un des deux est un Michel Vaillant. Peut-être même est-ce le tout premier, *Le Grand Défi,* sur la couverture je vois des pilotes prêts à se précipiter vers leurs voitures...

Les livres sont recouverts d'une couverture en plastique transparent, comme les livres de classe. Je les prends, émerveillé, et je descends demander à ma mère d'où ils viennent. Elle me dit que dans la rue des Quatre Vents, juste à côté de l'épicerie Sainsard, une bibliothèque vient de s'installer. Elle est ouverte le vendredi et le samedi après-midi. Elle nous y a inscrits et a emprunté des livres pour nous.

Comme beaucoup d'enfants, j'ai beaucoup de reproches à adresser à ma mère (les parents à qui on n'a rien à reprocher, c'est pire...), mais je lui dois aussi quelques vrais bonheurs, et ces premiers albums en font partie. La Bibliothèque pour Tous va beaucoup compter pour moi pendant les années qui vont suivre. Je la fréquenterai longtemps, jusqu'en classe de première ou de terminale. Toute la semaine, quand je passe devant, je reluque les nouveautés mises en vitrine pour la fin de semaine. Le vendredi après-midi, j'y vais dès la sortie des classes, et je me précipite sur les nouveaux albums exposés sur les étagères.

Le lieu n'est pas grand, il n'y a que deux pièces. Les livres sont exposés dans la première. Dans la seconde, des dames bénévoles s'occupent de recouvrir les livres, d'en solidifier les reliures, de les réparer, d'y placer une fiche de prêt. Très vite, je prends l'habitude de m'installer avec elles dans la pièce du fond, et je lis pendant qu'elles travaillent. Je n'ai que huit ou neuf ans. J'imagine que ça les émeut de me voir absorbé dans *Tanguy et Laverdure* ou *La Patrouille des Castors*. Quand je repars, j'ai passé en revue tout le stock de BD de la semaine, je sais lesquelles seront mises en prêt le lendemain ou la semaine suivante et, bien sûr, j'ai fait inscrire mon nom en bonne place sur leurs fiches. Je ne peux en emprunter que deux par semaine, mais avec mon frère ça fait quatre et, bien sûr, je guide ses choix.

Plus tard, j'ai guidé aussi les achats de ces dames, en suivant un circuit parfaitement rodé qui, en cet instant précis, me rappelle une belle nouvelle de Richard Matheson, *Cycle de survie* : dans un monde postatomique, un écrivain de SF termine son dernier livre en date — un roman d'*heroic fantasy* avec héros, héroïne, monstres et planètes hostiles — puis le met sous pli et le glisse dans une boîte à lettres. Quelques instants plus tard, le facteur vient ramasser le courrier et voit le nom sur l'enveloppe. Il se réjouit que cet écrivain très populaire ait enfin fini son nouvel ouvrage. Il le dépose avec amour dans la boîte du magazine de SF qui va le publier en feuilleton. À la revue, le rédacteur en chef trouve le manuscrit dans son casier, et le lit en pleurant de bonheur. Peu après, l'ouvrier qui met la revue en page compose le texte, les larmes aux yeux. Fier de transporter un nouveau chef-d'œuvre, l'imprimeur charge une palette de revues dans le camion du livreur. Le livreur dépose les exemplaires dans un kiosque à journaux. Le kiosquiste en affiche un avec un soupir de fierté. Un lecteur s'approche, aperçoit le magazine, le prend, en dépose le prix sur le comptoir (le kiosquiste s'est absenté) et redescend la rue à pas lents en lisant le nouveau roman... et le lecteur comprend que toute l'histoire ne comprend qu'un seul et unique personnage, qui écrit, imprime, relie et lit ses propres récits dans un monde désormais inhabité. Comme le personnage de Matheson, je suivais toujours le même chemin : en sortant de l'école j'allais acheter *Spirou, Tintin* ou *Pilote* chez le marchand de journaux, place des Halles ou rue de la Couronne ; en marchant, je repérais très vite les annonces d'albums ; arrivé sur la place du Martroi, j'allais voir s'ils étaient déjà en vente à la librairie Gibier puis, en rentrant à la maison par la rue des Quatre Vents, je passais dire aux dames de la Bibliothèque pour Tous que le dernier *Barbe-Rouge* ou que *Pour l'honneur des cocardes* (la deuxième partie de *L'Escadrille des cigognes,* magnifique histoire dans laquelle Tanguy et Laverdure servent d'instructeurs à une poignée de bleus et qui se termine par le sacrifice héroïque de celui que tout le monde, évidemment, prenait pour un lâche, les larmes me montent encore aux yeux en y pensant) venaient de paraître et que ça intéresserait sûrement beaucoup de leurs jeunes lecteurs.

À l'époque, je ne comprenais pas bien pourquoi ça les faisait sourire.

Liens :
* « Grec »
* Agatha Christie
* La librairie Gibier

La liste

(Traces, 3)

Elle est interminable.

Au moment où j'écris ceci, il y en a vingt-neuf pages. En préparant l'écriture de ce livre, j'ai dressé des listes pour chaque catégorie de fiction, en deux colonnes. Dans celle de gauche, j'ai mis le nom des éléments à décrire (mettons : *Kanmargo,* La galette du Massif central, Tourniquets), et dans celle de droite, le lieu auquel chacun se rattache (Alger, La Bourboule, Londres). Au moment de me mettre à rédiger, j'ai regroupé les éléments par port d'attache et je les ai tous recopiés dans un fichier portant le nom du lieu en question. Pour Alger, Israël et La Bourboule, comme vous l'avez vu, c'est allé assez vite. Pour Pithiviers, c'est une autre paire de manches. Si mes sept ou huit premières années de vie semblent pauvres en fictions, à Pithiviers, ça explose. Quand j'examine la liste, à vue de nez, chaque catégorie comprend au moins une trentaine d'éléments. Et je ne parle pas des ébauches de textes rédigées au fil des mois, ni des éléments non classés qui ne cessent de s'accumuler : la mémoire — comme je le disais ce matin à un jeune homme qui m'interrogeait sur mes relations avec l'informatique et les nouvelles technologies — n'a pas besoin qu'on lui ménage des *liens hypertextes* : elle se les fabrique toute seule. Un souvenir en appelle trois autres, un texte en suscite dix autres. De sorte qu'au moment de me lancer dans le chapitre suivant, je me sens écrasé par l'abondance des pistes.

Je pourrais tenter d'appréhender le problème de manière méthodique, en reprenant ma classification, en tentant de la plier à des règles strictes (faire « tourner » les catégories de fiction de manière à être équitable pour toutes; les ordonner selon une progression aussi strictement chronologique que possible, etc.) afin de lutter contre le chaos. Mais je crois, justement, que c'est ce chaos qui est riche, et non mes vaines tentatives de l'organiser. Et puis, je me suis donné des limites : publié en feuilleton électronique du 3 septembre 2001 au 22 février 2002, ce livre, c'est décidé, aura cent soixante-treize chapitres. À charge pour moi de choisir ce que je vais y caser. Ce n'est pas très différent de l'écriture d'un roman, finalement : il faut choisir ce qu'on va mettre dans les chapitres, retirer ce qui paraît redondant ou semble ralentir l'action. La différence ici ne résulte pas de la nature du livre, mais des conditions dans lesquelles je l'écris. Un roman, on peut revenir dessus sans arrêt, le modifier, rajouter, retrancher, et même tout reprendre complètement quand on se rend compte qu'on a fait fausse route. Avec ce livre-ci, c'est impossible : en décidant de le publier à mesure que je l'écris, je m'interdis de revenir en arrière. Et pas moyen de tricher : il faut que les pages sur papier soient publiées dans le même ordre que les pages téléchargées. Si quelqu'un doit sauter d'avant en arrière, revenir, repartir, ce ne sera pas moi, mais le lecteur (encore un personnage mythique!). En dehors de quelques remords de syntaxe et des corrections de typographie au moment où je relis la mise en page, j'écris ici sans filet. Sans possibilité de retour en arrière.

Tout ça est bel et bon, et je ne déteste pas me faire plaisir en intervenant en personne au fil de l'écriture, comme le fait John Fowles dans son magnifique *La Maîtresse du lieutenant français* (c'était beaucoup plus acrobatique pour lui, car il s'agissait d'un roman « historique »), mais j'ai eu beau, le temps de cet interlude, faire comme si elle n'existait plus, ma liste n'a pas maigri.

Extrait :

« Mystères, mystères », *Porgy and Bess* et G. Gershwin, « Le Masque et la Plume », Monsieur Freud et Monsieur Kafka, Le « Théâtre de l'étrange », Sammy Davis Jr, *C'est si bon,* « Le Beau Danube Bleu », Lalo Schifrin, Les magnétophones, Piccolo et Mowgli, Les histoires fantastiques que racontait mon père, « King Alfred the Great », L'épopée d'Ashby-de-la-Zouch, Londres et Oxford, L'académie de billard, Le premier baiser, Le bowling, Madame Tussaud's, *Star Trek,* Le bus 83, Tourniquets, Don't believe me/Ne m'oubliez pas, Le lapsus de Mrs. Elias, *La pluie était sèche, Sidéral,* Adam Strange, Le taxi de l'espace, Buck Danny, Davy Crockett, *Fantask, Strange* et *Marvel,* Fort Navajo, *Nanar, Jujube et Piette,* Le Grêlé 7-13, *Le Paradis des chiens,* Sergent Rock et la compagnie « Pépère », *Traquenard au Havre,* Paris Strip (Paris Flirt ?), Le *Littré,* La dernière page des romans, Ma bar-mitzvah, Les bulletins scolaires, « Paresseux ! », *Le Canard* et *Minute,* La main gantée (une autofiction), Correspondances, Mes copains, Ambidextrie, L'ouverture dans la muraille, Le rêve que mon père a fait pendant la débâcle, Le secrétaire, Le rêve du singe, *Quand j'aurai du vent dans mon crâne,* Arsène Lupin, Bob Morane et l'Ombre jaune, La Chronique de Wrightsville, *Les plus qu'humains,* « Comment servir l'homme », *Hitchcock Magazine,* H.G. Wells, *La Légende des siècles, Langelot, Agent Secret,* « Le problème du pont de Thor », *Le Jour le plus long, Michel Strogoff, Pour que la neige reste blanche, Terminus les étoiles,* Lire dans le fauteuil rouge, Isaac Asimov, « Bookie », *L'Île* (le dessin et le roman), Le carnet de titres, *Mille ans après,* Les histoires que j'ai envoyées à Opher, *Un été 42, Exodus, L'Homme tranquille, Le Capitan, Sergent York, La Grande Évasion, Les Professionnels, Les Disparus de Saint-Agil, Le Voleur de Bagdad, Agents très spéciaux, Mission : Impossible, Gaspard des Montagnes,* « Cinq personnages en quête de sortie », *Le Prisonnier, Les Indes noires* au « Théâtre de la jeunesse », *Au nom de la loi, Zorro.* Sans oublier *Croc-Blanc,* bien sûr. Il ne faut surtout pas que j'oublie *Croc-Blanc.*

Vous me suivez toujours ?

Comme si

(Pages, 5)

(Tourmens, 29 août 2001.) Je ne me souviens pas avoir été particulièrement violent ou cruel pendant mon enfance, mais je ne suis pas naïf au point de penser que j'étais totalement dénué de cruauté. Un texte sur le sujet me touche particulièrement. Il s'agit de *As If* (« Comme si »), un livre de Blake Morrison, écrivain britannique qui doit avoir mon âge et que j'ai rencontré en octobre 2000 au Festival des écrivains de Toronto. Morrison, qui est aussi journaliste et critique, y parle de l'affaire Bulger — l'assassinat à Liverpool, en février 1993, d'un enfant de deux ans, James Bulger, par Robert Thompson et Jon Venables, deux garçons de dix ans qui faisaient, ce jour-là, l'école buissonnière. Sous-titré « A crime, a trial, a question of childhood » (Un crime, un procès, une question d'enfance — mais aussi : une interrogation sur l'enfance), ce livre magnifique est de la même veine que l'étonnant *Adversaire*, qu'Emmanuel Carrère a consacré à l'affaire Romand. Il soulève des interrogations extrêmement puissantes sur la nature de l'enfance et les mythes qui l'entourent. J'en traduis ici un extrait :

> « La plus grande partie de mon passé est un brouillard opaque, mais certains détails y appa-

raissent en couleurs vives. Le souvenir d'un épisode particulier signifie-t-il qu'il a de l'importance ? Quels sont les souvenirs qui comptent lorsque, à la place des six qui paraissent signifiants, on pourrait en choisir soixante autres, alors que six cents encore, non moins signifiants peut-être, restent hors d'atteinte, et que six millions d'autres ont en commun d'être arrivés une fois à une seule personne et d'avoir, en apparence, compté à ce moment-là ? Et s'il était impossible de se rappeler les choses importantes, celles qui nous ont le plus modelé, les jours et les années désavoués par la mémoire ? Bien sûr, il y a les photographies, mais le cliché pris au 125e de seconde n'a pas saisi les 124 fractions de seconde restantes et encore moins les minutes, les heures, les jours, les mois pendant lesquels l'appareil n'était pas là. Nous retenons si peu de chose de notre petite enfance. La balade à vélo à Dunwich Woods, avec mon fils âgé d'un an assis derrière moi dans un siège en plastique — les faisans au bord de la route, la couronne jaune pâle des primevères, la douce odeur de la résine de pin, la lande à bruyères tombant vers la mer. De tout cela, il ne lui restera rien. Tout sera perdu comme l'est Dunwich, cité du Moyen Âge jadis animée et aujourd'hui engloutie par les flots. Et il en va de même pour moi, il en va de même pour tout le monde : des images éparpillées, mais presque rien à montrer de ce que nous avons fait et pensé et senti quand nous étions petits, rien qu'une bande vierge, un rouleau de film surexposé.

Peut-être que moins on se rappelle, mieux c'est : les gens heureux n'ont pas d'histoire. Étais-je heureux enfant ? La plupart des enfants avaient l'air heureux à l'époque, gâtés par des parents qui s'étaient demandé pendant la guerre s'ils survivraient (si le monde survivrait) assez longtemps pour fonder une famille. Nous ne sommes pas nés dans des nuées de gloire, mais dans le souvenir d'Hiroshima, d'Auschwitz et de cadavres entassés comme le sont les voitures sur la casse d'un ferrailleur. Avec la paix, la reconstruction et les Années de Prospérité Jamais

Vues. *Comme si* c'était vrai. Année après année, il y avait plus de jouets (Meccano, Bayko et Scalextric), plus de gadgets (un congélateur, une télévision), plus de voitures (une seconde pour ma mère), plus de vacances (en 1959, nos premières à l'étranger). Mais il n'y avait pas que de l'innocence. Il y avait aussi tout le reste : l'ennui ; les *dé*plaisirs ; les horaires de la toilette et du coucher ; les choses que nous n'avions pas le droit de faire ; le sempiternel moment où il fallait éteindre la lumière. Et tout n'était pas aussi simple qu'on le dit. Je ne partage pas l'idée selon laquelle les enfants, à l'époque, étaient « bons » et « gentils » alors que leur progéniture, aujourd'hui, ne l'est pas. Enfant de province, et de classe moyenne, j'ai grandi avec des privilèges. L'école de notre village avait dix-huit élèves, dont trois de mon âge — si j'avais fait l'école buissonnière au même âge que Jon et Robert, un tiers de l'effectif aurait manqué à l'appel. On se bagarrait, mais seulement au prix d'un genou écorché ou d'un saignement de nez. On se faisait martyriser, mais aucun de nous ne menaçait de tuer un petit. Et cependant... N'est-il pas vrai que nous aussi, nous volions des bonbons à l'épicerie du village (même Simon, le fils de l'épicier, se joignait à nous) ? N'est-il pas vrai que nous aussi, nous tourmentions plus petit que nous ? N'est-il pas vrai que mon cousin et moi nous tirions à la carabine à air comprimé les étourneaux perchés sur le fil électrique qui passait devant ma chambre, que nous les abattions à trois mètres, et que leurs petits corps arc-en-ciel s'entassaient, plus bas, sur les pavés de pierre ? Et les autres cruautés, que la mémoire parvient à peine à évoquer : les grenouilles écrasées sous des briques ; les oisillons arrachés à leur nid et précipités vers une batte de cricket en contrebas ? Non, ça n'était pas comparable à un meurtre (rien n'est comparable à un meurtre), mais ça n'était ni *bon*, ni *gentil*. »

Blake Morrison est un écrivain épatant. Outre *As If*, lu juste après l'avoir rencontré, j'ai dévoré *When Did You Last See Your Father ?* (un récit autobiographique) et *Too True* (un recueil de textes critiques et intimes), et je suis extrêmement impressionné par la qualité de sa réflexion et de son écriture. Je ne comprends pas pourquoi, à l'heure où j'écris ceci, il n'est toujours pas traduit en français.

Liens :

* Blake Morrison : *As If, When Did You Last See Your Father ?* et *Too True,* Granta Books (Londres)
* *L'Adversaire* d'Emmanuel Carrère, P.O.L
* Greg Gatenby et le « Harbourfront Festival of Authors » de Toronto

Cinémas

(Toiles, 2 ; Reflets, 4 ; Voix, 5 ; Fables, 9)

(Pithiviers, 1964 et après.) Cette année-là est, pour moi, celle d'un bonheur sans nuage : je fréquente le CM2, l'école est à cinquante mètres de la maison. Je rentre déjeuner à midi (est-ce que je mangeais à la cantine les années précédentes ? C'est possible, mais je n'en ai pas le souvenir) et, surtout, je ne perds pas de temps en trajets le soir après la sortie : je peux me précipiter sans tarder chez le marchand de journaux, à la librairie ou à la bibliothèque. Il arrive aussi que, lorsque je rentre, mon père ait fini ses consultations : en remontant la rue, j'ai vu des mains féminines ouvrir les volets de son bureau (il les garde fermés pendant qu'il consulte, car il a un appareil de radioscopie et, vieille habitude de pneumo-phtisiologue, il lui arrive de faire passer ses patients derrière la plaque transparente).

Un marteau en forme de poisson orne la lourde porte d'entrée. Le heurtoir sert de poignée. Je le tourne, je pousse la porte et j'entre dans le couloir. La porte du cabinet est ouverte. Il est assis, les deux pieds arrière de sa chaise sont en l'air, et il semble tenir en équilibre par le seul appui de son vaste abdomen contre son bureau. Il a, comme toujours, une cigarette éteinte aux lèvres. Il lève la tête et me sourit : « Comment vas-tu, petit chat ? »

Je vais bien, et même très bien. Ça fait bientôt deux ans que nous vivons là sans déménager. J'ai grandi. Je me suis habitué à la vie à Pithiviers. Le dimanche, je vais au cinéma avec mon frère. Comme la salle est au bout de la rue, sur la place de la mairie, nos parents nous laissent y aller sans nous accompagner. Nous nous asseyons toujours à la même place : au balcon, sur deux sièges installés juste devant la cabine de projection. De là, nous voyons l'écran sans obstacle, sans têtes ni silhouettes mouvantes : il n'y a que l'allée devant nous. Pendant toute notre enfance, nous verrons ainsi les films d'en haut. Aujourd'hui encore, je ne peux m'empêcher de superposer l'écran blanc du cinéma de Pithiviers et celui de mon ordinateur, que je place toujours en contrebas de mon regard.

*

Nos parents nous auraient-ils laissés aller au cinéma presque tous les dimanches après-midi si nous n'avions pas été de bons élèves ? Probablement. La télévision, à l'époque, ne diffuse pas de programmes pour les enfants le dimanche après-midi, mais du sport ou des variétés. Le cinéma nous évite de tourner comme des lions en cage. Et puis, Ange et Nelly n'assimilent pas le cinéma à une récompense, mais à une activité de loisir, à une activité culturelle. Eux aussi adorent le cinéma. Quand nous allons passer quelques jours à Paris pour voir grand-mère, tantes et oncles maternels, mon père nous y emmène volontiers, sans d'ailleurs toujours se préoccuper de savoir si les films nous conviennent. Il aime descendre avec nous les Champs-Élysées parce qu'il y a des salles tous les cinquante mètres ou presque, et parce que tous les films en exclusivité y sont projetés. Un jour, il veut nous emmener voir *Le Deuxième Souffle,* de Jean-Pierre Melville. Un monsieur en costume trois-pièces, dont le rôle consiste exclusivement à déchirer les tickets avant de laisser les spectateurs entrer dans la salle, s'avance vers nous en secouant les mains : « Mais monsieur, ce film est interdit au moins de dix-huit ans, c'est écrit sur ce panneau ! » Avant que nous ne fassions demi-tour, mon père lui lance : « C'est pas grave, ils ne savent pas lire ! »

*

À Pithiviers, dans les années soixante, il y a deux autres salles de cinéma. L'une d'elles, la « salle paroissiale », se trouve avenue de la République. (Mais où se trouve donc l'autre ?) Elle n'ouvre pas tous les dimanches, les sièges sont en bois alors que ceux du « Donjon » (c'est le nom qu'on donnera, bien plus tard, à la salle située près de la mairie) sont rembourrés. Et les films qu'on y projette sont plus anciens. Je me souviens y avoir subi des films à grand spectacle, comme *Le Pont de la rivière Kwaï,* et j'ai été très impressionné par la première séquence de *Lawrence d'Arabie,* dans laquelle on ne voit que les bottes du motocycliste, la route se reflétant sur ses lunettes protectrices et, après sa chute, l'une de ses roues tournant à vide. Quand j'ai compris que le film commençait par montrer la mort du personnage et que tout le reste était un *flash-back,* ça m'a beaucoup marqué : alors, on avait le droit de raconter une histoire dans le désordre ? Je me souviens aussi d'avoir revu là (pour la *douzième* fois ? j'ai le sentiment que ma mère nous y a traînés à plusieurs reprises) *Exo-*

dus, d'Otto Preminger, que je déteste — non parce que c'est un mauvais film (il ne doit pas l'être tant que ça) mais parce qu'il catalyse toute l'amertume et toute l'ambiguïté de notre mésaventure en Israël. Je me sens claustrophobe pendant la séquence qui a lieu sur le bateau quand, aux Britanniques qui le hèlent — « Allô, *Olympia* ? » —, Paul Newman/Ari Ben Canaan répond : « Non, ici l'*Exodus* ! » ; je déteste voir les soldats anglais déchiquetés par les bombes de l'Irgoun et par-dessus tout, à la fin du film, je trouve insupportable la mort de la jeune fille, égorgée nuitamment par un ennemi invisible. Aujourd'hui encore, les larmes me montent aux yeux en entendant la musique de ce film en générique d'un documentaire sur Otto Preminger, et je vois ma mère pleurer devant une énième rediffusion télévisée car, pour elle, *Exodus* signifie qu'on ne va en Israël que pour y mourir ou en repartir, et qui, aujourd'hui, pourrait la convaincre du contraire ?

*

À la salle paroissiale, j'ai vu aussi *Sergent York*, un film de Howard Hawks qui a longtemps eu à mes yeux une importance toute particulière. C'est l'histoire d'un paysan modeste mais néanmoins excellent tireur qui, en 1916, s'engage dans l'armée américaine, part pour la France, y devient un héros et rentre au pays épouser sa bien-aimée. De plus, comme l'indique le générique, c'est une histoire vraie. La première fois que je vois le film, l'histoire me paraît vraie ; elle me touche, en tout cas, et (aujourd'hui, je sais pourquoi) elle me fait du bien. Bien sûr, c'est un film de propagande, mais quand on le regarde aujourd'hui, cet aspect-là tombe à plat. Il reste Gary Cooper, en *hillbilly* (plouc du Tennessee) mutique et cocasse, attaché à sa vieille mère et à sa *sweetheart,* qui fait lever la tête des soldats allemands hors de leur tranchée en gloussant comme un dindon.

Bien des années plus tard, pendant que je ferai mes études de médecine, la vision de *Johnny s'en va-t-en guerre,* de DaltonTrumbo, me permettra de poser un autre regard sur le film de Hawks.

*

Il y a tout de même des films à la télévision, le dimanche après-midi, sur la première chaîne (longtemps, la seconde chaîne ne diffusera qu'en soirée) mais seulement à partir de 17 heures. On les regarde en famille. Il y a deux larges fauteuils Voltaire, dans la salle à manger. Ma mère s'installe près de la cheminée. Mon père près d'elle. Je m'assieds par terre, entre les jambes de mon père. Le plus souvent, nous voyons des films de John Ford ou d'Hitchcock. Du moins, c'est surtout de ceux-là que je me souviens. Probablement parce que c'est ceux-là que mes parents ont le plus de plaisir à regarder, et je le sens. Comme on rediffuse beaucoup et souvent, à la télévision française, je vois à plusieurs reprises *La Chevauchée fantastique, L'homme qui tua Liberty Valance, L'Homme tranquille* et *La Mort aux trousses.* Et je ne m'en lasse pas. (Mais je me souviens aussi du *Visage pâle,* un western parodique avec Bob Hope et... Dorothy Lamour ? Jane Russell ?) C'est sans doute depuis cette époque qu'à mes yeux (et bien avant d'avoir entendu Gabin ou John Ford dire la même chose), quelle que soit la taille de l'écran, un bon film, *c'est une bonne histoire.* La beauté des images et l'ampleur des décors m'intéressent moins que la trame dans laquelle se débattent les personnages. Qui sont-ils ? Pourquoi sont-ils accusés et poursuivis ? De quelle culpabilité secrète sont-ils porteurs ? Quel amour pourra les sauver ? Qu'est-ce qui m'émeut quand je les suis du regard ?

Assis entre les jambes de mon père, je regarde et j'écoute : mes parents réagissent, s'exclament, s'esclaffent, commentent, ironisent. Même si je ne comprends pas pourquoi, j'adore entendre mon père rire quand, dans presque tous les westerns, chaque fois qu'il doit extraire une balle, retirer une pointe de flèche ou accoucher une femme enceinte, le médecin (le plus souvent alcoolique) demande qu'on lui apporte de l'eau chaude.

Liens :

* *Les Disparus de Saint-Agil* de Christian-Jaque
* *Le Prisonnier* de Patrick McGoohan
* *Johnny s'en va-t-en guerre* de Dalton Trumbo

Dans la chambre des parents

(Songes, 3; Pages, 6)

(Pithiviers, années soixante.) À l'exception du bureau de mon père, j'ai l'habitude de voir tout le monde entrer partout sans s'annoncer, dans cette maison. Ma mère, en particulier, déboulera sans prévenir (en dehors de son pas dans l'escalier, s'entend) dans ma chambre jusqu'à ce que j'aie presque vingt ans, et il faudra que je ramène ma première petite amie chez moi pour qu'elle se mette à frapper.

Aujourd'hui, nous n'entrons jamais dans la chambre d'un de nos enfants sans frapper et, en notre absence, notre chambre — qui est aussi mon bureau — est pour nos enfants zone interdite. Quand je m'y trouve, les plus grands frappent et restent à l'extérieur tant que je ne les ai pas invités à entrer. Ils ne passent même pas la tête à l'intérieur, même si la porte est ouverte. Mais je dois reconnaître que, quand j'avais douze ans, j'allais régulièrement faire un tour dans la chambre de mes parents.

*

J'aimais les dimanches matin, parce qu'après avoir vérifié à l'oreille que mon père était en vie, je me mettais à lire jusqu'à ce que ma mère se lève. Elle descendait la première pour se faire un café. Souvent, quand je descendais à mon tour, mon père n'était pas encore levé. Je surveillais le réveil posé au sommet du réfrigérateur et, vers dix heures, je demandais à ma mère : « Est-ce que je peux aller réveiller papa ? » Elle m'autorisait à le faire, et j'avais un plaisir fou à m'asseoir au bord du lit et à lui murmurer : « Papa. Papa, il est dix heures. » Il retournait lentement son gros corps, ouvrait un œil vers moi et l'autre vers la porte (quand il ne portait pas ses lunettes, il louchait), tendait la main vers ma nuque et m'attirait vers lui pour poser un baiser sur ma joue. Je restais assis près de lui en attendant qu'il se réveille complètement et je regardais les livres posés sur le sol, au pied de sa table de nuit. C'étaient le plus souvent des documents historiques sur la Seconde Guerre mondiale ou sur la guerre d'Algérie. Plus tard, je sais qu'il a lu la biographie de De Gaulle par Jean Lacouture et, pour des raisons beaucoup plus intimes, celle de Camus par Herbert Lottman. Un jour, j'ai vu au pied de son lit *La Colonie pénitentiaire* de Franz Kafka, en livre de poche.

*

Décrire un lieu comme la chambre de ses parents, c'est une gageure : même si plus personne ne l'occupe aujourd'hui, ce ne fut pas un lieu immuable de leur vivant. Je sais que ma mémoire télescope plusieurs époques et y fait coexister des objets qui se sont vraisemblablement succédé au fil des années. Sur le mur, face au lit, il y a deux niches avec des étagères en verre. Celle de gauche contient des bibelots qui, progressivement, seront supplantés par des photos des membres de la famille : mes grands-parents, ma sœur, les frères et sœurs de ma mère, les *graduation pictures* que mon frère et moi avons envoyées d'Amérique, les photos des petits-enfants, etc.

Dans la niche de droite il y a des livres et, bien plus tard, des cassettes audio ou peut-être des CD, quand ma mère, devenue veuve, prendra l'habitude de s'endormir avec, à la place de mon père, un combiné radio-cassette.

À l'époque où j'ai douze ou treize ans, je ne vois pas de livres de son côté du lit. Mais j'y découvre en revanche, en permanence, plusieurs exemplaires de *Mystère Magazine* et *Hitchcock Magazine*, rangés dans les tiroirs de sa table de chevet. Je lui emprunte les derniers de la pile, en les déplaçant avec précaution, pour qu'elle ne s'en rende pas compte. Certaines de leurs plus belles illustrations (signées Desimon ?) représentent des jeunes femmes pulpeuses et plus ou moins habillées (plutôt moins que plus). Je me plonge avec délice dans la lecture d'histoires noires et cruelles. Dans les pages de la fin, j'apprends la réédition au Club du Livre Policier des classiques du roman de mystère : Ellery Queen, Earle Stanley Gardner, Gaston Leroux, Arsène Lupin.

Un jour, sur l'une des étagères, j'aperçois un livre au format de poche. Sur sa couverture blanche, un cercle et un ovale lumineux. L'une de ses dernières pages porte, en pointillés, les lettres SP. (J'ignore ce que cela signifie ; mais je sais que ma sœur, qui vit à Monaco et travaille à Radio Monte-Carlo, apporte souvent à ma mère, quand elle nous rend visite, des livres choisis parmi les piles qui encombrent son bureau, et qu'il fait partie du lot.) Ce livre s'intitule *Les Seigneurs des sphères*, de Daniel F. Galouye, dans la collection « Présence du futur ». C'est le premier roman de science-fiction que je lis.

*

Dans la chambre des parents, il y a aussi quatre profonds placards dans lesquels ma mère range leurs vêtements, leurs draps, ses sacs, ses chaussures. Quelques rares fois, le dimanche, il m'arrive de rester seul à la maison. Un jour, j'en profite (?) pour fouiller les placards. Qu'est-ce que j'y cherchais ? Quels secrets pensais-je y découvrir ? Je ne sais pas. Mais sur l'une des plus hautes étagères, dans une boîte en carton, je trouve un objet qui me fascine et m'effraie. C'est un pistolet. Je suis bien entendu incapable de dire s'il est chargé, et s'il fonctionne. Je descends furtivement à la cave. Dans l'une des petites pièces souterraines, je vise la muraille et, en fermant les yeux et en rentrant la tête entre mes épaules pour me boucher les oreilles, j'appuie sur la détente. Il ne se passe rien. Déçu, perplexe, soulagé, je range l'arme dans la boîte en carton et la boîte sur l'étagère. Plus tard, j'apprendrai qu'il s'agit du pistolet d'ordonnance remis à mon père en 1939 pour faire sa drôle de guerre sur le sol français. Il l'a gardé quand il est rentré en Algérie. À Pithiviers, il est devenu médecin de la gendarmerie et s'est lié d'amitié avec le capitaine (commandant ?) Faure. Apprenant que mon père a une arme à laquelle, pour je ne sais quelle raison, il accorde une valeur sentimentale, le capitaine lui a amicalement proposé de la confier à l'armurier de la caserne, pour qu'il la rende inoffensive. « Vous avez des enfants, il ne faudrait pas qu'ils tombent dessus... »

Ce que le bon capitaine ne sait pas, c'est qu'il ne

m'a pas seulement épargné une blessure par ricochet mais qu'il a peut-être aussi évité à mon père, quelques années plus tard, de tuer par désespoir.

Liens :

* *813* de Maurice Leblanc

* *Le Jour le plus long* de Cornelius Ryan

* *Sept morts sur ordonnance*

Miroir de sorcière

(Reflets, 5 ; Voix, 6)

(Pithiviers, années soixante.) Je dois être malade, car je suis en pyjama et j'ai une couverture sur les genoux. Mais je ne dois pas être très malade, car je suis assis devant la télévision. D'habitude, quand je suis malade, je suis confiné au lit. Et, pour ma mère, quand on est malade, si on n'est pas capable d'aller à l'école, on n'est pas capable de lire non plus. Être malade, c'est donc forcément s'ennuyer à mourir. Mais ce jour-là, ou plutôt, ce soir-là, je ne m'ennuie pas car j'ai le droit de regarder la télévision.

Je crois qu'il y a du monde à la maison, car je suis installé seul face au téléviseur. J'entends des voix derrière moi, mais je ne fais pas attention à ce qui se dit. J'imagine que Claudie et ma cousine Michèle, ma tante Colette et ma tante Paule, sont en train de discuter avec ma mère, pendant que les hommes (mon père, mes oncles et peut-être aussi la cousine Lulu, qui y jouait comme un pro) sont en plein poker dans le bureau. J'imagine, mais je n'en sais rien. Tout ce que je sais, c'est qu'on est samedi soir, qu'il est plutôt tard, que je suis devant le poste et que je regarde un truc extraordinaire.

*

Chaque semaine, c'est une histoire différente.

1917. Abandonnant son compagnon d'escadrille, un aviateur américain de la guerre de 14 en mission au-dessus de la campagne française fuit devant l'ennemi et plonge dans un nuage pour échapper à ses poursuivants. Quand il en émerge, c'est pour atterrir sur un terrain qu'il ne reconnaît pas. La guerre est finie et les avions sont des jets : quarante ans se sont écoulés. Évidemment, personne ne veut croire qu'il a fait un voyage dans le temps...

Date inconnue. Cinq personnages — un militaire, un clown, une ballerine, un Écossais à cornemuse et un vagabond — se réveillent dans un puits à ciel ouvert. Ils ne savent pas qui ils sont, comment ils sont arrivés là, qui les a amenés. Après s'être interrogés, accusés, déchirés puis désespérés, ils s'unissent pour tenter d'échapper à leur prison...

Années cinquante. Un trio de petits malfrats découvre parmi le produit d'un cambriolage un appareil photo aux vertus singulières : ses instantanés montrent des événements qui se déroulent quinze minutes dans le futur. Bien évidemment, le trio voit là l'occasion de s'enrichir à coup sûr : il suffit de prendre en photo le panneau d'affichage du champ de course...

*

Je ne me souviens pas de toutes les histoires que j'ai vues à l'époque mais je me souviens encore très bien de ces trois-là. Je me souviens précisément des images qui m'avaient frappé la première fois (l'aviateur déboussolé ; les cinq personnages formant une colonne humaine afin de sortir de leur puits ; le couple ébahi découvrant, sur le premier instantané, la présence d'un troisième larron quinze minutes avant qu'il ne surgisse dans la pièce) même si, plus récemment, j'ai revu les histoires dans leur intégralité. Dans mon cerveau, ces trois scènes n'occupent pas la même zone (elles ont un relief bien plus marqué) que les images redécouvertes depuis. Je me souviens de la voix du narrateur sur fond de ciel crépusculaire, je me souviens de la sensation qui s'emparait de moi après la chute de chaque épisode — c'étaient de vraies nouvelles, comme j'aimais déjà en lire dans les magazines de ma mère ou les recueils empruntés à la bibliothèque, avec des personnages quelconques en apparence, une situation bizarre, une chute — et une sensation de profonde étrangeté, qui me faisait regarder le monde alentour différemment après le générique de fin.

Ce n'était pas un feuilleton — le *Zorro* de Walt Disney, que je dévorais aussi, à la même époque, en est un vrai, avec des histoires à suivre — ni même une « série » mais un recueil, une anthologie.

Ça s'appelait — et ça s'appelle toujours — *La Quatrième Dimension.* Le titre anglais désigne en argot d'aviation cette bande de ciel incertain qui, à l'horizon, unit le jour à la nuit (ou la nuit au jour), au cours des vols long-courriers : *The Twilight Zone* — la zone crépusculaire.

Rod Serling — l'homme en complet-veston qui la présentait et en était le seul personnage récurrent — ne fut pas un modèle moins important pour moi que mes héros de bandes dessinées ou de télévision — même si j'ai mis longtemps à comprendre ce qu'il représentait. Créateur, producteur et principal scénariste de *The Twilight Zone,* il m'apparaît comme une sorte d'athlète complet de la fiction : écrivain, homme d'images et narrateur. Aujourd'hui encore, j'éprouve autant d'attachement pour cette silhouette en costume et cravate qui, une cigarette à la main, me présentait chaque semaine une histoire imprévisible, que pour le héros masqué et encapé qui combattait l'oppression, en cachette de son père, en passant par une issue secrète placée derrière la bibliothèque.

*

En écrivant ce qui précède, j'avais le vague souvenir d'un autre épisode de *The Twilight Zone,* quelques images qui me tournaient dans la tête sans que je puisse les recoller les unes aux autres. Et puis, ça m'est revenu. C'est l'histoire d'un homme d'affaires qui tombe en panne de voiture à quelques kilomètres du petit village dans lequel il a grandi. En attendant qu'on répare son véhicule, il décide d'aller y faire un tour. Quand il arrive là-bas, il découvre avec stupéfaction que le village est identique à ce dont il se souvient : les adultes de son enfance n'ont pas vieilli, le tenancier du General Store sert encore les *ice-cream sodas* qu'il engloutissait après l'école, la maison familiale est encore debout et le garçon d'une douzaine d'années qui fait du vélo juste devant lui ressemble trait pour trait. De ce voyage dans le passé, l'homme et l'enfant ne sortent pas tout à fait indemnes.

Liens :

* *Comment servir l'homme* par Damon Knight

* *Les Grandes Séries américaines des origines à 1970* par Alain Carrazé et Christophe Petit (Huitième Art, 1994)

* « Allô, Edmond ? »

Monsieur Berthier

(Bras, 2 ; Voix, 7 ; Fables, 10)

(Pithiviers, 1964-1965.) L'école est de l'autre côté de la rue des Chardons. Autant dire à dix mètres, car la rue n'est pas large. Il y a un porche, une cour, mais on n'entre pas à l'école par ce côté-là. Il faut descendre la rue vers la place de la Mairie (qui, soit dit en passant, porte un autre nom, officiel celui-là, mais je n'arrive pas à me le remémorer pour le moment) puis tourner à droite au bout de la rue en direction de la place des Halles (il y avait là une autre maison de la presse) et, au bout de vingt mètres, gravir quelques marches pour se retrouver dans une cour plus petite. Ma classe, celle du CM2 de M. Berthier, donne sur cette cour, et sa fenêtre s'ouvre à l'angle de la place de la Mairie. À l'extérieur, la partie inférieure de la porte de la classe porte une plaque de contreplaqué peut-être destinée à la renforcer. Ce qui m'intrigue encore aujourd'hui, c'est le sentiment d'avoir vu, un jour, sur cette porte, un grand graffiti au crayon qui ressemble à s'y méprendre au paraphe de mon père. Les enfants ont de ces fantasmes...

De l'école, je ne connaîtrai jamais que deux lieux : la classe et la grande cour intérieure. J'y joue (très bien) aux billes et (vachement bien) aux osselets avec mes camarades Denis T. (avec qui je suis ensuite allé au lycée) et François M. (qui a dû déménager ensuite, et que l'on ne doit pas confondre avec François A., avec qui nous avons déjà eu et aurons de nouveau maille à partir).

Quelques années plus tard, visitant une exposition au centre culturel contigu à l'école, j'aurai la surprise d'apercevoir, dans cette même cour, des garçons et des filles se courant après. *De mon temps* (c'est terrifiant d'avoir à utiliser une expression comme celle-là), dans cette cour, il n'y avait pas de filles !

La cour, c'était aussi l'endroit où l'on faisait de la gymnastique et des activités de sports collectifs. Il y en avait une que j'aimais et détestais tout à la fois. C'était la « balle au prisonnier ». (Oui, je sais que certains appellent ça « le ballon prisonnier », mais ça ne me paraît pas très logique.) Deux groupes séparés par une simple ligne tracée au sol à la craie s'affrontaient en se lançant une balle à tour de rôle. Si la balle touchait le sol après avoir touché un joueur, celui-ci était fait prisonnier et passait derrière l'ennemi. Si le joueur visé attrapait la balle au vol, c'est le lanceur qui était fait prisonnier. Évidemment, chaque camp devait éliminer l'autre en évitant de se faire prendre à revers par les prisonniers (on avait le droit de leur lancer la balle, et eux celui de se libérer en touchant l'un de leurs geôliers). J'adorais ça parce que quand je lançais, je touchais toujours ma cible. Je détestais ça parce que, connaissant mon adresse, les autres essayaient toujours de me dégommer le premier. Or, j'étais adroit au lancer, mais pas du tout pour attraper ou éviter, et ils se faisaient un plaisir de me massacrer.

Si je me souviens bien, notre instituteur est aussi, à l'époque, le directeur de l'école. Ce n'est pas un homme imposant ou effrayant, mais je l'admire énormément, parce qu'il ne perd jamais son calme, parce qu'il est sévère mais jamais injuste et parce qu'il n'est jamais dévalorisant, mais toujours encourageant.

Je réalise à quel point ce portrait de M. Berthier est idyllique. En tant que *bon élève* (encore une expression que je déteste parce que je n'arrive pas à détacher les mots du ton sur lequel ma mère les disait) j'avais certainement avec lui une relation privilégiée et mon regard en est inévitablement affecté. Mais en sa présence, j'avais plus que jamais l'impression d'exister.

C'est lui aussi, je crois (à moins que ça ne soit Mme Andrau ? mais leur aura, dans mon souvenir, est la même), qui, pour la première fois, me fait écrire une fiction. Un jour, il nous demande de raconter une après-midi chez notre grand-mère. Évidemment, je suis bien en peine de le faire : ma grand-mère Céleste est morte et repose en Algérie ; ma grand-mère Henriette, quand elle ne passe pas quelques semaines chez la tante Zizou ou chez nous dans la chambre du jardin, vit à Paris dans l'appartement de l'oncle André, où nous ne faisons que passer la prendre ou la déposer après un repas de famille chez l'oncle Paul ou la tante Colette. En un mot comme en cent : je ne passe *jamais* l'après-midi chez ma grand-mère.

Alors, j'invente.

Je m'invente une grand-mère tout habillée de noir, que je ne nomme pas, et dont je dis qu'elle est très gentille.

Je ne sais pas quelle note je reçois, ni quels commentaires M. Berthier met dans sa marge, mais ce souvenir n'est ni triste, ni gênant. Il contient au contraire un je-ne-sais-quoi de grisant : j'ai inventé une histoire et, en l'écrivant, je l'ai fait passer pour vraie, ça me paraît tout naturel, personne ne m'en fait le reproche, je me sens bien.

À la fin de l'année, M. Berthier confie à ma mère qu'à son humble avis, je suis un garçon de sensibilité plus littéraire que scientifique. D'après la tradition, quand ma mère lui a rapporté cet oracle, mon père, qui rêve peut-être déjà secrètement que je m'engage sur ses traces, aurait rétorqué en grognant : « Il n'y connaît rien. »

Liens :

* Les photos de mon oncle André
* La bibliothèque vitrée de mon oncle Paul

Mon cousin Jacky

(Quêtes et pertes, 3 ; Clichés, 5 ;
Voix, 8 ; Fables, 11)

(Pithiviers, années soixante.) J'aime beaucoup mon cousin Jacky. Il est plus âgé que moi de quelques années et je l'admire comme on admire le frère aîné qu'on aimerait avoir. Je le vois assez souvent, car ses parents (mon oncle Paul et ma tante Paule — dont on devrait prononcer le prénom « pôle », pour la différencier de son mari, mais qu'à son grand dam tout le monde appelle « Paulette » en désignant le couple par l'expression « les Pauls »), qui vivent rue de Phalsbourg, dans le XVIIe arrondissement, viennent souvent nous rendre visite le week-end à Pithiviers, en compagnie de ma tante Colette, de mon oncle Sylvain, de leur fille Michèle (que Sylvain appelle Tina) et de leur petit-fils Marc (qu'il appelle Tino) qui vivent avec eux dans leur appartement de la rue du Renard, dans le IVe arrondissement.

Bien que tout le monde soit toujours ligué contre lui, j'aime aussi beaucoup mon oncle Sylvain. Il n'a pas un caractère facile, il est toujours ronchon (on peut le comprendre, il a presque tout perdu en quittant l'Algérie), il se méfie de tout le monde et il a la réputation d'être à droite, alors que les *hommes* de la famille (autrement dit, Paul et Ange) ont toujours voté à gauche. Mais j'adore les regarder, mon père et lui, jouer au jacquet le dimanche après-midi et se traiter mutuellement de tricheur. Je déteste, en revanche, entendre Nelly raconter que si Colette n'a pas voulu divorcer de Sylvain, c'est parce qu'elle-même venait de divorcer du père de Claudie et qu'elle ne voulait pas « faire ça à leur mère ». Et je hais l'histoire que la même Nelly raconte complaisamment pour illustrer que, dans ce conflit conjugal larvé, interminable, elle avait pris parti : « On avait une Dauphine dont la portière arrière ne fermait pas bien. Un jour, nous étions sur une route de montagne, je conduisais. Colette était assise à côté de moi et Sylvain somnolait sur le siège arrière. Dans un virage, la portière s'est ouverte et Sylvain a failli tomber de la voiture. Je me suis tournée vers Colette et j'ai dit *Désolée, c'est raté pour cette fois-ci.* »

*

Mon cousin Marc, qui est à double titre mon *petit* cousin, car c'est le fils de ma cousine Michèle et il a cinq ou six ans de moins que moi, et qu'on appelle donc *Petit* Marc pour le différencier de moi, est trop jeune pour que nous jouions avec lui, mais mon cousin Jacky (qui en réalité s'appelle Jacques), fils unique des « Pauls » et cousin germain le plus proche de nous par l'âge, est un compagnon de jeu dont j'attends toujours la venue avec impatience.

Un jour (pour les fêtes de fin d'année ?), l'oncle Paul nous offre, à mon frère et à moi, une carabine-jouet qui se recharge avec un levier — comme la Winchester des westerns — et produit une détonation suivie d'un sifflement de projectile. Jacky en a une, lui aussi. Le jardin se transforme en Fort Apache. Avec mon premier appareil photo, j'immortalise mon cousin à cheval sur mon vélo, fusil en mains, dans une position qui évoque celle d'un grand habitué des armes à feu. Il porte une casquette américaine.

*

Je grandis dans la maison d'un homme qui déclare : « Même si mes fils devenaient des assassins, ils resteraient mes fils », et je sais que ça ne signifie pas qu'il nous pardonnera tout mais qu'il ne nous reniera jamais. En bon fils de mon père, je me sens tenu d'appliquer cette règle morale à tous les membres de ma famille.

Par conséquent, j'aime mon cousin Jacky alors même qu'il fait, aux yeux de tous (sauf aux yeux de mon père, justement), figure de « mouton noir ». Pendant longtemps, j'entendrai les unes et les autres se lamenter sur leurs canapés en disant qu'il « fait de la peine à ses parents », ou qu'il « les déçoit beaucoup ». Pendant longtemps, je ne comprendrai pas très bien ce que cela signifie, et je souffrirai d'entendre qu'on le blâme en son absence sans qu'il puisse jamais s'expliquer.

Et puis, un jour, ma mère me racontera en riant que, lorsqu'il était petit, on l'obligeait à manger tout ce qu'on mettait devant lui. Je dis bien tout. Et plutôt deux fois qu'une. Et je mettrai en balance cette anecdote « drôle » avec les blâmes dont on l'a gratifié et avec sa métamorphose physique : une photo enregistrée dans ma mémoire le montre à l'âge de dix ou douze ans, vêtu d'un manteau en poil de chameau, petit et obèse encadré par ses énormes parents ; une autre me le fait voir adolescent, plus grand et moins enveloppé, coiffé de sa casquette de base-ball ; à l'âge adulte, il sera mince, presque maigre, son rire et sa grande moustache blonde démentiront à grand-peine son visage marqué et douloureux.

*

J'aimais mon cousin Jacky parce que, lorsque je suis devenu adolescent à mon tour, j'ai compris qu'il portait sur le monde en général, sur ses parents en particulier et sur lui-même en secret, un regard incisif, acide, féroce — ce dont j'étais alors bien incapable. Je l'aimais parce qu'il m'a fait régulièrement des confidences que je ne comprenais pas, que je n'aurais jamais répétées à personne et que je m'empressais d'oublier mais qui me donnaient le sentiment d'être digne de lui. Je l'aimais, enfin, parce qu'il m'a fait découvrir mes premiers disques 30 cm. Après m'avoir donné *Les Trois Mousquetaires* (un « Petit Ménestrel » avec Daniel Sorano dans le rôle de d'Artagnan), il me proposa un jour de lui acheter les bandes originales de *West Side Story* et de *Porgy and Bess.* Cette transaction fit hurler ma mère — « Il ne doit pas y avoir d'histoire d'argent entre cousins ! » — comme si, en me vendant ses disques, Jacky m'avait escroqué. Moi, je n'avais pas le sentiment d'avoir été escroqué. J'aimais ces disques. Je les écoutais sans arrêt. Je chantais *America* et *Bess, You Is My Woman Now* à pleins poumons. Trente-cinq ans plus tard, comme me l'a appris le grand Jacques, *les bourgeois, c'est comme les cochons,* et mon rebelle de cousin Jacky n'est plus dans ma vie qu'une série d'images d'Épinal imprégnées d'amertume, mais dans la rue, sur mon scooter, je chante encore *America.*

Liens :
* Le tour du pâté de maisons
* Le « Palmarès des chansons »
* Mon scooter

Le tour du pâté de maisons

(Fables, 12)

(Pithiviers, 1967/Pithiviers, 1973.) Mon père nous a offert des vélos. Nous sommes très excités de les avoir, mais notre périmètre de balade est limité : il est restreint au jardin. Mon frère et moi, nous apprenons à pédaler entre les arbres, à traverser la pelouse, à déraper sur le gravier. Le jardin est grand, assez grand pour apprendre, mais, quand on a dix ou douze ans, on en demande plus. Pourquoi n'avons-nous pas le droit de sortir dans la rue ? Tous nos camarades font du vélo dans la rue. Ils ne se contentent pas de tourner autour de leur jardin, eux.

Mais Ange ne veut pas que nous sortions du jardin. Quand il était étudiant en médecine, il a décroché son premier poste d'externe dans un service de traumatologie infantile. Les enfants avec des bras cassés, des jambes brisées, le crâne défoncé, il en a vu des dizaines. Il ne veut pas que ça nous arrive.

— Mais ça nous arrivera pas !

Autant parler à un mur. Je connais cette obstination. Impossible de faire entendre raison à un homme qui protège ses enfants contre un danger impossible à anticiper. Cet homme-là n'a pas eu de père, il ne veut pas perdre ses fils.

Et même dans le jardin, on court des risques :

d'abord, il arrive qu'on descende à vélo les escaliers qui mènent à la cour ; et notre sport favori consiste à grimper sur le petit mur, glisser la balançoire derrière nos épaules et sauter dans le vide en retombant au vol sur la planche. Puis, cet élan pris, se balancer le plus haut possible pour sauter le plus loin possible.

Mais tout cela, il ne le voit pas, il ne le sait pas. Dans le jardin, nous ne sommes pas en danger. Il nous protège. D'ailleurs, nous sommes sous bonne garde : près de la maison, la chapelle ; de l'autre côté de la rue, l'école tenue par des religieuses auxquelles ma mère va prêter main-forte et ses moules à gâteau pendant leurs kermesses ; sur la place, le presbytère où vivent les curés des environs, qu'Ange soigne mais refuse de faire payer car ils n'ont pas de sécurité sociale ; et, veillant sur le tout, Saint-Salomon-Saint-Grégoire (celui-là je ne le connais pas, mais Salomon, je sais qui c'est, il ne nous ferait pas faux bond), dont le clocher, au jour où j'écris, n'est toujours pas tombé au milieu de la pelouse — alors, franchement, qu'est-ce qui pourrait nous arriver ?

Je ne sais pas combien de temps nous serons cantonnés à faire du vélo dans le jardin. Un jour, tout de même, entre l'école primaire et la classe de seconde (en seconde, j'ai eu un 102...), il nous autorisera à sortir. Nous pourrons aller rouler sur la place de la Mairie, faire du slalom entre les arbres, à l'époque les voitures étaient plus rares, il n'y avait pas de rectangles peints sur l'asphalte. Mais longtemps il nous interdira d'aller en ville. Tout ce que nous aurons le droit de faire, c'est le tour du pâté de maisons.

Bon, je ne lui en veux pas vraiment. Il nous a vraiment protégés, ce jardin, puisque, de toute notre enfance, et malgré toutes les conneries que nous avons pu y faire, nous ne nous y sommes jamais seulement foulé une cheville.

Un jour, quand même, je lui ai gentiment rendu la monnaie de sa pièce. J'étais étudiant à Tours, je venais de passer mon permis de conduire. Quand je suis retourné à Pithiviers, j'ai tiré la sonnette de la porte. Ange est venu ouvrir. Il allait sortir faire ses visites. Je lui ai pris les clés des mains, j'ai dit : « Je vais conduire », il m'a suivi sans rien dire, nous sommes montés dans sa 4L et, fièrement, je lui ai fait faire le tour du pâté de maisons.

Liens :
* Le klaxon de la 4L
* *Sept morts sur ordonnance*
* Le bureau de mon père

Dans le hall de gare

(Chambres, 1 ; Pages, 7 ; Voix, 9)

(Pithiviers, 1965.) Quand j'entre en sixième, ou quand je suis sur le point de le faire, mes parents décident que j'aurai une chambre à moi tout seul. Un de leurs amis retape les deux pièces désaffectées du second étage et perce une porte dans la cloison qui les sépare. Le « local » disparaît et devient la chambre de mon frère. J'aurai toujours pour cette nouvelle chambre une grande fascination. D'abord parce que, située sous les toits, elle a un plafond mansardé. Ensuite parce que ses deux pièces et le lavabo installé dans un coin la font ressembler à une chambre d'étudiant. Mick dort d'un côté et travaille de l'autre, et il peut s'isoler complètement. Sa chambre est la seule de la maison qui ait jamais eu une targette à sa porte. À l'adolescence, il peut se couper du monde et écouter les Beatles à fond (je me souviens qu'à une époque il avait épinglé sur son mur les grands portraits de John, Paul, George et Ringo qu'on trouvait dans la pochette 30 cm du *White Album*). À l'heure des repas, on a beau crier, il n'entend pas. Pour le faire descendre, je tambourine avec une règle en métal sur le radiateur de ma chambre. Comme son propre radiateur est juste au-dessus, le signal lui parvient et, en hiver, c'est plus pratique que de faire passer le fil de notre téléphone-jouet par la fenêtre.

*

Dans ma chambre, les meubles changent de place. Mon lit quitte le pan de mur entre les deux fenêtres et s'installe là où se trouvait celui de mon frère, dans le coin, à l'abri de la porte. Là où je dormais, on installe un secrétaire sur lequel je vais faire mes devoirs. C'est un meuble moderne, en bois teinté, juché sur des pieds assez hauts et surmonté de deux étagères vitrées. À la partie inférieure du meuble, une porte carrée fermant à clé ouvre sur trois autres étagères plus grandes, dans lesquelles je peux ranger des livres de classe. Doublant la porte, un abattant coulissant s'ouvre à l'horizontale pour servir de plan de travail. Quand l'abattant est ouvert, l'une des étagères intérieures devient accessible : je range là mes stylos, mes cahiers et mes livres d'école. Les deux autres étagères restent cachées mais, lorsque l'abattant est à l'horizontale, une fente large d'environ deux centimètres laisse entrevoir l'intérieur du meuble. Cette fente est bien pratique : quand la porte de la chambre s'ouvre derrière moi, l'illustré, le livre et bientôt le cahier que je ne veux pas montrer ont déjà disparu, hors d'atteinte. Comme le secrétaire ferme à clé, j'y entrepose mes secrets et mes objets les plus précieux. Ce seront, pendant très longtemps, les comic books que je commencerai à rapporter de mes étés en Angleterre, puis les cahiers sur lesquels j'écris mes premières nouvelles et tiens mon journal. Le secrétaire me servira ainsi longtemps de coffre-fort, même lorsque je me mettrai à travailler sur un vrai bureau. Je cacherai la clé sous le socle de ma lampe ou entre deux livres, sur les étagères au-dessus de mon lit.

*

À gauche en entrant, un énorme meuble-buffet dans lequel ma mère range nos vêtements, des papiers et des photos occupe presque entièrement le mur qui me sépare de la chambre de mes parents. Au-dessus du meuble est affiché un gigantesque planisphère que ma sœur nous a un jour apporté et que ma mère a fait mettre sous baguettes. C'est en réalité une carte Air France portant, en arcs de cercle rouges (ou bleus ?), le trajet des lignes desservies par la compagnie. Chaque jour, j'ai le monde entier sous les yeux. Ce qui attire le plus mon regard, c'est la partie supérieure gauche du planisphère, qui représente l'Amérique du Nord. Sur le sommet du meuble est posé un globe terrestre en carton fort, que je fais tourner à toute vitesse et sur lequel je lance des fléchettes. J'imagine que, devenu adulte, je me rendrai dans les contrées que j'ai épinglées.

*

Entre le meuble et la fenêtre se trouve un tableau noir installé à la verticale. Ce tableau noir joue certainement un grand rôle pour moi : c'est un lieu d'expression beaucoup plus qu'un outil de travail destiné à réviser mes leçons (mais j'ai le vague souvenir que, lorsque le tableau était sur l'autre mur, côté couloir, mon oncle Paul y a fait des croquis pour m'expliquer le fonctionnement du tube digestif). Sur le tableau, j'écris mes mots d'ordre, je m'approprie des expressions en anglais entendues en cours ou lues dans les comics, je me laisse des messages, je me fais des aide-mémoire.

à suivre...

Dans le hall de gare, suite et fin

De l'autre côté de la pièce, au-dessus de mon lit, tout un pan de mur est troué d'étagères encastrées sur lesquelles je range mes livres et mes bandes dessinées. Dans la case la plus proche de ma tête, il y aura longtemps un poste de radio à lampes, au corps en bakélite blanche, dont le cadran horizontal porte des chiffres et des noms de capitales, et sur lequel j'écoute — souvent clandestinement — « Le Théâtre de l'étrange » (le dimanche, après « Le Masque et la Plume »), « Les Maîtres du mystère » et « L'Heure du mystère » (le mardi soir). Les pièces radiophoniques m'impressionnent beaucoup. Elles évoquent moins le conte que l'on écoute enfant dans son lit, que la conversation d'adultes que l'on surprend caché derrière une porte. Je me souviens très bien de ma terreur en entendant un soir l'adaptation de *La Mouche*, la formidable nouvelle de Georges Langelaan qui inspira (à Kurt Siodmak ?) un film des années cinquante avec Vincent Price et un autre, plus récent, à David Cronenberg. Je ne me rappelle plus si j'avais déjà lu la nouvelle avant d'en entendre la version radiophonique, mais je sais que cela me poussa à acheter les *Nouvelles de l'anti-monde,* un recueil de textes de l'écrivain fantastique belge publié par Marabout[1].

*

J'ai aussi le souvenir très précis d'avoir écouté les pièces policières du mardi soir dans la voiture, avec mes parents. Le mardi était le jour de repos de mon père. Ce jour-là il fermait son cabinet médical et ma mère et lui allaient souvent à Paris. Quand nous étions en vacances, ils nous y emmenaient aussi. Au retour, mon frère et moi dormions sur le siège arrière. Enfin, je dormais à demi, au son de voix que je reconnais encore entre toutes — celles de Rosy Varte, François Chaumette, Marcel Bozzuffi, Pierre Tornade, Jean Topart (ah ! la voix de Jean Topart...) — se déchirer dans des suspenses plus glaçants ou plus grinçants les uns que les autres. Trente ans plus tard, plusieurs dizaines de ces dramatiques impeccables seront rééditées en cassettes et, quand je réécouterai au volant les histoires de Jean Cosmos et les adaptations d'Agatha Christie ou de Dorothy Sayers, j'aurai le plaisir (mais pas vraiment la surprise) de constater que les enfants assis sur le siège arrière, eux aussi, adorent ça.

1. À la fin de ce paragraphe, je me suis brusquement demandé si ce souvenir radiophonique de *La Mouche* était véritable ou fantasmatique. En épluchant l'épatant *Radio Mystères* de Jacques Baudou (INA/Encrage, 1997), j'ai découvert qu'elle a bien été diffusée par « Le Théâtre de l'étrange » (le 2 février 1969, dans une adaptation de Patrice Galbeau, avec Madeleine Renaud, Fernand Ledoux, Raymond Gérôme et Claude Brosset), et que l'émission avait déjà adapté plusieurs autres nouvelles de Langelaan au cours des années précédentes. À présent, je sais aussi que lorsque je l'ai entendue, j'allais bientôt avoir quatorze ans.

*

Dans la case voisine, j'installe mon électrophone. Dans les autres, je rangerai mes quelques disques (à Pithiviers, je n'en aurai jamais plus d'une douzaine) et les très nombreux livres auxquels je tiens, trace de ma lente progression vers l'adolescence : les enquêtes du Club des Cinq et du Clan des Sept ; la formation et les premières missions de Langelot, l'agent secret, signées par le mystérieux « Lieutenant X » ; les aventures de Bob Morane (que son auteur, Henri Vernes, décrivait souvent passant la main dans ses cheveux coupés en brosse) et de son compagnon Bill Ballantine (qui l'appelait toujours « Commandant ») face à leur ennemi juré — l'omniprésent, omniscient et omnipotent Monsieur Ming, alias l'Ombre Jaune, qui avait aussi la caractéristique d'être immortel puisque son esprit pouvait, par la magie d'une mystérieuse olive électronique située à la base de son crâne chauve, se transférer d'un corps synthétique à un autre, caché dans un lieu secret. Quand j'achetais un nouveau Bob Morane, je choisissais toujours ceux qui mettaient Monsieur Ming en scène. D'abord parce que ces volumes, dans lesquels il était toujours plus ou moins question des confrontations précédentes, constituaient une série à suivre. Ensuite parce que l'Ombre Jaune avait, paradoxalement, quelque chose de rassurant : un personnage qui peut ressusciter à volonté permet de se bercer de l'illusion que la mort n'est pas si inéluctable que ça. Mais pour me maintenir dans cette illusion, il aurait fallu ne rien lire d'autre. Dans les premières pages d'un Nick Jordan, le héros créé par André Fernez (dont j'avais entendu dire — peut-être par mon cousin Jacky — qu'il avait été un véritable agent secret), je lus, pour la première fois, la terrifiante description de la mort d'un homme vue par lui-même.

Un peu plus tard, les jeunes héros, les aventuriers et les espions céderont la place aux amateurs de puzzles — Harry Dickson et Hercule Poirot (mais pas Miss Marple, qui m'agaçait profondément), Ellery Queen, Holmes et Watson, Arsène Lupin.

*

À Pithiviers, ma chambre est assez vaste pour porter l'image du monde sur l'un de ses murs et en contenir des dizaines d'autres dans ses étagères, mais elle a un gros inconvénient : ses trois portes donnant sur le couloir, sur la chambre de mes parents et (par la petite salle de bains) sur celle de Claudie. Quand Nelly veut aller chercher quelque chose chez sa fille, elle traverse ma chambre. Quand Claudie passe le week-end à la maison et veut dire quelque chose à sa mère, elle traverse ma chambre. Et tout le monde, en passant dans le couloir, ouvre la porte de ma chambre pour me demander si je vais bien. J'irais parfaitement bien si je n'avais pas le sentiment, parfois, d'habiter dans un hall de gare.

Liens :
* Le grand fauteuil rouge
* Le tableau de photos
* Le bureau d'Emmanuel

Lectures à haute voix

(Cases, 2 ; Pages, 8 ; Voix, 10)

(Tourmens, 2001.) Mon électrophone est un Teppaz portatif blanc dont le couvercle amovible sert de haut-parleur. Il est branché en permanence. Quand j'ai fini d'apprendre mes leçons et de faire mes devoirs, je m'installe sur mon lit et je mets un disque sur le plateau. Avant que ces disques ne soient ceux de chanteurs que j'aime ou des bandes originales de films, j'écoute des livres-disques. Outre *Les Trois Mousquetaires,* j'ai plusieurs « Petit Ménestrel » : *Zorro,* bien sûr, mais aussi *20 000 lieues sous les mers* — avec Roger Rudel dans le rôle de Ned Land et Jean Gabin dans celui du Capitaine Nemo ! — et *L'Île au trésor,* avec Jean Servais en John Silver.

Pendant les années soixante, on gravait beaucoup les personnages de bandes dessinées dans les sillons des 30 cm. Aujourd'hui encore, lorsque je relis *La Marque jaune* ou *Le Mystère de la Grande Pyramide,* Francis Blake a, dans ma tête, la voix de Jean Topart ; aujourd'hui encore, *j'entends* les fonds marins quand, dans *Le Repaire de la Murène,* Spirou et Fantasio plongent avec l'appareil submersible du comte de Champignac.

Sur mon Teppaz, Gérard Philipe et Georges Poujouly jouent *Le Petit Prince* ; Serge Reggiani incarne

Bas-de-Cuir dans *Le Dernier des Mohicans* — dont la fin me met très mal à l'aise, et Jean-Louis Trintignant commente deux histoires adaptées du *Livre de la Jungle*. La première, « L'Ankus du roi », raconte comment Mowgli découvre un trésor gardé par un très vieux cobra, emporte avec lui un crochet à éléphant orné d'un énorme rubis, se le fait dérober et apprend que les hommes peuvent s'entre-tuer pour le posséder ; la seconde est (je cite de mémoire) *l'histoire de la grande guerre que Rikki-Tikki-Tavi livra seul dans le bungalow de Teddy. Darzee l'oiseau-tailleur l'aida et Chuchundra le rat musqué lui donna un avis, mais Rikki-Tikki fit la vraie besogne...*

J'écoute et — de même que mon fils Martin, trois ans et demi au moment où j'écris ceci, assimile les dialogues de *Toy Story* ou de *Peter Pan* — je retiens ce que j'entends. Aujourd'hui, mon cerveau est beaucoup plus encombré, mais il a conservé précieusement des fragments de plaisir et d'émotion. Aujourd'hui, je peux m'asseoir dans le noir et invoquer la voix de mes récitants d'alors. J'entends le Sheik Abd-El-Razek tonner : « *Par Horus, demeure !* » Je frissonne lorsque Nagaina, la femelle cobra, découvre que Rikki-Tikki la mangouste a dévoré ses œufs. Et certains soirs, le vent m'apporte une odeur de poudre, et chante à mes oreilles le refrain familier : « *Ils étaient quinze matelots / Sur le coffre du mort / Quinze loups, quinze matelots / Yohoho, yohoho / Qui voulaient la bouteille...* »

Liens :

* *L'Île* de Robert Merle

* *Les Indes noires* et *Michel Strogoff* de Jules Verne

* Positions de lecture

Le prix d'anglais

(Clichés, 6; Fables, 13; Pages, 9)

J'ai commencé par écrire :

« (Pithiviers, 1965.) J'entre en sixième au lycée (les petites classes ne sont pas encore regroupées en collèges) Denis-Poisson. C'est un groupe de quatre bâtiments dressés à la sortie de Pithiviers, tout près de la sucrerie. Le "grand bâtiment" est celui des élèves plus âgés, à partir de la quatrième. Il est haut et très long. Le "petit bâtiment", qui a une cour séparée, est plutôt celui des petites classes, mais j'y retournerai périodiquement. Il est situé derrière le bâtiment de l'administration. »

Et puis, je me suis rappelé que ma mère a gardé les carnets de notes et les bulletins trimestriels de toute ma scolarité. J'ai retrouvé les carnets en pile dans un carton et les bulletins collés par ordre chronologique dans un album à la couverture vert sombre.

Sur la première page, Nelly a écrit au Letraset :

« De la Communale au Bachot
ou : Ma Vie Scolaire
Marc Zaffran Alger 22-2-1955 »

Sur la page suivante, huit coins autocollants sont la seule trace des deux photos (sous-titrées « Hier » et « Aujourd'hui ») qu'elle avait collées là et qui ont disparu. Est-ce moi qui ai décidé un jour de ne plus les voir ? Avant les reliques de mes classes primaires, je découvre la photo noir et blanc d'un groupe d'une soixantaine d'enfants, installés sur quatre rangs. L'ardoise posée contre les genoux de l'un d'eux, au premier plan, indique : « 6-10-59. Parc d'Hydra. Enfantine. » Je me reconnais au troisième rang, troisième à partir de la gauche. Je porte une blouse, je suis le seul qui ne regarde pas l'objectif et mon profil fait la même gueule que mes fils quand ils boudent.

À la page suivante, il y a le livret scolaire du « pensionnat et externat Saint-Joseph, dirigé par les Frères, Jaffa-Israël ». Les notes qu'il contient commencent en septembre 1962 et s'arrêtent en novembre, au moment où nous avons quitté Israël.

Les trois carnets suivants sont ceux des classes primaires que j'ai suivies à Pithiviers. J'y (re)-découvre que l'institutrice de CE2, avec qui j'ai passé deux mois en mai et juin 1963, se nommait Mme Pouillot. Les photos de classe de CM1 et CM2 sont à la fois émouvantes et agaçantes : voici André, François S., François A. et Denis T. — et aussi Jean-Jacques L. (dont le nom me revient au moment où je reconnais son visage) et Didier H., qui possédera plus tard un magasin de photo à Pithiviers —, mais où donc est mon pote François M. ? Et d'ailleurs, est-ce qu'il s'appelait François, ou Christian ? Brusquement, je ne sais plus... Au même moment, heureuse coïncidence, André vient passer trois jours chez nous (il couvre les championnats d'Europe 2001 de basket-ball féminin). Je lui montre les clichés, sur lesquels il a l'air d'un petit garçon très sage ; il raconte qu'il était un bagarreur invétéré (il provoquait le plus grand de la classe, l'entraînait dans un coin et, avec la complicité de François A., lui collait une tannée); il se rappelle que, pour la photo de classe, on nous faisait enlever nos lunettes; il est aussi agacé que moi en reconnaissant des visages sur lesquels il ne parvient pas à mettre un nom, mais il m'affirme que M. se nomme Christian, pas François. « Et celui-là, me dit-il en désignant un blondinet à nœud papillon sur la photo de notre classe de CM1. Son nom de famille, c'était pas R. ? » Mais oui, il a raison! Je suis bien incapable de me rappeler son prénom (Philippe ?), mais le nom de famille réveille un autre souvenir : sa sœur (jumelle ?) s'appelait Catherine. Je m'en souviens très bien car j'étais amoureux d'elle! Elle avait des nattes blondes et me snobait, évidemment. Ce qui me trouble un peu c'est que sur la photo, R. n'a que neuf ou dix ans comme nous tandis que, dans mon souvenir, Catherine est une adolescente. L'ai-je poursuivie de mon admiration au lycée ? Impossible de le retrouver précisément mais c'est probable : l'école primaire n'était pas mixte, mais le lycée, si.

*

Plus loin, après une carte de fête des mères (un poème de Victor Hugo, *Ô l'amour d'une mère,* recopié à la main) et mon brevet de 25 mètres (25 juin 1965), ma mère a collé dans l'album deux lettres de ma main datées de juillet de la même année et envoyées de l'île d'Oléron où mon frère et moi sommes partis avec les Éclaireurs. Sous les deux missives, elle a écrit : « Première séparation ». Tout au long de l'album, elle alterne ainsi les bulletins (avec des commentaires ironiques sur la chute progressive de mes résultats scolaires) et les lettres-comptes rendus que je fais de mes vacances — Chamrousse, Ashby-de-la-Zouch, Londres — entre la sixième et la première.

à suivre...

Le prix d'anglais, suite et fin

Je pourrais examiner en détail mes bulletins et en tirer des conclusions édifiantes (et fausses) sur l'élève que je pouvais être, mais une chose me frappe presque immédiatement et relativise tout le reste : en sixième, par trois fois, je suis premier en anglais. À la distribution des prix, on m'attribue le premier prix d'anglais. Comme de bien entendu, c'est un livre en anglais. Il s'intitule *King Alfred the Great.*

En octobre 2000, en prévision d'un livre consacré à mon père, j'ai fait le voyage jusqu'à Pithiviers pour y recueillir tous les documents possibles sur l'histoire familiale. Fouillant dans mes étagères, je suis tombé sur *King Alfred the Great.* Et je me suis souvenu que, trois ou quatre fois par an, le samedi après-midi, mon père montait me voir dans ma chambre. Il me trouvait plongé dans la lecture de bandes dessinées ou de romans, allongé sur mon lit ou avachi dans le grand fauteuil rouge. Il demandait : « Tu n'as rien à faire ? » Je levais la tête et, mécaniquement, je répondais :

— Euh, non...

— Bon. Alors viens, on va traduire *King Alfred the Great.*

Et il s'installait devant mon meuble-secrétaire ou,

plus tard, à mon bureau et me faisait signe de le rejoindre. Je me levais en soupirant, je sortais le livre d'un tiroir, je m'installais près de lui et, en maugréant, je justifiais mon premier prix d'anglais.

Je ne sais pas, je n'ai jamais su pourquoi mon père tenait tant à ce que nous traduisions et retraduisions *King Alfred the Great*. Était-ce, comme je le croyais alors, pour vérifier mes aptitudes ? Ou, plus probablement, cette séance de traduction commune (il me soufflait — parfois en les devinant — les mots que je ne connaissais pas, ou me faisait ouvrir le dictionnaire quand lui-même n'en comprenait pas le sens) était-elle destinée à approcher, par mon intermédiaire, une langue désirée mais inaccessible ? En relatant cette histoire, je pense à ce grand-oncle (?) dont mon père regrettait qu'il ait jugé bon de traduire les classiques français en langue judéo-arabe, au lieu de traduire — et donc, de préserver — des textes judéo-arabes en français...

King Alfred the Great est posé devant moi. Sa couverture cartonnée jaune devait être recouverte d'une jaquette illustrée quand je suis monté le recevoir sur l'estrade, à la fin de mon année de sixième, mais aujourd'hui, la jaquette a disparu. Ce livre petit et mince, *A Ladybird History Book,* cinquante-deux pages portant chacune une illustration au recto et le texte au verso, conte l'histoire édifiante du roi qui, s'il unit par l'épée le royaume d'Angleterre, aimait aussi le savoir et les livres.

Aujourd'hui, je me souviens encore de la bataille d'Hastings (1066). Je me souviens aussi du corps imposant de mon père assis près de moi et de ses grosses mains désignant les mots sur la page. Je me souviens surtout du plaisir qu'il éprouvait quand nous procédions à ce qui pour moi était alors une vraie corvée. Trente-cinq ans plus tard, une fois de plus, je traduis la page 8 :

> « À cette époque reculée, peu de gens savaient lire et écrire, même parmi les rois et les reines. Mais la mère d'Alfred savait lire et c'est son exemple qui l'encouragea à apprendre.
> Un jour, elle lut des histoires à Alfred et à ses trois frères. Les histoires n'étaient pas imprimées, car l'imprimerie n'avait pas encore été inventée. Tout était recopié à la main et les pages des manuscrits, décorées à la feuille d'or, étaient ornées de lettres coloriées.
> Alfred ne savait pas lire, mais il adorait regarder les pages enluminées et voulait que le livre lui appartienne. Osburga vit à quel point ses fils étaient fascinés et promit de l'offrir au premier qui saurait lire. Alfred trouva rapidement quelqu'un pour lui enseigner la lecture et, bientôt, il posséda le livre. »

Liens :

* « Hendon Central, Half ! »
* L'académie de billard
* *Honni soit qui mal y pense* par Henriette Walter (Robert Laffont, 2001)

Histoires extraordinaires

(Traces, 4 ; Voix, 11 ; Fables, 14)

(Tourmens, 2001.) Ange sait aussi raconter des histoires sombres, étranges ou bizarres.

Il y a d'abord ce rêve, qu'il a fait à Marseille, à l'issue de la drôle de guerre, juste avant d'être renvoyé en Algérie :

Il partage une chambre avec un autre sous-officier. Pendant la nuit, un homme coiffé d'un bonnet de zouave de la guerre de 14, aux bottes crottées, au manteau déchiré, entre dans la pièce, paquetage sur les épaules, et le regarde dormir. Au bout d'un long moment, il abandonne son fusil contre le chambranle de la porte, se penche vers lui et pose ses lèvres sur son front. Ange se réveille en sursaut. Il est en sueur, il a rêvé, mais il sent encore le baiser.

*

Ensuite, il y a l'histoire de la poule unijambiste. C'est une histoire assez simple : celle d'un patient d'Ange qui possède deux taxis et dont la fille est née avec un pied bot. Le père engage un chauffeur pour conduire l'un des deux taxis. Le chauffeur courtise la fille de son patron et l'épouse. Bientôt, le vieil homme comprend que son gendre a épousé sa fille pour pouvoir s'emparer des deux taxis quand lui-même mourra.

Et la poule unijambiste, direz-vous ? C'est la poule de la maison. Elle va et vient librement, et elle n'aime pas le gendre...

Longtemps après que mon père me l'avait racontée, j'ai fait de la poule unijambiste une de mes premières nouvelles d'adulte. En lui donnant une fin ironique et énigmatique.

*

Et puis, il y a l'histoire des *adoken'ès* — « ces gens-là ». C'est une histoire qui est arrivée à l'un de ses (arrière-?) grands-oncles.

« Il jouait du violon, très bien, mais pas comme Menuhin : il posait le violon sur son genou à la verticale et il en jouait comme ça. Comme il avait une grande réputation, on lui demandait de jouer aux fêtes et aux mariages. Un soir, il est en train de dîner avec sa femme et ses enfants, et on frappe à la porte. Il ouvre à un couple richement vêtu, qui lui demande s'il veut bien les accompagner. Il y a une fête de l'autre côté de la ville, on a entendu parler de lui, on voudrait qu'il vienne y jouer et y faire danser les convives. Mardochée [j'imagine qu'il s'appelle Mardochée, dans la famille on s'appelle Abraham ou Mardochée de grand-père en petit-fils — les (grands-) oncles ça doit être pareil...] hésite, il est tard, il se tourne vers sa femme. Le couple richement vêtu lui dit qu'il sera bien payé, et lui tend une bourse pleine de pièces d'or. Il hésite, il dit qu'il est fatigué, mais ils insistent en disant que sa réputation l'a précédé, ils savent qu'ils ne seront pas déçus. Alors, il prend son violon et les suit. Ils le font monter dans un carrosse tiré par trois chevaux blancs [Faut-il préciser qu'ici, comme je l'ai déjà fait dans un précédent chapitre à l'occasion d'une succulente galette, je brode quelque peu autour des lambeaux remémorés de l'histoire racontée par mon père ?], lui posent un bandeau autour des yeux et l'emmènent. Pendant tout le trajet, ils lui parlent, ils le rassurent, ils lui expliquent qu'ils ne tiennent pas à ce qu'on sache où ils vivent et que le meilleur moyen est qu'il ne le sache pas non plus, mais qu'il ne risque rien. Quand ils descendent du carrosse tiré par trois chevaux blancs, ils sont devant une grande maison blanche [de style mauresque, évidemment, rappelez-vous que tout ça se passe en Afrique du Nord en un temps reculé et non, comme les histoires traditionnelles juives que vous avez peut-être lues par le passé, dans un shtetl en Pologne]. On lui fait franchir une porte magnifique et il se retrouve dans une cour intérieure somptueuse. De la fontaine jaillit l'eau la plus pure, les tables basses croulent sous les mets les plus fins ; les femmes sont belles et portent des robes serties de pierreries, les hommes sont grands et portent la noblesse sur leur visage [ici, je m'inspire sûrement des *Contes et légendes des Pays d'Orient,* l'un des trois ou quatre volumes pour enfants que j'ai dévorés sous les couvertures et dont j'ai bien l'intention de reparler] — et tout le monde l'accueille en l'applaudissant, il ne manquait que lui, le musicien, l'artiste, pour que la fête soit parfaite.

Mardochée joue toute la nuit, il les fait chanter, il les fait danser. Il leur joue des cantiques d'amour, des chants épiques, des berceuses, des musiques mélancoliques, il les fait pleurer, il les fait rire, il les rend heureux.

Mais la fatigue l'envahit, la soif le tenaille. Ses hôtes lui proposent de boire l'eau la plus pure, de manger les mets les plus fins, de goûter le vin qui coule à flots. Chaque fois, Mardochée refuse.

Il refuse parce qu'il a entendu il y a longtemps, quand il était enfant, sa mère ou sa grand-mère lui dire : « Si un jour tu rencontres des gens richement habillés, s'ils t'invitent chez eux, si tu les accompagnes, n'accepte jamais de boire ou de manger ce qu'ils te proposeront. Si tu le fais, tu oublieras tes parents, tu oublieras ta femme et tes enfants, tu oublieras ta maison et tes amis, et tu resteras pour toujours avec eux. »

Mardochée joue toute la nuit en refusant poliment ce que ses hôtes lui proposent. Au petit matin, on lui remet un bandeau sur les yeux, on le reconduit dans le carrosse tiré par trois chevaux blancs et, comme le chemin est long, il s'endort. À son réveil, il est allongé sur le seuil de sa maison, le jour se lève, et seule la bourse remplie de pièces d'or qu'il porte encore sur lui assure qu'il n'a pas rêvé. Quand il raconte son histoire, on dit qu'il l'a échappé belle : il est allé chez *ces gens-là* et il en est revenu. »

Troisième interlude : Le fin mot

(Tourmens, 2001.) Thomas, qui reçoit chaque jour un épisode du feuilleton dans sa boîte e-mail, vient de lire les premiers chapitres concernant Israël. Il m'interroge :

— Alors, tu as appris à parler hébreu quand tu étais petit ?

— Oui...

— Et tu sais le parler encore ?

— Non.

— Tu ne te souviens de rien ?

— Rien.

— Pas un mot ?

— Pas un mot. Enfin, je me souviens de *Shalom,* mais c'est un mot que tout le monde connaît.

— Qu'est-ce que ça veut dire ?

— « Paix », je crois. C'est ce qu'on dit pour saluer quelqu'un...

— Comment ça se fait que tu aies tout oublié ?

— Je ne sais pas. Peut-être que j'avais pas envie de me souvenir... Enfin, si, je me souviens d'un autre mot.

— Quel mot ?

— *Sheket.*

— Qu'est-ce que ça veut dire ?

— « Tais-toi. »

Magnétophones

(Cases, 3 ; Quêtes et Pertes, 4 ; Traces, 5 ; Voix, 12)

(Alger, années cinquante / Pithiviers, années soixante / Montbizot, 1983.) Depuis toujours, Nelly *tape à la machine* : elle était la secrétaire du patron de pneumo-phtisiologie dont mon père avait été le chef de clinique. Et ce patron — qu'elle appela toujours « LE » patron — était aveugle. Elle ne se contentait pas de taper les articles qu'il rédigeait pour les revues savantes, elle préparait aussi les conférences qu'il faisait aux internes ou aux congressistes, les répétait avec lui et, pendant qu'il parlait, passait les diapositives qui illustraient ses propos. Elle a travaillé pour lui jusqu'à son mariage avec Ange.

À Pithiviers, Nelly a installé son bureau dans ce qu'on appelle la « salle blanche ». C'est une pièce du rez-de-chaussée, placée entre la petite salle d'attente (à laquelle on accède par une porte donnant sur la rue) et le bureau de mon père, dont elle est séparée par le couloir de l'entrée. La salle blanche est la salle de soins du cabinet médical, équipée de grands placards, d'une armoire vitrée contenant des instruments, d'un lavabo, d'une table d'examen aux pieds chromés, d'une paillasse en formica sur laquelle mon père prépare ses injections et de grands tiroirs dans lesquels il range les échantillons de médicaments que lui laissent les représentants des laboratoires. Sur le bureau de Nelly trône une machine à écrire mécanique. Pendant mon enfance, je l'entendrai souvent taper des courriers professionnels, des expertises, des lettres à la famille, et je saurai très tôt comment fonctionne une machine à écrire, ce que signifie la petite sonnette qui retentit quand le chariot arrive en bout de course, à quoi servent les feuilles de papier noir d'un côté et bleu luisant de l'autre qu'elle glisse entre les feuilles — toutes choses qui ont curieusement disparu aujourd'hui, sauf des commissariats fictifs qu'on voit dans les mauvaises séries françaises. (Pour les avoir trop fréquentés ces dernières années, je suis bien placé pour dire que la plupart des vrais commissariats, même dans la Sarthe profonde, sont aujourd'hui équipés d'ordinateurs.)

Comme en témoignent les notes manuscrites de sa main que je retrouve parfois dans ses vieux livres de médecine ou dans le Littré plus que centenaire qu'il m'a légué, l'écriture manuscrite d'Ange a toujours été difficile à déchiffrer, caricature de ces pattes de mouche que l'on reproche toujours aux médecins. Alors, depuis toujours, il dicte son courrier à Nelly.

*

Un jour, pour son anniversaire, ou peut-être pour la fête des pères, Nelly lui offre un magnétophone à bandes. C'est un parallélépipède plus long que haut, sur lequel les bobines, larges de six ou huit centimètres, sont placées dans des alvéoles à peine plus grandes. Son fonctionnement est très simple et, bien sûr, il a un micro à fil. Fascinés par cet appareil, mon frère et moi obtenons très vite de pouvoir nous en servir. Avec deux de nos camarades, Mylène et Jean-Louis (les enfants du capitaine Faure), nous lisons au micro les aventures de Michel Vaillant. Mylène interprète les voix féminines (la mère de Michel, sa belle-sœur, la charmante Françoise), Jean-Louis est Michel Vaillant, Mick son frère Jean-Pierre, et moi, je suis Steve Warson.

J'aime beaucoup Steve Warson. D'ailleurs, tout bien réfléchi, si j'aime les aventures de Michel Vaillant, c'est avant tout pour le personnage de l'Américain. On ne sait rien de lui alors que la famille de Michel est parfaitement cohérente, rassurante, positive, mais c'est un personnage qui évolue : dans les premiers épisodes, il est l'adversaire qui affiche sa supériorité ; ensuite, il devient l'ami du héros ; il traverse une phase tourmentée et imprévisible (il trahit et disparaît) mais l'attachement de Michel à son égard est indéfectible, au point qu'il le recherche et l'arrache à un groupe de gangsters (dans *Le Retour de Steve Warson*, que je viens d'acheter à un gamin qui vendait ses BD sur le trottoir, pendant la braderie). Dans les années soixante, lorsque je lis les albums de Jean Graton, je ne m'identifie pas à Michel-Vaillant-le-pilote (les bagnoles m'ont toujours laissé indifférent et, bien que je vive depuis plus de vingt ans dans la Sarthe, je n'ai jamais mis les pieds sur le circuit pendant les « 24 heures » automobiles) mais à Michel-Vaillant-le-fils-entouré-et-l'ami-loyal, prêt à faire des kilomètres pour retrouver l'étranger qu'il a adopté comme un frère.

Ce que Mick, Jean-Louis Faure et moi aimons le plus faire, quand nous enregistrons les aventures de Michel Vaillant sur le magnétophone à bandes, ce sont les bruits de voitures — VROOOOAAAR — et d'accidents POWWWWKKKSSSCHRRR — pendant que Mylène s'écrie « Mon Dieu ! Michel / Jean-Pierre / Steve » quand une Vaillante sort de la route.

à suivre...

Magnétophones, suite et fin

Avec mon cousin Jacky, qui a de l'imagination, nous inventons aussi des histoires originales, des enquêtes policières inspirées par les pièces radiophoniques entendues le mardi. Je me souviens que, dans l'une d'elles, un personnage se présentait par ces mots : « Rémi Fassol, professeur de musique, 54, avenue de l'Opéra. »

*

Au milieu des années soixante, notre sœur offre à mes parents l'un des tout premiers magnétophones à cassettes. C'est un appareil de marque Grundig. Ses cassettes sont une fois et demie plus grandes que celles du « Mini K7 » de Philips, qui le suit de peu mais qui s'imposera ensuite. Ce magnétophone-là, c'est moi qui vais m'en servir le plus. J'enregistre des récitals diffusés à la radio et des émissions de télévision. Aujourd'hui, sur l'une des étagères de ma chambre-bureau, sont rangées six de ses cassettes. Elles sont numérotées et j'ai collé dessus des étiquettes découpées dans des fiches bristol quadrillées sur lesquelles on peut lire :

IA : « L'Invité du dimanche » : Jerry Lewis
Interview : R. Benayoun
IB : « L'Invité du dimanche » : 6,5
7 + : Brassens
9 + : Brel
IIA : Enregistrements radio — Divers
IIB : There was a crooked man
Caterina Valente
IIIA : Arthur Rubinstein DÉBUT
IIIB : Arthur Rubinstein ou l'amour de la vie FIN
IV A : Ella Fitzgerald-Count Basie à Pleyel
IV B : Ella-Count
Morceau piano par A. Rubinstein
Radio-Divers
VI A : Jerry Lewis à l'Olympia (SUITE ET FIN)
VI B : Cocktail 2001 (DÉBUT)
VII A : Cocktail 2001
VII B : Claude Nougaro — 12 chansons

J'ai perdu la cassette V, mais je peux deviner ce qu'elle contenait. Je me souviens vaguement de Caterina Valente. Je suis en revanche infoutu de dire ce qu'était le « Cocktail 2001 ». Quand aux « divers », j'imagine qu'il s'agissait de bouts d'émissions que je ne pouvais pas écouter en direct parce que je devais aller au lycée ou descendre dîner, et que j'avais enregistrées en plaçant le micro du Grundig contre le haut-parleur de ma radio.

Le Grundig est tombé en panne il y a bien longtemps, probablement quand j'ai fait mes études de médecine. Évidemment, comme ce format de cassettes avait été abandonné, personne n'a cherché à le faire réparer. La dernière fois que je suis allé à Pithiviers, je ne l'ai même pas vu dans le grenier. De sorte que mes enregistrements d'adolescent, que je peux voir de mes yeux et toucher de mes mains sans me lever de mon fauteuil, me resteront à jamais inaccessibles.

*

Je ne sais pas pourquoi ma mère avait offert le magnétophone à bandes à mon père. Je ne sais pas pourquoi mon père voulait un magnétophone. Je ne me souviens pas qu'il ait clairement exprimé son désir de raconter ses mémoires, mais je me souviens que le cadeau lui avait fait très plaisir, et je le vois en robe de chambre, le dimanche où on le lui a offert, penché dessus pour apprendre à s'en servir. Presque vingt ans plus tard, quand j'ai senti qu'il allait mourir, j'ai voulu lui faire raconter sa vie. Je vivais déjà dans la Sarthe. Un dimanche après-midi, Nelly et lui étaient venus nous rendre visite, j'ai sorti mon magnétophone à cassettes et, pendant que les femmes allaient se promener avec ma/sa petite(-)fille, je lui ai demandé de me raconter ses souvenirs. Il a parlé pendant près d'une heure, stimulé par les questions que je lui posais. J'étais tellement avide de ce qu'il avait à me transmettre que je n'ai fait attention à rien d'autre. La nuit est tombée. Quand les femmes sont rentrées, j'ai voulu lui faire réécouter la bande et j'ai découvert que les piles du magnétophone étaient à plat et que toute notre conversation était inaudible.

Liens :

* Les leçons de piano
* Jerry Lewis
* Le Revox de Christian

Héros

(Toiles, 3 ; Cases, 4 ; Traces, 6 ; Pages, 10)

(Pithiviers, années soixante.) J'aime la mythologie. J'ai un livre intitulé *La Mythologie,* (que j'ai égaré — ou qu'on m'a fauché — il y a bien longtemps mais dont je vois encore très bien la couverture jaune et l'illustration de couverture — Zeus brandissant la foudre ?). Il décrit par le menu la biographie de tous les héros de l'Antiquité grecque et romaine. Je le relis régulièrement. Je lis et relis aussi plusieurs volumes de « mythes et récits », « contes et récits », « contes et légendes » de diverses origines — bibliques, orientales, germaniques, j'en passe et des meilleures — qu'on publie à l'époque.

Parmi ces réécritures à l'usage des enfants, j'ai mes personnages préférés : Jason et Ulysse, David et sa fronde, mais aussi Joseph et Daniel, les décrypteurs de rêves.

Les livres en question ne contiennent que quelques illustrations (une ou deux par chapitre) mais certaines sont impressionnantes, comme la mort de Siegfried ou celle d'un héros oriental nommé (si je me souviens bien) Antar Ben Cheddad — farouche guerrier qui, blessé à mort, reste assis sur son cheval en s'appuyant sur sa lance à l'entrée d'un étroit vallon pour interdire le passage aux brigands qui poursuivent sa famille ? le seigneur qu'il a servi ? Effrayé par les yeux flamboyants du cavalier, les brigands hésitent à l'attaquer. Il les maintient en respect ainsi pendant une heure. Finalement, ils décident de fondre sur lui et découvrent qu'il est mort depuis un bon moment mais que son impressionnant cadavre a permis aux fugitifs de s'échapper.

Ce héros oriental, dont j'ai tout oublié en dehors de cette anecdote, me renvoie immédiatement à deux autres héros orientaux que je fréquentais assidûment au début de l'adolescence.

*

Le premier journal de bandes dessinées que j'achète chaque semaine est *Vaillant, le Journal de Pif*. Il ne contient pas encore de gadgets mais foisonne de héros. J'y rencontre un Davy Crockett très éloigné de celui de l'*Alamo* de JohnWayne, et dont les aventures sont souvent sombres et désabusées : Américain progressiste, il voit avec tristesse ses semblables massacrer les Indiens. Je retrouve régulièrement Maud, Tangha, Rodion et Tsin-Lu, les *Pionniers de l'Espérance* qui explorent les étoiles ou, réduits à une taille microscopique, s'efforcent de survivre dans un jardin transformé en jungle gigantesque. Je suis les aventures du « Grêlé 7-13 », un drôle d'adolescent engagé dans la résistance contre les Allemands et dont le sobriquet provenait du fait qu'il avait sept taches de rousseur sur une joue et treize sur l'autre. Je ris avec un garçon, un renard et une fille nommés *Nanar, Jujube et Piette* — première bande dessinée de Gotlib qui, après l'introduction d'un chien inspiré par le Droopy de Tex Avery, devient *Jujube et Gai-Luron* puis *Gai-Luron,* tout court. Mais celui que je retrouve avec le plus de plaisir, c'est *Nasdine Hodja, l'Insaisissable.*

Je me souviens très clairement d'une des aventures de Nasdine Hodja, voleur et justicier qui allait de ville en ville et volait aux riches pour donner aux pauvres. Un jour, Nasdine est fait prisonnier et enfermé dans un cachot grouillant de rats. Il enduit subrepticement de graisse le verrou de la porte que l'un des gardiens a ouverte pour lui donner à manger, capture un rat, lui attache une ficelle à la queue, le fait sortir par l'huis ouvert à la partie supérieure de la porte, le laisse pendre dans le vide. Quand le rat arrive à la hauteur du verrou, il se met à grignoter la graisse. Nasdine tire sur la ficelle, le rat s'accroche au verrou et la porte s'ouvre...

*

L'autre aventurier oriental c'est, bien sûr, le *Voleur de Bagdad,* mais sans doute pas celui que vous connaissez. Ce n'est pas le héros bondissant du film muet de Raoul Walsh, avec Douglas Fairbanks. Celui-là, je l'ai vu pour la première fois il y a quelques années seulement, après sa diffusion au « Cinéma de minuit ». Ce n'est pas non plus le jeune garçon du film britannique d'Alexander Korda, que j'ai probablement vu quand j'étais petit (mais quand ?), car à l'occasion d'une diffusion récente j'y ai reconnu des scènes — en particulier celle, terrifiante, d'un automate représentant une somptueuse déesse Kali qui poignarde un homme après l'avoir langoureusement enlacé.

Non, le héros dont je parle est celui de la version italienne du *Voleur,* incarné par Steve Reeves, un pilier des péplums. J'avais pour ce *Voleur*-là une admiration immodérée. Je me souviens encore très bien de certaines scènes impressionnantes (dans l'une d'elles, le voleur se démultiplie à l'infini pour faire face à une armée) et, bien sûr, du cheval blanc ailé — commun aux trois films — sur lequel il s'envole vers un lieu irréel, caché dans les nuages, et aussi de la rose magique qui lui permet de sauver sa bien-aimée. Je m'en souviens très bien parce que ce *Voleur* avait été très fidèlement adapté en bandes dessinées (dans *Le Journal de Mickey* ?) et qu'il me suffisait de tourner les pages pour me remémorer ce film éblouissant.

Je l'ai revu il y a quelques années. À l'occasion d'une diffusion sur Canal +. J'ai été très, très, très déçu. Les effets spéciaux étaient médiocres, la mise en scène inexistante, et le pauvre Steve Reeves jouait comme un pied.

Liens :
* Marcel Gotlib
* Howard Hawks
* Mon 102

Positions

(Corps, 1)

Il n'est pas très facile de parler de son corps, surtout au passé. Quand on se voit en photo ou sur un film, on se trouve plus jeune qu'aujourd'hui, moins gros qu'on n'aurait souhaité le devenir, plus grand qu'on ne se le rappelle. Et cependant, un corps reste un objet difficile à décrire. Comment parler de son corps sans le regarder ? Comment le décrire *de l'intérieur* ?

Je suis toujours surpris de me voir dans une glace : je n'y apparais jamais *comme je me pense*. De sorte que les photos qui me représentent ont toujours à mes yeux relevé de la fiction : je ne suis pas celui qu'on voit sur ce cliché car, le plus souvent, je ne me rappelle même pas avoir posé devant l'objectif.

Les souvenirs intérieurs du corps sont encore plus étranges : personne n'est là pour me contredire quand j'affirme qu'à l'intérieur de mon corps (de mon imaginaire) j'ai toujours treize ans, dix-huit ans, vingt-deux ans, trente ans — au choix, selon l'époque qu'évoquent les sensations que j'éprouve à ce moment-là.

Il y a quelques semaines, je suis allé jouer au bowling avec trois adolescents, deux filles de dix-huit ans et un garçon qui les avait presque. Je n'avais pas joué depuis plusieurs mois et j'essayais de refaire la séquence de gestes (marcher, viser, lancer la boule) qui, lorsque j'ai appris à jouer, en Angleterre, me permettait de faire un *strike*. Après beaucoup de tâtonnements, je l'ai miraculeusement retrouvée. Au moment où les dix quilles ont été balayées, j'ai eu le vertige : j'avais dix-huit ans de nouveau et je jouais avec des jeunes gens de mon âge. Quand je me suis retourné, j'ai immédiatement su qu'il n'en était rien : le garçon présent était mon fils et je ne pouvais en aucun cas avoir le même âge que lui. Pourtant, l'espace d'un instant, mon corps m'en avait donné l'illusion...

Mais je voulais parler de la permanence du passé dans le présent, pas de l'illusion du passé au présent...

*

(Pithiviers, années soixante.) Je lisais sur mon lit ; pas couché sur le ventre, mais adossé au mur ou allongé, un coussin derrière la tête. Parfois, quand le livre était gros, je lisais couché sur le côté. Je posais un de mes disques sur le Teppaz et, lorsqu'il s'achevait, je tirais sur le bras pour remettre le plateau en mouvement et je replaçais le saphir sur le bord du disque sans regarder ni interrompre ma lecture. Les morceaux que j'écoutais sans cesse se sont imprimés sur certaines couvertures : tombant un jour sur une vieille édition « J'ai Lu » d'*À la poursuite des Slan,* de Van Vogt, j'ai *entendu,* littéralement, quelques mesures de la *Rhapsody in Blue* résonner dans ma tête : pendant ma lecture, je m'étais passé le même disque en boucle.

Je lisais aussi assis devant le secrétaire, ou au bureau à deux tiroirs sur lequel (à partir de quand ? je ne sais plus très bien) j'ai fait mes dissertations et mes devoirs de maths, en classes de première et de terminale. Je ne lisais à mon bureau que lorsque j'en avais marre de travailler, pour éviter tout commentaire de la part de ma mère qui, régulièrement, venait vérifier que... je ne lisais pas.

C'était déjà l'époque où elle aimait dire à tout le monde : « Oh, Marc, il ne bosse pas beaucoup. Il a beaucoup de mémoire et il comprend vite, alors il s'en tire toujours en classe, mais il est plutôt *cossard* et il en fait le moins possible. Tant qu'il a ses livres et ses disques... »

C'est vrai, j'avais beaucoup de mémoire. C'est vrai, je comprenais vite. Mais je n'étais pas *cossard,* comme le disait ma mère. Seulement, à mesure que je grandissais, l'obligation d'avoir les meilleures notes de la classe me semblait de plus en plus vaine, de plus en plus absurde. Je ne voulais pas être « le meilleur », je voulais *m'évader.*

à suivre...

Positions, suite et fin

Enfant, puis adolescent, je me suis beaucoup évadé à bord du grand fauteuil recouvert de grosse toile rouge qui se trouvait dans ma chambre. Il était très profond : à l'époque de l'école primaire, mon copain André et moi y lisions, côte à côte, des bandes dessinées. Plus tard, je me couchais au fond et je laissais ma jambe pendre par-dessus l'un de ses larges bras. Pendant mes études de médecine, quand je revenais passer le week-end à Pithiviers, je m'y endormais en tentant vainement d'ingurgiter des cours insipides. Plus tard, le fauteuil m'a suivi dans mes domiciles successifs. Enfin débarrassé de l'obligation de réviser des examens abrutissants et arbitraires, j'y ai redécouvert le plaisir de lire.

Quand je me suis mis à vivre avec MPJ, c'est l'un des rares meubles que j'ai apportés. Comme le jute rouge était complètement usé, MPJ l'a drapé d'une grande toile beige. Dans le petit logement où nous avons d'abord vécu, il prenait beaucoup de place mais nous le rendait bien. Nous avons passé beaucoup de temps enlacés entre ses deux grands bras. On aurait dit qu'il était fait pour ça.

À la même époque, il servait de siège collectif à nos enfants lorsqu'ils regardaient la télévision : à tour de rôle chacun des grands s'y asseyait en prenant le plus petit sur ses genoux, tandis que deux autres se juchaient sur les bras et que le dernier se postait sur une chaise, derrière, et s'accoudait sur le haut dossier.

Et puis, les jumeaux sont nés. Lorsque l'un des deux se réveillait la nuit, je descendais m'installer dans le grand fauteuil, je me calais confortablement pour lui donner le biberon et je regardais un bout d'un épisode de *Star Trek : The Next Generation*. Parfois, quand je remontais dans la chambre, l'autre jumeau était en train de se réveiller. Lorsque MPJ avait du mal à émerger je faisais un échange standard (ils dormaient dans le même lit à barreaux) et je redescendais m'installer dans le fauteuil pour donner le second biberon... et regarder la fin de l'épisode.

Lorsque nous avons emménagé dans une maison plus grande, le fauteuil s'est retrouvé dans une pièce du rez-de-chaussée que nous avons baptisée « le petit salon de télévision ». À mesure qu'ils ont grandi, les jumeaux l'ont annexé, assis côte à côte pour y regarder ensemble leurs dessins animés. Il y a un an ou deux, quand nous avons réaménagé le petit salon, le fauteuil n'y avait plus sa place. Thomas a proposé de l'accueillir dans sa chambre. Je me suis dit que le cycle recommençait.

*

Même s'il était resté dans une pièce commune, je ne pourrais plus lire dans le grand fauteuil : mon gabarit de quadragénaire bedonnant ne m'autorise plus à m'y lover comme je le faisais encore il y a dix ans. Jusqu'à ces dernières années, j'ai lu au lit, assis à mon bureau ou à la table familiale, comme j'ai presque toujours vu mon père le faire. Et puis, il y a deux ans, MPJ m'a convaincu d'aller m'acheter un nouveau fauteuil.

Je lui avais souvent parlé de ceux qu'on trouve partout aux États-Unis — avec un pied tournant. J'en apercevais de temps à autre aux catalogues ou en vitrine des magasins de meubles, mais je ne voulais pas dépenser plusieurs milliers de francs pour un objet dont je serais seul à profiter. Comme à son habitude, MPJ m'a objecté que, pour qui travaille chez soi, un bon fauteuil n'est pas un luxe et que l'argent que je gagne, je ne le vole à personne.

Dans mon bureau, qui est aussi notre chambre, j'ai désormais un confortable fauteuil inclinable, doté d'un appuie-tête et d'un repose-pieds indépendant que j'utilise aussi comme table basse pour empiler des bouquins ou des cassettes vidéo. Les fauteuils sont rarement conçus pour les gens qui ne sont pas de taille moyenne mais celui-ci me va comme un gant. Il a un pied tournant, comme les fauteuils américains. Il est placé près de la fenêtre, entre mon bureau et le combi télé-magnétoscope. Je m'y installe pour lire, regarder les cassettes que je dois commenter, relire et corriger des textes, somnoler ou prendre Léo et Olivier sur mes genoux pour leur faire réciter leurs leçons. Bon, ce fauteuil-ci n'est pas assez grand pour que MPJ et moi puissions regarder la télévision en amoureux, mais le canapé du petit salon est fait pour ça.

Liens :
* *The Princess Bride*
* Ma sacoche de médecin
* *Oz*

Petits soldats

(Toiles, 4 ; Pages, 11 ; Cases, 5 ; Corps, 2)

(Pithiviers, années soixante.) La guerre — *la guerre de 40* — est très présente dans les histoires que je lis et les films que je regarde. Les adolescents d'aujourd'hui ne savent presque plus ce qu'est un « film de guerre ». Ils ne savent plus que, dans les années soixante, on avait encore le droit d'être simultanément manichéen et idéaliste.

J'ai vu dix fois *Le Jour le plus long,* et le récit de Cornelius Ryan qui l'avait inspiré est probablement le premier document que j'ai lu, à l'âge de douze ou treize ans. Je l'avais acheté en Livre de Poche sans me rendre compte que les quinze premières pages manquaient (un défaut de fabrication, sans doute). Je l'ai lu au soleil, assis sur le balcon du chalet où je séjournais pendant des vacances à la montagne. C'était à Chamrousse ou à Combloux. Mick et moi sommes allés faire du ski dans les deux stations pendant les vacances de Pâques, deux années de suite. Pendant l'un de ces séjours, il a fait très beau et je me suis débrouillé pour ne pas aller skier. Je n'aimais pas ça. J'étais déjà très, trop grand pour mon âge, raide et maladroit, plutôt mal dans mon corps ; sur des skis, j'avais peur et tenir en équilibre m'était extrêmement difficile. C'est sans doute pour cela que je n'ai jamais assouvi mon désir de faire du patin à roulettes ; quant à ma première et dernière séance de patin à glace, dans le Minnesota, j'en ai encore mal aux fesses.

Pour ne pas m'ennuyer, j'avais acheté le livre de Ryan en pensant y retrouver les personnages du film. J'ai eu la stupéfaction de constater qu'il y a un monde entre un récit historique, construit à partir de documents authentiques et de témoignages réels, et le traitement mélodramatique qu'on peut lui faire subir à l'écran. À partir d'éléments identiques — des soldats, des avions, des bateaux, des combats —, on pouvait construire deux narrations radicalement différentes et pourtant également efficaces (Ah ! le cigare de Robert Mitchum, à la fin du film...). Depuis, il m'a toujours paru évident qu'un film n'est jamais la copie carbone d'un livre.

*

J'ai vu vingt fois *La Grande Évasion,* qui est pour moi source de jouissance et de chagrin : jouissance née du personnage (dont j'oublie toujours le nom) de Steve McQueen, de son énergie, de sa rébellion, de son obstination ; chagrin lorsque le faussaire aveugle incarné par Donald Pleasance meurt dans les bras de James Garner. (J'ai aussi lu le livre, encore plus différent du film que pour *Le Jour le plus long* !) Alors même que j'ai toujours eu des sentiments mitigés à son égard, c'est un des rares films dont j'aie acheté la version en DVD. Nos aînés l'ont vu, ils ont été très impressionnés et, comme moi, ils ont beaucoup ri lorsque je les ai emmenés voir *Chicken Run,* dont les premières séquences sont une chaleureuse parodie du film de Sturges.

En évoquant *La Grande Évasion,* je pense immédiatement aux autres films que Steve McQueen a interprétés au cours des années soixante — aux *Sept Mercenaires,* bien sûr (les westerns auront leur chapitre...), mais aussi à des productions moins connues ou moins présentes dans l'imaginaire collectif, en particulier à *L'enfer est pour les héros,* pas-si-petit film de guerre de Don Siegel, en noir et blanc, que j'ai vu avec (ou sur les conseils de) mon cousin Jacky et qui m'a durablement impressionné par sa noirceur et son désespoir.

*

Mes illustrés hebdomadaires (*Vaillant, Spirou*) me parlaient souvent de la guerre — de la Résistance pour *Le Grêlé 7-13* à la guerre du Pacifique pour *Buck Danny.* En ce qui concerne ce dernier, j'ai un faible pour un album intitulé *Buck Danny contre Lady X,* qui n'est pas une histoire de guerre mais un récit d'espionnage au cours duquel le personnage principal est fait prisonnier par une aviatrice américaine, devenue espionne à la solde des soviétiques à la suite de l'accident qui l'a défigurée — Mata Hari dans la combinaison d'Amelia Erhardt, en quelque sorte... Au moment le plus palpitant de l'histoire, Buck Danny, enfermé dans un hangar, parvient à faire passer, par un vasistas hors d'atteinte, un message de détresse rédigé à l'intérieur d'une montgolfière en papier qu'il a confectionnée de ses mains et emplie d'air chauffé à la flamme d'un briquet...

à suivre...

Petits soldats, suite et fin

Mais les deux combattants dont je suivais la carrière avec le plus d'intérêt venaient d'outre-Atlantique.

Le premier était le Sergent Rock, leader de l'*Easy Co.* (la « compagnie Pépère », dans la version française). C'était un GI taciturne, sceptique, désabusé, ronchon, qui haïssait la guerre et contestait les ordres qui faisaient courir des risques suicidaires à ses hommes. Il partageait ses rations avec les chiens pelés qu'il croisait sur sa route et terminait régulièrement ses missions au corps à corps à l'intérieur même des nids de mitrailleuses allemands ! C'était un drôle de type à la fois méfiant et naïf (il fonçait tête baissée dans les embuscades parce qu'il faisait trop confiance), qui s'en sortait toujours par miracle et qui n'en revenait pas d'en revenir vivant. Rock — Frank, de son prénom — avait secrètement le béguin pour une jolie brune nommée « Mam'zelle Marie », une jeune résistante toujours vêtue d'un pull très moulant et coiffée d'un béret rouge, qui croisait périodiquement sa route entre deux contre-offensives des Panzerdivisions et eut droit, sauf erreur de ma part, à ses propres histoires.

Le second de mes héros était *The Enemy Ace,* dont

je ne me rappelle pas le nom en français — le Baron noir ? Aviateur allemand de la Première Guerre mondiale, le Baron von Hammer combattait, dans son coucou de bois et de toile, des adversaires britanniques ou français qui, avec un esprit très chevaleresque, le saluaient lorsque, après un combat aérien à mort, leur appareil se mettait en vrille. Cet « As ennemi » était lui aussi un antihéros peu banal : il haïssait la guerre autant que Frank Rock, combattait seulement par loyauté envers son pays et se demandait constamment pourquoi il échappait au ciel impitoyable alors que tant de ses compagnons tombaient sous les rafales des avions ennemis. Considéré comme un paria (« C'est une machine à tuer », murmuraient ses compagnons d'escadrille), seul au monde même dans les bras d'une belle Gretchen blonde, il n'avait qu'un ami : un loup qui trottait à ses côtés lorsqu'il allait chasser dans la Forêt-Noire...

Je ne sais plus exactement dans quels magazines je retrouvais les aventures de Rock et von Hammer (peut-être dans des fascicules des éditions Artima, qui publiaient aussi *Sidéral* et *Aventures Fiction,* deux mensuels de BD de SF que je lisais régulièrement), mais j'étais très attaché à ces histoires complètes en dix ou quinze planches. Les deux personnages avaient de nombreux points communs car ils étaient l'œuvre d'un même duo, le scénariste Robert Kanigher et le dessinateur Joe Kubert. Lorsque je les relis aujourd'hui, je suis impressionné par la mélancolie et la maturité que Kanigher pouvait insuffler à des scénarios d'une dizaine de pages. J'ai de la peine à croire que je les lisais à l'âge de neuf ou dix ans, et que j'aimais ça : je ne devais rien saisir de leur humour noir et de leur pessimisme. En lisant la préface d'une réédition récente, j'ai appris que si les comics de guerre étaient nombreux dans les années cinquante et soixante, c'est parce ce que les soldats américains envoyés en Corée étaient leurs principaux lecteurs. Mais, par leur amertume et leur ironie iconoclaste, les « aventures » du Sergent Rock et du Baron von Hammer se situaient à mille lieues d'une banale imagerie de propagande.

Le dessin de Kubert, avec ses silhouettes longilignes, ses perspectives audacieuses, ses biplans et ses scènes d'action épiques, a laissé en moi une marque très profonde. Presque toutes les bandes dessinées que j'ai ensuite découvertes et aimées ont visuellement une parenté avec son style. Kubert, qui à mon humble avis dessina dans les années soixante-dix le Tarzan le plus beau et le plus sobre de toute l'histoire de la BD, a ensuite fondé une école de dessinateurs réputée. Deux de ses fils sont devenus scénaristes ou dessinateurs de comics. Il doit avoir aujourd'hui un âge respectable mais l'un de ses derniers albums en date, paru il y a quelques années, s'intitule *Lettres de Sarajevo*. Il y met en images le récit que lui fit par courrier l'un de ses amis pris dans la guerre en ex-Yougoslavie.

*

Je tiens entre mes mains un livre relié retrouvé dans la maison familiale de Pithiviers à ma dernière visite, en septembre ou octobre 2000. La couverture blanche (elle devait être recouverte d'une jaquette illustrée) porte en lettres dorées les mots « Grand Prix » et le sigle de la RTF. C'est un livre Magnard, manifestement destiné à des lecteurs préadolescents. Il s'intitule *Pour que la neige reste blanche* et il est signé Antoine Reboul. La page de garde porte une dédicace : « Hommage de l'auteur. Paris, 16-12-63. » Je suis incapable de dire qui me l'a offert, mais j'y tiens beaucoup. Il se passe en 1940 dans le Grand Nord, et en le feuilletant je redécouvre qu'il s'agit du deuxième roman mettant en scène un personnage du nom de Burk Murding (le précédent s'intitule *Burk Murding le trappeur*), mais je me souviens vivement de deux autres personnages du livre — un Canadien et un Allemand — qui, perdus dans le blizzard à la suite d'une escarmouche, se soutiennent et s'entraident jusqu'au moment où l'officier allemand se sacrifie pour sauver son compagnon...

*

Au début des années soixante, ce que j'apprenais de la guerre au travers des toiles et des pages, c'était l'amertume, le chagrin et le deuil devant la connerie meurtrière des hommes — tout ce qu'évoque le visage hébété de Lino Ventura devant le défilé du 14 Juillet, au tout dernier plan d'*Un taxi pour Tobrouk*.

Liens :
* Agents secrets
* Arsène Lupin et Sacha Guitry
* Westerns

Le verre d'eau

(Fables, 15)

(Alger/Pithiviers/Tourmens.) Il y avait dans ma famille une coutume un peu particulière : quand quelqu'un s'en allait pour un long voyage, on lui jetait un verre d'eau. C'était censé lui porter chance, le protéger, lui permettre de revenir sans encombre. Ma mère était très attachée à ce geste symbolique et le pratiquait sans modération. Je me souviens qu'à Alger, elle jetait un verre d'eau dans l'escalier derrière ceux qui s'en allaient. À Pithiviers, quand mon frère et moi étions petits, c'était à nous de jeter le verre d'eau. Nous nous juchions sur le petit mur qui surplombait la cour, et nous le lancions sur la voiture de nos oncles et tantes ou de notre sœur au moment où elle franchissait le portail.

Plus tard, ma mère a jeté un verre d'eau à mon frère quand il est parti avec sa 4L pleine à craquer passer ses deux ans de coopération au Maroc, et elle l'a sûrement fait aussi lorsque, étudiant en médecine, je suis allé emménager dans l'un ou l'autre des logements que j'ai habités à Tours.

Un jour, j'ai déjeuné avec quelqu'un que je n'avais pas vu, à qui je n'avais pas parlé, depuis longtemps. C'étaient des retrouvailles un peu difficiles : nous étions tous deux sur la défensive parce que, je l'imagine, chacun se remémorait ce qui nous avait éloignés en se demandant ce qu'en pensait l'autre. Au tout début de la conversation, la personne qui me faisait face a renversé le verre d'eau qui se trouvait devant elle. Ma chemise a été éclaboussée. Elle s'est confondue en excuses. J'ai dit que ça n'était pas grave, et je le pensais. En mon for intérieur, je me suis même dit que c'était bon signe.

Agents secrets

(Reflets, 6 ; Pages, 12 ; Fables, 16)

(Pithiviers, 1963-1968.) Pendant les premières années passées à Pithiviers, mon frère et moi avons eu une grande sœur. Elle s'appelait Simone. Elle avait dix-sept ans quand j'en avais huit, mais je n'avais pas le sentiment qu'elle était tellement plus âgée que moi. Elle travaillait pour mes parents, mais nous passions beaucoup de temps avec elle. D'abord parce que nous mangions dans la cuisine avec elle, Mick et moi (ma mère dînait avec mon père lorsqu'il rentrait de sa dernière visite ou sortait de son dernier rendez-vous). Quand je pense à Simone, je vois quelqu'un de drôle, qui nous racontait tout le temps des histoires irrésistibles. Je ne sais plus ce qu'elle nous racontait, mais je me souviens que c'était bon de passer du temps avec elle. Et on en passait beaucoup, après l'école mais aussi le jeudi, quand nous n'allions pas en classe. Dans un message qu'elle m'a adressé ces jours-ci, Simone évoque certaines parties de balançoires assez épiques, et me raconte aussi que, lorsque *Zorro* passait à la télévision, le jeudi après-midi, je l'appelais pour qu'elle laisse tomber son travail et vienne le regarder avec nous... Elle habitait chez nous dans la semaine et rentrait chez ses parents le week-end. Sa chambre se trouvait au second étage. Je n'y montais qu'exceptionnellement et c'était à mes yeux un endroit mystérieux (pour y accéder il fallait longer un long couloir sombre, entre le grenier et le local) mais chaleureux, parce qu'elle m'y accueillait toujours avec le sourire. Bien plus tard, en 1992-1993, les quelques fois où MPJ et moi sommes allés ensemble à Pithiviers, ma chambre d'adolescent avait depuis longtemps cessé d'être un lieu accueillant. Celle de Simone (elle restera toujours pour moi la chambre de Simone, bien que les autres jeunes filles qui ont travaillé chez nous, et en particulier sa jeune sœur Jacqueline, y aient dormi par la suite) restait un bon souvenir d'enfance. C'est là que nous avons dormi.

Un soir de décembre entre 1963 et 1966 (date à laquelle elle est partie se marier), Simone, Mick et moi avons fait un repas de fête. Ça devait se passer quelques jours avant Noël (je suis à peu près sûr que, pendant les fêtes, Simone rentrait chez elle), mes parents devaient dîner à l'extérieur et pour une fois nous n'étions pas obligés d'aller nous coucher à huit heures et demie du soir. Simone nous a offert à chacun un cadeau. Le mien était un livre, bien sûr. « À cet âge-là, écrivait Simone, tu aimais déjà beaucoup les livres, je ne pensais pas pouvoir t'offrir autre chose. »

Quand je l'ai ouvert, je suis entré dans un autre monde.

*

C'était un volume de la « Bibliothèque verte » intitulé *Langelot, agent secret*.

Ce matin, dans mon demi-sommeil, je pensais à ce livre et à son importance symbolique. Le héros est un adolescent qui s'engage dans une section spéciale (et imaginaire) du contre-espionnage français, le S.N.I.F. (Service national d'information fonctionnelle, si je me souviens bien). Sa première aventure a lieu à bord d'un navire-école. En même temps qu'il suit la formation des agents spéciaux, Langelot se lie d'amitié et d'affection avec une adolescente de son âge, dont il finit par apprendre qu'elle est la fille du chef du S.N.I.F... (Oui, je vous vois sourire, mais ça ne me paraissait ni plus ridicule ni moins émouvant que de voir le Grand Duduche se pâmer d'amour pour la fille du proviseur dans les pages de *Pilote*.) Un espion ennemi s'est mêlé aux recrues et aux officiers embarqués. À la fin du bouquin, Langelot le démasque, bien sûr...

J'avais huit ou dix ans, mais j'ai pu sans difficulté m'identifier à ce héros qui, si je me souviens bien, n'avait pas de parents, mais entretenait des relations filiales avec ses instructeurs. Au cours des années qui ont suivi, mon frère et moi avons acheté et lu au moins une vingtaine de volumes de la série publiée dans la « Bibliothèque verte ». Grâce à lui et grâce à Zorro, j'ai insensiblement pris goût aux jeux sur l'identité. Langelot prenait évidemment un nom d'emprunt chaque fois qu'il partait en mission ; il jouait de ces pseudos auprès des jeunes filles avec lesquelles il flirtait et qui étaient mêlées à ses enquêtes, et le nom de l'auteur (« Lieutenant X » !) renforçait encore mes sentiments déjà puissants sur le sujet. Aujourd'hui encore, je me demande si ce pseudonyme était celui d'un auteur unique ou s'il cachait plusieurs rédacteurs.

On est parfois aveugle à ce qu'on a sous le nez, j'en ai eu la démonstration ce matin. En écrivant ce qui précède, j'ai eu envie de remettre la main sur mon bouquin. Comme je tente périodiquement de le faire lire à mes fils — tout comme mon père le fit en me conseillant régulièrement de lire *Croc-Blanc* —, je sais toujours où il est. Je suis monté au second étage, je l'ai trouvé sur une étagère entre *Le Seigneur des Anneaux* de Tolkien et le cycle du *Fleuve de l'éternité* de Philip José Farmer, je l'ai ouvert à la dernière page — qui m'a appris, merci le dépôt légal !, que Simone me l'avait offert en décembre 1965 — et j'ai éclaté de rire en refermant la couverture ! *LAngelot agent secret...* Pff ! Simone est intelligente, elle ! Rien qu'en voyant le titre du livre, elle a su que je l'adorerais. Moi, il m'a fallu presque quarante ans pour comprendre.

à suivre...

Agents secrets, 2e épisode

Des agents secrets, il y en eut beaucoup, à la même époque, dans mon univers imaginaire comme dans celui de la plupart des garçons occidentaux. À commencer par James Bond.

Je suis de ceux — mais sans doute est-ce une question de génération — pour qui Bond aura toujours les traits, la silhouette et l'ironie froide de Sean Connery. Et aussi sa démarche féline lorsque, dans l'une des premières séquences de *Thunderball,* vêtu d'une serviette blanche roulée autour de la taille, il ouvre la porte de sa salle de bains et découvre une femme dans sa douche. (Avis aux bondomaniaques invétérés : ici, pas plus que dans les chapitres précédents, mes souvenirs ne sont d'une fiabilité absolue ; cette scène est peut-être totalement inventée, mais James Bond, je le vois comme ça...). Ce n'est pas vraiment un agent *secret,* puisqu'il agit toujours sous son nom. C'est surtout un aventurier, une sorte de corsaire-de-la-reine moderne, il agit selon ses propres règles. Comme sa silhouette est un tout petit peu dénuée de fantaisie, j'aime aussi beaucoup deux autres incarnations du personnage, souvent oubliées ou méprisées par l'idolâtrie. Celle, loufoque, de *Casino Royale,* avec ses Bond à n'en plus finir et son

Woody Allen rêvant de stériliser ? émasculer ? tuer ? tous les hommes qui mesurent plus d'un mètre cinquante. Et celle plus sombre, injustement méconnue, incarnée par George Lazenby dans *Au service secret de Sa Majesté* : dans ce film-là et seulement celui-là, Bond est un personnage tragique.

Mais c'est surtout la télévision qui m'a donné du grain à moudre. Mon premier agent secret, un peu avant Langelot, ce fut Don Diego de la Vega. Certes, Zorro est émule de Robin des Bois, mais, de l'aveu même de son créateur, Johnston McCulley, il est aussi l'héritier direct du *Mouron Rouge,* l'agent britannique qui aidait des aristocrates français à échapper à la Terreur, dans les romans de la Baronne Orczy.

Dans la galaxie des héros populaires, Zorro est un astre central. D'abord parce que la série télévisée est un pur chef-d'œuvre, d'une beauté plastique stupéfiante (il suffit de supprimer la couleur sur le poste quand elle est rediffusée aujourd'hui...). Ensuite parce que ce héros à deux visages a engendré d'autres héros non moins ambigus mais tout aussi populaires et, en particulier, deux personnages que je chéris particulièrement : Batman (dont le créateur, Bob Kane, revendiquait ouvertement l'influence du *Zorro* cinématographique) et Jarod, le Caméléon. (Inutile de mentionner ces deux-là dans mes « liens » en fin de chapitre, certains lecteurs se sont déjà lancés à leur poursuite.) Ce que Zorro invente, bien avant Superman, c'est la *double identité* : qui, sous les soupirs du fils de famille oisif, pourrait deviner la ruse et l'intelligence du renard ? Ce que Zorro incarne, c'est la simultanéité de l'être, du paraître et du ne-pas-être-ce-que-vous-croyez. C'est à la fois l'illusionniste et *celui qui fait toute la lumière,* celui avec qui tout devient clair : les faux coupables sont innocentés et les complots déjoués. Zorro, c'est l'agent secret de la justice : il répare les méfaits, rétablit la vérité et, par-dessus tout, rend leur honneur aux innocents. Et puis, bon dieu, *il signe d'un Z* !!!

à suivre...

Agents secrets, 3e épisode

(Pithiviers, années soixante.) Sur l'écran de notre poste noir et blanc, je dévore les aventures hebdomadaires de deux paires d'agents parodiques.

Napoléon Solo et Illya Kuryakin, les agents de l'U.N.C.L.E., sont ceux qui ont le moins bien vieilli. Ils étaient trop imprégnés de leur temps pour ne pas paraître kitsch aujourd'hui, mais ils avaient des attributs vraiment sympathiques. D'abord, c'était la première fois qu'on voyait un Américain et un Russe (coiffé comme les Beatles !) travailler côte à côte dans une sorte d'annexe des Nations unies chargée de la sécurité du monde — une vraie prophétie. Ensuite, j'adorais le quartier général de l'U.N.C.L.E. : on y accédait discrètement par la fausse cabine d'essayage d'un blanchisseur, on se retrouvait au milieu d'ordinateurs couverts de lampes clignotantes et on parcourait de longs couloirs métalliques où de jolies filles en jupe étroite et chemisier très ajusté passaient, un dossier sous le bras et un badge triangulaire agrafé au-dessus du sein gauche. Le chef de service, Mr. Waverly, était un vieux monsieur délicieux, et l'atmosphère générale était résolument ludique : Napoléon et Illya avaient des armes de poing, mais elles tiraient des doses d'anesthésique, pas des balles.

Ils communiquaient (« Ouvrez le canal D ! ») au moyen d'un émetteur-récepteur caché dans un stylo plume. Et à leurs aventures invraisemblables se trouvaient toujours mêlées de jeunes innocentes venues de l'Amérique profonde. L'une d'elles, cela m'avait beaucoup frappé, venait du Minnesota. J'avais gardé en mémoire un épisode assez échevelé entièrement situé dans le QG de l'U.N.C.L.E., au cours duquel tout le monde courait derrière un homme qui circulait sans badge et passait les portes électroniques sans avoir à montrer patte blanche. J'avais très envie de le revoir. Il y a un an ou deux, en surfant sur le Réseau, je suis tombé sur un site consacré à la série. Son animateur, Bill Koenig, a eu la gentillesse de me faire une copie de ce fameux épisode et de quelques autres, et m'a envoyé la cassette en échange d'un numéro de *Génération Séries* contenant des photos qu'il n'avait encore jamais vues. J'ai pu me replonger dans mes souvenirs des années soixante, avec d'autant plus de délice que l'épisode en question était en noir et blanc : je l'ai revu comme si c'était la première fois.

J'aimais aussi beaucoup — et ça n'a pas changé — James West, Artemus Gordon, et *Les Mystères de l'Ouest*, pour le mélange des genres qui donne tant de sel à leurs aventures : le western, l'anticipation à la Jules Verne (le train bourré de panneaux secrets et d'équipement *hi-tech*), le fantastique poétique (une fabuleuse histoire d'immortel vivant dans une maison hantée par l'esprit de sa mère), des gadgets plausibles (la lame de couteau dans la botte) et des anachronismes éhontés (une soucoupe volante !) y faisaient très bon ménage avec des animaux de cirque, des décors de music-hall et des accessoires de cinéma (Artemus Gordon se fait un jour passer pour le président Grant dans l'un des tout premiers trucages de l'histoire du septième art !). Mais *Les Mystères* étaient imprégnés d'une autre imagerie, alors transparente à mes yeux de garçon prépubère : James West est constamment vêtu de pantalons de cuir ou de costumes très ajustés ; il affronte à mains nues des marins tatoués, des paramilitaires serrés dans leur uniforme et des bagnards au corps luisant et à la peau noircie par le soleil ; capturé, il est ligoté, torse nu, et sert de cible à des lanciers ; quant aux femmes qu'il rencontre, à quelques exceptions près, ce sont des manipulatrices ou elles jouent du fouet. Et je ne parle pas des dons de travesti de son compagnon d'aventures et de ses relations sadomasochistes récurrentes avec le génial, maléfique et si émouvant Docteur Loveless !

Je n'ai compris que récemment toutes ces allusions alors que le titre original de la série, *The Wild, Wild West,* est lourd de sous-entendus : le mot « west » désigne l'Ouest et le personnage principal, et le mot « wild » signifie tout à la fois sauvage, indompté, déchaîné ou... *folle.*

Quand j'ai fait part de cette nouvelle lecture dans un article consacré aux séries, cela n'a pas plu à tout le monde. Certains aficionados m'ont écrit en protestant que ni eux-mêmes ni les acteurs n'étaient homosexuels — comme si mon analyse avait été une accusation, alors qu'à mes yeux, cette lecture est un motif supplémentaire d'apprécier la série ! J'ai compris à cette occasion que beaucoup de gens, à l'âge adulte, confondent fiction et réalité parce qu'ils ne font pas bien la part de leurs fantasmes d'enfants et de leurs préjugés d'adultes (et vice versa).

Allez, il faut grandir ! Quand j'avais treize ou quatorze ans, mon acteur de cinéma préféré, c'était Jean

Marais. Pas celui d'*Orphée* ou de *L'Aigle à deux têtes,* celui du *Capitan* et du *Bossu* ! Je n'étais guère plus âgé le jour où ma mère s'est moquée de moi en disant : « Mais ton Jean Marais, il est homosexuel ! » Ce qui m'a stupéfié (j'ai été beaucoup stupéfié, à l'adolescence), c'est que, dans la bouche de ma mère, cela résonnait comme une négation de son courage et de sa virilité. Moi, je l'avais vu grimper une tour à mains nues, armé seulement de poignards en guise de pitons, et je *savais* qu'il n'était pas doublé. Alors, je me suis rangé, contre ma mère, aux côtés de Jean Marais. Depuis, j'ai dû revoir *Le Capitan* une bonne douzaine de fois et je déclare solennellement qu'il sera toujours l'un de mes héros préférés.

à suivre...

Agents secrets, dernier épisode

Le dimanche en fin d'après-midi, en 1967 et 1968, assis par terre entre les jambes de mon père, j'ai vu deux feuilletons anglais qui ne ressemblaient à aucun autre. Le premier était l'histoire d'un type taciturne et assez antipathique qui n'avait pas de nom et passait son temps à chercher la sortie du lieu à ciel ouvert où il était détenu. Le générique de début retraçait son enlèvement. Le générique de fin montrait son visage jaillissant vers l'écran comme pour s'en échapper tandis que des barreaux se refermaient sur lui dans un bruit impressionnant. Quand ça se terminait, je me retournais vers mon père. Il me lançait :

— Tu as compris quelque chose ?

— Euh, non !

— Moi non plus !

Mais chaque semaine, on se remettait devant.

*

L'autre feuilleton était nettement plus drôle. Là, on savait qu'il n'y avait rien à comprendre, c'était de la fantaisie pure et simple : un couple un tout petit peu dépareillé (l'homme était nettement plus vieux que la femme) pulvérisait systématiquement les icônes de la société britannique : le golf, la pêche, les bed-and-breakfast, les nurses, l'armée... Leurs relations étaient piquantes (la jeune femme portait des tenues toujours fort seyantes, souvent très suggestives mais jamais vulgaires), leur flegme quasi immuable et, après avoir assommé leurs ennemis, ils finissaient leurs enquêtes dans l'impossible en empruntant chaque fois un véhicule différent : un tout petit train, un pédalo, un tandem...

J'adorais *Le Prisonnier* et *Chapeau melon et bottes de cuir* et je suis heureux qu'aujourd'hui ces séries fassent figure de classiques de la télévision, mais mes sentiments les plus forts et les plus durables sont nés d'une série que je regardais en cachette.

Comme pour *La Quatrième Dimension,* je garde en moi des images très précises des épisodes de *Mission : Impossible* que j'ai vus dans les années soixante : la cage de verre dans laquelle un prisonnier est sous surveillance électronique ; le coffre dans lequel l'équipe *ajoute* de l'argent pour discréditer un membre du milieu ; la soucoupe téléguidée qui se glisse dans les conduits d'aération d'un bunker enfoui sous terre...

Au-delà des histoires elles-mêmes, ce qui m'impressionnait déjà le plus à l'époque, c'était la narration de la série, avec ses passages obligés (la bande magnétique, les photos des agents, la séance de briefing en costumes noir et blanc), ses personnages à double face interprétant toujours le rôle de quelqu'un d'autre qu'eux-mêmes, ses sous-entendus permanents annonçant la suite sans jamais la révéler, son générique tourné comme une bande-annonce... Chaque épisode obéissait à des règles très précises, qui m'apparaissent aujourd'hui comme un équivalent cinématographique des contraintes littéraires dont (se) jouent les membres de l'Oulipo.

La morale de *Mission : Impossible* résultait d'une vision du bien et du mal qu'on pourrait aujourd'hui qualifier de simpliste. Elle ne l'était pas plus que celle des romans d'Agatha Christie ou des films de James Bond et ne m'a pas empêché, en grandissant, d'acquérir les nuances indispensables. Trente ans après, j'ai compris que la principale originalité de la série résidait dans sa dimension métaphorique : *Mission : Impossible* est une fiction qui parle du spectacle sous toutes ses formes — cinéma, télévision, théâtre, music-hall —, le plus souvent de manière détournée (la troupe met en scène un leurre à l'intention de l'ennemi à abattre), parfois de manière littérale (plusieurs épisodes se passent dans des studios, un autre dans un théâtre, et l'un des agents, Rollin Hand, « l'homme aux mille visages », est aussi illusionniste) ; les cinq agents sont acteurs, metteurs en scène, éclairagistes, techniciens, et leur *représentation,* même si elle laisse la place à l'improvisation, est soigneusement préparée au préalable. Dans l'une des scènes inaugurales, juste avant de choisir son équipe, le chef pose le bloc et le crayon avec lesquels il vient de rédiger son *scénario,* sa *machination* — en anglais, le mot *plot* désigne indifféremment l'un et l'autre.

Quand j'ai vu *Mission : Impossible* pour la première fois, une trentaine d'épisodes avaient été programmés un soir de semaine — le mardi, si je me souviens bien. Lycée oblige (j'étais en cinquième ou en quatrième), on m'envoyait au lit après le journal. Le mercredi était jour de classe à l'époque, et la décision parentale était sans appel. Je soupçonne aussi mes parents d'avoir pensé que j'étais trop jeune pour regarder ça. J'ai quand même réussi à en voir un certain nombre, justement parce qu'ils passaient le mardi. Comme mes parents allaient à Paris ce jour-là, je me dépêchais de dîner. Quand la porte du deuxième étage se refermait sur mon frère, puis sur la jeune fille qui travaillait chez nous, je redescendais l'escalier à pas de loup dans la salle à manger. Je regardais l'épisode (ou ce qu'il restait à voir) très près du poste, en mettant le son très bas. Mes parents dînaient le plus souvent à Paris chez mon oncle Paul ou ma tante Colette ou encore chez des amis, mais s'ils avaient décidé de rentrer plus tôt, je voyais la lumière des phares à travers les volets quand la voiture entrait dans la cour, et j'avais le temps d'éteindre la télé et de remonter dans ma chambre.

Ce que *Mission : Impossible* suggérait doublement, sans que je sache alors le définir, c'est que plus l'écriture est solide, meilleur est le spectacle. Je ne savais pas encore que ma fascination d'enfant pour la série de Bruce Geller marquait le début d'une longue histoire. Une histoire d'amitiés — celle qui unit les cinq agents et celle qui me lierait, plus tard, à d'autres amateurs de fictions télévisées.

Liens :

* *Génération Séries*
* *Mission : Impossible Junior*
* *NewYork Police Blues*

La librairie Gibier

(Pages, 13 ; Lieux, 11)

(Pithiviers, 1966-1972.) Quand je sors de la maison par la porte principale, je ne sais pas exactement dans quelle rue je me trouve. À un bout, la plaque indique « rue DES Chardons ». À l'autre, « rue DU Chardon » [ce n'est plus vrai aujourd'hui : l'une des plaques a été remplacée, et la rue porte le même nom à ses deux extrémités] et ça ne manque pas de me troubler.

La librairie-papeterie Gibier se trouve sur la place du Martroi, au centre de Pithiviers. Elle est plus large et plus claire aujourd'hui qu'elle ne l'était dans les années soixante.

Quand j'avais dix ou douze ans, mes parents nous donnaient chaque semaine un peu d'argent et je n'allais pas m'acheter des Carambar ou des Malabar, mais des illustrés ou des livres. Chez le marchand de journaux, je restais debout devant les illustrés et je les feuilletais l'un après l'autre. Chez Gibier, je m'accroupissais entre le mur et un rayonnage haut d'un mètre cinquante, parce que c'est là que se trouvaient les rangées de Livre de Poche, de Marabout et de J'ai Lu.

Je passais des heures au milieu des livres. Comme mes parents avaient un compte à la librairie (un médecin et sa femme, ça utilise des crayons, des stylos, du papier, des rouleaux de machine à écrire, du carbone, des enveloppes, des trombones, des chemises, du ruban adhésif...), tout le monde me connaissait et on me laissait faire. Les gens qui bossaient là, y compris le père Gibier qui se baladait toujours les mains dans les poches de son pantalon, venaient périodiquement jeter sur moi un œil attendri. Tant que j'ai habité à Pithiviers, j'ai entretenu une relation personnelle avec l'un ou l'autre des salariés de la librairie, en particulier pendant mon adolescence : deux d'entre eux, Nicolas puis Christine, connaissaient si bien mes goûts en matière de policier, de science-fiction, de BD et de cinéma, qu'ils mettaient immédiatement de côté, dès qu'ils arrivaient, les livres susceptibles de m'intéresser. Quand je passais, ils me lançaient : « J'ai quelque chose pour toi... » Plus tard, au début de mes études de médecine, j'ai bossé à la librairie comme garçon à tout faire pendant un mois d'août. J'ai déballé des paquets et rangé des livres dans les étagères, je me suis lié d'amitié avec Antoine, l'un des fils Gibier, et il m'est même arrivé une fois ou deux d'aller avec lui à Paris faire le tour des maisons d'édition pour rapporter les livres scolaires de la rentrée.

Mais à douze ou treize ans, je ne rangeais pas encore les livres, je les sortais l'un après l'autre des rayons, je regardais le titre et le nom de l'auteur, je lisais la quatrième de couverture et aussi, souvent, la dernière page. J'aimais savoir si le héros était encore vivant à la fin. S'il mourait, je n'achetais pas le bouquin.

Un jour, entre ces étagères, j'ai découvert *2001, l'Odyssée de l'espace* d'Arthur C. Clarke, le premier roman de SF repris par les éditions J'ai Lu. J'ai commencé à le lire, je ne l'ai plus lâché et j'ai guetté, ensuite, tous les autres romans de SF qu'elles ont publiés.

Un autre jour, alors que j'étais plongé dans ma lecture, j'ai entendu ma mère crier : « Marc ! Je te cherche partout depuis une heure ! », et je me suis fait engueuler avec fracas sur le chemin du retour.

Autant dire que j'avais vraiment l'impression d'être chez moi, à la librairie Gibier.

Liens :
* Les Lupin blancs
* *2001, A Space Odyssey* de Stanley Kubrick
* La Librairie franco-anglaise et la Boîte à livres

Anthologies

(Pages, 14)

J'aimais les nouvelles, peut-être parce que j'avais appris à lire des histoires courtes dans les recueils de contes et légendes, et je dévorais Sherlock Holmes et Arsène Lupin en Livre de Poche. J'aimais aussi beaucoup les anthologies. J'ai encore l'une des premières que j'aie achetées : *Les Chefs-d'œuvre du crime, 40 nouvelles choisies et présentées par Jacques Bergier et Jacques Sternberg,* un Marabout Géant de 1966. Je ne savais pas qui étaient Bergier et Sternberg, mais les auteurs, au dos du volume, m'avaient l'air de bonne compagnie — Conan Doyle et Maurice Leblanc en faisaient partie. Dans sa préface à l'anthologie, Bergier retraçait en une dizaine de pages l'histoire de la littérature policière, tandis que Sternberg qualifiait celle-ci de « littérature sans littérature ». Après un « catalogue des classiques du crime », depuis *Les Mystères du château d'Udolpho* d'Ann Radcliffe (1794) jusqu'à *The Mind Readers* de Margery Allingham (1966), les quarante nouvelles étaient regroupées sous une quinzaine de rubriques (1. Le crime parfait, 2. Le crime était presque parfait, 3. L'homme est un loup pour l'homme, etc.) toutes précédées de quelques pages de présentation. Les auteurs étaient très différents : Chesterton, Borges, Fredric Brown,

Guy de Maupassant, Guillaume Apollinaire, Cami, Poe, Jean Ray, Damon Knight, S. A. Steeman...

Dans la table des matières, j'ai pris la peine de noter chaque nouvelle. D'abord sur 5, puis sur 10, sans doute parce que la première cotation ne me paraissait pas assez précise. Je vois aujourd'hui que j'ai mis un 9,5 à *La Spécialité de la maison* de Stanley Ellin, aux *Trois Cavaliers* de G K. Chesterton et à *Comment servir l'homme* de Damon Knight. Je me souviens parfaitement de ces trois histoires (je les ai relues à plusieurs reprises depuis, en français et en anglais) et je ferais probablement de même aujourd'hui.

Cette anthologie a joué pour moi un rôle très important : en me présentant une quarantaine d'écrivains, elle guidait mes lectures ultérieures. Elle m'indiquait aussi qu'en littérature comme dans la réalité, le crime n'est pas affaire de spécialiste, d'autant que plusieurs textes de l'anthologie étaient des nouvelles de SF.

Deux autres anthologies ont beaucoup compté, à la même époque. *Les 20 meilleurs récits de science-fiction,* présentés par Hubert Juin (un autre Marabout Géant), rassemblait entre autres des nouvelles de Borges (encore lui, et bien sûr il s'agissait de *La Bibliothèque de Babel*), Alfred Bester, Julio Cortazar, Ray Bradbury, Isaac Asimov, George Langelaan (*La Mouche* !), Lewis Padgett (*Tout Smouales étaient les borogoves,* traduite par Boris Vian), et trois nouvelles dont la lecture m'a profondément marqué : *La Patrouille du temps* de Poul Anderson, *Journal d'un monstre* de Richard Matheson et *Le Père truqué* de Philip K. Dick. La seconde anthologie s'intitulait *Histoires fantastiques de demain.* C'était un volume relié des éditions Casterman, le premier d'une longue série. Celle-là, je l'avais empruntée à la Bibliothèque pour Tous, et je regrette de ne pas en avoir acheté un exemplaire car j'aurais aimé la relire plus tard. Je me souviens très bien d'histoires signées Simak, Van Vogt, Fredric Brown et Cordwainer Smith (l'impressionnante *Planète Shayol*) et aussi d'un texte intitulé *L'Enfant en proie au temps.* Mais celui-là, j'ai oublié qui en était l'auteur...

C'est éclairant, de passer en revue les textes qu'on a aimés : on apprend beaucoup de choses sur soi. Au milieu des années soixante, alors que j'allais entrer dans l'adolescence, j'étais déjà fasciné par les narrations qui jouaient avec le temps.

Liens :
* « Du temps et des hommes »
* Quatre nouvelles en anglais
* *Frequency*

Les Lupin blancs

(Pages, 15)

(Pithiviers, années soixante.) Sur une étagère assez haut placée de la librairie Gibier se trouvaient rangés huit volumes reliés. Sur leur couverture toilée blanche était reproduite en miniature la couverture des fascicules originaux d'Arsène Lupin, publiés par les éditions Pierre Lafitte.

Très tôt, j'avais repéré cette collection et j'avais très fortement suggéré à mes parents de me l'offrir. Je ne sais pas s'ils étaient fauchés à l'époque ou s'ils trouvaient que c'était un trop beau cadeau pour un garçon de douze ou treize ans, mais ils avaient décidé de me les offrir un volume après l'autre, pour mon anniversaire ou pour Noël.

Ce qui me fascinait chez Lupin, c'était son caractère imprévisible d'un livre à l'autre. C'est un héros qui joue avec les formes : romans, nouvelles, suites narratives ; ses aventures sont contées tantôt par lui-même, tantôt par un narrateur qui ne se nomme pas, tantôt à la troisième personne. C'est aussi un héros qui joue avec les énigmes et les situations insolites. Il n'y a jamais de paranormal dans les aventures de Lupin, mais ce sont toujours des histoires fantastiques. C'est un personnage attachant parce que, lorsqu'il est coincé en situation difficile, il se parle, il s'exhorte et, s'il ne voit pas d'issue, il décide de faire un somme en se disant qu'il y verra plus clair après. Et ça marche ! Et puis, c'est un révolté, et j'aime les révoltés.

Dans les volumes blancs, les romans ont été placés dans l'ordre chronologique et non dans l'ordre de publication : le cycle commence par la jeunesse de Lupin dans *La Comtesse de Cagliostro,* se poursuit au travers des grandes aventures comme *813, L'Aiguille creuse* et *Le Bouchon de cristal* et, après un détour par les romans contemporains de la guerre de 14 (dans lesquels Lupin ne fait qu'une apparition), se termine par *La Cagliostro se venge.* Grâce à cela, j'ai vu mûrir Lupin.

J'ai compris à quel point Maurice Leblanc était un excellent écrivain en lisant *Le Triangle d'or* et *L'Île aux trente cercueils,* dans lesquels Lupin n'intervient qu'à la fin, comme un *deus ex machina*... En fait, quand j'y pense, je réalise que pendant toute mon adolescence, Leblanc était l'un des rares écrivains de langue française que je lisais. Entre douze et dix-sept ans, en dehors de Leblanc, de quelques Simenon et d'une demi-douzaine de Steeman, mon goût pour le policier et la SF m'a porté presque exclusivement vers les Anglo-Saxons.

L'année de mes treize ans, j'ai eu l'appendicite. J'avais déjà fait une première crise que mon père avait fait tourner court en m'administrant des antibiotiques. Il y avait un hôpital et une clinique à Pithiviers, mais il ne tenait pas du tout à ce que j'y sois opéré. À la deuxième crise, il m'emmena à Paris, à la clinique Geoffroy-Saint-Hilaire, qui était alors dirigée par l'un de ses amis. Je crois d'ailleurs que c'est un autre de ses amis qui m'opéra. Au moment où on m'injectait de quoi m'endormir, je demandai à l'anesthésiste ce qu'elle ferait si ça ne marchait pas. Elle répondit en riant : « On verra bien... », et après ça, je ne me souviens plus de rien.

À mon premier réveil, je voyais double. Mes quatre parents étaient debout au bout du lit, et j'étais heureux comme un roi car mes mères brandissaient deux Lupin blancs. Quelques heures plus tard, il n'en restait plus qu'un, mais je me suis précipité dessus... C'était un gros volume, le plus gros, je crois (il me semble qu'il contenait *Les Dents du tigre,* pour moi le plus impressionnant et le plus palpitant des Lupin), mais je l'ai terminé avant d'avoir quitté la clinique.

Longtemps, Lupin m'a accompagné. Il avait le courage et l'obstination que je voulais acquérir, l'humour qui me faisait encore défaut et le charme indispensable pour qu'une femme lui tombe dans les bras. Il m'a soutenu, il m'a fait rire, il m'a fait partager ses colères et ses révoltes, il m'a éduqué et consolé comme il le fallait. Près de trente ans après mon appendicite, quand j'ai couché sur le papier la secrétaire-ange gardien de Bruno Sachs, j'ai tout de suite su qu'elle s'appellerait Madame Leblanc.

Les copains

(Fables, 17)

(Pithiviers, 1963-1972.) Je peux compter sur les doigts d'une main les garçons avec qui je me suis durablement lié entre mon arrivée à Pithiviers et mon départ pour les États-Unis en 1972. Et j'allais rarement chez eux. À l'école primaire, j'allais jouer au train électrique chez François S., dont le père était coiffeur. Nous installions les rails sur la toile cirée de la table de la salle à manger et j'étais fasciné par un de ses wagons, du toit duquel dépassait la tête d'une girafe. Quand on installait correctement un rail spécial, la tête de la girafe se baissait juste avant que le wagon ne passe sous une potence.

Je crois bien n'être jamais allé chez André, car il vivait avec ses parents dans un appartement à l'autre bout de Pithiviers et il était plus simple de l'entraîner chez moi après la classe. À partir du moment où nous sommes entrés en sixième, je l'ai vu moins souvent. En seconde, son père, qui travaillait au Trésor, a été muté à Orléans et André a quitté Pithiviers et ma vie d'adolescent.

J'ai dû entrer une fois seulement chez François A., qui habitait pourtant à deux pas, place de la Couronne (ses parents y avaient un commerce). J'aimais beaucoup François. Aujourd'hui, je me demande bien pourquoi. Ange et Nelly se méfiaient de ses parents — eux aussi rapatriés d'Afrique du Nord — comme de la peste, parce qu'ils les soupçonnaient (à raison ou à tort) d'être d'extrême droite ET antisémites, ce qui faisait évidemment beaucoup. François venait souvent chez moi au début de mes années de lycée, et mes parents ne m'ont jamais dissuadé de l'accueillir. Tout juste ai-je entendu ma mère me dire, bien plus tard, qu'elle se faisait du souci en voyant que je l'aimais beaucoup mais qu'il ne me le rendait pas. De fait, personne ne m'a contraint à rompre mon amitié avec lui, il s'en est chargé tout seul. Il était très bon en maths (je crois d'ailleurs qu'il est devenu ingénieur) et j'aimais moins les maths que lui, mais, dans les petites classes, nous nous valions. Un jour, on devait être en cinquième, je lui ai dit par défi qu'il ne serait pas premier en maths ce trimestre-là. Après les cours, je suis rentré chez moi à pied. C'était l'automne, je regardais le sol et je prenais plaisir à faire craquer les feuilles. Je n'ai pas entendu François arriver derrière moi. Il était à vélo, il était enragé, il m'a foncé dessus et m'a roué de coups. Il devait alors faire une tête de moins que moi (j'étais déjà beaucoup plus grand que la plupart de mes camarades), mais, comme André nous l'a rappelé lors d'un précédent épisode, il était très, très hargneux. Il n'a pas eu de mal à m'escagasser. Je suis rentré chez moi en pleurant. Je crois me souvenir que mon père est allé voir ses parents et que ça a fini par une engueulade entre eux. J'ai mis longtemps à m'en remettre. Pas des coups, mais de la haine qu'ils véhiculaient. Pendant tout le reste de ma scolarité secondaire, j'ai considéré François comme mon pire ennemi, au point que, dans mes cahiers, je l'appelais Adolphe. En classe de première, tout de même, j'ai quelque peu égalisé le score...

J'ai tout de même eu quelques copains très proches, pendant que j'étais au lycée : J., frère d'une camarade de classe qui prendrait plus tard beaucoup de place dans ma vie ; Benoît S., fils d'un médecin généraliste des environs de Pithiviers pour qui mon père avait beaucoup de respect et qu'il eut l'occasion de soigner ; Bertrand G., qui fut aussi l'un des meilleurs amis de Mick. Mais nos liens n'étaient pas ceux que tissent en général les garçons qui grandissent ensemble : nous ne jouions pas au foot ; nous n'allions pas camper comme mon frère le faisait avec ses copains ; et, comme J. et Benoît vivaient à l'extérieur de Pithiviers, nous n'allions pas au cinéma ensemble. Ce que nous avions en commun, essentiellement, c'étaient les livres.

Nous ne parlions pas non plus des filles. J'étais trop timide pour aborder ça avec ceux que je considérais comme des frères. Pour parler de filles, il fallait que je m'éloigne un peu de chez moi.

Outre-Manche

(Cases, 6 ; Traces, 7 ; Corps, 3)

(Londres, 1966-1970.) À peine avais-je reçu mon premier prix d'anglais que Ange nous envoyait, Mick et moi, passer le mois d'août à Londres, avec une association juive. J'ai retrouvé deux ou trois lettres écrites à mes parents pendant ce mois de vacances. Bien sûr, elles ne me disent pas grand-chose, mais m'apportent une information que j'avais oubliée (la famille qui devait nous accueillir étant empêchée, ce fut une autre qui nous hébergea) et témoignent du souci que j'avais de les ménager : j'insiste pour les rassurer sur notre sort, je tais soigneusement les détails les plus inquiétants du séjour.

Nous séjournons, Mick et moi, avec un troisième garçon prénommé Philippe, chez un couple assez âgé, Mr. et Mrs. Elias, dans une banlieue de Londres du nom de Wembley Park. Mr. Elias est chauffeur de taxi. Il est propriétaire de son véhicule, un authentique *London cab* comme j'en ai vu dans mes feuilletons télé, et ça m'impressionne beaucoup, le lendemain de notre arrivée, lorsqu'il nous fait asseoir à l'arrière et nous conduit — du moins le croyons-nous — au point de rendez-vous du groupe. En réalité, il nous dépose à l'arrêt du bus 83, m'indique avec un fort accent qu'il faut que je demande la station

Hendon Central, et me remet, sur un papier, l'adresse de notre destination. Voyant que je ne suis pas très rassuré, il prend la peine d'attendre le *double-decker*, nous fait monter, charge le contrôleur de nous dire quand descendre, et nous fait au revoir de la main. Et me voilà, avec deux gamins plus jeunes que moi, lancé du haut de mes onze ans dans une ville inconnue et une langue que je ne comprends qu'au centième !

À Hendon Central, évidemment, le point de rencontre n'est pas face à l'arrêt du bus. Je n'ai pas de plan, je me ronge les sangs, Mick et Philippe sont à peine moins inquiets, alors je fais la première chose qui me passe par la tête : croisant un gentleman portant chapeau melon, costume trois-pièces, attaché-case et parapluie, je l'aborde bravement, il ressemble vaguement à John Steed, il va sûrement m'aider. Je lui tends mon papier et je baragouine qu'on se rend là, *please, sir,* dans une synagogue du quartier. Il regarde l'adresse et, après un court silence, réplique : « Do you speak yiddish ? » C'est bien la première fois que je regrette d'être sépharade. Finalement, il m'explique patiemment comment me rendre à l'adresse indiquée, et je le vois encore frapper du plat de la main sur un muret en briques rouges pour m'indiquer que le lieu où nous nous rendons est fait du même matériau... Je n'ai pas tout compris, mais je n'ose pas le retenir plus longtemps et d'un air faussement assuré (je fais plus vieux que je ne suis), je dis que j'ai compris, et j'entraîne mes cadets dans la direction qu'il vient de m'indiquer.

Je ne sais pas comment, mais on la trouve, cette foutue synagogue. Et je ne sais pas comment nous rentrons le soir chez les Elias — je n'ai pas mémorisé le trajet entre la maison et l'arrêt du bus — mais je dois avoir leur adresse et, manifestement, ça suffit. Les jours suivants, nous repartons tous les trois, comme des grands. Évidemment, je n'écris pas tout ça à mes parents, et à notre retour, nous nous gardons bien de le leur raconter.

Bowling

(Fables, 18; Corps, 4)

(Londres, 1966-1970.) Le groupe — une quarantaine de garçons, pour la plupart adolescents — partage ses activités entre de vagues cours d'anglais le matin et des sorties l'après-midi. Nous allons à la Tour de Londres (j'écris à mes parents que j'y ai vu le Koh-I-Noor), au British Museum et probablement dans plusieurs autres lieux culturels et touristiques de la métropole. Celui qui me marque le plus est *Madame Tussaud's,* le musée de cire. Souvenir ou affabulation ? Le document remis aux visiteurs à l'entrée rappelle que la susdite, Française d'origine, a commencé sa carrière pendant la Révolution en fabriquant un moulage du visage de Louis XVI peu après son passage sous la guillotine. Peu après, sous peine de perdre la tête, elle aussi, elle a choisi de traverser la Manche...

Je ne connais pas la moitié des personnages exposés (j'ai cependant un souvenir précis de la statue de Diana Dors, et j'ai pu constater, en revoyant récemment *Allez France !* de Robert Dhéry, que l'artiste n'avait pas du tout exagéré l'ampleur de son imposante poitrine) et je suis surtout fasciné par le « musée des horreurs », une section située au sous-sol dans laquelle sont présentés, au milieu d'instruments de torture, les assassins les plus sinistres d'Angleterre et d'ailleurs — Landru et Napoléon y figurent en bonne place !

Pour varier les plaisirs, une ou deux après-midi par semaine les moniteurs nous emmènent au bowling.

J'adore le bowling, sans doute parce que c'est moins un sport qu'un jeu d'adresse. Le seul sport que je pratique régulièrement, pendant mes années de lycée, c'est l'escrime. Mon frère et moi allons deux fois par semaine, en fin d'après-midi, tirer avec des jeunes gens en général plus vieux que nous, dans une salle des fêtes, près de la toute première école que j'ai fréquentée en arrivant à Pithiviers. J'aime apprendre les attaques et les parades — sixte, quarte, contre de sixte, contre de quarte, battez, fendez-vous ! —, j'aime prendre la leçon avec le maître d'armes et même, à la rigueur, faire un assaut avec les escrimeurs de mon âge, mais je n'aime pas la compétition. Mon frère, lui, en fera beaucoup, tout au long de sa scolarité, je verrai souvent notre mère l'emmener à droite et à gauche, le samedi ou le dimanche ; plus tard, il fera même de l'arbitrage, ce qui exige un coup d'œil et une intelligence de l'assaut que je n'ai jamais eus. De mon côté, je n'aime pas la compétition, je préfère de beaucoup me mesurer à moi-même. Et le bowling me permet de le faire. Même si je joue moins bien que les garçons qui m'entourent, je m'efforce de jouer mieux la fois suivante, et le tableau de score me permet de mesurer mes progrès. Je tire un tel plaisir du bowling que je progresse très vite et, de manière assez miraculeuse, je n'oublie pas les gestes pendant les onze mois qui me séparent des parties suivantes. Pour moi, l'Angleterre, c'est aussi un mois de bowling par an : j'y retourne seul, pendant que le groupe se tape la Tour de Londres. Je me sens bien, sur la piste. Pour la première fois de ma vie, mon corps n'est pas lourd à porter.

Acné

(Corps, 5 ; Songes, 4)

(Pithiviers/Londres, années soixante.) Il est effrayant, ce corps. Il a onze ou douze ans quand il se met à grandir d'un seul coup. Une photo prise dans le jardin (après mon appendicite ?) le montre vêtu de pyjamas qui semblent avoir rétréci au lavage. Il grandit très vite, et ma mère s'en plaint : elle n'arrive pas à l'habiller. Les manches des pulls sont toujours trop courtes, il est impossible de lui faire porter une chemise plus de trois mois de suite et, comme il ne parvient pas à se tenir droit, aucun manteau ne tombe jamais comme il faut. Oui, il est effrayant, ce corps, et malheureusement, c'est le mien. Je ne peux pas décider de le laisser à la maison en sortant, il faut que je le trimbale, il faut que je vive avec. Le soir, en entrant dans la baignoire sabot pour prendre ma douche, je tire le rideau et je me coupe du monde. Quand j'en sors, le grand corps est toujours là, dans le miroir de la petite salle de bains, et j'en ai honte.

Je ne sais pas d'où vient cette honte, exactement. Sans doute du fait d'avoir grandi très vite en gardant un corps maigre, presque malingre, au milieu de garçons dont les biceps s'épaississaient. Et, quelques mois après, l'acné n'a rien arrangé.

J'ai une acné épouvantable, spectaculaire, monstrueuse. Elle me bouffe le visage et le dos. J'ai les cheveux gras, des pellicules qui tombent en neige sur mes cahiers, le menton rouge, le pif qui triple de volume, le front constellé de boutons enflammés. Évidemment, je tripote allègrement les points noirs, les boutons rouges et les points blancs. Je passe des heures à essayer désespérément de les chasser de ma peau, ou à me tartiner de crèmes et de pommades diverses et variées en priant pour que ça marche.

Mais ça ne marche pas. Mon dos est criblé de pustules, il me démange atrocement, je passe mon temps à me gratter et mes chemises sont constellées de taches de sang. Et en plus, j'ai du poil qui pousse au menton. Essayez de vous raser, dans ces conditions. Je me coupe, je m'écorche, je m'esquinte. J'en ai marre de ma peau.

Ma mère m'emmène chez un dermatologue parisien réputé. Il explique que, pour vaincre l'acné, il faut vider, l'un après l'autre, tous les pores obstrués. Pour ça, une seule solution : les percer l'un après l'autre au moyen d'un minuscule stylet et en *exprimer* le sébum. Belle formule pour dire qu'il faut appuyer dessus comme un sourd.

Ce n'est pas lui qui se charge de ce supplice chinois, mais une très jolie femme. Elle me paraît beaucoup plus jeune que lui, mais je crois tout de même que c'est son épouse. Une fois par mois, je m'allonge sur une table d'examen aux pieds chromés et, de ses mains expertes, cette déesse (c'est du moins comme ça que je me la rappelle) me fait passer deux mauvais quarts d'heure. Le dos, ça va encore : je peux mordre le skaï de la table pour ne pas crier. Mais le visage, c'est insupportable, et même si je ne pousse pas un soupir, les larmes coulent sur mes joues. Elle passe son temps à s'en vouloir de me maltraiter, à me répéter que c'est *presque fini,* à me souhaiter d'aller mieux ensuite pour ne pas être obligé de revenir... et j'ai beaucoup de peine à masquer l'effet que cette douceur produit sur moi. Sait-elle que si je me tortille sur la table, ce n'est pas seulement parce que je souffre le martyre mais aussi parce que, pendant les pauses qu'elle ménage pour me laisser souffler, sa voix me fait bander ?

Le rêve du singe

(Fables, 19 ; Corps, 6 ; Songes, 5)

(Pithiviers/Londres, années soixante.) Je ne me rappelle pas exactement quand ça a commencé, mais je ne laisserai personne dire que la puberté est une époque moins pénible pour les garçons que pour les filles.

Qu'est-ce qui m'arrive ? Jusqu'ici, mon sexe m'a laissé tranquille. Ce n'était qu'un appendice mou, un bout de tuyau flasque, je me contentais de le pointer dans la bonne direction quand j'avais envie de pisser.

Depuis quelque temps, il ne me laisse plus en paix.

Je suis en Angleterre, je n'ai guère plus de treize ans, quand, une nuit, je fais un rêve assez effrayant. J'ai devant moi une guenon velue portant des seins blancs, amples et magnifiques. Elle se moque de moi et m'horripile en les cachant, en les montrant, en les cachant, en les montrant... Elle finit par enlever son masque et, dessous, elle a le visage d'une jeune fille. Pris de colère, je me précipite sur elle. La fille bascule, je tombe sur elle et je me réveille. Je suis allongé à plat ventre. J'ai le sentiment très angoissant d'avoir pissé au lit, mais ce qui mouille mon pyjama et le drap en dessous est gluant et ne ressemble à rien que je connaisse. Je me lève, je marche à tâtons jusqu'aux toilettes, mon sexe est dur et douloureux et il me faut attendre un long moment avant qu'un tout petit jet d'urine ne s'en écoule. Mon cœur bat follement, j'ai la gorge serrée, je ne sais pas ce que j'ai et je n'ose pas en parler. Si j'étais chez moi, j'irais peut-être interroger mon père. Mais je dors chez des étrangers. Ce n'est plus la famille Elias, ce sont des gens plus jeunes, moins chaleureux, et je n'ai pas envie de leur parler de ça.

À partir de ce moment-là, mon sexe devient omniprésent. Il se met à me faire mal. Et s'il me fait mal, c'est parce qu'il durcit sans prévenir. Je ne sais jamais, le matin, comment le ranger pour qu'il puisse se déployer sans me gêner. Car il se raidit à tout bout de champ, sans crier gare, à la vue de la moindre paire de seins gonflant un pull ou un chemisier. Qu'est-ce que je dis, « une paire » ? Un seul suffit, et pas même entier, rien que sa courbure, sur une affiche ou dans un magazine. Ça marche même avec la statue de Diana Dors, dans les allées de *Madame Tussaud's* !

Un homme embrasse une femme dans un film, et je bande. Une jeune fille passe un peu trop près de moi, et je bande. Une geisha passe l'éponge dans le dos de James Bond sur l'affiche d'*On ne vit que deux fois*, et je bande !

On ne m'avait pas prévenu. On ne m'avait rien dit. On ne m'avait pas annoncé que ce serait ça, l'adolescence : se voir pousser des bras de singe, des boutons sur la gueule, du poil au menton et un cinquième membre encombrant et incontrôlable.

Et s'il ne faisait que durcir !

Il me démange, en plus. Je pose la main dessus en pensant le calmer. Allez, mon gars, ça va passer... Penses-tu ! Voilà qu'il me démange encore plus !

Il a tout de même fallu quelques mois avant que je ne goûte cette démangeaison. Il fallait d'abord que je comprenne à quoi elle servait, et ça ne s'est pas fait tout de suite. Je me souviens exactement du jour où ça m'est venu, mais c'était un accident, je le jure, monsieur le président ! Vous n'allez pas le croire, mais je jure que c'est vrai : j'étais assis à mon bureau, en pyjama, et j'écrivais. Pendant que j'écrivais, mon sexe s'est mis à me démanger. Comme ma main droite était occupée, ma main gauche s'est dévouée. Quelques instants plus tard, mon pyjama était inondé. Je n'avais pas quitté la page des yeux, je n'avais pas lâché mon stylo.

Au fond, c'est peut-être pour ça que je me suis toujours masturbé de la main gauche...

Tourniquets

(Pages, 16 ; Cases, 7 ; Traces, 8)

(Londres, années soixante.) D'une année sur l'autre, le programme des réjouissances est toujours le même ; de sorte que mon frère et moi prenons l'habitude de nous séparer du groupe quand l'activité ne nous intéresse pas. En dehors du bowling, nous partons de notre côté, et notre encadrement ferme les yeux. Je ne me rappelle plus ce que nous faisons, mon frère et moi, les deux premières années, mais, le troisième été, nous sommes hébergés dans des familles distinctes (je crois cependant me souvenir que c'était dans le même quartier) et nous allons chacun de notre côté. Mick, qui se fait facilement des copains, se balade sans doute avec eux. Moi, je pars seul.

Dès le premier été, j'avais découvert les *comic-books* américains. Ils étaient publiés en couleur, comme aux États-Unis, avec un prix en pennies sur la couverture, mais aussi sous la forme de recueils en noir et blanc, qu'on ne trouvait qu'en Angleterre, dans lesquels apparaissaient simultanément plusieurs personnages publiés par Marvel ou DC. Les aventures qu'ils contenaient étaient, bien sûr, à suivre. Or, il n'existait pas à Londres de « maisons de la presse » comme celles que j'écumais à Pithiviers.

Je ne trouvais pas de *comic-books* dans les rayons des « W. H. Smith & Son » où j'ai plus tard acheté des livres, mais sur des tourniquets en métal peint, dans des boutiques qui vendaient des bonbons, des produits de beauté ou de la pellicule photo... Pour trouver des *comics,* je passe des heures à arpenter les rues à la recherche du moindre tourniquet. Quand j'en avise un à travers une vitrine, je me précipite. Je ressors souvent déçu : les *comics* sont considérés comme de la lecture au rabais. Ils ne sont pas distribués comme les journaux mais, dirait-on, au petit bonheur la chance. Souvent, je rentre le soir avec des fascicules dépareillés, publiés à plusieurs mois d'écart. Je m'efforce de les lire dans l'ordre, mais il me faut souvent remplir les blancs.

Les deux premiers étés que j'ai passés à Londres, j'ai appris à lire l'anglais grâce aux *comics.* Au début, je devinais le sens des mots plus que je ne lisais vraiment. Je me souviens en particulier d'une histoire dans laquelle Noman (un agent de T.H.U.N.D.E.R. dont l'esprit pouvait se déplacer d'un corps synthétique à un autre) combattait une jeune femme qui disait être une momie ressuscitée. Elle disait à Noman : « Don't believe me... You'll see », et, devant le héros incrédule, elle se désintégrait. J'ignorais que *believe* signifie croire, j'ai cru qu'elle voulait dire : « Ne m'oubliez pas. »

Je n'ai pas seulement appris du vocabulaire courant dans les *comics,* mais aussi des mots inusités : les personnages de *The Mighty Thor,* une ribambelle de dieux nordiques, s'y expriment en utilisant des formes archaïques — *thou art* au lieu de *you are* — et des mots d'ancien anglais comme *wench,* mot qui désigne une femme avec une pointe de mépris sans être aussi vulgaire que *bitch.* J'ai aussi fait dans leurs pages la connaissance des déformations phonétiques typiques de l'anglais. Je me souviens ainsi m'être cassé la tête pour comprendre ce que voulait dire *'Nuff said!*, l'expression favorite des rédacteurs de Marvel Comics, et m'être tapé le front contre le mur en réalisant qu'il s'agissait tout simplement d'une contraction d'*Enough said* — « assez parlé ! ». Bref, j'ai appris à lire l'anglais avec *The Fantastic Four, Spider-Man, Daredevil, X-Men* et *The Incredible Hulk.*

Je lisais déjà des comics depuis longtemps en France : j'achetais *Superman & Batman*, et aussi *Sidéral* et *Aventures Fiction*, qui reprenaient en noir et blanc les superhéros et les histoires de SF (Adam Strange, le Taxi de l'espace) publiées aux États-Unis par DC Comics. Mais à la fin des années soixante, les héros de la Marvel, que j'avais découverts en Angleterre quelques années plus tôt, sont apparus en couleur dans un nouveau magazine, intitulé *Fantask.* Je me suis précipité dessus : il reprenait les *Fantastic Four, Spider-Man* et un personnage que je ne connaissais pas, *Le Surfeur d'argent.* Au bout de sept numéros, le magazine fut censuré par la « commission chargée des publications destinées à la jeunesse » et il cessa de paraître. Mais ça n'était que partie remise... Un ou deux ans plus tard, deux autres magazines reprenaient le combat sous un format plus petit et avec une pagination monochrome. Au bout de quelques mois, leur taille augmenta, et les dessins furent publiés en couleur, sur un papier de bonne qualité que les Américains eux-mêmes nous enviaient. L'un des deux magazines, *Strange,* existe encore aujourd'hui. À mesure que mes enfants grandissent, ils se mettent, les uns après les autres, à lire mes *Fantask,* mes *Marvel* et mes *Strange,* et me regardent d'un drôle d'œil quand je leur dis qu'à leur âge j'adorais ça. Ils veulent bien croire que j'aimais les *comics*, mais ils ont du mal à m'imaginer à leur âge.

Le troisième été que j'ai passé en Angleterre, je me suis mis aussi à acheter des livres. Des nouvelles policières (j'avais un goût prononcé pour les récits machiavéliques de Stanley Ellin) et les recueils de science-fiction d'un écrivain étonnant : Isaac Asimov ne se contentait pas d'aligner des histoires bien construites où se mêlaient SF, humour fantastique et énigmes policières ; il faisait précéder ses nouvelles d'une ou deux pages contant les circonstances dans lesquelles il les avait écrites. Comme je pouvais le constater dans les librairies londoniennes, il était prolifique. Et ses recueils mêlaient, constamment ou presque, fiction et autobiographie. Cet écrivain-là était fait pour moi.

Kirk, Spock et Mrs. Elias

(Fables, 20 ; Reflets, 7)

(Londres, 1966 ou 1967.) Mrs. Elias est une sexagénaire charmante et maternelle. Elle s'inquiète constamment de notre confort, s'efforce de parler lentement, nous demande ce que nous voulons manger. Matin et soir, elle nous bichonne. Elle fait tout pour que nos deux premiers séjours se passent au mieux.

Dans sa cuisine, sur une étagère haut placée, Mr. Elias a posé un minuscule poste de télévision noir et blanc. C'est sur cet écran éloigné que je regarde, un soir par semaine, le vaisseau *Enterprise* traverser l'espace. Ce sont les tout premiers épisodes de *Star Trek,* en provenance directe de la télévision américaine. Je n'y comprends pas grand-chose, je me demande ce que le type aux oreilles pointues raconte à son capitaine. Je suis très loin de savoir que j'assiste en direct aux origines d'un univers.

Sans le savoir, Mrs. Elias est peut-être bien à l'origine d'un autre univers, plus imprévisible encore. Sans qu'elle et moi sachions pourquoi, elle passe son temps à m'appeler *Martin.*

Liens :
* *Star Trek : Deep Space Nine*
* « Spectacle Permanent »
* Tatie Jade et Papy Zim

Instamatic

(Clichés, 7 ; Corps, 7 ; Traces, 9)

(Pithiviers, années soixante.) On [je veux dire : je ne sais qui, et je ne sais pas non plus si c'est spontané ou si c'est à ma demande] m'offre un appareil photo. C'est un Kodak (je crois) Instamatic. Il est en plastique, avec un gros corps carré. Il reçoit des pellicules de douze poses. De format 6 × 6 ? En tout cas, ça n'est pas du 24 × 36.

Comme en témoigne mon premier album, je photographie beaucoup le jardin, le clocher (vu de la cour), les membres de la famille dans le jardin, la place de la Couronne (avec le clocher en arrière-plan), la chapelle d'Alix de la Tour du Pin (vue du jardin), mon frère au tableau noir dans ma chambre, un chat noir d'origine inconnue, ma tante Paule (que j'aime bien) et la femme du meilleur ami de mon père, Germaine (que je redoute plus que tout au monde car elle est toujours outrageusement maquillée et cultive l'exécrable habitude de vouloir absolument me coller ses lèvres surchargées sur les *deux* joues au son d'un bavouillis monstrueux), mon cousin Jacky vêtu d'un sweat-shirt Yale et coiffé d'une casquette de base-ball, le clocher (vu du jardin), le jardin sous la neige, la R16 de mes parents dans la rue du/des Chardon(s) [aujourd'hui, on n'a plus le droit de se garer dans la rue], Nelly et Colette, Nelly et des amies, et une brochette de femmes de la famille entourant « Petit Marc », âgé de quatre ou cinq ans et coiffé d'une drôle de casquette blanche.

Dans cet album je retrouve aussi, ce qui est moins banal, de véritables *captures d'écran* : plusieurs clichés pas très bien cadrés montrent, très distinctement cependant, Henri Salvador, Obélix et (au cours d'une émission-hommage ?) Walt Disney en personne au bras d'une jeune femme, saisis à même l'écran de la télévision.

Voici, plus loin, une photo de Nelly et Ange entourant Claudie. Les photos ne sont pas datées mais celle-ci doit être de 1968, car ma sœur s'appuie sur une canne anglée, ce qui situe le cliché l'année de son accident de voiture.

Il y a aussi quelques images prises en Angleterre : je ne sais plus qui sont les trois garçons âgés d'une quinzaine d'années qui me laissent nonchalamment les photographier, mais je sais que je les ai rencontrés et fréquentés là-bas. L'un d'eux porte polo et short blanc, et tient une raquette de tennis à la main, ce qui me rappelle que derrière la synagogue (qui devait être, en réalité, un centre culturel), il y avait un court de tennis. C'est probablement avec eux que j'ai parlé de filles pour la première fois.

Un peu.

Ce premier album est déshabité. Beaucoup de photos ont disparu. Elles n'étaient sans doute pas assez bien fixées par leurs quatre coins collés. Mais je l'ai peut-être vidé de ses photos couleur pour les transférer dans l'album suivant.

J'y retrouve cependant une image précieuse, dont je mesure l'importance aujourd'hui seulement : c'est une vue de face, très bien cadrée, de mon secrétaire-bureau. Au sommet, j'aperçois deux petites voitures genre taxi de la Marne. En bas de l'image, l'abattant est ouvert. L'étagère intérieure est remplie de cahiers, de classeurs et de livres rangés sur trois piles. Juste au-dessus, l'une des étagères vitrées porte une première rangée de livres et la reproduction photographique d'un parchemin auquel je tenais mais dont j'ai oublié ce qu'il disait. Un texte de Léonard de Vinci, peut-être ?

Sur l'étagère du haut, il y a une autre rangée de livres. Je ne vois pas les titres, mais j'en reconnais certains : une dizaine de *Bob Morane,* mes volumes de *Contes et légendes,* des Conan Doyle et des H. G. Wells en Livre de Poche, et, à gauche, le premier de mes Lupin blancs.

En feuilletant l'album, j'ai d'abord regretté de n'avoir pas légendé mes photos. Et puis, en retournant un cliché détaché, j'ai vu qu'il était annoté, et que la plupart des autres l'étaient aussi. Ainsi, derrière la photo de « Petit Marc » mentionnée plus haut, j'ai écrit : « Pauvre petit homme isolé entre toutes ces femmes » (en haut), « Titre : L'isolé » (en bas) et « Marc » (entre les deux). Mais ce « Marc »-là est ma signature, pas le nom de mon petit cousin.

Liens :

* L'accident
* Huit cents diapos d'Amérique
* Le 30 cm de Jean-Louis

Genèse

(Traces, 10)

(Pithiviers/Tourmens.) Impossible de me rappeler, en revanche, quel jour, exactement, j'ai commencé à écrire. Cette question, d'ailleurs, a-t-elle un sens ? Je n'ai pas, un beau jour, *commencé* à écrire. Je me suis très probablement mis à écrire peu à peu, sans y réfléchir. Sans savoir que c'était de l'écriture. Sans même me poser la question de savoir ce que je faisais... Depuis la classe de Monsieur Berthier, je savais qu'on peut inventer des histoires pour combler le fossé des souvenirs. Encouragé par mes premières expériences, je me suis certainement enhardi : en France, dans les petites classes, on valorise l'imagination avant que d'autres ne s'ingénient, plus tard, à l'étouffer. Mais je ne me suis pas laissé faire. Lorsque les rédactions ont été balayées par les dissertations, les argumentations, les libellés contrôlés, il y avait belle lurette que l'écriture était devenue mon cosmos privé.

Ça n'était pas difficile, au fond. Les instruments étaient discrets : quoi de plus anodin que cahiers et stylos, dans les bras d'un collégien ? Je pouvais aller en acheter chez Gibier sans rien demander, rentrer avec tout ça sous le bras, remonter dans ma chambre et me mettre à écrire. Si j'avais été une fille, ma mère se serait sûrement doutée de quelque chose : elle racontait souvent qu'adolescente, elle avait commencé à écrire un roman, intitulé *Deux cœurs,* en ajoutant qu'elle n'était jamais allée plus loin que le titre. Mais j'étais un garçon. Qui donc pouvait me *soupçonner* d'écrire ? J'ai même sûrement, un temps au moins, laissé mes cahiers sur l'une des piles de mon secrétaire-bureau sans crainte qu'on ne cherche à mettre le nez dedans. Je n'avais pas vraiment de raison de me méfier.

Mais un garçon qui ne sort jamais (sauf pour acheter de quoi lire), qui passe le plus clair de son temps à lire sur son lit et qu'on voit soudain rester des heures assis à son bureau alors même qu'il n'a pas besoin de se tuer au travail pour obtenir des notes correctes, ça finit par attirer l'attention. Quand il est vraiment plongé dans ce qu'il fait, on peut entrer dans sa chambre, s'approcher et voir par-dessus son épaule qu'il n'est pas en train de mettre ses leçons au propre.

Le jour est venu où j'ai dû cacher mes cahiers. Le jour est venu où j'ai dû me cacher d'écrire. C'était une chose intime que je ne voulais pas partager avec n'importe qui. Je n'aimais pas qu'on vienne me déranger quand je lisais, je n'aimais pas plus cela quand j'écrivais. À mes yeux, c'était pareil.

Du plus loin que je m'en souvienne, je me suis toujours plu à réinventer les histoires que je venais de lire. « Mille ans après », l'une des premières nouvelles dont j'aie conservé le texte, était ni plus ni moins la réécriture d'une BD lue dans un recueil (*Astounding Stories* ?) rapporté d'Angleterre. C'était (je m'en souviens très bien) un récit en six ou huit pages écrit par Stan Lee et dessiné par Steve Ditko, qui créèrent tous deux, à la même époque, le personnage de Spider-Man. J'ai depuis longtemps perdu le fascicule, mais je revois très bien, sur la première page de l'histoire, l'attitude du personnage principal. Il est représenté vêtu d'une blouse blanche, debout derrière une table sur laquelle est posé un microscope. Son visage exprime une profonde émotion, ses bras sont écartés et l'une de ses mains tient une feuille de papier froissée. Il vient de découvrir qu'il est immortel.

L'histoire est assez simple : un savant synthétise un sérum pour lutter contre une maladie grave. Il n'en a fabriqué qu'une seule dose et se l'inocule pour ne pas faire courir de danger à autrui. Quand il examine ses propres cellules sanguines, il découvre que le sérum l'empêche de vieillir et régénère ses tissus en permanence. Terrorisé à l'idée que les hommes puissent s'entre-tuer pour posséder pareil secret, il décide de se taire et erre, de ville en ville, sans se lier à personne. Il a déjà mille ans lorsque les habitants de la Terre surpeuplée décident d'émigrer vers d'autres planètes. Il regarde les fusées partir les unes après les autres, sans se décider à embarquer. Au bout de mille années, l'effet du sérum a cessé. Il s'est remis à vieillir et ne peut pas se résoudre à quitter sa planète. De l'autre côté de l'immense piste en béton où le dernier vaisseau spatial s'apprête à décoller, il aperçoit une femme. Sa famille est morte, elle n'a plus personne. Elle non plus ne veut pas partir. Ils restent ensemble, pour devenir de nouveaux Adam et Ève.

Je ne sais pas si l'histoire que je viens de vous raconter est celle de Lee et Ditko, lue il y a trente-cinq ans ; je ne sais pas s'il s'agit de ce que j'ai traduit et réécrit dans plusieurs de mes cahiers, car je ne les ai pas relus ; je ne sais pas si c'est un mélange des deux, ni même s'il s'agit d'une quatrième version modifiée par le temps.

Mais c'est précisément comme ça, dans cette hésitation et ces incertitudes, que l'écriture a commencé.

Des filles

(Corps, 8)

Je me souviens bien que j'étais amoureux de Catherine R. Je me souviens de ses nattes blondes, et de ses taches de rousseur, et je me souviens aussi qu'elle passait son temps à se moquer de moi.

Je me souviens d'Évelyne L. Elle était interne au lycée. Les autres garçons la traitaient de prétentieuse, probablement parce qu'elle compensait sa petite taille en jetant à tout le monde un regard farouche. Elle avait un très beau visage et parlait un français impeccable, un peu affecté. J'étais amoureux d'elle aussi, mais pas à la même époque. Un jour, en seconde, je crois, elle a accepté de venir chez moi un jeudi après-midi. T., un redoublant que j'aimais bien, l'accompagnait. Je n'ai pas osé le mettre dehors. Je les ai fait monter dans ma chambre, j'ai essayé de meubler le silence. Évelyne s'était assise dans mon grand fauteuil. À peine avais-je tourné la tête que T. s'est mis à l'embrasser. À la manière dont elle lui répondait, ça n'était sûrement pas la première fois. J'ai eu le sentiment de me trouver plongé dans une chanson de Jacques Brel. Je m'étais rarement senti aussi humilié, et je ne leur ai plus adressé la parole, ni à l'un ni à l'autre. Dans mes cahiers, je l'ai surnommée « M.A.S.H. ». Je l'ai croisée, des années plus tard, devant la librairie Gibier. Elle était mariée, elle n'avait pas d'enfants, et elle tenait en laisse un chien auquel elle était très attachée et pour la santé duquel elle se faisait beaucoup de souci.

Je me souviens de Marie H. Elle avait deux ou trois ans de plus que moi. Elle habitait loin, à une dizaine de kilomètres de Pithiviers, et j'allais la voir en 102. Ses parents me regardaient d'un drôle d'œil quand je débarquais. J'avais le béguin pour elle mais elle me traitait en grande sœur. Comme je ne voulais pas que mes parents me posent des questions, je m'étais inventé un copain nommé Nicolas, qui était censé habiter dans le même patelin qu'elle.

Je me souviens de Marie S., la première fille que j'ai embrassée, tenue dans mes bras, caressée. C'était pendant une semaine de voyage scolaire, l'année de mes quinze ans. Dans le bus, assis côte à côte, on se tenait la main sous nos imperméables. Mon cœur s'est brisé, quelques semaines après, dans mon jardin à Pithiviers, quand elle m'a dit qu'elle ne m'aimait plus.

Ce soir-là, j'ai commencé à tenir mon journal.

« Bookie »

(Traces, 11)

(Pithiviers, 1970.) Les nombreux cahiers dans lesquels j'écrivais ou recopiais mes nouvelles ne sont pas datés, et je le regrette. À de rares exceptions près, mon journal, lui, l'a toujours été. Le premier cahier sur lequel je l'ai tenu était un modèle de deux cents pages à petits carreaux, de marque Studio (!). La première entrée porte la date du 10 septembre 1970 ; la dernière, cent quatre-vingt-six pages plus loin, celle du 10 septembre 1971. Mais toutes les pages, y compris les gardes, sont remplies, surchargées de citations, de professions de foi, d'exclamations en anglais (*'Nuff Said ! It's Clobberin' Time !*) empruntées aux personnages de mes *comics* préférés.

J'aimais beaucoup ce cahier. Il m'a ouvert les bras quand les humains me les fermaient. Je l'ai intitulé « Bookie ». Ce sobriquet ferait sourire un anglophone (c'est le diminutif de « bookmaker »), mais pour l'adolescent heureusement ignorant que j'étais il avait évidemment un sens littéral : pour moi, c'était un livre. Un livre en devenir. Le livre de ma vie.

Pourtant, alors qu'il m'arrive régulièrement de relire l'un ou l'autre cahier de mon journal d'adulte, je n'arrive pas à relire celui-ci. Chacune de ses phrases me met mal à l'aise, comme si j'étais trop loin — ou trop près — des sentiments qui s'y expriment. Quelque chose me dit que son contenu était explosif et qu'il pesait sûrement son poids de frustrations, d'angoisse et de révolte. J'y écris tantôt en français, tantôt en anglais. Quand l'émotion est trop forte, les sous-entendus trop douloureux, je le crible de points de suspension...

L'une des entrées dont je me souviens le mieux, c'est une sorte de manifeste, intitulé « Je refuse » (en souvenir du « J'accuse » de Zola, sans doute). En feuilletant « Bookie », je tombe dessus à la page 66 (je les avais toutes numérotées à la main !).

Le rouge me monte au front, mais je me force à le recopier en partie. Ça commence comme ça :

1. Je refuse le droit que se donne l'homme de tuer...
2. Je refuse de reconnaître que la force, la haine et la mort sont les seuls moteurs de ce monde.
3. Je refuse de croire que quiconque est autorisé à juger quiconque.
4. Je refuse la stupidité, l'ignorance et l'esprit de troupeau des hommes.
5. Je refuse de croire qu'un jour la machine puisse remplacer complètement l'homme.
6. Je refuse de croire que la Terre va à sa perte.

Ensuite, ça se gâte, car j'écris carrément :

9. Je refuse de me taire.
15. Je refuse de croire que un être seul (*sic*) ne peut rien faire.
23. Je refuse le droit que se donnent les adultes de juger leurs enfants...

Puis, pour enfoncer le clou :

27. Je refuse d'agir comme un mouton parce que c'est « mieux » et « qu'il-ne-faut-pas-être-en-marge-pour-ne-pas-s'attirer-d'ennuis ».

Et je conclus en écrivant :

Et pour tout cela, j'accepte de mourir.

Je sais d'où vient ma gêne à relire « Bookie ». J'ai l'impression de m'introduire dans l'intimité d'un adolescent qui a beaucoup à dire, qui s'efforce de se construire et qui se fout complètement de ce que je peux en penser.

Le grenier

(Pages, 17 ; Toiles, 5 ; Reflets, 8)

Ma mémoire des années soixante est comme le grenier de Pithiviers, encombré par des valises empilées, cachées sous des draps, et dont j'ignore le contenu. Je ne les ai pas encore toutes ouvertes. Il faudra bien que je redescende, mais je ne veux pas quitter la place sans avoir jeté un coup d'œil partout. Comme mon adolescence, ce grenier est bourré de choses contradictoires et je m'accroche à toutes. J'ai lu tant de livres, vu tant de films et d'émissions de télévision, entendu, imaginé et traversé tant d'histoires, qu'il est impossible d'en dresser la liste. Et même si j'y parvenais, comment faire le tri ? Comment mesurer la place exacte de chaque élément ? Comment en apprécier l'importance ? Et d'ailleurs, *pourquoi le ferais-je* ?

Il n'y a pas de réponse à ces questions et je ne sais pas s'il est pertinent de les poser. Comme je veux avancer, je ne vais pas perdre pas mon temps à le faire. Je m'efforce de repérer dans ce capharnaüm les éléments qui font sens, non par une quelconque analyse, mais intuitivement. Bien sûr, mes intuitions ont probablement leur part de leurre : consciemment ou non je choisis, j'évite, je censure. Mais c'est tout ce que j'ai, alors je fais avec. Ce que je vise, au fond, n'est pas l'authenticité historique, mais la *reconnaissance* — dans les deux acceptions du terme. Je cherche ce que je reconnais, je fais de mon mieux pour m'y retrouver.

*

J'ai quatorze ou quinze ans et je ne suis pas à ma place. *I don't fit. Je ne m'insère pas* dans l'alvéole que l'on m'a dessinée. Plus le temps passe, plus je me sens étranger à ce qui m'entoure, plus je m'évade dans des mondes parallèles. Je ne fuis pas la réalité, je cherche au contraire à la rencontrer librement, hors de ce corps torturé comme un bonsaï, loin de ce milieu familial où je n'ai pas assez d'espace pour me déplier. Je suis multiple et je suis un. Je porte en moi les trois garçons des *Disparus de Saint-Agil* : je suis celui qui pose les questions et mène l'enquête ; je suis celui qui s'en va, baluchon à l'épaule, prendre le bateau pour l'Amérique ; je suis celui qui écrit seul, la nuit, dans la salle de sciences, et qui, lorsqu'il est enlevé, distrait ses geôliers en leur lisant le roman dont ils feront désormais partie.

Pour me retrouver entier, je pars à la rencontre des fictions. Elles peuvent prendre n'importe quelle forme, je les reconnais sans me tromper — comme on identifie, à un geste anodin, à un sourire en coin, celui ou celle qui nous ressemble —, elles m'accueillent et m'accompagnent. Souvent, elles disent précisément ce que je ne parviens pas à articuler.

Comme l'enfant de *Cristal qui songe,* je me sens différent et j'aspire à trouver mes semblables ; comme Adam Strange, le rayon Zeta m'expédie périodiquement sur Rann où je retrouve la belle Alanna et, inexorablement, le même rayon me reprend, quelques jours (quelques pages) plus tard, pour me renvoyer sur la Terre ; comme le savant de *Sidéral* déplacé dans un monde inconnu, j'assemble une machine de bric et de broc qui me permettra de franchir la faille du continuum espace-temps *dans l'autre sens* ; comme Gulliver Foyle, le naufragé de *Terminus les étoiles,* je n'ai qu'une seule obsession : *faire éclater la vérité,* même si j'ignore laquelle.

Je sors peu de chez moi, mais je ne suis pas solitaire pour autant. Et la fin des années soixante est bonne, et riche en découvertes. Au milieu des illustrés et des comics, je lis les uns après les autres des brassées de romans de SF classique (Asimov, Bester, Bradbury, Simak, Sturgeon) et expérimentale : au cours de l'année 1969, j'ai vu arriver dans les rayons de la librairie Gibier le premier volume de la collection « Ailleurs et demain » : l'extraordinaire *Vagabond* de Fritz Leiber. Les années suivantes, la collection publiera plusieurs dizaines de livres majeurs qui me parleront de religion (*En terre étrangère* de Robert Heinlein), de sexualité (*Ose* de Philip José Farmer), de conflits coloniaux (*Dune* de Frank Herbert), de paranoïa aiguë (le terrifiant *Ubik* de Philip K. Dick), de télévision (*Jack Barron et l'éternité* de Norman Spinrad), de transsexualisme et d'utopie anarchiste (les magnifiques *La Main gauche de la nuit* et *Les Dépossédés* d'Ursula Le Guin) et les romans visionnaires que John Brunner consacre à la surpopulation (*Tous à Zanzibar*), à la pollution (*Le Troupeau aveugle*) et, près de vingt ans avant l'internet, à l'explosion informatique (*Sur l'onde de choc*). Tout ça ne m'empêche pas d'engloutir aussi des Maigret, des Monsieur Wens, des Poirot, des Holmes, et de relire deux ou trois fois tous les Arsène Lupin ! Pendant mes mois d'été en Angleterre, je vais au cinéma sans arrêt et sans préjugé, pour y voir aussi bien *Pinocchio,* que (et je suis stupéfait de penser que je me suis imposé ça seul, à quinze ans) *On achève bien les chevaux.* Je suis bouleversé par le film, et plus que ça encore en entendant, à quelques sièges de distance, une jeune fille à peine plus âgée que moi éclater en sanglots à la fin, lorsque Michael Sarrazin arrache Jane Fonda à ses souffrances... À Pithiviers, chaque semaine, j'épluche *Télé 7 Jours* et je repère les fictions qui m'attirent. Pas seulement les séries américaines mais aussi *Rocambole, Les Habits Noirs, Les Cinq Dernières Minutes,* le « Théâtre de la Jeunesse », et tous les films en version originale du « Ciné-club » et du « Cinéma de minuit ». J'aime particulièrement les histoires de machinations, d'innocents floués, accusés, poursuivis, dont le seul crime est la recherche de la vérité et du bonheur, dont la seule ambition est de sortir du tunnel. À l'époque, ces histoires-là finissent toujours bien, comme deux des films préférés de mes parents — *Les Trente-neuf Marches* et *La Mort aux trousses,* qui deviennent à mes yeux aussi des films fétiches. Je sens, je sais que le monde est injuste, que le monde est menaçant, que ceux qui ne sont pas comme les autres n'y trouvent pas facilement leur place. Qu'un inconnu peut-être les attend dans la rue, une arme à la main, pour les abattre au milieu de la foule. Mais, en voyant Robert Donat et Cary Grant en réchapper et trouver l'amour à la fin des films d'Hitchcock, je veux croire encore qu'il y a des innocents.

Liens :
* *Fenêtre sur cour* d'Alfred Hitchcock
* *L'Homme démoli* d'Alfred Bester
* *Les Malheurs d'Alfred* de Pierre Richard

L'île

(Traces, 12 ; Pages, 18 ; Fables, 21 ; Corps, 9)

Mais le temps me métamorphose, et avec moi les fictions et les émotions. Il y a peu, certaines images m'étaient insupportables : quand une femme et un homme s'embrassaient, je me sentais tellement gêné qu'au cinéma je me glissais sous le siège, et qu'à la maison j'allais m'asseoir *derrière* la télé, sur le radiateur, jusqu'à ce que la scène soit terminée. À présent, ces images-là, je les recherche. Je me cache encore plus que je ne le faisais auparavant, parce que je cherche à voir une chose interdite, prohibée : le corps féminin.

On ne montre jamais de corps nus, ni à la télévision, ni dans les films, pendant les années soixante. Enfin, ça n'est pas tout à fait vrai : je surprends Arletty au sortir de la douche dans *Le jour se lève,* mais c'est bien fugace. Les magazines et les livres sont plus généreux. Ange reçoit une revue médicale humoristique intitulée *Ridendo,* qui publie des dessins grivois et des histoires qui (pour l'époque, au moins) sont souvent *lestes* (c'est le terme qu'utilise Nelly). La revue ne traîne jamais, mais je sais que Nelly la range dans un tiroir de la salle blanche. Quand je suis seul à la maison, je vais y mettre le nez. J'en sors toujours un peu déçu. Un dessin humoristique, même s'il représente une jolie fille nue, ça reste abstrait. Les textes, eux, sont plus... intéressants, mais je ne comprends pas toujours leurs ellipses.

Dans le salon de mon oncle et de ma tante Pauls, à Paris, j'ai repéré, dans une grande bibliothèque vitrée, un beau livre relié intitulé *Le Décaméron*. Quand j'ai demandé de quoi il s'agissait, mon oncle m'a dit que ça n'était pas de mon âge... Je sais donc qu'il y a des livres qui ne sont pas de mon âge... chez les autres. Car il n'y a pas d'« enfer », à la maison, pas de livres interdits. Et cependant, dans la chambre du jardin, au-dessus des volumes de prix Nobel, Shakespeare me procure quelques émotions mémorables. C'est une édition illustrée de la traduction de François-Victor Hugo. En cherchant *Roméo et Juliette*, je tombe sur *Le Viol de Lucrèce*. Les illustrations sont suggestives, je sens mon visage et mon sexe s'enflammer. J'explore tous les volumes, à la recherche de belles au sein découvert. J'en trouve quelques-unes.

J'en trouve aussi ailleurs : dans l'une des maisons de la presse (celle qui se trouve place des Halles), j'ai repéré [comment ? peut-être en voyant quelqu'un l'ouvrir] le tiroir dans lequel on cache les revues *coquines*. Je ne me souviens plus de leurs titres. *Paris-Flirt ? Paris-Strip ?* Ce sont des magazines minces (douze, vingt-quatre pages ?) mais grand format, dans lesquels des modèles nus (et retouchés, car leur pubis est lisse) accompagnent des textes érotiques. À deux où trois reprises au moins, je m'enhardis, quand la boutique est vide, jusqu'à sortir un exemplaire de son tiroir et le porter jusqu'à la caisse. Comment se fait-il que la marchande de journaux (une dame plutôt âgée, au regard pas avenant du tout) me laisse les lui acheter ? Elle ne dit rien, elle se contente de me regarder de travers... Est-ce parce que je suis grand, très grand pour mon âge ? Est-ce parce que je suis le fils du médecin du quartier ? Je ne sais pas. Je suis terrorisé et je n'ai pas vraiment l'impression de bénéficier d'un privilège, mais elle me laisse partir sans m'humilier.

Un soir, au cinéma, je falsifie ma carte de groupe sanguin pour me vieillir et je parviens à accéder à un film éducatif suédois (*Helga* ?), en principe interdit aux moins de dix-huit ans, et dont j'ai lu qu'il présente la sexualité avec beaucoup de franchise. J'en sors perplexe car il y est beaucoup plus question d'émotion que d'amour physique.

Un autre jour, de retour de la maison de la presse, je monte au grenier. Mon frère n'est pas dans sa chambre, personne ne sait que je m'installe sur une valise pour lire, le cœur battant, les récits érotiques de *Paris-Girls* (?). Quand j'ai fini ma lecture (ou peut-être quand je me dis que l'heure avance et qu'on va finir par se demander où je suis), je cherche un endroit pour cacher ma revue. Le grenier est sous le toit. Au-dessus du couloir se trouve un espace poussiéreux auquel je peux accéder en grimpant sur les valises. Je me hisse là-haut, je cache la revue dans un coin sombre où personne n'ira la chercher. En redescendant, ma main sent quelque chose sous la poussière. C'est une enveloppe en plastique. Dedans, il y a un dessin au crayon et à la gouache. Il représente la carte schématisée d'une île. À la plume et à l'encre, on a (mal) dessiné des têtes de mort, des potences, des croix, des canons, des barils de poudre, des coffres, et on a écrit : « Baie de l'homme mort », « Colline du pendu », « Marais des assassins », « Grotte des cannibales ». Tout autour de l'île couleur rouge sang, la mer est bleue. Je ne sais pas depuis quand le dessin est caché là, je ne me souviens pas être déjà monté jusqu'ici mais, au verso de la feuille de papier Canson, je lis : « Marc Zaffran, [classe de] 5e 1. »

Liens :
* *L'Empire des sens*
* *Playboy*
* *Calvin & Hobbes*

Dieu, la mort et moi

(Corps, 10; Fables, 22)

(Pithiviers/Paris, 1968.) Elle est bizarre, l'année 1968. Ma classe de quatrième s'est terminée en queue de poisson : pendant plusieurs semaines, au mois de mai, le lycée a été désert. Alors que la plupart des élèves s'abstiennent d'assister à des cours que les profs n'assurent pas, mes parents tiennent à ce que j'aille au lycée. Aujourd'hui, je pense que c'est parce que Nelly est souvent absente et que, comme Ange travaille, elle et lui ne veulent pas que mon frère et moi restions désœuvrés. Ils ne savent pas que je passe le plus clair de mon temps dans des classes ouvertes à tout vent (il fait beau et doux), à jouer à la belote avec quelques camarades.

J'ai treize ans, et je crois que je crois en Dieu, mais je Lui en veux terriblement. Chaque soir, en me couchant, je me dis : « Un jour, il faudra mourir », et je pleure de terreur. Et la peur que mon père meure est encore là, plus forte que (et peut-être renforcée par) la peur de ma propre mort. Le mardi soir, quand j'attends sans pouvoir m'endormir leur retour de Paris, je prie pour que la voiture d'Ange et de Nelly ne se fracasse pas contre un camion ou un arbre. J'implore le ciel : « Prenez-moi, mais laissez-le en vie. » Je ne sais pas si le ciel m'entend, mais mon père rentre toujours.

Quand il m'arrive de rêver qu'il meurt, je le lui raconte ; il éclate de rire et dit :

— Tu me l'allonges !

— Quoi ?

— Chez moi, on disait que si on rêve de la mort de quelqu'un, on lui allonge la vie.

Ça ne me rassure qu'à moitié.

*

Au fond, je ne sais pas à quoi m'en tenir avec Dieu, j'aimerais être sûr qu'Il existe, mais rien, vraiment, ne confirme Son existence. Évidemment, cette incertitude accentue mon angoisse, mais je ne veux pas laisser passer ça sans rien dire. Je m'adresse à Lui, je Le défie, je L'insulte, et je Le somme de Se montrer, de m'envoyer un signe, de Se faire connaître.

Dieu se tait. Mes compagnons de fiction, eux, ne restent pas silencieux. Ils me confient leur vie, leurs tourments et leurs doutes. Face à l'angoisse absolue que suscitent en moi le monde hostile et ce corps aux émotions et aux manifestations imprévisibles, ils sont toujours présents. Avec ses héros empruntés — Tarzan, Ulysse, Cyrano —, Philip José Farmer m'entraîne dans son *Cosmos privé*. Robert Sheckley, sourire en coin, m'apprend qu'on peut tuer son double et s'échapper d'*Omega*. Quant à l'agent temporel de *La Fin de l'éternité* d'Isaac Asimov, il se révolte et crie que tout n'est pas écrit.

L'univers des fictions est immense. Et je peux l'agrandir, puisque je sais écrire. Dans mes cahiers, chaque soir, je peux revisiter ma vie et en inventer d'autres. Je peux emprunter d'autres voies, d'autres voix. En français, et en anglais.

Liens :
* *Dear Mr. Asimov...*
* *'Nuff Said !*
* *Les Dieux eux-mêmes*

Cinérama et littérature

(Toiles, 6 ; Traces, 13)

(Paris, 1968.) Elle est fraternelle, l'année 1968. Un jour d'été, je me promène avec mon ami Opher sur les Champs-Élysées. J'ai treize ans. Il doit en avoir quatorze ou quinze. Il est le fils de Moshé, un ami israélien que mon père a rencontré de nombreuses années auparavant, dans des circonstances que je ne connais pas. Moshé est ambassadeur d'Israël en Afrique. Cette année-là, Opher et sa famille sont en poste au Togo, je crois, mais ils viennent passer quelques semaines en France.

J'aime beaucoup Opher. Il est comme un grand frère, plus chaleureux et moins cynique que mon cousin Jacky. Il a un rire tonitruant. Il est extraordinairement intelligent. Il me raconte des trucs incroyables sur la naissance de l'univers. Il m'explique des théories mathématiques auxquelles je ne comprend rien mais qui, dans sa bouche, ont l'air absolument passionnantes. Comme moi, il se sent seul et incompris. Nous nous écrivons régulièrement. C'est probablement avec lui que j'ai entretenu ma première correspondance suivie. Je ne le vois que quelques jours par an, mais nous avons beaucoup en commun. Nous nous entendons si bien que, l'été suivant, il se joindra à Mick et à moi pendant notre mois de vacances à Londres et nous jouerons au tennis ensemble presque tous les jours.

Mais aujourd'hui, nous marchons sur les Champs-Élysées. Est-ce parce que mai n'est pas loin ? Est-ce parce que nous sommes au mois d'août ? En tout cas, je me souviens d'une ville presque déserte. Nous tombons en arrêt devant l'affiche d'un cinéma. C'est la plus grande salle des Champs. Celle qui a le plus grand écran, un écran de cinérama. Nous nous regardons, nous entrons dans la salle et là, au milieu des rangées vides, assis juste à la bonne place face à l'écran courbe, nous assistons émerveillés à la projection de *2001, l'Odyssée de l'espace.*

*

Trente ans plus tard, début 1998, alors que nous ne nous sommes pratiquement pas vus depuis belle lurette et que nous ne nous écrivons plus depuis une dizaine d'années, j'ouvre ma boîte à lettres électronique et je trouve un message intitulé : « Marc, c'est toi ? » Il vient d'Opher. Il dit avoir trouvé mon adresse sur un annuaire internet. Je me souviens, effectivement, m'y être inscrit deux ans plus tôt sans croire vraiment que ça pouvait servir à quelque chose. Nous sommes heureux de reprendre le fil de la correspondance interrompue, de savoir ce que l'autre est devenu. Quelques jours ou quelques semaines plus tard, il m'envoie un autre message : « Je cherchais depuis un moment et j'ai fini par retrouver le cahier de nouvelles que tu m'avais offert en 1970. » Peu après, je reçois une grande enveloppe. Dedans, je trouve la copie de six nouvelles rédigées sur cent trois pages d'un cahier à petits carreaux, de marque Studio. Il a même photocopié la couverture. Les nouvelles ne datent pas de 1970, mais de 1967 ou 1968.

Je les ai recopiées (et, chaque fois, un peu modifiées) dans plusieurs cahiers successifs. Opher est l'une des très rares personnes à qui j'en aie offert un. Le recueil s'intitule « Du temps et des hommes — Histoires ». Il contient « Mille ans après » (dédié *Aux Américains Stan Lee, scénariste, et Steve Ditko, dessinateur, à qui j'ai volé cette histoire, en m'excusant de n'avoir pu faire mieux qu'eux,*) « Paradoxe ou le Condamné » (*À mon idole Isaac Asimov, écrivain de science-fiction et professeur à l'université de Boston (États-Unis), qui, dans son roman* "La Fin de l'éternité" *m'inspira cette histoire*), « La Poule unijambiste » (*À mon Père, qui vécut cette histoire et bien d'autres encore*), « Young man's bluff » (*À tous les bons conducteurs qui n'ont, en trente-sept ans, bu qu'un seul apéritif*), « Sniper » (dédiée à... moi-même !) et « L'Être à cornes » (*À tous les pessimistes endurcis et... aux autres. En espérant que la Terre durera longtemps*).

Liens :
* Mon cousin Jacky
* Nouvelles d'Amérique
* « Sélection »

L'accident

(Corps, 11 ; Songes, 6)

(Pithiviers, 1968.) En écrivant les chapitres précédents, je me suis soudain rendu compte que j'oubliais l'accident. Ce fut pourtant un événement majeur dans la vie de notre famille, mais je n'en ai que de vagues souvenirs. Et je me demande bien pourquoi.

En avril ou mai 1968 (je ne suis pas sûr de la date, et mes incertitudes au sujet de tout l'événement me font même douter de l'année...), Claudie est victime d'un accident de voiture. Si je me souviens bien, le chauffeur d'une voiture qui venait de la gauche a fait un malaise et perdu le contrôle de son véhicule. Il conduisait une assez grosse voiture (une DS ?), ma sœur une petite bagnole (une Fiat ?). Il l'a percutée de plein fouet, si violemment que (raconte Nelly) « le volant de Claudie s'est retrouvé à droite » et que ses jambes sont restées coincées dans l'habitacle. Il a fallu découper la voiture pour la sortir de là.

Les deux jambes de ma sœur ont été brisées, on l'a opérée, elle a passé de longs mois en rééducation et, plusieurs années après, il a fallu la réopérer pour ôter d'un de ses fémurs une broche qui la faisait souffrir. Pendant de longs mois, elle s'est déplacée avec des cannes. Par la suite, elle a toujours eu du mal à marcher.

Ce qui me frappe aujourd'hui c'est le blanc, le vide qu'il y a dans ma mémoire autour de cet accident. Je ne pense pourtant pas qu'on nous l'avait caché — nous n'étions plus de petits enfants et Nelly aurait été bien incapable de taire une chose pareille ; je me souviens d'ailleurs l'avoir accompagnée à la clinique pour rendre visite à Claudie. Pendant que nous y étions, un homme grand au visage souriant et franc et à la voix grave (le patron de ma sœur, il l'avait embauchée quelques semaines à peine avant l'accident) est entré dans la chambre ; Nelly et Claudie étaient très émues...

Mais je ne garde aucun souvenir du jour de l'accident, de la façon dont Nelly et Ange y ont réagi, de l'impact qu'il a eu sur notre vie de tous les jours, de ce que j'ai pu ressentir à ce moment-là. Je ne sais pas si j'en ai refoulé le souvenir, ou si, comme je l'avais sans doute fait auparavant, je me suis évadé dans la lecture pour ne pas prendre de plein fouet l'avalanche de sentiments qui l'a certainement accompagné.

Malgré son accident, Claudie n'a pas été mise sur la touche. Je me souviens l'avoir entendue dire que son patron l'avait au contraire encouragée à prendre les initiatives et les responsabilités qu'elle était capable d'assumer. Ce n'était pas son premier boulot ; d'après la tradition familiale, à l'époque où, toute jeune, elle travaillait à Radio-Alger, elle avait tenu tête à des militaires ? des putschistes ? qui voulaient accéder à certains dossiers. Son nouveau patron l'avait engagée parce qu'elle avait la réputation d'être une jeune femme digne de confiance, solide et pleine d'énergie.

Il lui en a fallu, pour surmonter la blessure inscrite dans son nom et sur son corps.

Sur la *teba*

(Corps, 12 ; Fables, 23)

(Pithiviers/Paris, 1968.) J'ai treize ans et demi, et je suis debout sur la *teba*. C'est l'estrade sur laquelle montent les ministres officiants, les chantres, les rabbins et tous ceux (tout Juif a le droit de le faire) qui disent/chantent les prières et lisent dans la Torah, pendant l'office. Je porte une calotte et un *tallith*, un châle de prière, et on m'a fait tailler un costume trois-pièces. J'ai le visage grêlé d'acné, je me suis sûrement coupé en me rasant (je me suis *toujours* coupé en me rasant) mais ça va, je ne le sens pas trop : je suis trop occupé, je fais ma bar-mitzvah, j'entre dans ma « majorité religieuse », je deviens apte, comme tout Juif adulte, à dire la prière en public.

Depuis plusieurs mois, pour nous y préparer, Ange et Nelly nous ont inscrits, Mick et moi, au cours d'éducation religieuse de la synagogue de la rue Copernic, à Paris (oui, celle qui sera visée par un attentat, plus tard). Ma mère nous dépose à la synagogue le jeudi matin et repasse nous prendre en fin d'après-midi. Nous allons déjeuner dans le café d'en face. Parmi les congrégations juives, il y a les orthodoxes et les libérales. Celle de la rue Copernic appartient à la seconde catégorie, alors M. Kaçmann, le ministre officiant qui s'occupe de nous, ne fait pas de commentaire quand il entre dans le café et nous voit dévorer œufs au plat et saucisses.

Pendant les cours, je me laisse parfois aller à parler de l'éternité (en laissant entendre que Dieu s'y connaît probablement moins qu'Isaac Asimov qui, lui, a écrit un bouquin sur le sujet) pour tester l'assurance affichée par nos enseignants...

Kaçmann est un homme remarquable. (Je ne me souviens pas exactement de ses traits, mais pour donner la mesure de l'admiration que je lui portais, je précise qu'en évoquant mentalement sa silhouette, j'inscris en lieu et place de son visage aujourd'hui devenu flou celui de mon père symbolique, l'écrivain Daniel Zimmermann, que j'adorais et que ça ferait bien rigoler s'il lisait ça aujourd'hui.) Son port est impressionnant et sa voix grave celle d'un chanteur remarquable. Je crois comprendre qu'il a choisi d'être ministre officiant alors même qu'on lui proposait d'entrer à l'Opéra (ou quelque chose d'approchant). Comme je dois lire une *parasha* — un extrait de la Torah — assez longue, il me faut maîtriser simultanément la lecture du texte et la complexe manière de le psalmodier. Les cours me servent à réapprendre la lecture phonétique de l'hébreu. Pour le chant, Kaçmann enregistre lui-même la *parasha* sur un disque 25 cm que, texte en mains, je passe et repasse sur mon Teppaz pour apprendre la mélopée par cœur. Au début de la première face du disque, il explique de quoi ça parle : le Pharaon d'Égypte fait un rêve dans lequel sept vaches grasses se font boulotter par sept vaches maigres, puis sept épis de blé lourds de grain se font ratiboiser par sept épis brûlés par le soleil. Les prêtres de Pharaon sèchent devant l'énigme mais Joseph (l'un des fils de Jacob, qui a été faussement accusé de tentative de viol et qu'on a jeté en prison mais ne me demandez pas pourquoi on va le chercher) réussit l'explication de texte.

Je n'ai jamais eu beaucoup de mal à apprendre des textes par cœur, surtout lorsqu'il s'agit de poésies ou de chansons. Outre la table de multiplication, je peux encore aujourd'hui réciter, entre autres, *La Conscience* dans son intégralité (*Lorsqu'avec ses enfants vêtus de peaux de bêtes/échevelé, livide au milieu des tempêtes/Caïn se fut enfui de devant Jéhovah...*) ou chanter n'importe quelle chanson de Brassens (Lien : Kanmargo), Brel (*Quand j'vous portais Madame/Sur mon dos/Jolie Madame/En forêt d'Fontain'bleau*), Ferré (*Y'en a pas un sur cent et pourtant ils existent/la plupart espagnols, allez savoir pourquoi/faut croire qu'en Espagne on ne les comprend pas/les anarchistes...*) et Nougaro (*Si ce n'est mes propres mains posées sur ta poitrine/Rien n'est plus doux que les mains d'une femme dans la farine*) en partant de n'importe quel vers au hasard. Mais là, c'est pas du Nougaro, je suis sur la *teba,* tenant le « doigt » en argent qui sert à désigner le texte pendant qu'on le lit, et je chante ma *parasha.*

Je chante, c'est une affaire sérieuse, alors je suis très concentré, je ne souris pas, je ne regarde pas la salle bourrée de membres de la famille, *c'est la bar-mitzvah du fils aîné de Zaza* alors tout le monde est là, les cousins, les cousines, les oncles et les tantes, les amis proches et les amis chers, ceux qu'on voit souvent et ceux-qu'on-ne-voit-jamais-parce-qu'ils-vivent-loin, mais je ne veux pas le savoir, il y a beaucoup trop de gens que je ne connais pas, ou alors de très loin, ou que je ne reconnais pas parce que la dernière fois que je les ai vus c'était il y a longtemps et comme je n'avais pas encore de lunettes à l'époque, je n'ai pas pu fixer leurs traits (d'ailleurs j'ai toujours eu du mal à mettre un nom sur les visages des gens que je ne connais pas intimement et ça me trouble toujours quand je vois quelqu'un s'avancer vers moi en souriant, je me dis Dieu du ciel ! il ou elle me connaît mais je suis incapable de dire qui c'est, comment est-ce que je vais faire pour le lui demander sans que ça soit vexant, et je ne vous dis pas combien de fois ça m'est arrivé quand j'étais médecin généraliste et que je voyais entrer une dame qui me consultait régulièrement, je ne connaissais qu'elle mais j'étais infoutu de la nommer et par quelles ruses il me fallait passer (« Vous n'auriez pas pensé à m'apporter votre dernière analyse ? » ou « Vous rappelez-vous quel jour vous êtes venue la dernière fois, exactement ? » ou « Je peux voir votre carte de groupe sanguin ? ») pour retrouver son nom sans avoir à le lui demander de peur qu'elle se dise que j'avais l'Alzheimer précoce ou tout simplement que j'étais un abruti), ce qui fait que, pour ne pas croiser le regard des gens et les voir froncer les sourcils quand ils se rendront compte que je ne les reconnais pas tandis qu'eux, ils m'ont vu grand *comme ça* et *ton père, j'te raconte pas ce qu'on a vécu ensemble,* alors pour assurer mes arrières je ne regarde personne, sauf Nelly, assise juste en face de moi, très émue, tandis qu'Ange est quelque part à mes côtés [je ne le vois pas dans le cadre mais je sais qu'il est là, parce qu'à moins de mourir prématurément il n'aurait raté la bar-mitzvah de ses fils pour rien au monde], ou dans le groupe des hommes qui périodiquement au cours de la cérémonie se rassemblent pour lire certaines prières en chœur, et depuis que je me suis mis à chanter Kaçmann s'est assis, il est là derrière moi, je suis bien entouré, rien ne peut m'arriver et je chante ma *parasha* jusqu'au bout, vingt minutes ou une demi-heure, la longueur des deux faces du disque, sans me tromper, je suis bien, j'aime chanter, c'est la première fois que je chante si longtemps et qu'on m'écoute.

D'après la tradition, un habitué de la synagogue aurait déclaré à Nelly qu'il n'avait jamais vu Kaçmann s'asseoir en laissant un garçon se débrouiller tout seul, comme un grand, pendant sa bar-mitzvah. Bref, j'ai treize ans et demi et, pour la dernière fois sans doute, je suis pleinement heureux d'être un bon fils.

Liens :
* Origines
* Genèse, 41 : 1
* *South Pacific*

« Monsieur Cinéma »

(Toiles, 7; Fables, 24)

(Pithiviers, années soixante.) Je suis devant la télévision et je regarde « Monsieur Cinéma ». Je ne suis pas assis entre les jambes de mon père, mais sur une chaise, à la table de la salle à manger. La télévision est dans un coin de la pièce, calée entre la cheminée et l'une des deux hautes fenêtres. Derrière le poste, ma mère a accroché une petite lampe à pince, pour faire « lumière d'ambiance ». De ma place, je vois l'arrière du poste se refléter sur la vitre, mais ça ne me gêne pas, je regarde « Monsieur Cinéma ».

Je ne sais pas quel âge j'ai, mais cette émission-jeu me passionne. Je l'aime parce qu'elle m'offre des extraits de films (beaucoup plus que « La Séquence du spectateur » et « La Séquence du jeune spectateur », deux émissions hebdomadaires que la douce Catherine Langeais présente en voix *off*) ; je l'aime parce qu'elle est animée par Pierre Tchernia, puits de science cinématographique et coauteur, avec Roger Pierre et Jean-Marc Thibault, de *L'Arroseur arrosé,* génial exercice de style télévisuel autour du film des Lumière ; je l'aime parce que les questions, qu'elles soient faciles ou difficiles, sont de toute manière très excitantes. Je suis aussi avide de cinéma que de lecture ou de bande dessinée. Je n'ai aucun mal à retenir le générique inscrit sur les affiches à l'entrée du Donjon, ou dans les pages programmes de *Télé 7 Jours*. Qu'on me cite un titre, un cinéaste et un acteur, et je les enregistre. Je n'ai aucun effort à faire, ça rentre tout seul, et ça reste, les détails les plus infimes, les plus anodins, les plus inutiles, comme le fait de savoir que Napoléon Solo s'appelle comme ça dans *Agents très spéciaux* parce que Ian Fleming a bossé avec Norman Felton, le créateur de la série ; pour d'obscures raisons juridiques, il a dû retirer ses billes, de sorte qu'il n'apparaît pas au générique, mais il a donné à l'homme de l'*U.N.C.L.E.* le même nom que le petit malfrat qui se fait flinguer puis compacter dans sa bagnole au beau milieu de *Goldfinger*.

*

Aujourd'hui, il m'arrive d'entrer dans le petit salon de télévision pendant que les enfants regardent un film, de regarder l'écran en biais et de dire, au premier coup d'œil, de quel film il s'agit. Je les épate en leur donnant le bon titre à partir d'une image anodine : le plan d'une voiture tournant dans une rue — « Ça, c'est *Bullitt* » — ou, plus surprenant encore, y compris pour moi, l'image d'un gros poisson et la voix de l'acteur français qui double habituellement George C. Scott (« Je parie que c'est *Le Jour du dauphin* »). Et quand j'entends le téléphone sonner à 22 h 15, je sais, deux fois sur trois, que je vais entendre la voix de Pascal :

« Salut, Marc. Olivier et moi on dîne chez Michel et Jojo avec Michèle et Alain et Patrice et [d'autres copains] et personne ici n'arrive à se rappeler le nom de l'acteur qui joue en porte-jarretelles dans *Rocky Horror Picture Show*, on l'a sur le bout de la langue...

— Tim Curry.

— Ah ! merci. *Michel, tu avais raison !* Heureusement qu'on t'a et qu'on peut compter sur toi.

— Je t'en prie. C'était bon ?

— Très. Ils nous ont régalés. Mais tu sais ce que c'est, avec le gâteau et le café on se laisse aller à parler, et la conversation a dérapé sur les classiques, *La Petite Boutique des horreurs, Priscitta folle du désert...*

— ... *Le Père Noël est une ordure...*

— E-xac-te-ment ! »

Ou bien le voilà qui me demande un truc nettement plus calé, mettons, en quelle année est sorti *The Misfits* et si Clift est mort avant Clark Gable ou si c'est le contraire, et là, évidemment, j'hésite un peu « Moi je dirais 62... » Mais Pascal : « ... lui, il dit que c'est 58, mais sûrement pas, c'est pas si tôt, alors comme d'habitude on s'est dit que tu allais nous mettre d'accord. » Et moi, je me mets à réfléchir tout haut et pendant que je dis : « Tiens, vous parliez pas du *Père Noël,* ce soir ? », je cours avec le sans fil — « Si, mais après on a dérivé sur *Certains l'aiment chaud* parce que [l'un des autres copains] ne l'a pas vu, alors évidemment, on lui a fait son éducation... » — vers la bibliothèque — « ... qu'il fallait qu'il voie ça... » —, je saisis le volume Acteurs du *Dictionnaire du cinéma,* je tourne les pages — « ... et de fil en aiguille on est parti sur Marilyn... » — et pendant qu'il me parle — « ... alors on s'est dit que tu allais nous trouver ça... » —, sous *Clift, Montgomery, acteur américain, 1920-1966,* je lis : « 1960, *The Misfits (Les Désaxés),* J. Huston », et comme Gable — ça, je le sais — est mort quelques semaines après le tournage, j'ai les deux réponses.

*

Je regardais « Monsieur Cinéma » avec un mélange d'admiration (les types qui venaient là savaient répondre à des questions invraisemblables) et d'envie (comme j'aurais voulu me trouver à leur place !), et si j'ai bien un regret dans la vie, c'est de n'avoir pas eu l'âge de passer les sélections, alors que souvent je pouvais donner la réponse avant que Tchernia ait fini de poser la question.

Je sais, ce genre de jeu, c'est un peu vain ; mais ce que j'aimais, ce n'était pas le simple fait de répondre du tac au tac pour montrer quel cerveau bien plein j'avais, c'était le plaisir de dire les titres, le nom des acteurs, le nom des réalisateurs, parce que j'avais le sentiment qu'avec chaque réponse « Un film de Howard Hawks en 1958 avec John Wayne et Dean... — *Rio Bravo* ! — C'est le cas de le dire ! L'acteur qui interprète le jeune... — Ricky Nelson ! — Très bien. L'auteur du scénario... — Leigh Brackett ! — Parfait ! Et les deux autres westerns que — *El Dorado* et *Rio Lobo* ! — Eh bien félicitations, c'est... » tout le film que je voyais défiler en invoquant ces noms, toute l'histoire du western, toute l'histoire du cinéma.

Parce qu'en principe je *déteste* les gens qui n'arrêtent pas de ramener leur savoir, qui savent tout sur tout quel que soit le sujet, le genre de zèbre qui, alors que vous êtes tranquillement en train de visiter une petite chapelle toute simple, vous assomme avec des commentaires du style : « Très intéressante cette chapelle, elle a été édifiée en 842 par Théodulfe qui lui-même avait épousé la belle-fille du pape Réticent III dont la troisième épouse... » alors qu'on ne lui a rien demandé. Un jour que je n'en pouvais plus d'écouter quelqu'un asséner ce genre de charabia, et qu'en plus il sortait de me les gonfler avec les histoires d'alcôve de je ne sais quel nabab avec j'oublie quelle actrice, le cinéma m'est venu en aide et je lui ai lancé un pavé, à ce puits sans fond : « Et toi qui es si savant, dis-moi, la script-girl d'Eisenstein dans *Le Cuirassé Potemkine,* elle s'appelait comment ? » Ça l'a laissé sans voix pasqu'évidemment, il savait pas. Plus tard, on m'a raconté qu'à la première rediff du *Cuirassé* au Ciné-club de la 2, il avait bu douze cafés et était resté scotché jusqu'à trois heures du matin pour voir la fin du film — c'était avant les magnétoscopes — et chercher le nom de la fille sur le générique. Seulement, il en a été pour ses frais — il aurait dû s'en douter, s'il avait été si intelligent, en Union soviétique dans les années vingt, forcément, y'avait pas de *script-girl* et même si le brave Serguei en avait une, dans le générique, forcément, elle était en russe.

*

Je ne participerai jamais à « Monsieur Cinéma », et je le regrette bien, j'aurais eu l'impression que toutes ces informations qui sont stockées dans ma tête sont bonnes à quelque chose, alors que là, j'ai l'impression que c'est peine perdue, à quoi ça sert de savoir que George Raft a refusé successivement les trois films qui ont permis à Bogart de percer (*High Sierra, Le Faucon maltais* et *Casablanca*) ? À rien, ça donne quelque chose à raconter mais je ne vois pas l'intérêt, plus personne ne sait qui est George Raft et j'ai beau avoir acheté la version cinéma du *Trivial Pursuit,* je ne peux jamais y jouer, mes enfants ne veulent pas, ils disent que c'est pas drôle parce que je gagne tout le temps.

Liens :

* Westerns

* Les Rencontres internationales de télévision de Reims

* La bande

Le téléphone

(Fables, 25)

(Pithiviers, 1967 ? / Le Mans, 2001.) Je n'aime pas le téléphone. Dans la France des années soixante et en particulier chez les Zaffran, le téléphone n'est pas fait pour les enfants : c'est l'instrument de travail d'Ange et surtout l'instrument de communication tous azimuts de Nelly, qui parle au moins une fois par jour à sa mère, à sa sœur, à sa fille, à des amis, et heureusement que dans le Loiret dans les années soixante les clients qui ont le téléphone ne sont pas nombreux et qu'ils ont l'habitude de sonner à la porte en revenant du marché pour prendre un rendez-vous ou demander une visite, parce qu'autrement ils auraient du mal à avoir le docteur.

J'ai peur de parler au téléphone. Habituellement, je n'ai pas à répondre (Nelly le fait, ou bien alors Simone quand Nelly n'est pas là) et quand par hasard il faut que je parle à quelqu'un que je connais (« Viens, Colette veut te souhaiter un bon anniversaire... ») ça va encore, mais quand il s'agit de répondre à un(e) inconnu(e) (« C'est Madame Cohen-Delavigne, tu sais, la belle-sœur par alliance du neveu de ma cousine Arlette ») — surtout si c'est pour entendre des félicitations que je ne crois pas avoir vraiment méritées sur la façon dont je me suis comporté pendant ma bar-mitzvah (« *Mon chéri comme je regrette de n'avoir pas pu venir t'embrasser, comme ils ont dû être fiers de toi tes parents, tu dois être grand maintenant la dernière fois que je t'ai vu c'était à ta circoncision tu étais si mignon, ahlalamondieu comme le temps passe...* ») et je ne sais quoi encore pendant ce qui me semble être une éternité — je me tortille sur le siège installé près du téléphone et je me lève, et je ne sais pas où me mettre (je ne la connais pas cette dame, qu'est-ce qu'elle a à me dire qu'elle m'a tenu dans ses bras et couvert de bisous quand j'étais bébé, je ne me souviens même pas avoir été bébé, est-ce qu'elle est sûre que c'était moi et pas un autre ?), j'ai l'impression que quelque chose de visqueux dégouline contre mon oreille, un peu comme les baisers surrougeàlèvrisés de Germaine, alors j'aimerais bien pouvoir le poser, ce machin, je regarde autour de moi pour voir si ma mère n'est pas dans le coin, pour que je lui repasse le combiné, mais penses-tu elle est retournée dans sa cuisine et je reste là, à répondre Oui, Oui, Non, Non, Mmmh, Mmmh, en me disant que ça finira bien par s'arrêter.

Et puis, il y a autre chose : lorsque le téléphone sonne, que personne ne peut répondre, qu'on me charge de décrocher, que je me retrouve avec une voix affolée au bout du fil — *Est-ce que le docteur peut venir à Touboutchan, 12 rue de la Farmchielle c'est pour Monsieur Mxyzplzk faut lui dire que c'est urgent, merci, au revoi*CLIK — et que je n'ai pas eu le temps d'en placer une et encore moins le temps de noter (le carnet de rendez-vous est sur une petite étagère à dix mètres dans le couloir de l'entrée, mes bras ont beau s'être beaucoup allongés, il y a des limites), je sais que quand je vais répéter à ma mère ce que je crois avoir entendu je vais me faire engueuler parce que je n'ai rien compris, et puis je devrais savoir que ce n'est pas un nom du coin, ça, Touboutchan.

*

Le téléphone me fait peur parce qu'on ne sait jamais ce qui va en sortir : il sonne mais on n'est pas prévenu, ça peut toujours être une catastrophe, comme le jour où j'ai onze ou douze ans à peine, on doit être jeudi, je reviens peut-être de chez Gibier et quand elle me voit entrer ma mère me dit : « Va t'asseoir dans le bureau de ton père. » Je m'installe au bureau sans comprendre et bientôt le téléphone sonne et ma mère me dit : « Réponds, c'est pour toi ! »

Pour moi ?

Je décroche, et j'entends un type qui m'explique que je passe en direct sur France Inter (c'était peut-être France 1 à l'époque, je ne sais plus) dans une émission où on appelle des enfants de mon âge pour leur faire raconter ce qu'ils font, et le type est sympa, il me parle plutôt gentiment, mais il en est pour ses frais car tout ce que j'arrive à sortir c'est Oui, Non, Mmhh, Mmhh, je ne sais pas quoi lui dire, moi, je ne le connais pas et lui en plus il insiste en me disant que schrtplmillions d'auditeurs m'écoutent, et ça, ça me glace encore plus, bref, il est obligé d'abréger parce qu'évidemment, un môme qui ne dit rien, ce n'est pas un très bon sujet d'émission. Et moi, évidemment, quand cette séance de torture est terminée je m'entends dire : « Tu n'as rien dit ! J'appelle France 1 pour te faire une surprise et toi, tu ne dis rien, quand il t'a demandé ce que tu faisais tu n'as même pas dit que tu faisais de l'escrime, à croire que tu ne fais jamais rien de tes journées, de quoi on a l'air, nous ?! » Après l'humiliation d'être resté sans dire un mot, voilà le reproche de n'avoir pas valorisé mes parents, vraiment le téléphone c'est une saloperie.

*

En fait, si j'ai peur du téléphone, c'est parce que souvent je n'ai rien à dire. J'ai le sentiment que ceux qui me parlent ont des intentions et des désirs bien précis qui m'échappent complètement, alors je me sens bête et je ne dis rien.

Ce qui est encore pire que de répondre, c'est d'appeler. Ça, ça me fait encore plus peur et ça me fera peur encore très longtemps, jusque tard dans l'âge adulte, quand il faudra que je *demande* quelque chose, n'importe quoi — un renseignement, un rendez-vous, une intervention du plombier ou un report de sursis pour le service militaire —, je ressentirai une angoisse indéfinissable en entendant le déclic, à l'autre bout du fil, parce qu'il faudra que je me présente (ou, si c'est quelqu'un à qui je n'ai pas parlé depuis des années, s'il faut que je me fasse reconnaître, est-ce qu'il/elle se souviendra de moi ?) et rien ne m'angoissera plus, quand je dirai mon nom, qu'une voix désagréable ou agressive qui me réponde : « *Qui ça ?* », et que je me sente obligé de raconter ma vie en détail pour avoir le droit d'expliquer l'objet de mon appel.

*

À partir du moment où je serai médecin, ça deviendra plus facile, j'aurai mon armure, mon sésame-ouvre-toi : *Ici le Docteur Zaffran,* ça attire l'attention, un docteur c'est sérieux, on ne lui dit pas « *Qui ça ?* » mais « Que puis-je faire pour vous ? » (ou à la rigueur « Pouvez-vous m'épeler votre nom ? »), alors j'en userai régulièrement, de mon *cil'docteur-zaffran,* même si, pendant longtemps, j'aurai le sentiment d'usurper une identité...

On pourrait croire que ça s'est terminé là, mon histoire avec le téléphone, mais pourquoi faire simple quand on peut faire compliqué ? À la fin des années quatre-vingt, j'ai trouvé le moyen de m'inventer un pseudo et, depuis, ça recommence : l'autre jour, je trouve dans ma boîte à lettres un avis de passage pour un recommandé au nom de « Martin Winckler ». Au bureau de poste du bout de la rue, martinwinckler ils ne connaissent pas, j'ai eu beau leur expliquer que j'ai *deux* noms : « Regardez j'ai même un carnet de chèques avec les deux », on m'a répondu : « Désolé, on ne peut pas vous le donner, il faudrait que vous nous apportiez un *certificat de notoriété.* Ou alors, on peut retourner vous le présenter chez vous... »

J'ai choisi la solution de facilité : ils reviendront me l'apporter un jour où je serai chez moi. Le facteur connaît ma tête, il ne me fera pas de difficulté. Alors que, pour obtenir la notoriété, il aurait fallu que je téléphone.

Avis de recherche

(Tourmens, 2001.) Écrivain en vadrouille dans le passé accueillerait avec joie toute information lui permettant de renouer avec les souvenirs suivants. Si vous avez ça dans vos placards...

*

GNU 777. Une aventure en huit ou dix planches des *Pionniers de l'Espérance,* dans laquelle l'ordinateur de bord du vaisseau se révolte (comme le Hal de *2001*) et se met à flinguer tout ce qui évoque de près ou de loin le chiffre 7. Parue dans *Vaillant le Journal de Pif.* Mais quand ?

*

La pluie était sèche. C'est une bande dessinée (de Piroton et Jadoul ?), parue dans *Spirou,* qui parle d'un ou deux jeunes garçons dont le passe-temps est l'aéromodélisme. Ils font des compétitions au cours desquelles deux petits avions tirant une frêle banderole se poursuivent — celui qui cisaille la banderole de l'autre avec son hélice a gagné. Je ne sais pas s'il y eut plusieurs histoires des mêmes personnages, ni même s'il y eut un album, mais je ne pouvais pas oublier un titre pareil... Dans le temps, *Spirou* avait son « Monsieur Archive », qui répondait à des questions sur les publications passées, mais la dernière fois que j'ai acheté le magazine (en 1999 ou 2000), cette rubrique fort utile avait disparu.

*

L'Autre. Un film fantastique de Robert Mulligan, qui date de 1972. C'est l'histoire de jumeaux identiques dont l'un est mort tragiquement et l'autre passe son temps à provoquer (ou imaginer ?) des catastrophes. Et en plus, on ne sait pas qui est lequel. Je l'ai vu pour la première et dernière fois à Tours, pendant mes études de médecine. Je n'ai jamais entendu dire qu'il avait été diffusé à la télévision.

*

Et puis, il y a ce film, ce film incroyable, que j'ai dû voir une nuit, très tard, assis à la table de la salle à manger, lors d'une séance du « Cinéma de minuit », et dont il ne me reste que quelques éléments : ça se passe pendant la guerre de 14, ou peut-être juste après, et il y est question d'un soldat rescapé, je ne peux pas vous dire qui est l'acteur, simplement que dans mon souvenir il a une petite moustache, une casquette genre aviateur et un imperméable, il erre dans une ville embrumée, il entre dans une boutique et le tintement de la cloche semble lui dire quelque chose mais moi je ne peux rien vous dire de plus, car j'ai oublié tout le reste si ce n'est que ce film m'avait bouleversé. À moins que cet oubli ne soit une marque de sympathie car, si le soldat hébété erre dans la ville embrumée, c'est justement parce qu'il est amnésique.

Lien :
* *Un été 42*

Mon 102

(Fables, 26 ; Corps, 13)

(Pithiviers, 1970.) En classe de seconde, mon père accepte de m'acheter un 102. Ça fait un moment que je ne me contente plus de faire le tour du pâté de maisons, je vais au lycée à vélo mais c'est le vélo d'un gamin de douze ans et j'en ai quinze et plein de copains ont une mob ou un Solex. Il accepte, mais à condition que je porte un casque. Aujourd'hui c'est une obligation, à l'époque ça ne l'est pas du tout, ça m'enquiquine mais je sais qu'il faut que j'en passe par là si je ne veux pas me contenter de faire du 102 dans le jardin. Je crois bien faire en choisissant un casque qui ressemble à une bombe de cavalier (il a une visière et il est recouvert d'un tissu à carreaux) et évidemment, mes camarades de classe se foutent de ma gueule quand j'arrive avec, le premier jour.

Mais je m'en fous, je suis libre. Je n'ai plus besoin de personne.

*

J'en vivrai des aventures, sur mon 102.

Je boufferai des kilomètres pour aller au lycée, en passant devant la gendarmerie, la piscine et les terrains de tennis.

Un matin, je me casserai la figure en heurtant le trottoir après qu'un crétin en bagnole m'aura serré de trop près et, au vu du gnon dans le casque, je me dirai que, finalement, Ange a eu une bonne idée.

Le samedi après-midi j'irai chez Grec, avenue de la République, pour le regarder peindre en écoutant du jazz. Et, si Grec n'est pas chez lui, je pousserai jusque chez Bertrand, histoire de voir ce qu'il lit en ce moment.

Pendant les vacances, je ferai douze ou quinze bornes, pour aller chez Benoît tirer à la carabine à plomb dans la cour intérieure. Il accrochera une plaque de métal à une quinzaine de mètres sur la porte d'une dépendance, une cible en papier dessus, et chacun fera à son tour des volées de cinq tirs pendant que l'autre comptera les points avec la grande longue-vue en cuivre de son père.

L'été, je roulerai jusqu'à la piscine ombragée de Pithiviers-le-Vieil ou jusqu'à Yèvre-le-Châtel pour emprunter la clé du château, et j'irai lire et écrire à l'ombre sur les pelouses ou les fortifications en ruine.

De temps à autre, j'irai à la Cilof (je n'ai jamais su pourquoi ça s'appelait comme ça, je pense que c'est un acronyme, mais quant à dire ce qu'il signifie), un groupe de bâtiments à trois ou quatre étages dressés derrière le lycée, pour parler de tout et de rien avec mon prof de français de première et mon prof d'anglais de terminale.

Plus tard, au début de mes études à Tours, je grimperai l'avenue de Grammont pour aller me serrer entre des étudiants de première année de médecine agressifs et grégaires.

Je traverserai la ville pour aller aux « Studio » et je verrai en un an plus de films que je n'en ai jamais vu.

J'irai à la Librairie franco-anglaise causer avec

Nancy, l'Américaine qui un jour est repartie dans l'Illinois.

Je prendrai des gamelles, des vertes et des pas mûres.

Et, pendant des années,
j'arpenterai les rues sur mon fier destrier
en quête d'âme sœur sans jamais la trouver.

J'ai toujours rêvé d'avoir une Vespa pour emmener une fille au cinéma. Une fille en jupe, assise en amazone, avec un foulard et des lunettes noires, qui me tiendrait par la taille comme Audrey Hepburn tient Gregory Peck dans *Vacances romaines*.

Mais à Pithiviers, le cinéma est à deux pas, les filles ne veulent pas de moi et, de toute manière, il n'y a pas de siège arrière, sur mon 102.

Liens :
* Les Studio
* Mon scooter

La main gantée

(Fables, 27; Corps, 14; Toiles, 8)

(Paris, 1969 ?) On est en hiver ou, en tout cas, en demi-saison. Je vais au cinéma sur les Champs-Elysées [voir un James Bond, probablement ; s'il s'agit de l'année 1969, c'est probablement *Au service secret de Sa Majesté,* le plus méconnu et le plus tragique de la série]. Comme pour *2001,* le cinéma est presque vide. Je m'assois au milieu de la salle, et juste à côté de moi s'installent deux jeunes femmes et un garçon de onze ou douze ans, blond, coiffé comme Illya Kuryakin. Il me sourit.

Comme il fait plutôt froid, je porte des gants noirs, en cuir. Quand je me suis assis, j'ai gardé la main gauche gantée.

Les deux filles ouvrent un sac de bonbons, en proposent au garçon, qui m'en propose à son tour. J'en prends un, je le remercie en prenant un accent anglais. Ses yeux s'éclairent.

— Vous êtes étranger ?

— Oui, je vis à Londres...

Je ne sais pas pourquoi j'ai dit ça. D'un seul coup, j'ai eu envie d'être quelqu'un d'autre, face à ce garçon à peine plus jeune que moi, dans les yeux duquel je reconnais quelque chose.

Je dis que je m'appelle Mar*k*. Je lui raconte... je ne

sais plus quoi (j'ai oublié, depuis le temps) mais, en tout cas, je lui raconte tout ce qui me passe par la tête. Il est facile de lui parler de Londres, que je connais suffisamment pour faire illusion. Il est facile aussi de parler de bandes dessinées et de cinéma. Bref, nous tissons en quelques minutes une bulle de sympathie mutuelle autour de nos deux sièges. Les deux jeunes femmes regardent ça de loin (et me paraissent très lointaines aussi, aujourd'hui, alors que le visage du garçon est encore très net), un sourire en coin.

À la fin du film, tandis que la salle se rallume, le garçon et les deux jeunes femmes se lèvent mais je reste assis. J'explique qu'à la fin, tout à fait à la fin du générique, depuis *Bons baisers de Russie* au moins, il y a toujours la phrase suivante : « *James Bond will return in...* », et le titre du film à venir. Mon compagnon ne le savait pas. Il se rassied, il scrute l'écran et la phrase apparaît, juste avant que l'écran ne redevienne noir. Il se tourne vers moi, il y a de l'admiration dans son regard, comme si je lui avais fait partager un secret fabuleux.

En sortant, il me demande où j'habite en ce moment. Je dis probablement : « À l'hôtel. » [Et c'est vrai. Quand mes parents nous emmènent passer quelques jours à Paris, nous allons dormir au Cercle militaire, place Saint-Augustin — les anciens officiers et leur famille ont le droit d'y résider, mais ce choix est singulier, quand on pense qu'Ange a toujours eu horreur de la guerre et n'a pas très bien supporté l'armée quand il a été mobilisé...]

Je sais que je serai encore à Paris le jour suivant. Le garçon me demande si on peut se revoir. Je dis oui, *James Bond will return* ! Il habite en banlieue, on se donne rendez-vous le lendemain en tout début d'après-midi, à la station Franklin-Roosevelt, pour aller voir un autre film. À l'heure dite, je le vois arriver en courant, suivi par ses deux chaperons qui se demandent ce qu'elles font là. Elles n'ont aucune part dans notre étrange relation, peut-être restent-elles avec nous pour s'assurer que je ne vais pas l'enlever... Il est tout excité, tout heureux de me revoir.

Ce jour-là encore, j'ai mon gant à la main gauche et mon accent anglais, que j'ai adouci un peu. Il passe son temps à regarder ma main gantée, sans oser poser de question. Nous allons au cinéma, puis manger une glace quelque part dans un café sur les Champs-Elysées.

Il me demande si on peut se revoir : on a tant de goûts communs et je sens qu'il est, à sa manière, aussi solitaire que je le suis. Je lui réponds que je repars le lendemain et, bien sûr, il me donne son adresse, il veut qu'on s'écrive. Déchiré à l'idée de ne pas le revoir, moi non plus, à cause de la mise en scène que je lui ai imposée, je lui donne une adresse inventée à Londres.

Je ne peux pas lui dire la vérité, une vérité dérisoire qui pourrait le blesser. Il s'est, pense-t-il, attaché à une sorte de grand frère venu de loin. Que dirait-il en apprenant que je vis à Pithiviers, Loiret ?

Nous nous quittons dans le métro, moi sur un quai, lui et ses sœurs ou ses cousines sur l'autre. Quand leur rame s'éloigne, je sors son adresse de ma poche et, sans la lire, je la jette dans une corbeille à papier. *Mark will not return...*

Il a dû être déçu de ne jamais avoir de mes nouvelles, et de voir ses lettres revenir avec la mention « n'habite pas à l'adresse indiquée ».

Aujourd'hui, je me sens encore honteux et triste.

Pas pour m'être travesti en une personne que je n'étais pas, mais pour n'avoir pas eu la force, à l'époque, de parler par ma voix et d'être moi-même.

Lien :
* « Martin Winckler »

Des hommes

(Toiles, 9; Reflets, 9; Cases, 8)

(Pithiviers, années soixante/Tourmens, 2001.) J'aime les westerns, évidemment. Quel garçon, à l'époque, n'aime pas ça? Mais le western n'est qu'un cadre. Un cadre pour des figures d'homme.

D'abord, il y a les héros. Le premier, c'est Steve McQueen. Pas encore celui des *Sept Mercenaires,* mais celui qui gèle sa drôle de moue sur le visage de Josh Randall, au générique d'*Au nom de la Loi.* C'est un homme jeune, rapide à la détente (ah! la Winchester à canon scié...) mais pas téméraire, qui cherche avant tout à éviter les ennuis mais a choisi un travail — chasseur de primes! — qui ne cesse de lui en créer. Ses aventures durent peu de temps, une demi-heure à peine, mais elles sont toujours très prenantes, et dessinent un personnage tout en facettes, effrayé par le sexe féminin (quand il tombe amoureux, c'est d'une femme qu'il doit ramener morte ou vive) et ému par un gamin qui lui demande de retrouver le père Noël contre une récompense de huit *cents.* C'est surtout un homme dont le cynisme masque un sens impressionnant de la justice et de la loyauté. C'est du moins ainsi que je le perçois, et aucun des rôles ultérieurs de McQueen ne pourra me convaincre du contraire.

Le second, c'est Mike T. (Steve ?) Blueberry. Donovan, de son vrai nom. Fils de grande famille sudiste passé au Nord, image parfaite de l'aventurier pas du tout à sa place dans l'armée. J'ai commencé à lire ses aventures dès sa première apparition dans *Pilote*, sous le titre de *Fort Navajo*. Sur les étagères où est rangée la collection de ses aventures, à l'étage des grands, je prend le premier album. Il date de 1965. Il commence par une partie de poker qui tourne au duel. Blueberry, qui ressemble à Belmondo, y rencontre le lieutenant Craig, fraîchement sorti de l'académie militaire, qui sera son clown blanc pendant une demi-douzaine d'albums puis disparaîtra corps et biens. Quand je tourne les pages, je me rends compte à quel point le dessin est hésitant et les couleurs abominables. C'est l'histoire qui tient le tout. Le scénariste Jean-Michel Charlier est un conteur formidable. À la dernière page, alors que Fort Navajo est encerclé, l'histoire s'arrête abruptement et je ne comprends pas pourquoi aucune vignette n'indique qu'il y aura une suite, alors que *ça ne peut pas* se terminer comme ça.

Blueberry n'est pas seulement la création de trois grands artistes — Charlier, le dessinateur Joseph Gillain, dit « Jijé », et son élève le multiforme Jean Giraud, dit Gir, dit Moebius — mais aussi une rareté dans le champ de la bande dessinée. Ses aventures sont, à ce jour, les seules qui retracent, depuis plus de trente-cinq ans, l'histoire d'un personnage selon une chronologie précise. À mesure que le dessin de Gir, d'abord souvent retouché ou repris par Jijé, s'affirme, Blueberry prend de la maturité. Dans les albums les plus récents, écrits et dessinés par Gir seul, il a visiblement vieilli et, autour de lui, l'Ouest change. Mais après une trentaine d'albums mémorables, il a perdu quelque chose. Une amertume et un sens du tragique que je ne comprenais pas quand j'étais adolescent, mais qui étaient présents chez beaucoup de personnages de cinéma :

— chez le Gary Cooper/Wild Bill Hickock de *The Plainsman,* qui s'essuie la bouche chaque fois que Calamity Jane l'embrasse. Le jour où on l'assassine en lui tirant dans le dos, elle pose ses lèvres sur les siennes et dit en pleurant : « C'est le premier qu'il n'essuie pas... » ;

— chez le Yul Brynner des *Sept Mercenaires,* lorsqu'il ment à l'ami qui meurt dans ses bras en lui disant que ces pouilleux de paysans ont beaucoup d'or et qu'il n'est pas revenu les aider pour rien ;

— chez le James Stewart de *L'homme qui tua Liberty Valance,* qui ne parvient pas à convaincre les journalistes de raconter la vérité et non la légende ;

— chez le John Wayne de *La Prisonnière du désert* qui, après avoir ramené Natalie Wood chez elle, disparaît parce que sa quête vengeresse est terminée et qu'il n'a pas de place dans le monde des vivants ;

— chez John Wayne encore, celui de *Rio Bravo,* chef d'une famille d'hommes sans femmes : un vieillard boiteux, un adolescent très sûr de lui et un ivrogne (le génial Dean Martin) qu'il aime comme un frère et sur qui il ne cessera à aucun moment de veiller.

Plus que toute autre valeur, c'est la loyauté qui me touche le plus chez les héros de westerns. Et aussi leur panache. Pour cette raison, si je ne devais en conserver qu'un seul, j'opterais sans hésiter pour *Les Professionnels* de Richard Brooks. Un quatuor de mercenaires vieillissants (Burt Lancaster, Lee Marvin, Robert Ryan et Woody Strode, rien que ça !) est engagé pour retrouver la femme (Claudia Cardinale) d'un riche propriétaire terrien, enlevée par des bandits mexicains. Ils connaissent le ravisseur (Jack

Palance) : ils ont combattu à ses côtés contre l'empereur Maximilien. Leur affrontement marque la fin d'une époque d'illusions : ils ont cru à la révolution mais constatent que seul l'argent gouverne le monde (et le film date de 1966 !...). Pourtant, au dernier moment, ils montrent que si la révolution a vécu, leur morale, elle, est encore vivante. Et ça me tire des larmes chaque fois que je revois le film.

à suivre...

Des hommes, suite et fin

Peu d'acteurs incarnent aussi bien la fonction masculine de « pilier » (trop facilement assimilée à du machisme) que le fait John Wayne dans *L'Homme tranquille.* Voilà encore un film que j'ai vu pendant mon enfance à Pithiviers, assis entre les jambes de mon père, et peut-être une douzaine de fois car il avait l'air d'être affecté au « service minimum » : dans mon souvenir, on nous le passait chaque fois qu'il y avait une grève à la télévision. Évidemment, je l'ai vu en noir et blanc. Il m'a fallu attendre les années quatre-vingt-dix pour le voir en couleurs, au cinéma, dans une copie stupéfiante de beauté (alors que les transferts vidéo et DVD que l'on trouve aujourd'hui dans le commerce sont extrêmement mauvais). Le fait que j'éprouve une profonde affection pour ce John Ford intimiste me laisse perplexe : ce n'est pas un western ou un film d'action, ce n'est pas un film policier, ce n'est pas une comédie musicale. Il n'avait donc rien, *a priori*, pour m'intéresser à l'âge où je regardais des films dans la salle à manger. De mes premières visions, je garde évidemment en mémoire les « morceaux de bravoure » que sont la course de chevaux et l'homérique bagarre entre Wayne et McLaglen, mais aussi deux scènes entre Wayne et Maureen O'Hara : celle où ils s'embrassent, sous une pluie d'orage, dans un cimetière, et celle où, après qu'elle s'est refusée à lui, il la prend dans ses bras et la jette sur le lit — qui cède sous son poids.

Il se dégage de ce film un mélange de gravité et d'humour, une chaleur contagieuse, une atmosphère de *communauté,* qui m'ont beaucoup marqué — et qui devaient, sans aucun doute, beaucoup émouvoir mes parents. Bien que Wayne ne ressemble pas du tout à Ange (qui se considérait plutôt comme le sosie d'Edward G. Robinson !), Sean Thornton, le personnage du film, me fait beaucoup penser à lui. Par son refus de la violence, par ses sentiments mêlés de colère, de honte et de culpabilité, par sa gentillesse, par sa masculinité réelle mais retenue. Je ne crois pas que Wayne ait incarné un homme semblable dans aucun autre de ses films, sauf peut-être dans *Rio Bravo,* et c'est sans doute pour cela que je reste attaché aux deux, alors que l'acteur lui-même m'a toujours gêné aux entournures. J'ai découvert qu'il jouait double jeu — un peu comme dans *L'homme qui tua Liberty Valance* — bien longtemps après, dans une biographie sans concession intitulée *John Wayne's America* (« L'Amérique de John Wayne »)...

*

Et puis il y a l'ambiguïté faite homme, j'ai nommé : Cary Grant.

J'ai toujours eu une immense fascination pour Grant, à commencer par *La Mort aux trousses,* qui est un des films que j'ai vus le plus grand nombre de fois, et cette fascination n'a cessé de croître à mesure que je découvre ou redécouvre ses rôles (l'un de mes petits bonheurs quotidiens réside dans le fait de savoir que j'ai *encore* des Cary Grant à découvrir...). Il y a dans le personnage de Roger Thornhill un charme, une intelligence, une ironie que j'aurais adoré avoir. J'aime la souplesse de sa démarche, j'aime sa fausse maladresse, j'aime son flegme et son courage. Il est loyal avec ses amis — comme dans *Seuls les anges ont des ailes* — et fidèle à la femme qu'il aime, même lorsqu'elle choisit d'aller jusqu'au bout d'une obsession ou d'une mission insensées (Eva Marie Saint dans *La Mort aux trousses*, Ingrid Bergman dans *Les Enchaînés*). Il en va de Grant comme de Jean Marais : j'ignorais, lorsque j'étais enfant, que le premier était homosexuel et que le second... Il était quoi, au fait ? Je ne sais pas et ça n'a aucune importance. Parce que le charme des personnages incarnés par Cary Grant est là, justement : dans son ambivalence. Masculin par l'obstination et l'ironie, féminin par la sensibilité, la tendresse et la fidélité. Et inversement.

*

Même si mon panthéon intime s'est enrichi depuis d'autres figures au moins aussi marquantes (Clint Eastwood et Sean Connery passé la cinquantaine — avant, ils me touchent moins), c'est à ces hommes-là et à leurs valeurs que je m'identifie, quand j'ai treize ou quatorze ans. Et aussi, puisque je n'en suis pas à une contradiction près, à l'éternel gaffeur, au gamin grimaçant, à l'idiot congénital qui m'enthousiasme parce qu'il s'autorise, adulte, à faire le clown.

Quand je fais le clown — ou, tout simplement, quand je suis très excité —, ma tante Colette, en riant, me dit que je ressemble à Jerry Lewis.

Liens :

* *John Wayne's America* par Garry Willis, Touchstone Books, 1997

* *Who the Devil Made It* par Peter Bogdanovich, Ballantine Books, 1998

* *King of Comedy* par Shawn Levy, St Martin's Griffin, 1997

Correspondances

(Corps, 15 ; Songes, 7)

(Tourmens, 2001.) Tous les matins, je tourne en rond au rez-de-chaussée en attendant le passage du facteur. J'ai toujours attendu impatiemment l'heure du courrier. Je me souviens qu'à Tours, dans le foyer d'étudiants où j'ai passé mes trois premières années de fac, le concierge propulsait les enveloppes sous la porte. Il arrivait que j'entende une enveloppe glisser derrière moi quand j'étais installé à mon bureau ou que je la voie passer devant mon nez pendant que je lisais assis sur mon lit. À l'époque (j'en reparlerai sûrement), j'attendais chaque jour des lettres d'Amérique.

Est-ce parce que je traversais à l'époque la période la plus solitaire de mon existence ? J'attendais alors le courrier comme une bouée de sauvetage et, curieusement, c'est encore parfois le cas aujourd'hui. Je ne suis jamais complètement à l'aise tant que le facteur n'est pas passé : je vais et je viens sans cesse de mon bureau à la boîte aux lettres et je jette régulièrement un regard par la fenêtre pour voir si son vélo est là (comme le tronçon de rue où se trouve notre maison est en sens unique et comme il arrive dans l'autre sens, il le dépose contre un mur et fait sa distribution à pied). Évidemment, je vitupère lorsqu'il ne passe pas du tout, d'autant plus que, depuis quelques années, les jours sans courrier sont rares, et je me sens soulagé lorsque j'entends le tintement métallique de la boîte quand il la referme avec son passe.

Je ne sais pas pourquoi je suis si obsédé par le courrier. Je ne sais pas ce que j'attends, dans le courrier. Je sais qu'à différentes périodes de ma vie j'ai attendu des lettres, et je me souviens de l'espoir qui me précipitait vers la boîte en espérant les trouver, mais aujourd'hui le sentiment fébrile qui m'anime chaque matin entre 9 et 10 heures n'a pas d'objet précis. J'attends le courrier. J'attends qu'on m'ait écrit. J'attends de pouvoir lire quelque chose qui m'est adressé.

On en déduira que le dimanche et les jours fériés sont, dans mon calendrier mental, des jours noirs : le facteur ne passe pas.

*

Je ne sais pas quand commence cette curieuse dépendance, je sais qu'elle commence à Pithiviers au moment où je n'écris pas seulement des histoires mais aussi beaucoup de lettres.

Je n'écris pas encore aux écrivains. Je m'adresse à eux dans mes cahiers, car j'ai le vague sentiment qu'ils ne me répondraient pas. Et puis, comme je lis surtout des écrivains américains, j'ignore complètement où je pourrais bien leur envoyer une lettre.

J'écris aux journaux que je lis. Repérant un jour une erreur dans un dessin de John Buscema, sur un *Marvel Comic* rapporté d'Angleterre, j'écris au magazine pour la signaler — tout en précisant mon admiration pour Buscema et son *Silver Surfer.* On me répond quelques semaines plus tard en m'envoyant... deux magazines flambant neufs, illustrés par mon dessinateur favori. Quelques mois plus tard, j'écris à *Pilote* une lettre très critique à laquelle René Goscinny répondra très gentiment.

à suivre...

Correspondances, suite et fin

Mais en dehors de ces interlocuteurs occasionnels et des copains rencontrés en Angleterre à qui j'envoie des lettres sporadiques, j'ai deux correspondants réguliers.

L'un est mon ami Opher Liba, dont j'attends avec impatience les enveloppes ornées de timbres exotiques — du Togo ; peut-être aussi du Mali, mais je n'en suis plus très sûr — et qui me raconte ses lectures et sa solitude de fils d'ambassadeur en Afrique.

L'autre est D. Je précise tout de suite que cette initiale ne désigne pas une personne réelle, mais le double imaginaire que je lui ai inventé. Autant dire que, chaque fois qu'elle apparaîtra, vous devrez considérer ce qu'il est dit d'elle avec la plus grande circonspection.

*

J'ai rencontré D. en classe de quatrième. Pour des raisons que je n'ai pas encore achevé d'éclaircir, nous devenons amis et nous nous écrivons, bien que nous nous voyions tous les jours. En troisième ou en seconde, si je me souviens bien, quand j'arrive avant

7 h 45 à l'entrée du lycée, j'attends qu'elle descende de l'autocar et nous échangeons nos lettres.

Cette *correspondance* entre D. et moi est très mystérieuse. Comme je n'ai conservé aucune lettre antérieure à 1972, je suis bien incapable de retrouver ce qu'elle contient. Je ne me hasarderais pas à dire pourquoi D. m'écrit, mais une chose est sûre : en raison de son histoire familiale, D. m'intrigue. En lui écrivant, je cherche à en savoir plus. Elle reste énigmatique, elliptique, mais l'échange de courrier (je ne sais quand ni comment il a commencé, quand ni comment il s'est terminé) se poursuit pendant plusieurs mois. Je lui fais lire, à elle aussi, les nouvelles que j'envoie à Opher. Autant que je m'en souvienne, elle ne manifeste ni admiration ni critique devant mes textes. Notre correspondance n'est pas celle de deux adolescents amoureux mais plutôt une sorte de double monologue, au cours duquel chacun parle sans réellement entendre ce que dit l'autre. Pendant les années qui suivront, D. et son frère J. deviendront deux de nos plus proches amis, à mon frère et à moi. J'irai souvent les voir avec mon 102 (ils habitent assez loin de chez moi). Ils viendront régulièrement nous rendre visite les jours où leur mère fait des courses à Pithiviers. Aux yeux de tous, nos relations sont manifestement fraternelles, car, lorsque D. et moi nous nous marions en 1977, plusieurs de mes amis se demandent, sans me le dire, pourquoi j'épouse ma sœur.

*

Depuis que j'ai atteint l'âge adulte, j'ai fait connaissance avec les courriers désagréables — factures, avis d'imposition, convocations au tribunal — et j'ai appris à redouter les lettres recommandées. Je reste cependant très attaché au courrier, qu'il arrive à ma porte ou, depuis quelques années, dans mon ordinateur. Je ne sais toujours pas pourquoi j'aime recevoir des lettres ou des messages, ni pourquoi j'aime y répondre. C'est ainsi. Je ne sais pas s'il faut, d'ailleurs, avoir des raisons d'aimer ça...

J'ai très tôt été fasciné par les moyens de communication rapide que sont la télécopie et le courrier électronique (j'ai même imaginé l'équivalent des forums de discussion de l'internet dans un roman inédit commencé en 1979), et je me suis très vite équipé pour en profiter — alors que, pour des raisons que j'ai déjà mentionnées, je ne suis pas un fou du téléphone portable...

Ce que j'aime, au fond, dans le courrier, c'est recevoir les messages d'inconnu(e)s. J'ai le sentiment que cela me donne accès à un monde entièrement nouveau, le monde intérieur de quelqu'un que je ne connais pas, ou pas encore. Le vague sentiment que si on s'adresse à moi, c'est parce qu'on m'a choisi. Et qui ne serait heureux d'être choisi ?

On aurait pu croire que l'avènement du courrier électronique me permettrait de conjurer la malédiction du dimanche en m'apportant des messages ce jour-là, mais il n'en est rien. Je passe beaucoup de temps devant mon ordinateur, les dimanches comme les jours de semaine, mais j'ai le sentiment d'être un cas à part. La plupart des gens normaux n'ont pas d'ordinateur chez eux : ils consultent et écrivent leurs messages au bureau, pendant la semaine (c'est pourquoi, le vendredi, les personnes abonnées à ce feuilleton reçoivent/recevaient dans le même envoi l'épisode du jour et ceux du week-end), mais, le dimanche, ils n'écrivent pas. Quand je me mets en ligne ce jour-là, je me retrouve souvent devant un message cruel annonçant : « Votre boîte aux lettres est vide. »

Liens :
* *Lettres à Felice* de Franz Kafka
* Le téléphone

L'épopée d'Ashby

(Reflets, 10; Traces, 14; Fables, 28; Corps, 16)

(Pithiviers, 1969-1970.) Pour ma bar-mitzvah, j'ai reçu entre autres cadeaux une caméra super-8. Elle se charge avec des cassettes contenant trois minutes de film couleur. Le développement est compris dans le prix d'achat. Il suffit, une fois le film terminé, de l'insérer dans une enveloppe préaffranchie, d'inscrire son nom et son adresse, et de glisser le tout dans une boîte aux lettres. Quinze jours plus tard, le courrier m'apporte le film développé sur une bobine en plastique.

En même temps que la caméra, on m'a offert un petit projecteur compact, guère plus grand que le Teppaz blanc. Il a ceci de particulier qu'à l'intérieur du couvercle se trouve un écran miniature. En le plaçant sur mon bureau à moins d'un mètre de l'optique, je peux projeter mes films dessus, ce qui m'évite d'avoir à faire le noir dans ma chambre. Très vite, je mets de l'argent de côté pour m'offrir un petit appareil métallique qui permet de monter mes films bout à bout sur une bobine de plus grande taille.

Mes premiers films, autant que je m'en souvienne, sont consacrés à ma famille — et plus particulièrement à mon frère, qui fait le clown dans le jardin pour les besoins de la caméra. Mais c'est surtout en vacances que je tourne.

*

Pithiviers est jumelée avec une ville d'Angleterre nommée Ashby-de-la-Zouch. Rituellement, chaque année, des élèves d'Ashby viennent passer quelques jours à Pithiviers. Mes parents ont accueilli Jeremy, le fils du proviseur de l'école secondaire d'Ashby. C'est un garçon petit, très bavard et très marrant, avec lequel j'ai du plaisir à parler. À la fin de la classe de quatrième, les élèves de Pithiviers et des lycées environnants ayant les meilleures notes en anglais sont récompensés de leurs efforts en partant eux aussi à Ashby. En juillet 1969, je fais partie du lot.

Élèves et enseignants accompagnants sont logés dans l'école secondaire de l'école dirigée par le père de Jeremy. Le jour, on nous emmène en visite à droite et à gauche — à Oxford et à Stratford-upon-Avon, la ville de Shakespeare. Le soir, nous dînons dans le réfectoire et avant d'aller dormir dans les dortoirs des internes, nous jouons au billard dans une petite salle où est aussi installé un poste de télévision.

C'est dans cette salle que nous nous réunissons tous, garçons et filles, au petit matin du 21 juillet 1969. Le ciel est clair et la pleine lune nous semble plus brillante qu'elle ne l'a jamais été. Nous sommes excités et fatigués de n'avoir pas dormi, nous frissonnons dans nos couvertures, et nos regards vont sans arrêt de la lune, dans l'encadrement de la porte-fenêtre, au téléviseur sur l'écran duquel Neil Armstrong fait ses premiers pas dans la poussière blanche.

Le visage de Richard Nixon est incrusté dans un cercle, en haut et à gauche de l'image transmise par la caméra du LEM. Le président pose des questions aux astronautes et nous savons qu'ils sont loin, très loin, car plusieurs secondes s'écoulent avant que la réponse ne nous parvienne.

*

Je n'ai pas filmé la lune, bien sûr (mais plusieurs de mes camarades l'ont photographiée, ce matin-là). J'ai cependant consacré pas mal de pellicule à mes séjours à Ashby. Je dis *mes* séjours, car j'y retourne l'année suivante. Comme nous avons de nouveau accueilli Jeremy, son père me convie une nouvelle fois avec le groupe de l'année. De nouveau, je dors à l'internat. J'ai un an de plus ; avec les garçons les plus âgés, je décide d'entreprendre une action d'éclat impensable un an plus tôt : un raid nocturne chez les filles.

Il ne s'agit que d'entrer en coup de vent, la nuit, dans l'autre dortoir, de les « vider » de leur lit en tirant les matelas par terre et de repartir aussi vite que nous sommes arrivés, mais nous préparons l'entreprise avec beaucoup de soin. Nous sommes en 1970, on nous surveille de très près, l'extinction des feux est à 10 heures, et le directeur de l'école fait une ronde vers 11 heures ou minuit, pour s'assurer que personne ne manque ou ne batifole dans les couloirs. Le dortoir des filles se trouve dans un autre bâtiment dont les portes sont verrouillées, mais nous avons repéré, entre le rez-de-chaussée et le premier étage, une fenêtre à guillotine qui nous permettra d'entrer. L'un de nous (ou peut-être l'une des filles : il me semble me souvenir que nous avions des complices) l'a débloquée avant la nuit.

Le raid ne se passe pas exactement comme prévu. Notre commando (nous sommes huit ou dix) s'introduit dans le dortoir et commence à faire tomber les matelas mais plusieurs filles ne dorment pas. Elles ont senti qu'il se tramait quelque chose (à moins que nos complices ne soient des agents doubles) et nous accueillent à coups de polochon. Le vacarme réveille le directeur, et trois ou quatre membres du commando se sont fait pincer pendant que les autres se replient en désordre.

*

C'est à Ashby que je flirte pour la première fois avec celle que j'appelle Marie T. Quand nous sommes allés « vider » les filles dans leur dortoir, mes camarades avaient bien sûr pour instruction d'épargner son lit. Moi, je ne m'étais pas privé de l'embrasser furtivement... Un jour où nous allons à Oxford avec le groupe, nous nous perdons, tous les deux, dans les rues. Il se passe plus d'une heure avant qu'on ne nous retrouve. Nous ne nous sommes pas lâchés, j'ai mal aux doigts de lui avoir serré la main tout ce temps.

*

J'ai vécu ces deux semaines à Ashby avec beaucoup d'intensité, j'ai envie qu'il en reste quelque chose. Quand, en septembre, je monte mes films (je les ai encore aujourd'hui, quelque part dans un placard, avec le projecteur compact), je ressens une grande frustration en constatant qu'ils ne gardent que peu de traces de ce que j'ai si vivement ressenti. En septembre, je couche par écrit le récit de ces quinze jours en accordant une place démesurée au récit de notre équipée nocturne, peut-être pour compenser ce que je ne peux pas livrer de mon émotion amoureuse. J'écris, je relis et je recopie mon récit en plusieurs exemplaires que j'offre à quelques-uns des camarades qui ont avec moi vécu l'aventure. À ma grande déception, ils me laissent entendre que je me suis donné beaucoup de mal pour pas grand-chose.

Lien :
* *Elle et lui* de Leo McCarey

Vêtements

(Pithiviers, fin des années soixante.) Pendant mon adolescence, je n'aime pas m'habiller. Je n'aime pas que ma mère m'achète des vêtements (c'est une véritable torture d'aller avec elle prendre les mesures d'un costume pour ma bar-mitzvah). Je ne veux pas qu'on m'achète des chemises de couleur, je n'aime que les pulls sombres et les pantalons marron. Et puis, je n'aime pas qu'on jette mes vieux vêtements pour m'en faire porter des neufs, de sorte que mes pantalons sont toujours un peu courts, mes chemises étriquées, mes pulls élimés.

*

Le seul vêtement que j'aime mettre, c'est mon caban. J'en aurai plusieurs, presque identiques, jusqu'au milieu des années soixante-dix : des cabans bleus, à capuche, avec de grandes poches. Il *faut* qu'ils aient de grandes poches, parce que j'y mets tout le temps un tas de choses : porte-monnaie et clés mais aussi canif, lampe de poche, livres de petit format, magazines, carnets, stylos... Mes poches de caban sont si pleines qu'elles finissent par craquer et les objets s'enfuient dans la doublure. Ça ne me gêne pas, au contraire. Quand je vais chez le marchand de journaux ou à la librairie Gibier, je peux en rapporter des livres ou des magazines et les planquer sans que ma mère s'en rende compte. Quand elle me voit glisser le bras dans mes poches jusqu'au coude pour en ressortir un stylo ou une clé, elle dit qu'elle va les réparer, mais je le lui interdis formellement.

*

À l'époque, les chemises ont des pointes de col surdimensionnées. Ma mère me fait régulièrement remarquer que, lorsque je porte un pull sur ma chemise, j'ai toujours une pointe de col dehors, une autre dedans. Je fais pourtant très attention, le matin, quand je m'habille, à ce que les deux pointes soient bien placées *à l'extérieur.* Je ne sais pas comment il se fait que, pendant la journée, l'une d'elles se retrouve sous le pull. Ce curieux signe particulier, que j'associe toujours à l'inspection que ma mère me fait encore subir, tard dans l'adolescence, avant que je ne sorte de la maison (elle passe un peigne dans mes cheveux en bataille ou ajuste les épaules d'un pull enfilé un peu vite), me poursuit pendant longtemps. (Aujourd'hui, je porte des chemises dont les pointes de col sont boutonnées, alors ça ne m'arrive plus...) À l'âge adulte, on continue à me faire remarquer que j'ai toujours une pointe de col dehors, une pointe dedans. Je dois avoir plus de trente ans quand je comprends enfin ce qui provoque cet étrange phénomène : je viens d'enfiler un pull sur ma chemise devant le miroir de la salle de bains, lorsque j'aperçois sur l'étagère le stylo que j'y ai déposé la veille. Je saisis le stylo, j'écarte le haut du pull et, tandis que ma main glisse le stylo dans la poche de ma chemise, sur mon reflet dans le miroir j'aperçois, au ralenti, comme dans un film de Sam Peckinpah, la pointe gauche de mon col s'introduire à sa suite.

Liens :
* Les jeans américains
* La barbe

Rituels

(Fables, 29; Songes, 8; Corps, 17; Voix, 13)

(Pithiviers, 1968-1972.) J'ai fait ma bar-mitzvah, mais nous ne sommes pas vraiment une famille très pratiquante. Plus que par les rituels religieux, les périodes de fêtes sont rythmées par une ronde de plats et de gâteaux ; pour Pourim, la fête des sorts, Nelly étend sur une petite table de la salle à manger une nappe brodée qui a dû appartenir à Henriette ou à Céleste ; elle dispose dessus des oranges sur lesquelles elle pique de petites bougies, des galettes blanches recouvertes d'un glacis de blanc d'œuf sucré, des cigares aux amandes (une feuille de brick roulée autour d'une farce à la poudre d'amandes et frite dans l'huile), des mekrods (gâteaux composés de semoule et d'une farce aux dattes et au chocolat), et des kénéglettes — que seule Armande, la cousine d'Ange, semble savoir faire. D'ailleurs, Armande descend chaque année de sa banlieue parisienne pour aider Nelly à confectionner les gâteaux de Pourim.

Pour Pessah (la Pâque juive), Nelly fait des sphériès, beignets ronds composés de pain azyme pilé et trempés dans du sirop de sucre. Pour peu que la fête tombe un week-end, oncles et tantes descendent le passer avec nous à Pithiviers, et nous avons droit au Séder, le repas rituel pendant lequel nous grignotons du pain azyme et des herbes amères, pendant qu'Ange lit la Haggada, le livre qui raconte et commente la sortie d'Égypte.

Une ou deux fois par mois, Nelly pétrit de petits pains fuselés et, avant de les glisser au four, les recouvre de jaune d'œuf et les saupoudre de fines graines noires qui leur donnent un goût inimitable. Ce sont les pains du kiddouch, la prière du vendredi soir. Ange ne la dit pas tous les vendredis, mais régulièrement, et souvent quand d'autres membres de la famille se joignent à nous. Il ouvre son livre à couverture de cuir et lit, récite, chante la prière en hébreu, toujours la même — la page, usée et déchirée, a été recollée avec un morceau de papier collant —, pour bénir le pain puis le vin dans une timbale en argent que chacun se passe de main en main. Mick et moi avons, ce soir-là, le droit d'y tremper les lèvres. Je n'aime pas le goût du vin quand j'ai treize ou quatorze ans (il me faudra attendre d'avoir passé trente ans pour apprendre à en apprécier un bon), mais cette goutte-là, cueillie du bout des lèvres, a un goût particulier, qui se mêle au goût salé et anisé du pain confectionné par Nelly et à la mélopée chantée par Ange.

*

Si je voulais me remémorer toutes les fêtes que Nelly marquait de sa cuisine, ce serait assez simple. Elle en a laissé deux témoignages importants : le premier est l'enregistrement d'une conférence sur les fêtes juives qu'elle a donnée à Pithiviers, peut-être dans le cadre de l'association d'accueil dont elle était l'un des membres actifs ; le second est un livre qu'elle a rédigé et tapé à la machine pour ses trois enfants. Elle y décrit (parfois incomplètement ou de manière elliptique) les recettes de cuisine héritées de sa mère et les occasions pour lesquelles on les préparait. Je n'ai jamais écouté la cassette mais je sais exactement où elle est, sur les étagères de mon bureau. Les recettes, elles, reviennent régulièrement dans notre vie quotidienne. Quand ce n'est pas moi qui dis à MPJ : « Tiens, ça fait longtemps que vous n'avez pas fait des petits pains juifs », c'est son fils, Jean-Baptiste, qui demande : « C'est quand, la saison des mekrods ? »

à suivre...

Rituels, suite

(Pithiviers, années soixante.) Nous allons à la synagogue une fois par an, pour le Yom Kippour. À partir de mes treize ans, je jeûne ce jour-là. Je ne suis pas obligé de le faire (si je disais à Ange que j'ai faim, il irait immédiatement m'acheter un sandwich — fidèle en cela à l'histoire qu'il racontait sur sa grand-mère, très pieuse, qui n'allumait jamais le gaz le jour du Shabbat mais qui, voyant un jour entrer chez elle l'un de ses petits-fils transi de froid, enfreint aussitôt la règle et met de l'eau à chauffer pour lui faire du café —, chaque enfant compte plus que tous les interdits) mais je tiens à le faire. J'ai fait ma bar-mitzvah, je suis juif, je jeûne à Yom Kippour.

Ces années-là, la communauté de la rue Copernic se déplace à la salle Pleyel. Ange nous y emmène, mon frère et moi, passer la journée en prières. En fin de matinée, quand nous arrivons, il y a surtout là des hommes âgés, éparpillés au parterre, ou isolés dans les loges. Je ne souffre pas tant de la faim que de l'ennui. Le livre que j'ai pris sur une pile n'est pas un livre de lecture mais un recueil de prières, et souvent je me perds, d'ailleurs je ne suis pas le seul, quand le ministre officiant voit les plus jeunes tourner désespérément les pages, il se penche vers le micro et indique la bonne. Autour de moi les hommes, chapeau de feutre rabattu sur la nuque, *tallith* sur les épaules, se lèvent et prient en se balançant d'avant en arrière, se déplacent pour aller parler avec un vieil ami, se rassoient et s'assoupissent, se réveillent quand un vieil ami s'approche, se penche, les embrasse, s'assied près d'eux ; ils connaissent le déroulement des opérations par cœur, ils n'ouvrent même pas leur livre mais récitent machinalement, du bout des lèvres, pendant que leur voisin leur parle, hochent la tête pour leur signifier qu'ils l'ont entendu, chantent brusquement plus fort à l'appel du ministre officiant — *véymerou, Amen !*

Moi qui sais toujours quelle heure il est sans avoir besoin de regarder ma montre (serait-ce parce que j'ai entendu le carillon de Saint-Salomon-Saint-Grégoire, dix années durant, égrener les quarts d'heure jour et nuit au-dessus de ma tête ?), je trouve cette journée-là interminable. La pénitence que s'infligent les Juifs n'est pas le jeûne, c'est le repli sur soi, l'introspection auto-accusatrice obligatoire, le bilan de contrition annuel. Je suis trop jeune pour avoir des choses à me reprocher, mais il faut bien que j'en trouve, puisque j'ai atteint ma majorité religieuse... Je n'ai peut-être pas commis de péchés envers les hommes, mais n'en ai-je pas commis envers mes parents, en ne les respectant pas assez, en n'étant pas un *assez bon fils* ? Je ne sais pas, au fond, ce qu'est être un « bon fils ». Je sais qui l'on désigne du doigt en les qualifiant de *mauvais,* et ça ne m'aide pas — ces mauvais fils-là, j'éprouve de la sympathie pour eux...

À partir de cinq heures et demie et de la sortie des écoles et des bureaux, la salle Pleyel s'emplit lentement mais sûrement de femmes et d'enfants, puis d'hommes plus jeunes — de bons fils qui n'ont pas pu quitter leur travail plus tôt mais se sont dépêchés pour arriver avant la fin de l'office et qui, encore sanglés dans leur costume trois-pièces, sortent une calotte de leur poche ou en empruntent une à un ami, ou encore prennent celle que leur tend la femme — mère, épouse, sœur — qui leur a fait signe de la rejoindre, à l'autre bout du rang et se la calent maladroitement sur la tête en regardant autour d'eux pour s'assurer que personne ne les trouvera ridicules — un *Juif d'occasion,* comme dit Ange ironiquement, se sent toujours un peu déplacé quand il se retrouve au milieu de ses pieux aînés. Bientôt, la salle est pleine à craquer, les gens se pressent dans les allées, tout le monde se lève et se rassemble pour la bénédiction finale, les hommes étendent leurs châles de prière sur la tête des femmes, des enfants et des arrivants de dernière minute, venez par ici y a de la place pour tout le monde et les petits, debout sous cette tente de châles blancs à rayures bleues, ne voient plus rien au-dessus d'eux que le visage de leurs aînés et entendent l'un des rabbins emboucher le *shofar,* la corne de bélier, et sonner la fin du jeûne et de la longue journée.

*

Après avoir quitté Pleyel, nous nous répartissons dans les voitures, Ange et Nelly véhiculent de vieux amis tandis que Mick et moi nous prenons le métro direction Hôtel de Ville pour aller chez notre tante Colette et notre oncle Sylvain qui habitent rue du Renard. Comme nous arrivons les premiers — à cette heure-ci, la circulation est difficile —, nous pouvons nous jeter sur le café noir, les tranches de saucisson *kasher* et les gâteaux salés et peut-être aussi les petites galettes que ma mère ou Colette ont faites, pour nous emplir l'estomac en attendant que tous les adultes soient arrivés et que le brouhaha reprenne.

à suivre...

Rituels, suite et fin

J'ai un autre souvenir, bien plus ancien, de prière aux côtés de mon père. Je suis petit. Il nous a emmenés, Mick et moi, dans un appartement qui est peut-être une synagogue improvisée : il y a des hommes assis sur des chaises, debout les uns contre les autres, devant une sorte de placard tendu de tentures où sont enfermés des rouleaux de Torah. Je ne comprends pas exactement pourquoi nous sommes là tous les trois : ce n'est pas une fête, mais un jour particulier, celui de l'*asguère,* l'office qui commémore le souvenir des disparus : son père, sa mère, ses grands-parents, ses tantes et les autres êtres chers. Il tient entre ses mains son livre à couverture de cuir — il m'expliquera plus tard qu'on le lui a offert à sa bar-mitzvah. Pour la première fois, je l'entends dire en hébreu autre chose que la prière du kiddouch. Il est debout près d'un homme qui semble l'interroger et, à chaque question, il dit un nom que l'autre reprend en le prononçant d'une drôle de façon. Je regarde mon père, je vois bien sur son visage qu'il fait quelque chose d'important. Et s'il nous a emmenés avec lui, c'est peut-être aussi pour dire : Je suis venu, avec mes fils, saluer les disparus et leur montrer que la vie continue.

La cabale

(Toiles, 10 ; Fables, 30)

(Pithiviers, années soixante.) Outre son cabinet médical de la rue du/des Chardon(s), Ange assume plusieurs fonctions à Pithiviers : il est médecin de la SNCF et de la gendarmerie. Il est aussi médecin-chef de l'un des services de médecine de l'hôpital local.

Ce dernier poste, il l'a obtenu par concours. Il raconte la chose de la manière suivante : « C'était un concours sur titres. La commission a examiné les dossiers et dit : "L'un des candidats a des titres, pas les autres." » Ange est plus âgé que la plupart des autres médecins de Pithiviers, mais aussi que la plupart de ceux qui exercent à l'hôpital. Il vient d'Afrique du Nord. Il est juif. Est-ce que tout cela joue contre lui, ou bien est-ce sa forte personnalité qui indispose ses confrères ? Peut-être les deux, mon capitaine. Toujours est-il que, de nombreux mois durant, le directeur de l'hôpital et l'un des chirurgiens lui mènent une vie infernale : on refuse d'opérer les patients qu'il adresse ou d'effectuer les examens qu'il demande ; on ne remplace pas ses infirmières quand elles sont en congé ; on fait courir sur lui les bruits les plus divers — le plus répandu étant qu'il est alcoolique.

Ange est sombre et déprimé. Il supporte très mal

ce qu'il subit, d'autant qu'il n'y voit aucune logique. En Algérie, il a appris à travailler *avec* les autres médecins, pas *contre* eux. Il y a plus de dix mille habitants à Pithiviers, sans compter les communes environnantes, et seulement une poignée de médecins. Il y a du travail pour tout le monde...

Un jour, le bruit court qu'il en a assez et qu'il va partir. Le bruit est sans fondement, mais plusieurs patients prennent sa défense [sous quelle forme, je l'ignore, mais je sais que leur soutien ne fut pas uniquement symbolique]. Alors, il tient bon. D'ailleurs, le temps passe. Un autre directeur arrive à l'hôpital. Le médecin le plus agressif part exercer ailleurs. Les choses finissent par se tasser.

Bien des années plus tard, je suis étudiant en médecine, je vais avec Ange voir *Sept morts sur ordonnance*. Ouvertement inspiré de faits réels, le film de Jacques Rouffio raconte comment, à quelques années d'écart, deux chirurgiens de la même ville sont conduits au suicide collectif par une bourgeoisie médicale réactionnaire et hostile. Le jour où nous allons au cinéma ensemble, une de mes camarades de faculté, originaire de Pithiviers, nous accompagne. Ce n'est pas vraiment une de mes amies, mais elle fait partie, comme moi, d'un groupe d'étudiants progressistes organisés autour d'une revue contestataire. Comme le film de Rouffio fait beaucoup de bruit, je l'ai invitée à venir le voir avec nous. Sur le chemin du retour, dans la voiture, elle manifeste son incrédulité devant la situation dépeinte et fait part de son incompréhension devant le comportement de ces deux hommes.

Mon père ne dit rien. Quand nous nous retrouvons seuls, il me demande :

— Elle sait que son père était de ceux qui m'en ont fait baver, il y a dix ans ?

— Je ne crois pas. Nous n'en avons jamais parlé.

— Enfin, de toute manière, il valait mieux que je ferme ma gueule...

Sombrement, il ajoute :

— Mais moi, je n'aurais pas tué ma femme et mes enfants... Si j'avais encore eu un pistolet, je serais allé les tuer, *eux*.

Dans la 4L

(Voix, 14; Fables, 31)

(Pithiviers, années soixante.) Quand je rentre du lycée, il est cinq heures ou cinq heures et quart. Parfois, Ange vient de finir ses consultations. S'il fait beau, Nelly ou Simone ou Jacqueline ont ouvert les volets et les fenêtres pour aérer. Ange est seul, penché sur quelque chose.

J'aime entrer et, sans l'interrompre, m'asseoir sur le divan d'examen, m'adosser à la cloison et attendre qu'il me parle. Le ventre calé contre le bord du bureau, les deux pieds arrière de son fauteuil en l'air, il lit *Le Canard Enchaîné* ou, si on est vendredi ou samedi, *Paris-Turf* et même, parfois, *Minute* (un jour, je lui demande ce que c'est puis pourquoi il l'achète. Il me répond : « Il faut toujours savoir ce que ces gens-là pensent »), ou bien il compte la recette de la journée sur son livre de rendez-vous. Il dit : « Bon, j'ai bien travaillé aujourd'hui » ou : « Je ne sais pas ce qui se passe en ce moment, il y a une épidémie de bonne santé... » puis lève la tête et me lance : « Bonjour, mon fils » ou : « Comment ça va, petit chat ? »

Que j'aille bien ou non, nous nous mettons à parler. Je dis : « Qu'est-ce que tu penses de... *telle ou telle chose* ? » ou encore : « Tu crois que... *ceci et cela* ? » et, tandis que les pieds du fauteuil regagnent le sol, il bascule doucement en arrière, allonge les jambes, ôte ses lunettes, s'emploie à les essuyer avec un mouchoir froissé tiré de sa poche et dit : « C'est pas comme ça qu'il faut voir les choses. »

Il embraye sur ce que je viens de dire et m'explique la vie. Il n'a pas toujours bien écouté ce que je lui ai dit, plutôt deviné, supposé, extrapolé. Ça ne me gêne pas : il parle comme un livre, il me raconte des histoires, il m'emmène loin du bureau, de la ville, de la vie quotidienne. Au bout de quelques minutes ou d'un long moment, Nelly passe la tête dans l'encadrement de la porte et dit :

— Za ? Tu te souviens que tu dois aller voir Madame...

Il regarde sa montre, me fait signe du menton :

— Je t'emmène ? Tu n'as rien à faire ?

Je n'ai jamais rien à faire quand il propose de m'emmener.

*

Nous montons dans sa 4L. Il n'a pas toujours eu une 4L, je me souviens de la Dauphine que nous avions rapportée d'Israël, d'une R8 dans laquelle nous circulions en vacances [à Lyon ?] quand une voiture venant de la droite a embouti la portière contre laquelle j'étais appuyé, d'une R16 et, bien sûr, de la première Volvo qu'il a pu s'acheter, j'avais déjà mon permis, ça faisait des années qu'il rêvait d'en avoir une et, quand je lui demandais pourquoi, il répondait : « Parce que c'est solide. Je connais un type qui a fait trois tonneaux avec sa Volvo avant de se retrouver sur le toit ; on l'a remise à l'endroit et il est reparti. Et, dans la voiture, personne n'a été blessé... » Et je me souviens aussi de la R6 avec laquelle il a fait ses visites à la fin de sa carrière (j'en ai hérité l'année où il a pris sa retraite et j'ai fait mes visites avec jusqu'à ce qu'elle rende l'âme). Mais quand je nous vois partir ensemble en visite, lui et moi, je suis encore au lycée, il a encore sa 4L, et c'est dedans qu'on monte.

C'est une bagnole sommaire. L'équivalent de la 2 CV bas de gamme pour les années soixante et soixante-dix. Il a fait installer par un ami bricoleur un poste de radio que personne ne sait très bien faire fonctionner, alors il évite de changer de station. Il conduit lentement, pas plus de 70 km/h, et oublie souvent de passer la quatrième. Il garde presque tout le temps la main sur la poignée du levier de vitesses, un levier à l'ancienne, en forme de L, qu'on pousse et qu'on tire, à hauteur de tableau de bord.

Ange est un drôle d'homme. Sa façon de penser est singulière — il s'explique toujours très clairement, mais ses actes sont parfois bizarres.

Un jour, je le vois frotter vivement la main droite sur le bord du volant. Je lui demande ce qu'il fait. Il me répond :

— Réfléchis. Qu'est-ce qu'il a de particulier, ce volant ?

— Euh, je ne sais pas...

— Sa surface est crénelée. Je me gratte la main en la frottant dessus.

Il a fait ses premiers stages dans un service de traumatologie infantile. Ça le marque encore, quarante ans après. Un autre jour, alors que nous roulons dans une rue déserte, il me dit :

— Tu conduis, et tu vois un ballon débouler de

la droite et traverser la chaussée. Qu'est-ce que tu fais ?

— Euh... Je ralentis ?

— Tu piles. Tu t'arrêtes immédiatement. Si un ballon traverse la route, il y a un môme qui court derrière.

En visite

(Voix, 15)

Même s'il est très attaché à la sécurité automobile, Ange n'est pas un conducteur très orthodoxe. Il m'arrivera plus tard de le suivre dans un autre véhicule et de voir qu'il roule constamment au milieu de la chaussée sur les petites routes de campagne. Quand il prend un virage, il oublie de mettre le clignotant. Quand il le met, il oublie de l'éteindre en sortant du virage. Quand il conduit, il s'absente.

Quand il est seul en voiture, il écoute la radio. Il arrive que certaines de ses visites l'emmènent à dix ou quinze kilomètres de Pithiviers. S'il tombe sur une émission qui l'intéresse, un ou deux kilomètres avant d'arriver chez son patient, il s'arrête sur le bas-côté pour écouter l'émission jusqu'au bout.

Quand je l'accompagne en visite, il me parle et je crois bien qu'il s'écoute parler. Pas comme les gens imbus d'eux-mêmes, car ce qu'il me raconte n'est pas le récit de ses hauts faits, mais plutôt comme on évoque un passé lointain : on cherche à percevoir si les mots que l'on prononce ont la bonne sonorité, la bonne couleur, la texture et le parfum de ce que l'on essaie de retracer. Peut-être aussi que c'est l'une des rares occasions pour lui de parler à quelqu'un qui l'écoute sans mot dire, ou presque.

À l'aller, il s'engage sur les chemins que je lui ai suggérés, plus tôt, par mes questions. Et puis nous arrivons dans une cour de ferme, la nuit est tombée, l'entrée d'une étable est éclairée, une femme apparaît. Il sort de voiture, je lui passe sa sacoche, il marche précautionneusement sur le pavé inégal ou la terre défoncée. On le fait entrer dans un bâtiment d'habitation.

Quand il ressort, je sais comment s'est passée la visite. S'il se remet à parler immédiatement, je comprends qu'il n'y avait rien de grave, qu'on l'avait appelé pour une bronchite ou un lumbago, Faut m'arranger ça Docteur, avec les bêtes je peux pas rester au lit.

Mais parfois il remet le contact sans un mot, fait marche arrière et sort de la cour. Au bout d'un moment, il soupire. Je dis :

— C'était quelqu'un de très malade ?

— Ouais.

J'attends encore un peu.

— Qu'est-ce qu'il a ?

— Une saloperie.

Il fouille une alvéole du tableau de bord, en sort un paquet de cigarettes, s'en fiche une au coin des lèvres sans l'allumer. Il reste silencieux ou bien, au bout de quelques kilomètres, se met à me raconter autre chose, apparemment sans rapport avec ce qu'il vient de voir et d'entendre, et me parle de souffrance, de courage, de deuil.

Il parle souvent du courage des gens. Des hommes qui meurent trop jeunes d'une maladie qu'ils n'ont rien fait pour mériter. Des femmes qui restent veuves. Des enfants qui restent orphelins. Des parents effondrés d'avoir perdu leur enfant.

Il parle aussi de la méchanceté. Des hommes qui martyrisent leur entourage. Des femmes qui négligent leurs enfants et torturent leur mari. Des enfants qui font de la peine à leur parents... Mais eux, ils ne le font pas exprès : qui les a élevés, d'abord ?

Il me raconte les livres d'histoire qu'il a lus, les émissions qu'il a entendues, les films qu'il a vus — enfin, ceux qu'il a vus entièrement.

— Entièrement ?

— Oui, tu sais, je vais au cinéma le mardi après-midi, pendant que ta mère est chez sa sœur ou sa mère... mais comme on vient de déjeuner, souvent je m'endors et je me réveille à la fin du film. Si j'ai le temps, je reste à la séance suivante, pour voir le début. Mais parfois, il est l'heure que je passe prendre ta mère chez sa sœur...

Il me parle de ses études, des types extraordinaires et des types ignobles qu'il a croisés dans les hôpitaux, de ses matchs de foot, au lycée, avec Albert Camus, de son enfance à Bab-El-Oued.

Assis à côté de lui, je ne dis presque rien ; j'écoute. Sans le savoir, j'apprends aussi à entendre.

à suivre...

Sana

(Fables, 32)

(Pithiviers, fin des années soixante.) J'ignore tant de choses sur Ange et sa vie avant ma naissance, même s'il me parle volontiers de son enfance (il a failli apprendre le violon ; le jour où il a posé un archet sur un violon pour la première fois, le professeur lui a demandé : « Tu sais pêcher ? » et il l'a emmené à la pêche), ou encore de sa chienne, Sana.

Sana est un personnage mythique pour mon frère et pour moi. Ange en parle avec affection [et, en relisant ceci, je me mets à penser qu'elle n'est pas non plus étrangère à son insistance à me faire lire *Croc-Blanc*]. Il explique que c'était un chien-loup femelle né dans un sanatorium — d'où ce nom. Elle lui était extrêmement attachée. Il nous en montre une photo et nous raconte en particulier qu'un jour, alors qu'elle est sagement assise sur le siège arrière de sa traction avant, il monte en voiture accompagné d'un ami que Sana ne connaît pas. Ange jette sa sacoche sur le siège arrière, près de Sana, et démarre. Son ami pose nonchalamment le bras sur le dossier du siège et laisse pendre la main au-dessus de la sacoche. Sana se met à gronder. Ange conseille à son ami de retirer sa main...

La manière dont mon père parle de Sana est si

chaleureuse que ce chien me semble familier. Je demande à ma mère si elle l'a connu. Elle répond que non, c'était avant qu'ils se marient. Et nous, est-ce qu'on pourrait avoir un chien, Maman ? Non, elle ne veut pas avoir de chien, parce qu'elle ne veut pas être enchaînée à un animal. Et, même si je ne comprends pas comment un animal familier et fidèle peut être un poids, je vois qu'elle le pense vraiment.

à suivre...

Livret de famille

(Fables, 33)

Bien plus tard, lorsque j'entreprendrai de lui faire raconter sa vie, je demanderai à Ange pourquoi on a voulu l'assassiner avant que nous quittions l'Algérie. Pourquoi donc une section de l'OAS a-t-elle mis sa tête à prix ? Il me répond qu'au plus fort de la guerre un chef du FLN, qui le connaît et le respecte, vient le trouver en lui demandant de créer un groupe armé juif aux côtés des insurgés. Mon père lui répond qu'il ne prendra jamais les armes contre les Algériens (à plusieurs reprises, il a évité à des jeunes gens de se faire prendre dans les ratonnades qui se déroulaient au pied de son cabinet, à la lisière de Bab-El-Oued), mais qu'il ne peut pas, non plus, prendre les armes contre les Français. D'après lui, cette position inconfortable et ses contacts avec les milieux insurgés lui ont valu sa condamnation à mort.

Cette histoire, il me la racontera plusieurs fois. Moi qui, pendant longtemps, n'ai jamais douté de ce disait mon père, j'aurai cependant beaucoup de mal à y croire.

Ce doute, cette incrédulité à son égard sont-ils nés de l'incident suivant, qui m'apprendra sur son compte un secret d'autant mieux gardé qu'il ne semblait pas l'être ?

*

Je ne sais pas quel âge j'ai, seize ou dix-sept ans peut-être. Il fait beau et clair, j'entre dans la salle blanche où ma mère travaille. Sur la paillasse recouverte de formica bleu, juste devant la fenêtre, se trouve le livret de famille de mes parents. Je l'ouvre, je le feuillette, et à la page où est inscrit l'état civil de mon père, je lis la mention : « Divorcé de B., Yvonne, le... »

Nelly est là, peut-être dans la pièce, peut-être dans la cuisine. Je vais lui faire part de mon trouble en lisant l'inscription sur le livret de famille.

Elle me regarde ébahie et s'exclame :

— Comment, tu ne le savais pas ?

Non, je ne le savais pas. Je ne pouvais pas ignorer que ma mère avait été mariée une première fois : ma sœur est là pour en témoigner. Mais mon père ?... Personne ne me l'avait jamais dit. *Pas même lui.*

Je ne sais plus ce que Nelly me donnera comme explication (je lui en ai sûrement demandé) mais elle me précisera tout de même que la première femme d'Ange était infirmière ou sage-femme, qu'ils n'ont pas eu d'enfants ensemble... et elle enfoncera le clou, assez cruellement je trouve, en m'expliquant qu'elle a fait une rupture de grossesse extra-utérine en se rendant à la mairie.

*

J'irai bien sûr interroger l'intéressé, pour lui demander qui était cette femme et comment il se fait qu'il n'est pas resté marié avec elle (ce qui, quand on y pense, est une drôle de question venant d'un garçon qui doit son existence à leur divorce...). Il sera assis à son bureau, il baissera le regard vers son tiroir ouvert, y prendra un paquet de cigarettes, s'en mettra une aux lèvres et, repoussant le tiroir, il dira en soupirant : « Parce qu'elle ne s'entendait pas bien avec ma mère. »

Et, pour la première fois de ma vie, je ne le croirai pas.

Secrets

(Voix, 16 ; Traces, 15)

(Tourmens, 2001.) Mais Ange n'est pas le seul qui ait un secret. Les secrets, on dirait que la famille s'en est fait une spécialité. Quand je dis « la famille », je parle évidemment de celle de Nelly. Car la famille d'Ange, qui reste géographiquement éloignée en dehors des visites occasionnelles que nous font ses cousins André et Armande, constitue en elle-même un secret que je ne chercherai pas à percer avant de longues années.

Tous les membres de la famille Borgia [non, ce n'est pas le nom de la famille de ma mère, mais celui par lequel deux « pièces rapportées » — Ange et mon oncle Sylvain — les désignent (« Pourquoi les Borgia ? — Parce que ce sont des empoisonneurs ! »), et que tout le monde a adopté au point que Nelly l'utilise sur les étiquettes qu'elle colle dans ses albums photos] ont un secret. Quand ça n'est pas plusieurs.

Mieux vaut vous prévenir tout de suite, je n'écris pas pour révéler ces secrets. D'abord, ce ne sont pas mes affaires, et puis ce serait paradoxal venant de quelqu'un qui pense que la vie intérieure de l'individu n'appartient qu'à lui-même. Écrire est certes une recherche de la vérité quand cette vérité nous concerne au premier chef, ou concerne ceux qui souffrent de ne pas y avoir accès, mais je n'ai jamais cru qu'on devait enfoncer les vérités dans la gorge de ceux qui ne font de mal à personne et n'ont rien demandé, ou les exhiber devant ceux dont ce n'est pas l'histoire. Vous n'apprendrez donc pas grand-chose de croustillant dans ce chapitre, car ce n'est pas le contenu des secrets qui m'intéresse ici, mais le fait que, sans m'en rendre compte, j'ai navigué dedans pendant mon enfance et mon adolescence.

Plutôt que l'oblitération des secrets, j'ai le sentiment que les « Borgia » pratiquent l'allusion voilée, une sorte de sport familial (individuel et d'équipe) qui consiste à travestir plus ou moins la réalité pour pouvoir la raconter quand même. Je dis « plus ou moins », parce que chaque secret que j'ai pu apprendre, découvrir, deviner ou subodorer était, comme la lettre volée d'Edgar Poe ou le livret de famille de mes parents, exposé aux yeux de tous sous une forme qui le rendait anodin ou insoupçonnable. Le premier mariage de mon père et son « traitement » différent par Ange et par Nelly est à cet égard significatif : avant que j'en apprenne l'existence, Ange n'avait *jamais* évoqué directement ce premier mariage en me racontant son existence passée. (Avec naïveté, je pensais qu'il était le seul, dans le lot, à n'avoir aucun secret à cacher.) Par la suite, il n'en a pas parlé beaucoup plus, et il a fallu que je l'interroge directement pour qu'il me fasse quelques réponses monosyllabiques. Nelly, elle, m'a toujours raconté beaucoup de choses sur elle et sa famille. À la réflexion, elle m'en a raconté beaucoup trop. Ange pratiquait les points de suspension. Nelly, le son et lumière avec rideau de fumée.

Ange était, bien entendu, dépositaire de nombreux secrets. Quand les proches, parents ou amis, se réunissaient, il arrivait souvent que l'un ou l'autre le prenne par l'épaule ou par la manche et lui dise : « J'ai besoin de te parler », et qu'il lui fasse signe de le suivre dans son bureau ou dans une pièce à l'écart. Situation bien banale pour un médecin, me direz-vous. Mais je sentais que lorsque on allait parler avec Ange, ce n'était pas du tout pour qu'il *joue au médecin.* Je le sentais à la manière dont l'autre sortait du bureau en soupirant ou en se séchant les yeux, à la manière qu'avait Ange de poser la main sur son épaule et ne pas répondre quand ma mère lui demandait en aparté : « C'était pas grave, au moins ? » — elle pourrait toujours essayer, plus tard, de remettre le sujet sur le tapis, elle en serait pour ses frais.

à suivre...

Secrets, suite

Les secrets, j'ai toujours su que tout le monde en avait (sauf Ange et, du secret « primordial » de son premier mariage, vous n'avez pas fini d'entendre parler), et ça ne m'a jamais perturbé ou choqué.

En regardant mon père poser la main sur l'épaule de celui qui sortait de son bureau, j'avais le sentiment qu'un secret — n'importe lequel — rendait l'autre *sympathique,* au sens propre du terme. Un secret, c'est une souffrance. On ne peut pas s'en débarrasser, mais on peut l'anesthésier en partie, le mettre en veilleuse, en hibernation, en le confiant à quelqu'un qui ne porte pas de jugement, qui ne vous éclabousse pas de honte. Entreposé dans sa mémoire, il fait moins mal. Entendre un secret, c'est entrer en sympathie avec celui ou celle qui vous le confie et le décharger en partie de son fardeau.

Mais je pensais que le recueil des secrets faisait partie intégrante de la fonction de médecin. À mesure que j'approchais de l'âge adulte, je sentais que ça n'était pas aussi simple. Mon oncle Paul était médecin, lui aussi, mais on ne se confiait pas à lui comme on se confiait à Ange. (Les deux hommes se connaissaient depuis bien longtemps : à Alger, Ange était externe quand Paul, plus âgé, était interne, et ils faisaient les quatre cents coups ensemble bien avant que le premier n'épouse la sœur cadette du second. Ils ont certainement partagé beaucoup de choses mais, bien qu'Ange ne m'en ait jamais rien dit, quelque chose me dit qu'il savait beaucoup plus de choses sur Paul que l'inverse.) Il m'est apparu peu à peu que c'était aussi la position d'*outsider* d'Ange qui faisait de lui un confident, et la certitude qu'on avait, en lui parlant, d'être en sécurité. Cette certitude, nul doute qu'elle était ancrée loin dans son passé. En regardant mon père, j'ai toujours su qu'on n'a pas le droit de trahir un secret, et qu'on n'a pas non plus le droit de l'utiliser; on ne doit même pas l'évoquer sans y avoir été invité par le premier intéressé, qui ne tient pas toujours à se rappeler que ces mots-là ont franchi ses lèvres. Ange était un soignant, un homme droit et courageux; fût-ce au prix de sa vie. il ne *pouvait pas* vous trahir.

Je n'étais pas Ange, je n'avais pas beaucoup vécu, je n'aurais jamais confié mes secrets à quiconque (je ne les racontais même pas à mon père!...) et j'étais loin d'être médecin lorsque, à partir de l'adolescence, je me mis, à mon tour, à entendre des secrets. En Angleterre, mes camarades m'ont parlé d'expériences douloureuses; dans les trains, les voyageurs se sont mis à me raconter leur vie; des femmes qui ne voulaient pas de moi comme amant me parlèrent de leur amour perdu; des hommes frappés par la maladie m'avouèrent leur sentiment d'impuissance. Un jour, sans que je lui aie rien demandé, une étudiante en médecine qui avait, pensais-je, toutes les raisons du monde de se méfier de moi me raconta son avortement... et, bien sûr, plusieurs membres de ma famille — parmi ceux de ma génération — me confièrent, un jour ou l'autre, quelque chose.

Chaque fois que cela s'est produit, je me suis demandé ce qui me valait pareilles confidences. J'aurais tant voulu, parfois, pouvoir dire mes secrets mais il n'y avait personne pour les entendre. Il m'est même arrivé, plus de fois que je ne peux me le rappeler, d'aller au-devant de quelqu'un (une femme, un homme) pour lui confier quelque chose, et de me retrouver, inexorablement, dans la position de celui qui écoute. Qu'est-ce donc qui, en moi, libérait la parole muselée des autres ? Comment pouvaient-ils être certains que je ne révélerais rien ? Quand les secrets sont trop douloureux, on ne mesure pas l'aptitude de l'autre à les recevoir, ni leur effet sur lui. Et moi, je n'avais rien demandé. Avant que j'*apprenne* à les recueillir, les secrets m'encombraient, je ne savais pas très bien quoi en faire. Devenu médecin, je n'en menais pas large non plus : les secrets que me confiaient mes patients, devais-je m'appuyer dessus pour les aider à changer leur vie, pour influer sur leur entourage ? Devais-je simplement les leur rappeler à la consultation suivante, devais-je en reparler six mois, un an après pour leur demander si ça les avait soulagés de les étaler sur ma table ?

Le temps et l'expérience aidant, j'ai appris à ne plus souffrir du poids des secrets des autres. J'ai aussi appris à me défaire de la curieuse culpabilité d'avoir *oublié* le secret qu'un patient ou un ami m'avait confié. Je sais maintenant qu'il vaut mieux ranger les secrets dans un recoin sombre de son grenier à pensées, dans des boîtes sans signe distinctif, et ne plus y songer. C'est la meilleure chose à faire. Car si on nous les confie, ce n'est pas pour nous en faire éprouver la douleur, mais pour s'assurer, au contraire, que nous pouvons continuer à vivre en les entendant, puis en les oubliant.

J'ai appris également à faire face à l'insondable haine de ceux qui regrettaient de m'avoir parlé, se reprochaient ce moment de faiblesse et me soupçonnaient de vouloir utiliser contre eux des confidences que j'avais oubliées depuis longtemps...

J'ai appris, enfin, à refuser d'entendre certains secrets.

Tout cela, je l'ai appris par nécessité, pour faire face à ce paradoxe qui consistait à écouter les autres sans jamais pouvoir leur demander la pareille.

Aujourd'hui, je me demande si, très tôt, bien avant que je ne sois armé pour les recevoir, on ne m'a pas confié des secrets tout simplement parce que j'étais le fils d'un dépositaire patenté. Comme s'il allait de soi qu'après lui je deviendrais soignant des corps et confident des âmes ; comme s'il allait de soi que ce don (ce secret ?) se transmettait de père en fils.

à suivre...

L'ouverture dans la muraille

(Corps, 18 ; Traces, 16)

(Pithiviers, fin des années soixante.) J'ai un petit carnet-classeur contenant des fiches bristol perforées. Il a une couverture havane, un clip qui permet de le maintenir fermé. Sur les fiches, séparées en plusieurs sections par des intercalaires de couleur, j'ai fait des listes :

— les films que j'ai vus,

— les livres d'un même auteur (Isaac Asimov, Philip José Farmer) que j'ai l'intention de lire,

— les comic-books que j'entrepose dans mon secrétaire, et, surtout :

— les titres des histoires que j'ai écrites,

— les titres des histoires que je suis en train d'écrire,

— les titres des histoires que j'ai l'intention d'écrire.

Le carnet est habituellement rangé dans l'un des deux tiroirs de mon grand bureau, celui qu'on a installé devant la fenêtre depuis que je fréquente les « grandes classes » du lycée. Parfois, je le sors, je le glisse sous mon bras avec mon cahier-journal en cours, et je vais dans le jardin. Dans le garage, je prends une planche d'un mètre de long, je sors par la rue Alix-de-la-Tour-du-Pin et je traverse la place de la Mairie. Je m'engage dans la ruelle pavée qui, à gauche du cinéma, rejoint en pente douce l'un des remparts de Pithiviers. Au bout de la ruelle, un escalier de pierre haut et large descend à angle droit vers le mail bordé d'arbres. Au sol, sur la terrasse, une grille obture un conduit d'évacuation des eaux qui plonge à pic vers les égouts. Si l'on se penche au-dessus du parapet, on voit une ouverture rectangulaire béer dans la muraille. Je descends jusqu'au mail. Je me place sous l'ouverture, située à trois mètres de hauteur. Je pose la planche contre le mur, mon pied au sommet de la planche, je tends le bras vers le bord de l'ouverture, je pose cahier et carnet à l'intérieur. En m'aidant des aspérités du mur, je me hisse dans un espace réduit, mais assez grand pour que je puisse m'y asseoir. C'est un passage long d'environ deux mètres qui mène au conduit vertical d'évacuation des eaux, dont j'aperçois la grille, au-dessus de ma tête. Dans l'obscurité, plus bas, les cailloux font un bruit métallique en s'engloutissant dans les eaux noires. Par l'ouverture que j'ai empruntée, je vois le mail, un des lieux de promenade de Pithiviers. Des femmes passent avec leurs poussettes, des couples âgés avancent à pas lents, des enfants se courent après, des hommes discutent en fumant. Personne ne prend garde à la planche appuyée contre le mur. Je suis seul, je suis bien.

Je consulte mon carnet de fiches, j'ouvre mon journal, je sors un stylo de ma poche de chemise, j'écris.

Liens :

* Jean Marais dans *Le Capitan*

* *Les Contrebandiers de Moonfleet* de Fritz Lang

Le « Palmarès des chansons »

(Reflets, 11 ; Voix, 17)

(Pithiviers, fin des années soixante.) C'est une émission de variétés un peu particulière. On y entend trois fois cinq ou six chansons, les spectateurs jouent à les classer par ordre de préférence et celui qui trouve le même ordre que le jury (ou que l'ensemble des spectateurs ?) gagne. La dernière série de chansons est interprétée par la vedette de la semaine.

Ce jour-là, l'émission est exceptionnelle. Les votes ont déjà été comptabilisés, le chanteur invité est seul sur scène et rien ne viendra l'interrompre pendant son tour de chant.

Il est vêtu d'un costume gris, il me paraît grand, long, interminable. Il a un sourire étrange et des dents de cheval.

C'est une bête de scène. Il ne chante pas, il tonne ; il transpire des litres de sueur, il crache sur la connerie, il vomit la méchanceté. Il hait les nantis et les assis. Il chante les amours malheureuses, les hommes humiliés, les vieux abandonnés, les femmes cruelles et les marins qui s'en foutent.

Il s'appelle Jacques Brel, c'est un de ses derniers récitals en public et, quand il chante *Les Bourgeois, Mathilde* ou *Jacky,* je hurle les paroles à tue-tête.

Lycée

(Voix, 18; Fables, 34)

(Pithiviers, 1970-1971.) Je n'ai pas de mauvaises relations avec les enseignants. C'est même plutôt le contraire. Mais ces relations sont celles d'un bon élève, que certains profs apprécient surtout parce que mon application les gratifie.

Certains profs, pas tous. Je m'entends bien avec les profs de langue, parce que j'aime ça et que ça se voit. J'ai beaucoup d'affection pour Madame E., ma prof d'espagnol. Elle est née aux Antilles et n'a pas la langue dans sa poche. Elle nous raconte que lorsqu'elle se rendait dans certains villages espagnols, les enfants venaient jusqu'à elle, lui prenaient la main, crachaient dessus et frottaient la peau pour voir si la couleur partait.

J'aime aussi beaucoup Monsieur A., mon prof d'anglais. Il a déjà été mon prof en quatrième ou en troisième, il le sera de nouveau en terminale. Il pratique un humour de même nationalité : ironie et sarcasme. Je ris beaucoup aussi parce qu'il fait des jeux de mots bilingues, et que je suis pratiquement le seul à les comprendre. Je l'aime beaucoup mais, sur l'un de mes bulletins scolaires, en troisième je crois, il a écrit ce jugement que ma mère me rappellera plus d'une fois : « Excellent élève, moins bon camarade. »

Moi qui souffre, justement, d'avoir très peu d'amis, je ne sais pas à quelle infraction renvoie ce jugement sommaire, et je me demande pourquoi il a ainsi éprouvé le besoin de l'écrire en toutes lettres au lieu de me dire franchement ce qu'il pense. Lorsqu'il sera de nouveau mon prof d'anglais, je me sentirai en permanence tenu de lui démontrer qu'il a eu tort. Sans jamais avoir le sentiment d'y parvenir.

Quand j'entre en seconde, nous sommes en 1969. Mademoiselle P., la prof de français dont nous héritons, ne ressemble à personne d'autre. Elle est jeune, vingt-cinq ans peut-être, elle nous fait placer nos tables en rond et non en rangées bien ordonnées. Elle nous fait parler au lieu de nous dicter les cours. Elle s'intéresse à ce que nous sommes, à ce que nous pensons, à ce que nous ressentons. Elle porte sur nous un regard bienveillant, à l'opposé du regard défiant ou méprisant dont on nous gratifie habituellement. Inévitablement, elle plaît beaucoup aux garçons, et ils se mettent à parler. François A., mon ennemi de toujours ou presque, et son camarade le plus proche (Jean-Luc G. ?) sont ceux qui s'expriment le plus fort. Moi aussi, j'essaie d'attirer son attention. Je le fais en traînant après le cours, je cherche des prétextes et je trébuche sur les mots ; elle m'écoute avec gentillesse, presque avec attendrissement. Elle a l'air de sentir à quel point c'est difficile d'être un garçon adolescent et de ne pas savoir dire.

Elle nous fait étudier *Le Rouge et le Noir.* Je déteste lire que Lucien (?) s'évanouit devant un abbé. Un homme, ça ne s'évanouit pas pour rien. D'ailleurs, ce livre m'ennuie profondément. Je me refuse à lire le reste. Grâce aux romans policiers et à mes livres de SF, j'en ai vu bien d'autres que dans les romans à l'eau de rose qu'elle nous conseille, comme *Madame Bovary* ! Et puis, chaque jour, j'écris et je cherche à dire quelque chose. Alors, je ne comprends pas qu'on trouve un intérêt quelconque à une histoire qui se passe il y a cent ans, écrite dans une langue pleine de maniérismes insupportables, et qui tourne sans cesse autour du pot.

Mademoiselle P. est seulement de passage. Pithiviers, ça n'est pas vraiment un endroit où on reste. Et puis, quelque chose me dit que le directeur n'aime pas vraiment ses méthodes pédagogiques. L'année suivante, elle n'est plus là. Mais je la retrouve surveillant la salle le jour du bac de français. J'ai choisi de faire le commentaire composé d'un poème (de Lautréamont ?). Quand je sors et lui tends ma copie, elle me sourit.

— Vous avez pris le commentaire ? Vous avez bien fait. Vous écrivez bien. Vous leur avez cité tous les grands noms de l'époque ?

Pris de court, je fais oui de la tête, mais une sueur glacée me coule le long du dos : j'ai écrit un long commentaire lyrique, mais je n'ai pas cité un seul auteur.

à suivre...

Lycée, suite

(Pithiviers, 1970-1971.) Un de nos enseignants de première et de terminale nous terrorise. C'est un homme grand, maigre, aux gestes lents et saccadés, et profondément caractériel. Il lui arrive de se prendre d'effrayantes colères froides pour des prétextes incompréhensibles. Le sourire en coin d'un garçon est pris pour une provocation. Le bruit d'un stylo qui tombe sur le sol pour une tentative de chahut. Le retard de la classe, retenue par le prof de maths ou de physique, pour un complot. Quand il se met à nous engueuler, nous sommes tétanisés.

Bien différent est le collègue avec lequel il passe le plus clair de son temps. Professeur de langues, il assassine celle qu'il enseigne et commente les tentatives d'expression des élèves par des exclamations bien à lui : « Euh ben ç't'affaire ! » et « Ben gat'don ! » (si quelqu'un peut me fournir le sens ou l'origine de cette seconde expression, je lui en serai très reconnaissant). Quand il nous interroge, il pose un pied sur une chaise et se gratte le fond de l'oreille avec son stylo pour marquer sa perplexité. Les deux hommes, que nous pensons tous deux célibataires, s'entendent très bien. Probablement parce qu'ils s'acceptent l'un l'autre sans difficulté, alors que tant d'autres enseignants et d'élèves, autour d'eux, les regardent de travers. Moi, ils me font penser aux inséparables profs d'histoire et de géographie du *Grand Duduche* de Cabu, que je retrouve chaque semaine dans *Pilote*.

*

En classe de seconde, mes résultats scolaires se dégradent sensiblement. Je passe beaucoup plus de temps à lire qu'à apprendre mes cours. Comme je parviens à me maintenir à un niveau moyen, ça ne me préoccupe pas beaucoup. Mais je me rends compte que je suis hermétique à certaines matières. Aux maths, par exemple. Je n'y comprends rien. Mais rien de rien. L'arithmétique et la géométrie élémentaire, ça m'allait très bien. Mais quand on passe aux intégrales, aux nombres complexes (imaginaires ?) et aux dérivées, je suis complètement largué. Un jour, pourtant, il m'arrive un truc vraiment étrange. Tous les quinze jours, le prof de maths nous distribue une feuille ronéotée portant une série d'exercices à faire pour la semaine suivante. Ce jour-là, la sonnerie retentit au moment où il commente l'un des exercices en disant que, pour le résoudre, il faut poser une certaine équivalence. Pendant que tout le monde se précipite pour sortir, je note consciencieusement. Le jour où je me mets à l'exercice, j'arrive à le résoudre. C'est suffisamment rare pour que je m'en réjouisse, d'autant que je ne comprends rien au reste de la feuille.

Quinze jours plus tard, il rend le devoir avec ces commentaires : « Le seul d'entre vous qui a su faire l'exercice numéro 3... est le seul qui n'aurait pas dû savoir le résoudre. Il a eu l'intuition, on ne sait comment, de poser l'équivalence suivante... » Tout le monde me regarde, bouche bée. Je réalise avec stupéfaction que personne d'autre dans la classe n'a entendu ce qu'il a dit, mais qu'en plus il a oublié avoir fourni l'indice. Grâce à ma géniale « intuition », j'ai 6/20, ce qui remonte à peine ma moyenne, mais j'ai le sentiment de valoir beaucoup plus.

Quand il nous garde deux heures d'affilée, le prof de maths préfère que nous restions en classe pour discuter plutôt que nous lâcher dans les couloirs et attendre un quart d'heure ceux qui se sont éloignés pour griller une cigarette. Il nous demande ce que nous lisons et, quand je lui parle de certains romans de SF, il me dit que l'idée d'univers parallèles ressemble à certaines théories mathématiques. Quand je lui explique que les univers parallèles n'ont rien à voir avec les maths mais tout avec l'imaginaire, il se met à rire : « En philo, vous n'aurez aucun problème ! »

La revanche

(Corps, 19)

(Pithiviers, 1971.) Je suis debout dans la classe de maths, c'est l'interclasse et je parle avec une de mes camarades. J'ai seize ans, j'ai grandi vite et beaucoup, je suis maigre comme un cent de clous, l'acné me défigure et, pour épargner mon visage, je ne me rase pas chaque jour. Autant dire que j'ai du mal à vivre avec moi-même.

Assis sur une table, à deux mètres de moi, entouré par les deux copains qui lui servent de gorilles, François A., qui ne rate jamais une occasion de harceler les filles et de lancer des commentaires humiliants aux uns et aux autres, me crache :

— Va te raser, boutonneux !

Je m'approche de lui, je respire un bon coup, je dis :

— Va - te - faire - foutre !

Et je le gifle à toute volée.

Il reste pétrifié une seconde. Personne n'a jamais levé la main sur lui. Je me dis qu'il va me tuer sur place, mais la sonnerie retentit et le prof nous fait rasseoir avant que mon zèbre n'ait eu le temps de réagir.

Assis devant lui, je me retourne de temps en temps. Pendant toute l'heure je le vois bouillonner de rage et passer sans arrêt la main sur sa joue, comme s'il voulait effacer la trace bien visible de mes doigts. À la sortie, je descends tranquillement dans la cour et j'attends. Évidemment, il arrive peu après. Je le vois détacher sa montre, la tendre à un de ses sbires et se précipiter sur moi. Je lui lance : « C'est tout ce que tu sais faire, hein ? Cogner ! Dans le dos, de préférence ! »

Comme il a troqué les galons de petit hargneux contre ceux d'une brute épaisse, il cogne, évidemment, et je me retrouve les quatre fers en l'air. Je me relève. Il n'a même pas l'air content de m'en avoir mis une. Il fait demi-tour. Mon copain Benoît me demande pourquoi je ne me suis pas tiré pendant que j'en avais le temps. Ça ne m'est même pas venu à l'esprit. Je jubilais trop de le voir fulminer. Pendant quelques jours ma lèvre gonflée me fera mal, mais je finirai par l'oublier. À la manière dont il m'évitera par la suite, je crois que son amour-propre sera plus lent à s'en remettre.

Liens :
* *Calvin & Hobbes*
* « Bookie »

Monsieur Monticelli

(Voix, 19; Traces, 17)

(Pithiviers, 1970-1971.) C'était son premier poste, ou peut-être seulement le second, je ne sais plus. J'oublie ce genre de détail. Je me souviens qu'il avait commencé par écrire son nom au tableau, en disant avec un petit rire : « Ça peut se prononcer de deux manières : Monticelli ou Monti*tch*elli, car c'est un nom italien. » [Ce qui est étrange, c'est que j'ai toujours entendu tout le monde, lui compris, le prononcer à la française, alors que je l'ai d'emblée et depuis toujours prononcé à l'italienne, comme si j'avais voulu inconsciemment signifier que je ne le voyais pas comme tout le monde...]

Il avait des cheveux noirs, des lunettes, une grande barbe noire. J'ai tout de suite repéré dans sa façon de se comporter, de parler, de se tenir, des choses qui me plaisaient, que j'aimais, qui le rendaient terriblement attachant à mes yeux : son sourire contagieux et son rire chaleureux, cette énergie fabuleuse qui lui permettait de tout recevoir et de rendre au centuple, sa constante bienveillance à notre égard, l'intérêt manifeste et la constante curiosité qu'il portait sur ce que nous disions, sur ce que nous pensions, le tout sans aucune complaisance.

J'aimais, quand il nous écoutait, sa manière de

saisir sa barbe à pleine main et de mordiller sa lèvre inférieure avant de répondre. J'aimais aussi la manière très personnelle qu'il avait d'allumer une cigarette : il posait le bout soufré de l'allumette sur le frottoir de la boîte, la repoussait d'un coup sec, enflammait le tabac puis soufflait la flamme, le tout en un seul et même geste.

De même que Monsieur Berthier avait été L'instituteur, Monsieur Monticelli — Raphaël de son prénom — fut à mes yeux LE prof. MON prof de français de classe de première. Une légende à lui tout seul.

J'étais troublé : je n'imaginais pas possible, alors, de trouver une figure tutélaire chez un autre qu'Ange. Et cependant. Monsieur Monticelli m'impressionnait au plus haut point. Sans savoir exactement pourquoi, j'attendais énormément de lui.

Je ne me rappelle plus exactement de quoi furent faites nos relations cette année-là. Je ne sais plus exactement comment elles se sont tissées, sur quel rythme, par quels tâtonnements. Je sais seulement comment je le raconte.

Quand je raconte « mon prof de français de première », je dis en général : « C'est la première personne qui m'a reconnu écrivant. »

Un jour, après avoir fini l'une des premières dissertations en classe que nous avons faites, j'ai rendu ma copie un quart d'heure avant la sonnerie, j'ai ostensiblement sorti mon journal et je me suis mis à écrire. Il s'est approché de moi et m'a dit : « Vous écrivez pour vous, Zaffran ? »

Je dis aussi : « Il m'a appris à écrire : à la première dissertation, j'ai eu 3. À la seconde, j'ai eu 5. À la troisième j'ai eu 9. À la quatrième j'ai eu 12. À la cinquième j'ai eu 15. »

Je ne comprenais rien aux commentaires qu'il écrivait sur mes copies, mais je buvais ses paroles en classe, et la lente mais réelle ascension de mes notes m'a d'autant plus surpris que je ne voyais pas du tout en quoi je progressais.

Il m'est difficile de mesurer l'importance de Monti dans ma maturation d'adolescent graphomane, d'apprenti rédacteur, d'écrivain en herbe, mais elle fut considérable. En posant un regard bienveillant sur moi le jour où j'ouvris mon cahier devant lui, il me permit d'échapper à la suspicion implicite que mes parents manifestaient, peu ou prou, à l'égard de mon activité d'écriture. En m'encourageant à écrire, et en gratifiant mes efforts, il m'ôta beaucoup de complexes.

De temps à autre, j'allais le voir, à l'appartement où il vivait avec son épouse et leur fils prénommé... Marc, un nourrisson de quelques mois qui avait un sacré coffre, dans les bâtiments de la Cilof, derrière le lycée. Je passais une ou deux heures avec lui le jeudi ou le samedi après-midi. Je me retenais d'y aller *toutes* les semaines. Parfois, je croisais dans l'escalier d'autres garçons de ma classe (François A. et Jean-Luc G., encore !), qui avaient eux aussi beaucoup d'admiration pour lui.

Je lui apportais mes cahiers, mes histoires (je me souviens lui avoir donné à lire un texte que j'avais beaucoup travaillé : « La résurrection », et, deux jours plus tard, avoir bondi de joie en le voyant lever le pouce en guise de compliment). Ce qui me transportait et me fascinait le plus, chez lui, c'était son aptitude à ne jamais m'imposer sa manière de penser ; sa capacité à analyser ce que j'écrivais sans jamais être négatif. Je me souviens d'une de ses phrases : « Ne plus se poser comme le problème, c'est le début de la réflexion. » Manière précise et élégante de me dire que je pouvais sortir de mon narcissisme.

à suivre...

Monsieur Monticelli, suite

Je me souviens de l'importance que Monsieur Monticelli accordait au *travail* de l'écriture. Il ne m'a jamais laissé entendre que l'inspiration ou le talent étaient des valeurs en soi, il n'a jamais déclaré ou sous-entendu qu'en littérature hors du génie point de salut, ni aucune de ces fadaises qui pourrissent la vie de ceux qui aiment écrire (comme s'il était indispensable d'être Alexandre Lagoya pour jouer de la guitare ou Pablo Picasso pour peindre). Il était plutôt du genre à dire [je ne pense pas qu'il ait dit ça mais, quand je le dis aujourd'hui, je pense à Monti] : « Vous voyez Fred Astaire quand il danse ? Ça a l'air facile, comme ça. Mais c'est dix heures de boulot *tous les jours...* » Pour Monti, comme pour les écrivains américains que j'admirais, écrire nécessitait 5 % d'inspiration et 95 % de transpiration. Et aussi de la distance et de l'ironie : ma dernière dissertation, je m'en souviens en écrivant ceci, portait sur le chapitre de *L'Éducation sentimentale* où, au coin de la rue Tronchet, Frédéric attend en vain Madame Arnoux. J'ai eu 15, mais il précisait : « Vous n'avez pas suffisamment insisté sur l'ironie du texte. » Cette ironie, je ne l'avais pas vue. On voit mal l'ironie quand on est adolescent, et comme beaucoup d'adultes n'ont aucune distance, ils sont incapables de l'enseigner à leurs enfants. Ce n'est pas Ange qui m'a appris la distance et l'ironie, c'est Monti.

*

J'aime penser — je n'en avais pas du tout conscience à l'époque mais il me l'a souvent répété par la suite — que je lui ai « fait découvrir la SF ». Bon, il n'a pas aimé *Cristal qui songe* et *Les Plus qu'humains,* deux romans de Sturgeon qui m'avaient beaucoup frappé, mais lorsque je lui ai conseillé la trilogie *Fondation,* il m'en a remercié et m'a confié que la « psychohistoire » inventée par Asimov était très proche de la théorie politique à laquelle il adhérait.

— C'est quoi, cette théorie politique ?

— Le marxisme-léninisme.

Un professeur de français communiste, ça n'avait pas une odeur de soufre pour moi (mon père avait toujours voté à gauche et eu des amis communistes), ça n'était pas vraiment fascinant non plus (je l'avais toujours entendu dire que Staline avait opprimé le peuple russe comme aucun tsar avant lui n'était parvenu à le faire), mais c'était la première fois qu'un adulte me parlait de ses opinions politiques en les ancrant dans une histoire, des lectures, une culture, une pratique militante. [Plusieurs années après, au début des années soixante-dix, je crois, je suis allé le voir à Nice, dont il était originaire et où il avait enfin été nommé après plusieurs années passées à Pithiviers. *Le Patriote,* la revue communiste de la région Côte d'Azur, organisait sa fête annuelle. Monti m'a emmené rencontrer plusieurs artistes qu'il faisait exposer dans l'un des stands de la fête, et j'ai eu l'occasion quasi historique, pour un garçon qui regardait tout ça d'assez loin, d'entendre Georges Marchais s'adresser à une foule assez impressionnante.]

Comme son travail, son amour de la littérature et son attitude vis-à-vis de l'art le mettaient dans une position qu'il qualifiait d'ambiguë (« Qu'est-ce que ça *produit,* un peintre ou un intellectuel ? Qu'est-ce que ça peut bien apporter au prolétariat ? »), il m'apprenait aussi, à travers ses doutes propres, à m'interroger régulièrement sur ce que je faisais, sans pour autant que cela soit un frein.

Bref, c'était un maître. Socrate réincarné. Une chance inouïe dans la vie de l'adolescent que j'étais. Je l'aimais et je l'admirais. Je me souviens de ma fierté quand, l'année suivante, il a été reçu au concours de l'agrégation. Je n'étais plus son élève (en terminale scientifique, nous ne faisions plus de français), mais je continuais à le voir régulièrement.

*

J'ai grandi, je suis devenu adulte, j'ai fait des études, j'ai vécu ma vie pendant qu'il vivait la sienne à l'autre bout de la France. Mais, longtemps, il m'a servi de repère.

Adolescent, je lui avais confié plusieurs textes en lecture (en particulier mes tout premiers cahiers) et il les a longtemps gardés par-devers lui alors que je lui écrivais régulièrement en lui demandant de me les rendre. Après que je lui ai fait cadeau des épreuves corrigées de *La Vacation,* mon premier roman, il m'a envoyé une boîte contenant mes cahiers, des carnets, des lettres que je lui avais écrites. Comme en écho de cette phrase de Kafka (je cite de mémoire) : « Ne pas surestimer ce que j'ai déjà écrit, sous peine de négliger ce que j'ai encore à écrire. »

Ce jour-là, Monsieur Monticelli a laissé place à quelqu'un d'autre. Je me suis rendu compte qu'il n'avait que six ou sept ans de plus que moi, que lorsqu'on a tous les deux plus de trente ans, la différence n'est plus si sensible et que, si la vie et le temps le permettent, les liens qui se tissent entre un maître et un élève finissent par se muer en amitié. Aujourd'hui, j'ai un ami qui se nomme Raphaël Monticelli. Il n'a plus de barbe et coupe ses cheveux blancs très court, mais il a toujours son sourire chaleureux et il lui arrive de croiser d'anciens élèves difficiles qui, devenus adultes, traversent la rue pour lui serrer la main en lui disant : « Ah, Monsieur Monticelli, comme vous m'avez fait du bien ! »

*

Ô Raphaël ! Je ris en t'imaginant assis devant ton écran, comme tu l'es chaque matin pour lire tes messages et l'épisode de la journée. Je te vois ouvrant, incrédule, puis lisant ces deux chapitres qui portent ton nom. Allez ! Ne rougis pas ! Je suis heureux et fier de pouvoir écrire ce que tu es pour moi !

Deux nouvelles d'adolescence

(Traces, 18 ; Reflets, 12)

(Pithiviers, 1970-1971.)

« Paradoxe » alias « Le condamné ».

Première nouvelle du cahier que j'ai envoyé à Opher. C'est une histoire de paradoxe temporel. Un homme venu du futur sauve un enfant de la destruction du vaisseau dans lequel son père a perdu la vie. L'homme n'est autre que l'enfant devenu adulte. Il lui raconte ce qui lui est arrivé / ce qui va lui arriver : recueilli par son oncle, il découvrira que celui-ci est responsable de la mort de son père et le vengera. Puis il retournera dans le passé sauver l'enfant qu'il a été.

Évidemment, ça fait un peu penser à du Shakespeare à la petite semaine, mais je n'avais ni vu ni lu *Hamlet* quand j'ai écrit ça. Ce qui me surprend dans cette nouvelle, c'est le thème de la vengeance, qui réapparaît dans trois autres textes du même cahier. Manifestement, ce thème est lié à la figure d'Ange. Mais que signifie-t-il ? Comment est-il le reflet de ce que mon père a vécu — ou, plutôt, de ce que j'en ai perçu ? Ça pourrait presque être le thème d'un livre entier...

*

« L'être et l'homme » alias « La résurrection ».

Un jour, j'achète un numéro de *Fiction*. Le cadre jaune de la couverture représente une prison-labyrinthe à la Piranèse. Peut-être d'ailleurs en est-ce une. Le numéro contient un texte un peu particulier de Poul Anderson : c'est une nouvelle écrite sous contrainte. L'écrivain de SF Keith Laumer a rédigé un début à partir duquel il a proposé à quatre de ses confrères de construire, comme lui, une histoire. (Anderson et Harlan Ellison font partie du lot, mais qui sont les deux autres ?) L'argument est simple et vertigineux : dans un monde futur, un personnage se rend dans un centre d'euthanasie et demande à en finir. Le prologue commun se termine au moment où, après qu'il s'est allongé sur une table métallique, on lui injecte un poison mortel.

Je lis la nouvelle d'Anderson (« La région intermédiaire » ?) et je décide d'écrire une histoire à partir du même début. Elle fait vingt pages en petits caractères manuscrits. Je la retranscris dans un cahier Clairefontaine à petits carreaux et spirale. Je la donne à lire à Monti.

Je ne me souviens plus de toute l'histoire (j'ai encore le cahier, mais j'éprouve quelque difficulté à le relire, comme j'ai du mal à relire mon journal de l'époque). Je me souviens surtout qu'après sa mort choisie, le personnage central, Axis, part dans les limbes à la recherche d'une femme. De LA femme. Et cette femme idéale se nomme Rhyna.

Je me suis souvent demandé d'où venait ce nom, que je ne parvenais à rapporter à aucune influence consciente. Jusqu'à hier soir, 28 novembre 2001, deux heures après avoir rédigé le paragraphe qui précède (je vous jure que c'est vrai !). Je programmais le magnétoscope lorsque je suis tombé au milieu de la rediffusion d'un épisode de la série *Star Trek* des années soixante. Devant mes yeux écarquillés j'ai vu défiler la séquence suivante : dans une salle aux parois nues, le capitaine Kirk, le docteur McCoy et Monsieur Spock s'approchent d'un corps recouvert par un drap mordoré. Kirk soulève le drap et découvre un visage féminin sans cheveux ; tout autour, d'autres corps sont ceux de la même femme à différents stades d'achèvement. Au-dessus de chaque corps, une pancarte porte un nom, « Rayna », suivi d'un numéro. La voix de Kirk s'élève : « Nous venons de découvrir que Mathusalem [le personnage qui les a accueillis sur sa planète] a trouvé le moyen de créer la femme idéale. Malheureusement, elle n'est pas humaine... »

Star Trek n'a été diffusé en France qu'à partir des années quatre-vingt. L'épisode (« Requiem pour Mathusalem ») date de 1968. S'il est à l'origine inconsciente de mon personnage de « femme idéale », c'est parce que je l'ai vu, lors d'un de mes séjours à Londres, sur le minuscule téléviseur de cuisine de Monsieur et Madame Elias.

Liens :

* *Pourquoi écrivez-vous ?*
* Kirk, Spock et Mrs. Elias

Le diplôme

(Fables, 35)

Pour la première fois, je ne vais pas à Londres. Mon père a vaguement senti que je ne vais plus progresser si je passe mon temps à jouer au bowling. Il a décidé de m'envoyer deux ou trois semaines suivre des cours d'anglais renforcé dans un *college* d'Oxford.

Là-bas, le régime est bien différent de celui de mes étés londoniens. Je suis coincé sur le campus du *college,* à l'extérieur de la ville. Je loge dans une chambre individuelle. L'atmosphère est agréable, les étudiants sont plutôt plus âgés que moi et viennent d'un peu partout en Europe. Je me lie d'amitié avec Hans (?), un Allemand brun et baraqué qui siffle admirablement bien (j'entends encore sa magistrale interprétation du thème musical d'*On ne vit que deux fois...*), et avec une Italienne, Flavia. Mes camarades sont étonnés de m'entendre parler anglais aussi bien. Je leur explique que je suis là « en perfectionnement ». En réalité, je m'ennuie profondément. Les cours ne m'apprennent rien, seules les sorties — nous allons au théâtre à Stratford voir une mise en scène de *Twelfth Night* (*La Nuit des rois*), et au Royal Albert Hall entendre je ne sais plus qui en concert — ont quelque intérêt. Un dimanche, je suis invité à déjeuner par une famille britannique dont l'une des filles revient d'une année en France. Elle me propose de partir en balade dans la campagne. Quand elle sort de l'allée avec sa voiture, je lui fais remarquer, à ma grande frayeur, qu'elle roule à droite. Elle traverse la route en haussant les épaules : « Ah, je me croyais encore de l'autre côté de la Manche... »

De temps en temps, le soir, je descends avec d'autres étudiants jusqu'à un pub qui se trouve à quelques centaines de mètres du *college* ; ils boivent de la bière, je bois du *shandy* — du « panaché ». Je n'ai pas dix-sept ans mais on ne me demande pas mon âge avant de me servir.

Un dimanche, Flavia et Hans partent se balader avec je ne sais qui et je me retrouve seul sur le campus. Le soir, triste à pleurer, je descends au pub et je commande « *a pint of shandy* ». Je ne pense pas que, même diluée par un peu de limonade, la bière reste de la bière. Je bois l'énorme chope jusqu'à la dernière goutte avant de remonter au *college.* J'ai une chambre individuelle dans un petit bâtiment à deux niveaux. Je me couche tout habillé. Au milieu de la nuit, on frappe. Hans et Flavia viennent de rentrer et passent me voir parce qu'ils ont vu de la lumière. Il pleut, leurs imperméables ruissellent, je leur raconte mon après-midi en détail, je passe la main sur leurs vêtements pour en faire tomber la pluie. Je ne comprends pas bien leur sourire hilare. Le lendemain, ils m'expliquent que je n'ai pas dit un mot. Mais ils ont bien vu que, pour la première fois de ma vie, j'étais rond comme une queue de pelle. Ils ajoutent que j'ai le vin gai.

Comme j'ai séché beaucoup de cours, je rentre à Pithiviers sans le « diplôme » que l'école remet aux étudiants les plus assidus. Ange n'est pas content du tout. Je lui dis que je m'en fous, je parle l'anglais couramment. Il me rétorque qu'un diplôme, n'importe quel diplôme, ça peut *toujours* servir. Et il me raconte qu'un immigrant (polonais ?) arrivant en Israël postule pour un boulot. On lui demande s'il a des diplômes. Il sort un papier et le montre à son interlocuteur, qui ne le lit pas, évidemment, à l'exception, en belles lettres cursives, du mot « Diplomaszjkxsh » (ou quelque chose d'approchant). On lui donne le poste.

— Et alors ? dis-je.

— Alors ? s'exclame Ange, triomphant. C'était le diplôme d'une académie de billard !

Lien :
* *Graduation*

Quatrième interlude : Le baiser

(Tourmens, samedi 1er décembre 2001.) J'ai fait un rêve étrange, cette nuit. Un type qui était mi-théoricien de la psychanalyse mi-gourou militait pour que l'humanité se réapproprie ses morts en les dévorant, en assimilant leur corps (en tout ou en partie) pour conserver leur mémoire, leur histoire. Le rêve était assez long, comme une sorte de documentaire au cours duquel on faisait dire à des gens très différents ce qu'ils pensaient de cette idée. Je me retrouvais assis près de cet homme et je lui disais que je comprenais l'image qu'il défendait, que j'en percevais la symbolique, mais je ne voyais pas comment on pouvait décider *ce qu'on allait manger* du cadavre d'un être cher. Qui, d'ailleurs, pourrait décider une chose pareille ? Je continuais en disant que ce symbole résidait peut-être déjà tout simplement dans la possibilité de donner un dernier baiser à l'être disparu, et je me mettais à sangloter : « Lorsque j'ai posé mes lèvres sur le front de mon père mort, ce n'était plus vraiment lui, sa peau était froide et flasque, son crâne était dur et mat, mais je suis heureux d'avoir pu le faire, d'avoir touché une dernière fois de ma bouche le front de mon père comme il l'a si souvent fait, le soir, quand nous étions petits mon frère et moi : il entrait dans notre chambre son journal sous le bras, se penchait sur nous, et son baiser était comme une bénédiction qu'il nous donnait — il était notre père —, et que nous lui donnions, nous aussi, en existant — nous étions ses fils. »

Flavia

(Corps, 20 ; Voix, 20 ; Sens, 8)

(Oxford, été 1971.) Si j'ai raté les cours et si je n'ai pas rapporté de diplôme, c'est parce que j'ai préféré passer mon temps avec Flavia.

Je me souviens de la manière dont je l'ai abordée, cette jolie jeune femme brune qui m'avait tapé dans l'œil. Elle lisait au soleil, assise sur un banc. C'était un banc de bois, et le dossier portait une inscription du genre « Donation de Mister John Smith, ancien élève de [nom du *college*] ». Je me suis arrêté pour la regarder ; au bout d'un moment, elle a levé les yeux vers moi. Gêné, j'ai dit en anglais : « Ce n'est pas vous que je regarde, c'est l'inscription sur le banc. » Elle s'est mise à rire.

Elle habitait à Rome, elle venait parfaire son anglais mais parlait un français excellent, elle était étudiante en médecine. Elle avait un visage et une voix d'une extraordinaire douceur et, bien entendu, je suis tombé amoureux d'elle.

Contrairement à ce que l'on imagine généralement, je n'étais pas encore à l'aguet d'une expérience sexuelle (je n'aurais même pas osé l'envisager à l'époque), mais déjà en quête de la « compagne idéale » (même si je ne formulais pas ça comme ça). On trouvera peut-être l'aspiration inhabituelle pour un jeune garçon, à quoi je répondrai qu'après tout on n'en sait rien : on ne donne pas souvent la parole aux garçons, on présume toujours qu'ils pensent avec leur queue, comment pourrait-on savoir ce qu'ils ont dans la tête ?

Au sens où on l'entend habituellement (et où vous l'attendez, peut-être), il ne s'est rien passé entre nous. Elle me regardait avec un mélange d'amusement et d'étonnement, d'assez près et d'assez loin en même temps : elle avait cinq ou six ans de plus que moi, j'étais un adolescent, elle une jeune femme. Mais je passais le plus de temps possible avec elle et elle avait l'air d'apprécier ma compagnie...

Nous avons parlé, parlé, parlé et forgé un attachement suffisamment fort pour avoir envie de nous revoir à Paris chaque fois qu'elle y est passée, mais aussi pour que je reste amoureux d'elle longtemps, au point d'aller jusqu'à Rome, quelques années plus tard, afin de la revoir, et d'en revenir le cœur brisé après avoir accepté ce qu'elle m'avait dit depuis le début : elle était fiancée à un étudiant en médecine, ils se sont mariés et ont eu des enfants.

Nous nous sommes écrit pendant quelques années encore, et puis les lettres se sont taries.

Au printemps 2000, à la publication de *La Maladie de Sachs* par l'éditeur Feltrinelli, je me suis dit que je ne pouvais pas aller en Italie sans chercher à la contacter. Grâce aux annuaires internationaux, j'ai trouvé son adresse et je lui ai écrit. Elle m'a répondu par courrier électronique. Je lui ai envoyé mon livre. Nous avons découvert avec beaucoup de joie que notre façon de soigner et de voir les gens était la même, et que ce qui nous avait liés, trente ans auparavant, était ce que nous étions déjà. Quand je suis allé signer à Rome, elle a insisté pour m'accueillir chez elle au lieu de me laisser dormir à l'hôtel. Dans la voiture, nous avons repris nos longues conversations. Nous avons dîné avec son mari et, encore une fois, parlé beaucoup et longtemps et c'était bon de renouer cette amitié.

Le lendemain, elle m'a conduit à l'aéroport. Nous sommes restés assis ensemble un moment et elle m'a dit que la veille, à table, en parlant avec son mari, j'avais raconté qu'à Oxford j'étais un gamin, et qu'elle avait été très compréhensive avec moi, comme une grande sœur.

— Je ne veux pas que tu dises ça, a-t-elle ajouté avec un sourire plein de tendresse et de colère. Il y a trente ans, à Oxford, *je n'avais pas du tout envie d'être ta sœur !*

La chute

(Corps, 21 ; Voix, 21 ; Sens, 9)

(Pithiviers, quand ?) C'est un souvenir que je ne savais pas où placer, mais qu'il fallait que j'inscrive quelque part dans cette période, parce qu'il me paraît représentatif de la relation compliquée qui existait entre ma mère et moi. Et, comme la relation à la mère contribue à construire l'affectivité des garçons autant que celle des filles [quand on reproche aux hommes ce qu'ils sont, on a tendance à oublier que, très souvent, ce sont des femmes qui les ont élevés, et ce n'est pas toujours parce que les pères ne s'intéressent pas aux langes et aux biberons mais aussi parce qu'on ne leur laisse pas la moindre chance d'apprendre à changer, à donner et que l'on continue à penser, à croire et à transmettre que les hommes ne *savent* pas élever les enfants, qu'ils vont les casser avec leurs grosses pattes, qu'ils ne comprennent pas ce qu'ils veulent quand ils pleurent, qu'ils n'entendent rien à leurs besoins quand ils grandissent, tandis que les femmes, elles, le savent ; alors, avec tout ce qu'elles font — se saigner aux quatre veines, se sacrifier pour leur bonheur —, c'est incompréhensible qu'une fois adultes leurs fils leur en veuillent autant, ou, du moins, ne leur soient pas plus reconnaissants qu'ils ne le sont] et comme, sur bien des points, je pense avoir hérité autant de Nelly que d'Ange, il me paraît approprié de situer l'incident ici, à l'époque où je traverse l'adolescence en direction de l'âge adulte et porte sur les femmes un regard nouveau, celui du jeune mâle qui ne sait pas encore très bien quelle est la place de la bandaison dans la relation amoureuse mais qui tient absolument à ce que les émotions et les sentiments en aient une.

*

La scène se passe dans le jardin. Il fait beau, c'est le printemps ou l'été, et Nelly arrose ses plantes. Au bout du jardin, dans la cour en contrebas, se dressent de magnifiques hortensias, qui bordent le muret sur un mètre de large. Pour les arroser, Nelly branche son tuyau d'arrosage au robinet près des grands arbres, le laisse pendre par-dessus le muret, ouvre l'eau, et le déplace de temps en temps pour arroser la bande d'hortensias sur toute sa longueur.

Côté jardin, à un mètre cinquante du muret, une grande pierre haute de quarante centimètres, longue de cinquante et large de trente, sort du sol. Je n'ai jamais su pourquoi elle était plantée là. J'ai longtemps imaginé qu'il s'agissait [Ange m'avait raconté que des ruines antiques avaient été retrouvées comme ça, quelque part en Afrique du Nord : des archéologues s'étaient arrêtés en plein désert en voyant un chamelier manger des dattes attablé à un quadrilatère de pierre ; intrigués par l'objet, ils avaient creusé tout autour : c'était le chapiteau] d'une colonne enterrée dans le jardin. Mon jeu préféré, depuis l'époque où Simone, Mick et moi faisions des parties de balançoire, consistait à sauter du muret sur la pierre, de la pierre sur le muret et ainsi de suite, le plus longtemps possible sans toucher le sol.

Ce jour-là il y a du monde dans le jardin, peut-être sommes-nous en train d'accueillir quelqu'un dont la voiture vient d'entrer dans la cour, peut-être sommes-nous au contraire sur le point de le raccompagner. Comme je le fais toujours quand je ne sais pas quoi dire, quand je me sens obligé d'être présent sans pour autant me sentir à ma place, je monte sur le muret et j'esquisse quelques pas aussi élégants, on peut rêver, que ceux de l'aérien Fred Astaire. Arrivé au milieu du muret, je fais un bond vers la pierre, je me reçois comme un chef, je fais demi-tour et, tel l'athlétique Gene Kelly, je saute dans l'autre direction. Mais comme le tuyau d'arrosage fuit un peu, le sommet du muret est mouillé, mon pied glisse, je pivote sur moi-même, mes grands bras battent l'air mais pas moyen de me raccrocher puisqu'il n'y a rien, voilà que je bascule en arrière, la tête la première, deux mètres en contrebas.

Pendant ma chute, je n'ai pas le temps de voir ma vie défiler devant moi mais je me dis que Capri c'est fini : le long de la plate-bande, les pavés sont gros comme des enclumes alors une chute pareille, ça ne pardonne pas, je m'en veux de faire ça à mon père, lui qui ne voulait pas que je fasse du vélo hors de la maison pour m'éviter un accident, voilà que je me brise la colonne vertébrale comme ça bêtement en faisant le zouave dans le jardin, pauvre de moi qui avais toute la vie pour le décevoir...

Et puis pan ! J'atterris sur le dos au milieu des tiges brisées, étonné mais joyeux de me sentir endolori de partout, je ne passerai pas ma vie paralysé dans un poumon d'acier, finalement !

Mais le réveil est brutal car, par-dessus le muret, j'entends Nelly crier :

— *Mes hortensias !*

Un été 42 de Robert Mulligan

(Toiles, 11)

(Paris-Pithiviers, 1971-1972.) Je l'ai probablement vu en 1971, l'année de sa sortie. J'avais seize ans. Je ne me rappelle plus ce qui m'a incité à aller le voir, mais je lisais déjà les critiques de films, à l'époque.

L'histoire est presque douloureuse de simplicité. Pendant l'été 1942, sur une petite île au large de la côte est des États-Unis, trois camarades de classe arrivés à l'âge de la puberté décident de passer à l'acte et de « faire ça » avec les filles qui le voudront. Ils potassent le livre de sexologie que l'un d'eux a subtilisé dans la bibliothèque de ses parents. Ils tirent au sort pour savoir lequel des trois ira acheter des préservatifs (la scène entre le perdant et le propriétaire du *general store* — le commerce local — est d'une drôlerie irrésistible). Ils emmènent des filles au cinéma et jouent à celui qui parviendra le premier à caresser le sein de sa cavalière. Ils vont un soir avec elles faire rôtir des boules de guimauve sur la plage dans l'espoir d'avoir leur premier rapport sexuel.

L'un des garçons, Hermie, est moins attiré par les filles de son âge que par Dorothy, une jeune femme qui vit dans une maison de plage et dont le mari s'est engagé. Il l'aide un jour à ramasser les courses qu'elle a laissé tomber en sortant du *general store*. Il s'attache à elle, et Dorothy le laisse faire, sans arrière-pensée, parce qu'elle le trouve gentil et souffre, elle aussi, de la solitude. Il lui propose de l'aider à retapisser une pièce de la maison. Au cours d'une scène magnifique, elle grimpe dans les combles pour prendre un carton. Pendant que Hermie tient l'escabeau, la vision des jambes nues de Dorothy, debout sur les marches à quelques centimètres de lui, le fait trembler comme s'il était pris d'une poussée de fièvre...

Le film se passait trente ans avant ma propre époque, mais je pouvais parfaitement m'identifier à ces trois garçons. J'avais leur âge, ou à peine plus. Comme eux, j'étais bouleversé par tout ce que mon corps subissait depuis deux ou trois ans : la poussée de croissance qui raccourcissait mes vêtements, les éjaculations nocturnes, les érections qui arrivaient sans prévenir, la barbe, l'acné. Comme eux, je cherchais mes renseignements là où je pouvais les trouver. Comme eux, j'avais à la fois peur et envie des filles. Comme eux, j'étais infoutu de leur adresser la parole sans bredouiller. Bien entendu, je m'identifiais surtout à Hermie, qui raconte l'histoire en voix *off* ; sa brève mais troublante rencontre avec Dorothy résonnait en moi de manière très vive.

Quelques mois plus tard, je lus le livre (écrit avant ou après le film, je ne sais). Je ne fus pas déçu par ma lecture car je compris que le « Hermie » du récit n'était autre que Herman Raucher, le scénariste du film de Mulligan. Il s'agissait d'un récit autobiographique, comment s'étonner qu'il m'ait tant ému ? Herman Raucher et Robert Mulligan ne s'étaient cependant pas contentés de raconter, chacun à leur tour, une émouvante histoire d'adolescence. Ils m'avaient parlé de moi en parlant d'eux-mêmes, ils m'avaient montré qu'une expérience intime peut, dans sa simplicité et sa complexité, devenir une histoire passionnante.

Plus que la douceur et la beauté de Jennifer O'Neill, interprète de Dorothy, ce qui m'a impressionné, chaque fois que j'ai revu *Un été 42,* c'est l'insensible mais inexorable transformation, tout au long du film, de Gary Grimes, le jeune interprète d'Hermie. Au début, son visage est ingrat, presque grimaçant. Dans l'une des toutes dernières scènes, tandis qu'il regarde la maison de Dorothy, ses deux bras enlacent le piquet de bois sur lequel il s'appuie et ses traits témoignent d'une profonde métamorphose.

J'ai été si frappé par cette expérience que j'ai acheté (et passé en boucle) la bande originale composée par Michel Legrand, et, lorsque le film a été projeté au cinéma de Pithiviers, l'été suivant, j'ai invité plusieurs camarades à venir le voir avec moi. Aujourd'hui, j'aimerais pouvoir le montrer à mes enfants adolescents mais j'ai beau scruter les programmes de télévision, sa diffusion semble n'intéresser personne.

*

Le chapitre que vous venez de lire est l'un des rares que j'aie écrits avant de me lancer dans la rédaction et la publication de ce feuilleton. Juste après l'avoir terminé, je suis allé fureter sur l'*Internet Movie Database,* un site internet consacré au cinéma et à la télévision. J'y ai découvert que Gary Grimes, qui a tourné dans peu de films après *Un été 42,* est né, comme moi, en 1955.

Je me regarde dans la glace et je me demande comment il a vieilli.

Hermie, lui, aura toujours notre visage d'adolescent.

Lien :
* *Harold et Maude*

Grec

(Bras, 3)

(Pithiviers, 1970-1972.) Mes parents font partie d'une association qui s'appelle « l'Agora », dont les activités, pour ce que j'en sais, consistent à organiser des dîners gastronomiques et des rallyes touristiques. Au cours d'un de ces rallyes, je sympathise avec un homme assez jeune mais dont les cheveux sont tout blancs [j'ai honte de dire aujourd'hui que j'ai complètement oublié son nom — Daniel ???]. Il travaille [il est cadre ?] à l'usine Gringoire de Pithiviers. Il habite avenue de la République, l'artère « chic » de la ville où vivent la plupart des médecins et des notables. Il loge, au milieu d'un parc, dans une grande bâtisse partagée en appartements que l'usine loue à ses salariés. Sa femme et lui [je me souviens qu'il est marié, mais pas s'il a des enfants] habitent au premier étage. Je vais le voir une ou deux fois. Je ne me rappelle pas ce que nous avons en commun, mais je sais que j'ai du plaisir à parler avec lui et me sens gratifié d'intéresser un adulte. Au second étage vit un de ses collègues de l'usine, M. Decoudun, qui lui aussi est membre de l'Agora, et qui vient de temps à autre avec sa femme Paola prendre l'apéritif avec mes parents. Paola est originaire d'Afrique du Nord, ce qui lui donne pas mal d'atomes crochus avec ma mère. Ils ont deux petites filles. Mon père est leur médecin de famille.

Mon amitié avec l'homme aux cheveux blancs est de courte durée car il quitte Pithiviers, peut-être parce qu'il est muté ailleurs. Un jour, à la Bibliothèque pour Tous, je croise M. Decoudun. Il porte sous le bras un roman de Van Vogt. Encore persuadé que les adultes ont tout à apprendre de moi en ce domaine, je m'exclame : « Vous lisez de la SF, vous ? » Il éclate de rire : « Oui, depuis que j'ai votre âge, jeune homme ! » Il est gentil, ses yeux brillent d'intelligence et son rire est contagieux. [Aujourd'hui, il ressemble à Jean Yanne, mais à l'époque, je crois, il ne porte pas encore la barbe.] Il me propose de passer voir sa bibliothèque. J'en meurs d'envie, mais je n'ose pas le prendre au mot.

Son prénom est Jean-Claude, mais tout le monde l'appelle « Grec », depuis ses années de formation aux Beaux-Arts. Mes parents les aiment beaucoup, lui et Paola, et c'est réciproque. Un soir, ils sortent peut-être ensemble tous les quatre, ma mère suggère que j'aille garder leurs filles. Ils proposent de me payer, elle refuse, Grec est embêté mais je dis : « Vous n'aurez qu'à me prêter des bouquins de SF. » Je ne sais pas comment ça commence, mais je me mets à aller le voir chaque samedi après-midi. Chez Gringoire, il conçoit et dessine les paquets de gâteaux. Chez lui, loin des petits lapins soufflant dans une trompette, il peint.

Quand je passe le voir, il est souvent en train de peindre dans la pièce qui lui sert d'atelier et de bureau. Il m'accueille puis se remet à peindre et nous parlons pendant qu'il travaille. Je le regarde faire, je l'interroge sur sa technique, je l'écoute. C'est un grand amateur de jazz (il me dira un jour, mi-figue mi-raisin, que pour lui, la musique s'arrête en 1945 mais, bien sûr, il n'en est rien). Il a coutume de lire très attentivement les programmes de France-Musique et enregistre les émissions de jazz du week-end sur un grand magnéto à bandes. Il m'initie à des artistes que je connais mal — Louis Armstrong, Duke Ellington — ou dont je n'ai jamais entendu parler : Scott Joplin, Fats Waller. Il déroule ses bandes et me fait écouter des enregistrements perdus et des morceaux introuvables. Il me fait aussi découvrir des musiciens « parodistes » hors normes, comme Spike Jones ou Höffnung. Outre la peinture, la littérature policière, la SF, la musique et le cinéma, il m'apprend des flopées de choses sur un sujet qui m'est alors totalement étranger et dont personne ne me parlera plus par la suite : la navigation. Grand navigateur devant l'Éternel, Grec traduit de l'anglais des traités de marine et pousse le perfectionnisme jusqu'à vérifier toutes les coordonnées indiquées sur les cartes et, ce qui n'est pas rare, corriger les erreurs et les indiquer à l'auteur.

Le jazz, il en joue aussi, avec un groupe dont il fait partie depuis des lustres et qui se nomme (à l'époque) le « Metropolitan Jazzola Eight ». Leur carte de visite, imitation d'un billet de banque américain, porte en effigie [si je me souviens bien] le portrait de Scott Joplin. Un jour, ils animeront la seconde partie d'un spectacle municipal présenté dans la salle de cinéma de Pithiviers. Je le vois encore jouer du trombone au milieu de ses copains. Bien qu'il n'ait probablement pas la quarantaine à l'époque, à mes yeux d'adolescent, c'est un « vieux ». Mais ce soir-là, sur la scène du cinéma, entouré de ses copains jouant du banjo, du cornet, du piano et je ne sais de quoi encore, il me semble fabuleusement jeune, bien plus que je ne l'ai jamais été et, je crois bien, que je ne le serai jamais.

Vingt ans plus tard, j'aurai l'occasion de traduire au pied levé l'excellent *Chronique du Jazz*, un livre magnifique dans lequel Melvyn Cooke raconte l'histoire des instruments, des formes et des praticiens du genre. Pendant que je le traduirai, j'écouterai les CD achetés au fil des années en me souvenant des conseils de Grec. En traduisant, j'apprendrai l'origine de mes morceaux de jazz favoris et, au croisement des notes et des phrases, je me retrouverai parfois assis à la grande table en bois de son salon, les yeux rivés sur la bande qu'il vient de monter sur le magnétophone pour me faire écouter *Treemonisha* ou une version méconnue de *St. Louis Blues*.

Comme « Monti », Grec eut une place cruciale dans ma vie. Mais jusqu'à ces dernières années, je n'aurais pu définir laquelle. Nous ne nous étions pas revus depuis longtemps lorsque, il y a quelques mois, je suis allé les retrouver, Paola et lui, dans l'hôtel parisien qui exposait ses toiles les plus récentes. En entrant dans le hall et en découvrant son travail, j'ai réalisé avec émerveillement et gratitude que, lorsque j'avais seize ou dix-sept ans, je passais presque tous mes samedis après-midi dans l'atelier d'un artiste.

Liens :
* *Jack Barron et l'éternité*
* Gotlib
* Bill Evans

Le cadeau

(Traces, 19)

(Pithiviers, 1971-1972.) Je suis si attaché à Grec, j'ai le sentiment de recevoir tant de lui, que je décide de lui écrire quelque chose. Je me creuse la cervelle. Un cahier contenant une énième copie de mes nouvelles ? J'aurais peur qu'il trouve ça gnangnan. Un disque de jazz ? Il a déjà tout. Un livre ? Je pourrais demander à Paola de me faire une suggestion, mais ça n'est pas très personnel. En pensant à Gotlib (dont il est, comme moi, grand amateur) et à la *Carmen* réarrangée par Spike Jones façon Tex Avery, je me dis, et cette idée me remplit d'exaltation, que je vais *lui fabriquer un truc complètement délirant.*

J'ai un bloc-notes demi-format à petits carreaux. Je compose dedans une sorte d'*Almanach Vermot* à ma façon, plein de blagues idiotes, de gags bêtes et de plaisanteries sans queue ni tête. Aujourd'hui, je ne me rappelle plus très bien son contenu, mais je crois qu'il finira par comprendre un feuilleton, des calembours, et surtout — ça je m'en souviens très précisément — une « galerie des horreurs » avec des objets collés : un morceau de bandelette venu de la momie de Toutankhamon (à ne pas décoller sous peine de mort violente) ; l'une des vis du monstre de Frankenstein ; les poils de moustache d'un loup-garou ; un miroir de poche ; une allumette craquée par Landru un jour de grand froid entre lui et l'une de ses petites amies... Bref, je m'en donne à cœur joie. Pour faire passer le tout, je colle à la fin un comprimé d'aspirine...

J'ai trouvé dans la « salle blanche » une boîte de bois mince qui a dû contenir des échantillons médicaux. Elle a juste la taille qu'il faut pour y glisser le bloc-notes. Mais il me manque encore quelque chose : le titre. Une après-midi, je fais lire mon œuvre à mon copain Bertrand, qui me suggère quelques gags et plaisanteries fines supplémentaires. Brusquement, il éclate de rire :

— Tu devrais l'appeler *Cyclope, l'almanach'un œil !*

Quand je la lui apporte, Grec ouvre la boîte, se met à feuilleter *Cyclope* et rit de surprise à chaque page ou presque. Ce rire résonne encore en moi aujourd'hui.

Le rêve d'Amérique

(Fables, 36 ; Sens, 10)

Pendant l'été 1970, l'une de mes camarades de classe, Aline B., m'a invité à passer la journée avec la « sœur américaine » de son frère. Qu'est-ce qu'une *sœur américaine* ? Le frère en question a passé l'année précédente dans une famille près de Chicago. La fille de cette famille, Jane, vient lui rendre visite en France.

Aline doit savoir que l'Amérique me fascine. Elle pense que j'aurai plaisir à passer du temps avec Jane, et elle a raison. La journée est plus qu'agréable : je parle anglais avec une fille un peu plus âgée que moi, elle me parle de son pays en long, en large et en travers et me fait saliver. L'un de mes albums garde les traces de cette journée : j'ai pris une photo de Jane, et elle, en retour, en a pris une de moi engloutissant un paquet de chips, allongé en travers des rails du chemin de fer qui passe derrière Pithiviers. (Ce jour-là, je crois que les voies sont désaffectées, mais quelques minutes seulement après avoir fait le zouave sur celles-ci, alors que nous nous éloignons, j'entends un train passer dessus. Il ne roule pas vite, le conducteur se penche par la fenêtre de sa motrice et nous lance : « Faut pas rester là ! »)

*

Un an en Amérique.

Dire que ça me tente, c'est un euphémisme. Je ne rêve que de ça. J'en parle à mon père : si le frère d'Aline l'a fait, pourquoi pas moi ? Ange répond comme tous les parents : « Je veux savoir en quoi ça consiste exactement. » Par l'intermédiaire d'Aline, je me procure la documentation de l'association, qui se nomme AFS (American Field Service). Si je pars, je m'envolerai en août, après la terminale et le bac, je serai accueilli par une famille américaine, je fréquenterai une *high school* pendant l'année scolaire et je reviendrai en France au mois de juillet suivant. Du moins, si je franchis les épreuves de sélection (en quoi consistent-elles ?) ; si ma candidature est retenue, ce qui n'est pas fait ; si on me trouve une famille d'accueil, ce qui n'est pas garanti.

— Bon, mais je peux essayer, tu veux bien, dis, Papa ?

— Oui, mais à une condition : il faut que tu aies ton bac.

— Bien sûr que j'aurai le bac !

Il soupire. À l'époque, je ne comprends pas pourquoi. Aujourd'hui, je conçois que l'idée de se séparer de moi une année entière lui pèse et l'inquiète. Qu'est-ce qui va m'arriver, pendant cette année, à des milliers de kilomètres de sa protection ? Mais il finit par dire :

— Quand tu reviendras, tu sauras parler anglais couramment... Encore mieux qu'avant. (Il fait une drôle de moue.) Tu sauras parler l'a*meu*ricain...

L'autobiographie

(Pages, 19)

(Pithiviers, 1971-1972.) Ma classe de première s'est terminée de manière plutôt brutale : ni le prof de maths ni le prof de physique ne veulent que je passe en terminale C (maths + physique à hautes doses). Mon père ne l'accepte pas. Il se met en pétard. Ces imbéciles n'y connaissent rien. Son fils *doit* faire une terminale scientifique. Il insiste auprès du directeur pour qu'on me fasse passer un examen afin d'apprécier mon niveau réel dans les deux matières. Un jour de juin 1971, après avoir passé le bac de français, je retourne au lycée, composer seul dans une classe. Je n'ai rien demandé ; je ne verrais aucun inconvénient à passer en terminale D (maths, physique et sciences naturelles à doses acceptables) mais qui suis-je pour contrarier les volontés d'Ange ? Les deux profs n'ont probablement jamais eu l'intention de me laisser passer en C. Ils me recalent d'un demi-point. À la rentrée, je ne suis pas mécontent d'entrer en terminale D. L'atmosphère y est très différente : la pression y est beaucoup moins forte que sur les C (qui sont considérés comme l'élite, à cause des maths) et les élèves sont plus détendus, plus sympathiques. J'en connais certains, côtoyés dans des classes précédentes, mais je ne me fais pas vraiment de nouveaux amis. Cette année-là comme les précédentes, mes amis les plus fidèles sont les livres.

Bien que je lise toujours beaucoup de SF et de romans policiers, deux bouquins d'un autre genre vont marquer mon année de terminale.

Le premier est l'autobiographie du chanteur Sammy Davis Jr. Elle retrace sa vie jusqu'à la naissance de son premier enfant. C'est la première fois que je lis une (auto)biographie et je ne me rappelle pas exactement dans quelles circonstances je lis celle-ci. Je me souviens cependant qu'on m'a offert un premier disque de Sammy Davis Jr, extrait d'un concert en public, et que j'ai été frappé non seulement par sa voix mais aussi par ses imitations — il en fait d'excellentes de Sinatra, Dean Martin et Peter Lawford, ses complices de ce qu'on appelle « The Rat Pack », et aussi de Jerry Lewis. Il truffe ses chansons de citations musicales, de sons divers, d'allusions que je ne comprends pas toujours mais qui font beaucoup rire le public. Au cours de mes séjours à Londres, j'ai acheté trois ou quatre autres de ses disques et, en particulier, un double album *live* sur lequel il interprète les principales chansons de *West Side Story*. Je l'ai vu jouer dans deux ou trois films comme *L'Inconnu de Las Vegas* et *Les Trois Sergents*, western-remake de *Gunga Din* et, sans pouvoir dire pourquoi exactement, j'éprouve un grand attachement pour lui. Comme Jerry Lewis, il me touche. Et j'ai entendu raconter à son sujet l'histoire suivante, peut-être de la bouche d'un de mes oncles : quelqu'un lui demande quel est son handicap au golf ; il répond : « Je suis noir, je suis juif et je suis borgne. Ça ne vous suffit pas ? »

Quand le livre me tombe sous les yeux (peut-être l'ai-je tout simplement découvert chez Gibier), je le dévore de la première à la dernière page. Je suis fasciné et bouleversé par son histoire : l'enfant qui monte sur les planches aux côtés de son père et du partenaire de celui-ci, Will Mastin ; l'adulte confronté au racisme qui interdit aux artistes noirs, après avoir fait leur spectacle, de se mêler au public des clubs qui les ont engagés ; l'accident de voiture au cours duquel il perd un œil lorsque sa tête heurte l'écusson en relief qui fait saillie sur le volant... Pendant qu'il est emporté sur un brancard, une de ses amies lui glisse dans la main une médaille et lui dit de la serrer très fort et de prier. Quand il se réveille, une marque s'est imprimée dans sa paume : c'est une étoile de David. Il apprend à ne plus voir que d'un œil (il explique que deux yeux, ça permet de percevoir en relief. Quand on n'en a plus qu'un, au début on a du mal à saisir les objets : la main passe à côté...). Il se convertit au judaïsme (ce qui, quand on pense à la méfiance viscérale et ancestrale qui existe entre les communautés noire et juive aux États-Unis, a dû être particulièrement difficile à assumer), et tombe amoureux d'une actrice d'origine suédoise, May Britt. Je me souviens du passage où, au cours d'une conversation téléphonique, il lui demande de l'épouser : elle dit qu'elle aimerait avoir des bébés. Il lui demande si elle, qui est si blonde, aimerait avoir des bébés bruns avec lui. Elle dit oui. Il écrit que si elle lui avait répondu : « Non, merci, Sammy, je n'y tiens pas... », il aurait raccroché et se serait fait sauter la cervelle. Et, tout au long du livre, Sammy rend hommage à son père...

Je sais pertinemment que l'histoire de Sammy Davis Jr ne se résume pas à cette autobiographie, écrite avec l'aide d'un couple d'amis journalistes. Je sais également — et vous comme moi — qu'une autobiographie ne raconte pas la vérité, toute la vérité, rien que la vérité. Mais ce livre eut pour moi une grande importance, un sens véhiculé par son titre : *Yes I Can* — celui de sa chanson fétiche. Si Sammy Davis Jr, avec tous ses handicaps, pouvait honorer son père en obtenant une reconnaissance que celui-ci n'avait jamais pu approcher, alors n'importe quel fils le pouvait.

Le roman

(Pages, 20)

Le seul camarade avec lequel je passe du temps pendant ma terminale est Benoît S., dont le père est médecin à Boynes, à une dizaine de kilomètres de Pithiviers. Nous partageons le même goût pour la SF, pour le tir à la carabine, pour les extrapolations philosophiques sur les univers parallèles et les paradoxes temporels. J'aime beaucoup son père, vieux généraliste plein de gentillesse, et qui sait poser les bonnes questions. Un jour, il me demande ce que je veux faire plus tard. Depuis longtemps (quand ? Je ne saurais le dire), je dis à qui veut bien l'entendre que je ferai des études de médecine. Il me demande quelle branche m'attire le plus. Je réponds :

— Euh... la recherche.

— Quel genre de recherche ?

J'hésite.

— Celle... celle qu'on fait sous un microscope. J'aimerais comprendre comment les gens fonctionnent.

— Les gens ? Tu veux dire : la vie ?

— C'est ça. La vie des gens.

*

Les parents de Benoît m'invitent à les accompagner en Bretagne, je crois, pendant une de nos semaines de vacances. Je dis « je crois » parce que je n'ai aucun souvenir de l'endroit où ils nous emmènent. Dans mon souvenir, ce séjour s'est très bien passé mais j'ai consacré beaucoup de mon temps à la lecture d'un livre qu'on m'a envoyé quelques semaines plus tôt.

Un ami de Claudie et de mes parents, Jacques Garat, est journaliste à la télévision. Il anime la quotidienne « Aujourd'hui Madame ». Un jour, il a eu envie de consacrer une de ses émissions aux lectures des adolescents. Il est entré dans une librairie, a choisi des livres, fait le tour des gens qu'il connaît et qui ont un fils ou une fille adolescents, leur a demandé s'ils étaient d'accord pour participer à l'émission et leur a envoyé les six ou huit bouquins choisis. Il a ensuite l'intention de les réunir sur son plateau pour les faire parler de leur lecture. Il a pensé à moi et j'ai reçu un colis.

Pour des raisons que j'ignore, l'émission n'a jamais eu lieu, à mon grand soulagement : la plupart des bouquins me sont tombés des mains ; il devait, dans le lot, y avoir un volume de la collection « Signe de piste », je crois, et un autre qui parlait d'hommes des cavernes (*La Guerre du feu* ? Je n'en suis pas sûr). Tout cela m'a rebuté. À cette époque, j'éprouve une profonde méfiance à l'égard de tout ce qui n'est pas américain. Je me mets pourtant à lire quelques pages d'un fort volume de la « collection blanche » de Gallimard que Jacques Garat a inclus dans le colis. C'est *L'Île* de Robert Merle. Au bout de quelques pages, je suis captivé. De sorte que, pendant mes vacances avec Benoît, lorsque son père me propose un soir de les accompagner au cinéma pour voir *Le Cercle rouge* de Jean-Pierre Melville, je refuse : je préfère rester à la maison pour lire mon bouquin. Quand ils rentrent, je suis toujours dans la même position, assis en travers du lit, plongé dans ma lecture. Est-ce le sujet qui m'attire (une réinvention de l'histoire des révoltés du *Bounty*) ? Ce n'est pas sûr : je n'aime pas spécialement les univers exotiques. L'écriture, en revanche, me visse à mon siège. Pour la première fois depuis bien longtemps, un roman dans lequel il n'est question ni de vaisseaux spatiaux ni de crimes à élucider m'apporte une jouissance extrême. Moi qui ai toujours évité de lire les « classiques » qu'on m'imposait en classe, je prends pleinement conscience qu'on peut écrire un livre passionnant *en langue française.* Il me faudra encore des années pour comprendre que toutes mes lectures antérieures — Maurice Leblanc, Simenon, Steeman, mais aussi les traductions de Van Vogt par Boris Vian ou celles de Conan Doyle par Germaine Beaumont — m'ont préparé à cette « révélation ».

La sélection

(Fables, 37; Sens, 11)

(Pithiviers et Tours, 1971.) Mes parents ont demandé un dossier de candidature à l'American Field Service. En septembre ou en octobre, on me convie à une « épreuve de sélection » qui se déroule à Tours. Ma mère m'accompagne à la gare de Fleury-les-Aubrais pour que j'y prenne le train. Je me retrouve dans une ville encore inconnue, je ne sais pas que j'y ferai plus tard mes études de médecine. Je vais à pied de la gare à l'adresse indiquée, un grand immeuble en bord de Loire occupé par une antenne de l'université de Stanford, Californie. Là, avec une trentaine d'autres candidats, je planche sur un questionnaire de culture générale et je rédige un autoportrait. On nous a demandé d'être aussi prolixe que possible. Plus nous en dirons sur nous-mêmes, sur les membres de notre famille, notre mode de vie, nos goûts, nos aspirations, nos activités de loisirs, et mieux cela vaudra : tout cela sert non seulement à définir le « profil », l'aptitude à partir de chaque candidat, mais aussi à choisir la famille qui l'accueillera aux États-Unis. J'en écris quinze pages.

Mon dossier comprend également une description du candidat par ses parents, par un ami proche et par un enseignant de son choix. Je ne me rappelle pas quel camarade je sollicite, mais c'est Monsieur Monticelli qui remplit la troisième description. Il tient à me la faire lire. Il y écrit entre autres que je suis très attiré par la littérature, et en particulier par la littérature et la culture américaines.

Chaque comité régional français de l'AFS ne peut proposer qu'un nombre limité de candidats. Quelques semaines après, je suis convoqué de nouveau à Tours, pour un entretien. Ma candidature est retenue avec celle d'une demi-douzaine d'autres jeunes gens. Je nage dans le bonheur. De nouveau, ma mère m'emmène à Fleury. Comme je suis en avance pour prendre le train, je musarde dans le kiosque à journaux, je feuillette les livres et les magazines de comics et, d'une oreille distraite, j'entends le train partir. Je cours comme un dératé jusqu'au quai, mais il est trop tard. C'est fini, mon rêve s'écroule, je ne partirai jamais, un garçon qui rate le train Orléans-Tours est beaucoup trop bête pour qu'on l'envoie passer un an en Amérique.

La mort dans l'âme, je cherche un téléphone (il n'y a pas de cabines partout, en France, au début des années soixante-dix) et je finis par appeler mon père du buffet de la gare. Il m'engueule copieusement et me traite d'abruti et de bougre d'âne (ses insultes favorites quand il s'agit de ses fils). Puis il se calme, me rassure, me dit de prendre le train suivant, il va appeler les responsables locaux de l'AFS à Tours, ils vont m'attendre, je passerai l'entretien après les autres, et puis voilà tout.

Vexé, penaud, broyant du noir, j'attends le train suivant. Quand j'arrive enfin à Tours, il fait nuit, il est près de six heures du soir, on est en décembre, les grandes artères sont illuminées par les décorations de fin d'année. Les entretiens ne sont pas terminés. Les personnes qui en sont chargées reçoivent encore une candidate avant moi. Deux ou trois autres, qui sont déjà passés, discutent avec des jeunes gens qui ont déjà fait le voyage et viennent de rentrer, avec des parents dont le fils ou la fille se trouve en Amérique, ou qui accueillent un(e) jeune Américain(e). Je bois leurs paroles. Je voudrais déjà y être.

Quand on m'appelle, je me retrouve devant une étrange assemblée. Il y a là sept femmes, installées en demi-cercle derrière des tables, qui me font asseoir sur une chaise au milieu de la pièce. Certaines sont des mères d'anciens candidats ou des « mères d'accueil », d'autres ont fait un séjour aux États-Unis il y a quelques années. Et j'éprouve la très étrange sensation d'être parfaitement à ma place au milieu de toutes ces femmes. Pour la première fois de ma vie, on me demande de dire qui je suis, ce que j'aime, pourquoi je veux partir, sans sous-entendu. Alors que je ne parviens jamais à me faire entendre au milieu du brouhaha familial, alors que lorsqu'on me sollicite, d'habitude, c'est pour me mettre en représentation (« Marc ! Viens dire bonjour à une telle », « Oh ! mon chéri comme tu as grandi, quel beau garçon tu es devenu ! »), quand ce n'est pas pour m'humilier (« Oui, enfin, ce serait mieux s'il grossissait un peu et s'il n'avait pas cette acné mais je l'emmène chez le dermatologue deux fois par mois — *je sais que tu n'aimes pas* que je parle de ça, mais enfin, ta mère a le droit d'exprimer ce qu'elle pense de son fils, quand même ! »), face à ces femmes que je ne connais pas et dont je distingue mal le visage, ma taille, ma maigreur, l'acné et tout le reste ne me gênent plus, aucune question ne me paraît incongrue, aucune ne me met mal à l'aise et, quand l'une de mes interlocutrices se met de but en blanc à me demander si j'aiderai ma mère d'accueil à faire la vaisselle, je me mets à rire et je lui réponds que ça fait longtemps que je fais la vaisselle à la maison quand mes parents vont déjeuner chez des amis, Mick et moi nous déjeunons ensemble le dimanche midi avant d'aller au cinéma, je sais aussi composer une salade et cuire un steak, c'est quand même pas compliqué... Je vois les sept femmes se regarder et je réalise brusquement que cette dame, qui doit être enseignante, m'a posé la question en anglais et que je lui ai répondu en anglais moi aussi, comme ça, du tac au tac, sans réfléchir.

Quand je sors de la pièce, une heure plus tard, je n'ai pratiquement pas arrêté de parler, de ma vie je n'ai parlé aussi longtemps à autant de personnes à la fois, sauf le jour de ma bar-mitzvah, mais j'avais répété... Je salue rapidement les personnes encore présentes, je dois partir immédiatement, attraper le dernier train pour Orléans, si je le rate encore une fois je serai chocolat. On me dit qu'on me tiendra au courant.

Assis dans le compartiment, je me sens vanné, j'ai la tête vide, je passe en revue cette drôle de conversation à huit, j'essaie de me rappeler les regards, les sourires, les hochements de tête, j'essaie de leur donner un sens, de deviner ce qu'elles ont pensé de tout ça. Et puis je me dis que c'est peine perdue. Je suis passé le dernier, elles devaient en avoir ras le bol d'écouter des gamins parler d'eux-mêmes comme s'ils étaient la personne la plus intéressante de la planète, en plus j'étais en retard, et puis j'ai l'impression d'avoir dit un monceau de conneries.

Bien plus tard, on me racontera qu'après mon passage, l'une des femmes présentes, une Parisienne dépêchée par l'AFS pour aider les bénévoles locaux, a fortement exprimé ses doutes quant à ma capacité de passer une année entière dans une famille américaine. « Ce garçon est beaucoup trop bavard. Il va leur casser les oreilles. »

Le bac

(Fables, 38 ; Sens, 12)

(Pithiviers, 1972.) En remplissant mon dossier AFS, mes parents signent un engagement à me laisser partir même si je ne décroche pas mon bac. L'association veut ainsi signifier que si les comités locaux américains cherchent une famille d'accueil bénévole pour chaque lycéen, ce n'est pas pour que celui-ci se désiste au dernier moment. Mon père me fait cependant comprendre que si je n'ai pas le foutu examen, il ne me laissera pas m'envoler. Je sais qu'il dit vrai : il ne lui serait pas difficile, à lui, de me faire un certificat médical...

Mais je veux partir, et j'ai résolu que rien ne pourrait m'en empêcher. En première, lorsque je me débattais contre les maths et la physique, Ange m'avait donné un conseil : « Lève-toi à 6 heures du matin pour réviser. Tu seras plus frais que le soir, il n'y aura pas de bruit, personne ne viendra te déranger. » Je n'avais aucune envie de m'infliger ce régime à ce moment-là. En terminale, me lever tôt ne me pèse pas ; je m'y applique avec une ivresse, une énergie que je ne me connaissais pas. Au petit matin, j'ouvre mes volets sans bruit, je révise mes cours retranscris sur des fiches bristol quadrillées de 14 × 20, je termine mes devoirs, j'écris. C'est le meilleur moment pour écrire. C'est le meilleur moment pour être seul avec moi-même. Chaque matin, pendant deux heures, rien ou presque ne peut m'atteindre.

La terminale n'est pas une sinécure, mais elle se passe mieux que la première. Je me risque même à braver les réactions imprévisibles du prof d'histoire-géo en lui parlant d'un film qui devrait l'intéresser. C'est *Le Chagrin et la Pitié* de Marcel Ophuls, commandé par la télévision, rejeté par elle et finalement exploité en salles. Ange m'a emmené le voir à Paris. Mon prof en a vaguement entendu parler ; quand je lui explique de quoi il s'agit (la Seconde Guerre mondiale est au programme, après tout), il me remercie en disant qu'effectivement, ça l'intéresse. Quelques semaines plus tard, alors que je viens de m'asseoir, il se plante devant moi, les mains derrière le dos et, avec un sourire que je ne lui ai jamais vu, déclare à toute la classe : « Grâce à Zaffran, vous allez devoir me supporter pendant quatre heures d'affilée ! » Il a vu et aimé le film, et affrétera deux autocars pour emmener toutes les terminales le voir, un soir, à Orléans...

*

En dehors de ce qui précède, j'ai pratiquement tout oublié de mon année de terminale ; c'est dire à quel point j'étais, affectivement parlant, absent du lycée. Le bac, obstacle à franchir, était ma seule préoccupation.

Aux épreuves écrites, je tombe sur des problèmes de maths et de physique plus faciles que prévu, et j'ai la surprise de décrocher des notes inédites : 14 et 15. En sciences naturelles, qui est en principe ma matière forte, c'est le contraire qui se produit. Au bac blanc, l'un des deux sujets, que j'ai pris et qui m'a valu une excellente note, portait sur la méiose (la séparation des chromosomes juste avant la constitution des cellules de la reproduction). Au bac, l'un des deux sujets porte de nouveau sur la méiose. Avec un panache qui me paraît alors parfaitement logique mais qui fera bondir mon père (« Triple abruti ! » et « Bougre d'âne ! », probablement), je refuse la facilité qui consiste à traiter le même sujet une deuxième fois et je choisis l'autre (la rétine), que je connais moins bien. Cette fois-là, j'ai 9.

Le souvenir le plus agréable de ce bac, c'est mon oral d'anglais. Quand j'entre dans la salle, l'enseignante — qui a vu défiler une vingtaine d'élèves avant moi (j'ai toujours été un des derniers à passer, merci l'ordre alphabétique...) — pose son stylo, s'adosse à sa chaise avec un soupir et me demande (en anglais) ce que je vais faire à la rentrée. Guilleret et candide, je lui raconte que je m'envole bientôt pour l'Amérique et je lui décris la famille qui m'attend là-bas. Elle boit du petit lait : elle adore les États-Unis. Mon bavardage lui change les idées, et on ne parle pas du tout des textes que je suis censé lui présenter. En sortant, je me demande, inquiet, si elle ne s'est pas un peu trop détendue en ma compagnie : elle ne va pas oublier de me mettre une note, au moins ?

Quelques jours plus tard, la mère de Benoît S. nous conduit à Orléans, son fils et moi, pour voir les résultats. Après avoir repéré le sien, Benoît aperçoit mon nom sur les placards et m'annonce que je suis reçu. Il est peut-être étonné de voir que ça ne me fait ni chaud ni froid. Car je suis déjà loin.

Liens :

* Le concours de médecine
* Le rêve de l'examen

L'ancien camp

(Lieux, 12 ; Quêtes et pertes, 5)

(Tourmens, 2001.) En septembre 2000, je me suis rendu à Pithiviers avec ma fille, Mélanie, qui venait d'avoir dix-neuf ans. La maison appartient à mon frère et à ma sœur, mais je n'y étais pas retourné depuis 1995, une fois close la succession de nos parents. J'allais y recueillir les papiers de famille, dans le but d'en tirer la matière d'un livre. Dans le jardin, il y avait des herbes folles, des feuilles mortes un peu partout. J'ai fait le tour de la bâtisse, je l'ai arpentée du grenier à la cave, de la réserve à la penderie du premier étage, pendant que Mélanie la filmait avec le caméscope familial. Je voulais tout garder en mémoire et, bien sûr, c'était illusoire. C'était la maison dans laquelle j'avais vécu, ça n'était plus la maison dans laquelle je vivais.

La ville même ne me disait plus rien. À part Grec et Paola (qui ne s'y trouvaient pas ce jour-là), je n'avais personne à aller voir. Beaucoup de magasins ont changé ; la librairie Gibier est toujours à la même place (je n'y ai vu ce jour-là personne de ma connaissance), mais ça fait belle lurette que la bibliothèque pour tous n'existe plus, ni l'épicerie où ma mère m'envoyait chercher des yaourts et des citrons. Le lycée s'est agrandi, la plupart de mes profs sont aujourd'hui à la retraite — sauf Monti — et certains sont sans doute décédés, depuis le temps. Place de la Mairie, le cinéma a disparu. On en a construit un autre sur l'un des mails.

J'ai ouvert les tiroirs de mes parents, le grand meuble de ma chambre, les placards de la chambre du jardin. J'y ai trouvé des lettres, des photos, des revues, des documents administratifs rangés dans des chemises ou entassés pêle-mêle dans de grandes boîtes qui avaient dû, autrefois, contenir des chocolats.

Et puis, après avoir visité chaque pièce une dernière fois et retrouvé un ou deux bouquins et illustrés de mon enfance (j'avais déjà emporté l'essentiel plusieurs années auparavant), j'ai constaté que je n'éprouvais aucune mélancolie, seulement de la tristesse.

*

Bien après mon retour d'Amérique, alors que je faisais mes études de médecine, j'ai entendu Ange murmurer sombrement : « Si j'avais su, je ne serais jamais venu m'installer ici. » Longtemps après, j'ai enfin compris pourquoi il disait cela tandis que Nelly secouait la tête sans rien dire.

Entre 1941 et 1943, Pithiviers et deux autres communes du Loiret, Beaune-la-Rolande et Jargeau, abritèrent des camps destinés à parquer des milliers de Juifs avant de les expédier à la mort. Juifs apatrides, Juifs français raflés au Vél' d'Hiv, ils furent 18000 à passer par là, dont 4000 enfants. Certains convois les emmenaient ensuite à Drancy, mais beaucoup partirent de Pithiviers pour se rendre directement à Auschwitz. Quand, vingt ans après, nous sommes arrivés d'Israël, la seule trace de cette sinistre besogne était une plaque d'aspect anodin : quelque part entre le bout de l'avenue de la République et la gare, il y avait — il y a toujours, j'imagine — une « rue de l'Ancien-Camp ». En 1992, le centre de recherche et de documentation sur les camps d'internement et de déportation juive dans le Loiret, fondé par les communes de Pithiviers, de Beaune-la-Rolande et d'Orléans, l'université d'Orléans et plusieurs associations juives et d'anciens déportés, organisa une exposition conçue par Henri Bulawko, ancien déporté, et Serge Klarsfeld, avocat, à la mémoire des victimes.

Ange était mort en 1983, il n'a pas pu la visiter. Je ne sais pas si Nelly, qui a disparu en 1994, s'y est rendue. Elle ne m'en a jamais parlé. J'ai sous les yeux le catalogue de l'exposition, acheté il y a deux ou trois ans dans une librairie qui m'avait invité à signer.

*

Quand Mélanie et moi avons quitté la maison avec deux cartons bourrés d'archéologie familiale, je savais pourquoi je ne m'étais jamais senti tout à fait chez moi en cet endroit. Oui, nos parents nous ont protégés, mon frère et moi, ils nous ont fait grandir là à l'abri de la maladie et de la faim. Ange y a vécu vingt ans, Nelly plus de trente, ils y ont rencontré des gens chaleureux, noué des amitiés ; ils ont été joyeux derrière les murs épais de la maison, ils ont mangé et bu et ri avec leurs parents et leurs amis, au chaud l'hiver dans la salle à manger et à l'ombre l'été dans l'enceinte close du jardin. Mais comment auraient-ils pu se sentir tout à fait chez eux, dans la ville de l'ancien camp ?

Lien :

* *Les camps d'internement du Loiret, 1941-1943 — Histoire et mémoire* (catalogue de l'exposition de 1992)

La famille

(Bras, 4)

(Pithiviers, 1972.) J'ai reçu le dossier des Stainer, ma famille d'accueil, dès le mois de mai. Je ne m'en rappelle que des bribes, mais elles prennent aujourd'hui une dimension considérable.

Sur la première page, une photo représente le père, la mère et les trois enfants — deux garçons, une fille — installés sur le canapé du salon. Ils posent, ils sont bien coiffés et bien habillés. Ils sourient. Ils ont l'air très américain.

Ils habitent à Bloomington, Minnesota. J'imaginais me retrouver sur l'une des deux côtes, je n'avais pas réalisé que des gens vivent au centre géographique du continent. Et aussi au nord. Sur la grande carte affichée au mur de ma chambre, je vois bien où est le Minnesota : à l'ouest du Wisconsin, juste sous l'un des grands lacs ; mais je ne trouve pas Bloomington dans mon atlas.

Je n'arrive pas à remettre la main sur ce dossier (il est sûrement rangé quelque part) et je ne me rappelle pas ce que Betty, qui deviendra ma « mère américaine », écrit dans l'autodescription qu'on fait remplir à chaque famille. Mais, lorsqu'elle reçoit mon dossier, elle m'envoie une lettre, datée du 5 juillet. Je l'ai retrouvée dans les papiers de ma mère, avec toutes les autres lettres que Betty a écrites à mes parents pendant mon séjour chez elle. C'est en la relisant que j'écris ce chapitre.

*

C'est une lettre de neuf pages ; les deux premières sont manuscrites, les suivantes sont tapées à la machine. Betty y déclare qu'elle a l'écriture la plus lisible de la famille, qu'elle a commencé à la main afin que sa lettre n'ait pas l'air trop distante, et qu'elle va dactylographier la suite pour aller plus vite et nous en dire plus.

Elle joint à sa lettre une carte du Minnesota « avec un plan de Minneapolis au verso » et précise que Bloomington est une banlieue résidentielle au sud de Minneapolis, grande cité du Middle West jumelée, de part et d'autre du Mississippi, avec une ville plus ancienne, St. Paul. L'agglomération des deux villes porte d'ailleurs le nom de « Twin Cities ». Dès le début de la troisième page, Betty s'adresse à moi. Elle enseigne la littérature et le théâtre à Lincoln High School, l'école secondaire dans laquelle je serai scolarisé. Elle a trois enfants : Chuck, l'aîné, aura dix-sept ans en octobre 1972. Leur fille, Juno, en aura seize en novembre. Jimmy, le plus jeune, en a eu douze en juin. Le père, Charlie, travaille pour le gouvernement américain : il est (je cite Betty) *production control supervisor for the Air Force in the field of electronics.* « Ce qu'il fait, explique-t-elle, est si compliqué que je n'ai jamais très bien compris en quoi ça consiste. Enseigner, c'est bien plus simple. »

Après les cours, Betty met en scène des spectacles (pièces de théâtre, comédies musicales) organisés par l'école ; Chuck, qui a lui aussi le virus de la scène, a été engagé pour en superviser la construction des décors et l'éclairage pendant l'année à venir ; Juno, très concernée par l'écologie, est membre de l'équipe scolaire de « débat » et du club de philosophie et, depuis qu'elle sait que je vais me joindre à eux, a décidé de continuer à faire du français ; Jimmy joue au basket, il nage et il fréquente la *summer school* (centre aéré avec des cours de rattrapage) pour faire des maths (« le sujet qu'il déteste le plus ») et du théâtre (« pour s'amuser »). Les deux garçons et leur père font partie des *Boy Scouts of America*. Ils ont une sortie en forêt prévue en août. Si j'aime camper, je pourrai me joindre à eux.

Au moment où Betty écrit, toute la famille est occupée à nettoyer la maison et à la retaper. Comme la plupart des maisons individuelles du Minnesota elle est constituée d'un rez-de-chaussée et d'un sous-sol (à cause des ouragans). Les Stainer profitent de ma venue pour aménager une chambre supplémentaire dans le sous-sol : auparavant, seul Chuck y dormait ; dorénavant, nous serons deux.

*

Je relis cette longue lettre avec bonheur et émerveillement. Lorsque je l'ai lue pour la première fois, je n'en ai pas compris la moitié. J'en avais saisi le sens — elle est écrite dans un anglais parfaitement intelligible, et je l'ai facilement traduite à mes parents — mais pas la profondeur. Betty a très bien lu mon dossier. Elle a compris mes goûts, elle m'explique quelles matières je pourrai choisir d'étudier à Lincoln, elle me parle de SF et de cinéma, elle précise (plus pour mes parents que pour moi, probablement) le climat habituel de Bloomington (couramment entre – 10° et – 20° en hiver, avec 70 cm à 1 m de neige entre décembre et mars), me conseille d'apporter le manteau le plus chaud possible — mais précise qu'ils en auront certainement à me prêter car ils partagent beaucoup leurs vêtements —, me prévient que je serai le seul lycéen français de Lincoln, mais aussi probablement l'un des rares lycéens juifs (« qui sont encore moins nombreux ici que les lycéens noirs »), et précise que si je veux aller à la synagogue ou manger *kasher* (ce qui n'est pas du tout dans mes intentions !), elle se débrouillera...

Elle joint à la lettre plusieurs photographies : un double de celle qui figure dans le dossier, une de Chuck, Juno et Jimmy dans le *backyard* (le bout de jardin derrière la maison), une autre représentant la maison l'hiver précédent, sous un mètre de neige.

*

Cette lettre, qui date de bientôt trente ans, n'est pas seulement une très belle autodescription de la famille Stainer, elle vibre de l'impatience et de l'enthousiasme qu'éprouve Betty à l'idée de me recevoir. Je n'ai jamais vraiment su ce qu'avait représenté pour elle et pour sa famille le fait de m'accueillir — bien que nous ayons toujours été très proches depuis, je ne lui ai jamais posé directement la question —, mais, en relisant ses mots, je sens qu'en juillet 1972 j'étais très, très attendu à Bloomington, Minnesota.

Liens :
* Lincoln High School
* Le téléphone et la machine à écrire
* *South Pacific*

Cinquième interlude : Cosmos privé

(Tourmens, 2001.) Avant de me lancer dans la relation de mon année en Amérique — à laquelle, je le sais depuis peu, sera consacrée presque toute la dernière partie de ce livre — j'ai laissé passer plusieurs jours sans pouvoir écrire quoi que ce soit. Je n'arrivais pas à m'y mettre. Je n'arrivais pas à me replonger dans ce passé-là. Je n'arrivais pas non plus à comprendre d'où venaient ces difficultés. Je n'avais pourtant pas eu d'hésitation à remonter beaucoup plus loin ; je m'étais même amusé à explorer un passé ancien plus ambigu, plus sujet à caution, en énonçant ce dont je croyais me souvenir et en recevant, au fil de la publication sur le site P.O.L., des messages d'inconnus ou d'amis corrigeant mes erreurs, répondant à des questions implicites, précisant mes approximations.

L'Amérique, c'est bien autre chose que mon enfance à Pithiviers. Ça n'a duré qu'un an à peine — des premiers jours d'août 1972 à la première quinzaine de juillet 1973 — mais, aujourd'hui, je peux dire sans exagération que cette année a irrémédiablement changé ma vie. Cela ne m'est pas apparu immédiatement, bien sûr ; avec le recul, certaines choses sont cependant d'une évidence frappante.

Dans ma chair et ma mémoire, mon séjour à Bloomington auprès de Betty s'inscrit comme une deuxième adolescence, une deuxième enfance, une deuxième origine.

*

La relation de cette expérience — qui ne pourra pas restituer totalement la richesse, l'intensité et les conséquences à long terme — diffère en deux points fondamentaux du reste de ce livre.

Tandis que j'ai dû reconstruire le passé antérieur à partir de pièces éparses et inorganisées, mon année dans le Minnesota a laissé de nombreuses traces écrites. Quelques semaines avant mon départ de Pithiviers, alors que nous étions assis devant la télévision, ma mère me prit la main et demanda d'une voix implorante : « Bon, mais tu nous écriras de temps en temps ? » Je m'entendis lui répondre : « Je vous écrirai deux fois par semaine. » Je n'avais pas dit ça pour la rassurer, mais parce que cette fréquence me paraissait raisonnable. Sur le moment, elle ne m'a pas cru.

Elle a gardé mes lettres, je les ai retrouvées après sa mort, très soigneusement entourées d'une chemise de plastique transparent dans un des tiroirs de son secrétaire. Elle les avait numérotées ; il y en a quatre-vingt-sept. À ces lettres s'ajoutent celles que Betty envoya pendant mon séjour. Chacune commence avec des excuses « pour n'avoir pas écrit plus tôt » ou pour « avoir oublié que Marc a des parents », mais il y en a une bonne dizaine, toutes dactylographiées, et aucune ne fait moins de trois pages. Mick les lisait une première fois à mes parents, une amie leur en faisait ensuite une traduction écrite que ma mère a également gardée. Ce qu'écrit Betty est évidemment différent de ce que je raconte dans mes missives très « factuelles », et apporte un contrepoint précieux à mon regard d'adolescent. Mais elle ne s'est pas contentée d'écrire. Elle a effectué un véritable reportage en images de ma vie quotidienne, me suivant à la trace pendant les cours ou mes diverses activités parascolaires pour me prendre en photo. Périodiquement, elle collait les derniers clichés en date sur des pages d'album amovibles, en rédigeait un commentaire et me le confiait pour que je joigne une traduction à l'envoi. À la fin de l'année, elle plaça l'album vide dans ma malle et je le reconstituai en arrivant à Pithiviers.

Je n'ai pas tenu de journal, en Amérique, mais j'ai beaucoup de traces intimes de mon séjour : huit cents diapositives et le carnet à petits carreaux dans lequel je les ai numérotées et pourvues d'un titre ; les cahiers, lettres, programmes de spectacles et autres cartes de vœux que m'ont envoyés ou signés mes camarades ; le *yearbook,* annuaire contenant le portrait des élèves et le compte rendu des activités de l'école ; le calendrier que Betty m'a donné à mon arrivée et sur lequel elle avait inscrit les dates d'anniversaires, les fêtes et les sorties que nous allions faire : elle avait pris pour toute la famille un abonnement à la saison 1972-1973 du Guthrie Theater de Minneapolis, que l'on surnomme le « Broadway du Middle West ». Pendant mon année dans le Minnesota, je verrai plus de spectacles que pendant les dix-sept années qui ont précédé...

Je garde aussi précieusement, sur l'une des étagères de mon bureau, un cahier relié rouge que Juno m'a offert pour Noël 1972. J'y ai collé des lettres, des photos, des programmes, des tickets de spectacles, j'y ai écrit pas mal de choses, et tous mes amis y ont laissé un mot avant que je m'en aille.

L'histoire de cette année magique et cruciale est

donc, en quelque sorte, déjà écrite; je pourrais la retracer semaine après semaine, sinon jour après jour, dans les moindres détails; je pourrais — je l'ai plusieurs fois envisagé — retrouver les événements inscrits dans les lettres et les cahiers, décrire les visages gravés sur les clichés et lui consacrer un livre entier. Mais je ne vais pas le faire. Je ne vais même pas tout relire. Car ce qui m'importe, ce sont les sentiments, pas les anecdotes. Ce qui m'importe, c'est ce qui reste vivant en moi. Je vais, encore une fois, puiser dans mes souvenirs imparfaits, au moyen de quelques photos, de quelques lettres consultées au petit bonheur la chance. Je vais laisser les choses remonter spontanément, si elles en ont envie. Je n'ai pas envie de creuser, mais de feuilleter. Je n'ai pas envie d'explorer, mais de me balader.

Entre ce qui précède et ce qui va suivre, j'entrevois une seconde différence : pendant que je les rédigerai, personne ne pourra étoffer, préciser ou contester mes souvenirs d'Amérique. Ceux qui les ont vécus avec moi ne lisent pas le français; ceux qui me connaissaient avant mon départ ou m'ont rencontré après mon retour ne sont pas en mesure de dire si ce que je vais écrire est « vrai », « inventé » ou « recomposé ». Mon année à Bloomington est une partie de ma vie suspendue hors du temps, hors d'atteinte pour tout autre que moi : depuis près de trente ans, ce petit coin d'Amérique est mon *cosmos privé*. Quand je l'aurai couché par écrit, il deviendra, pour toujours, une fiction.

Lien :
* *Les Faiseurs d'univers* de Philip José Farmer

La vie...

(Songes, 9; Sens, 13)

(Tourmens, 25 décembre 2001.) Je dois probablement mon existence au fait qu'Ange et sa première femme n'ont pas eu d'enfants.

Je dois certainement mon existence au fait que la première grossesse de Nelly, après son mariage avec Ange, s'est interrompue au bout de quelques mois. Si cet enfant était né, ils n'auraient pas eu la possibilité (ni, probablement, le désir) de me concevoir juste après : ils n'en avaient pas le temps...

Un jour, à La Madrague, Ange m'a sauvé de la noyade. Je m'en souviens et un film en témoigne.

Quand nous avions la Dauphine, Nelly me faisait parfois asseoir devant, sur le siège du passager. Lorsqu'elle devait freiner brusquement, elle tendait le bras droit devant moi pour que je ne sois pas projeté en avant. Elle a continué longtemps à faire ce geste, même quand j'ai été adolescent et lorsque le port de la ceinture est devenu obligatoire.

Quand j'avais six ou sept ans (c'était en Israël), j'ai fait une pneumonie et, comme il est fréquent chez les petits enfants, un syndrome méningé. J'étais dans le cirage. Ange, très inquiet, a envoyé Nelly chercher des antibiotiques et de la cortisone. La pharmacienne a poussé des hauts cris : « De la cortisone ! ? »

À l'époque, le médicament était considéré comme aussi dangereux que la dynamite. J'ai guéri.

À la fin des années soixante, quand mes parents ont accepté que je roule à vélomoteur, ils ont insisté pour que je porte un casque, alors que ça n'était pas obligatoire. Quelques semaines après avoir pris possession de l'engin, je me suis cassé la gueule et le casque a été enfoncé. Pendant mes années de faculté, j'ai fait deux ou trois fois des chutes spectaculaires en dérapant à toute vitesse sur des feuilles ou des flaques et, chaque fois, le casque a encaissé les chocs contre un arbre ou un coin de trottoir.

Au cours des années soixante-dix, je conduisais la 2 CV d'un ami, j'ai pris un virage trop serré. Une grosse voiture venant en sens inverse m'a percuté. Toute la partie avant gauche de la Citroën était pliée, mais je m'en suis tiré avec quelques égratignures.

Au printemps 1988, je me suis mis en vacances de mon cabinet médical, j'ai loué un gîte rural pour une semaine et j'y ai trimbalé mon ordinateur tout neuf pour aller terminer mon premier roman au calme. Pendant la semaine, j'ai été fatigué et fiévreux. J'ai découvert sur ma jambe une grande plaque rouge et chaude. Je n'arrivais plus à manger, je maigrissais à vue d'œil. J'ai tout de même fini le roman, mais en rentrant, la mort dans l'âme, je suis allé voir un médecin de mon âge pour qui j'avais de la sympathie. Je m'attendais à ce qu'il m'annonce que j'avais une maladie grave, un cancer ou une maladie auto-immune — une de ces saloperies invalidantes au cours desquelles les organes sont détruits par les propres anticorps du malade ; je n'avais pas du tout envie de l'entendre me dire ça, mais je pensais que si je devais mourir à brève échéance, il fallait que je prenne mes dispositions. En voyant la plaque, mon confrère a dit : « C'est une maladie de Lyme, une infection due à une piqûre de tique. C'est bénin. Ça guérit avec des antibiotiques. Mais tu as bien fait de venir tout de suite, car la plaque disparaît assez vite, le malade a l'impression d'être guéri, et s'il ne se soigne pas, quelques années plus tard il peut faire des complications neurologiques... comme s'il avait chopé la syphilis... » À ce moment-là, je me suis rappelé qu'un an auparavant, j'avais écrit un article sur la maladie de Lyme pour la revue *Prescrire*.

En 1989, quelques mois après avoir publié *La Vacation,* j'ai fait une fièvre de cheval et je me suis traîné pendant plusieurs jours. Quand elle m'a vu frissonner, ma mère m'a dit : « Tu fais ce qu'on appelle un “frisson solennel”. Tu as peut-être une pneumonie. » Je suis allé passer une radiographie. Elle avait raison. J'ai pris des antibiotiques et des corticoïdes. J'ai guéri.

Pendant plusieurs années, j'ai vécu dans une fermette à une quinzaine de kilomètres du Mans. Je sortais souvent le soir. Je rentrais souvent très tard dans la nuit. Il m'est arrivé plus d'une fois de m'endormir au volant, mais je n'ai pas eu d'accident.

Chacun de nous peut énumérer les circonstances dans lesquelles il aurait pu disparaître, les désastres auxquels il croit avoir échappé. Pour ma part, je ne parviens pas à me défaire d'un sentiment curieux, celui de transporter avec moi, parmi des bagages beaucoup moins agréables et dont je me déferais volontiers, un gri-gri métaphorique. Ce n'est pas une « formule magique » qui permettrait d'éloigner le malheur (ça serait trop beau...) mais plutôt une manière de regarder la vie : j'aurais pu ne pas naître ; j'aurais pu mourir à plusieurs reprises, comme ça, très vite ou très lentement ; je sais que, d'une manière ou d'une autre, je mourrai un jour. Mais, en attendant, je respire, je marche, j'aime, j'invente, je suis vivant.

... et la mort

(Traces, 20; Songes, 10)

Comme tout le monde, sans doute, j'imagine régulièrement ce que sera ma mort — la mort de tout le monde [renversé par un camion en traversant la rue (depuis quelques années, j'entends moins bien) ; emporté par une leucémie ou un cancer (plus je vieillis, plus la probabilité augmente) ; étouffé par une grosse bouchée (je mange trop vite) ; terrassé par un infarctus (je ne fais pas de sport, j'ai pris du poids et je ne me suis jamais préoccupé de mon cholestérol)], ou bien une mort littéraire [je glisse sur une peau de banane et le stylo que je porte à mon col me transperce la gorge], une mort étrange [je suis pris d'une brusque bouffée d'hallucinations et je m'élance par la fenêtre], une mort héroïque [je sors ma famille de la maison en feu et je retourne ensuite chercher mes manuscrits mais le toit s'écroule], une mort biblique [rassasié d'ans et entouré par mes enfants et mes petits-enfants], une mort injuste [je passe devant un magasin au moment où une bombe — ou une conduite de gaz — explose], ou si ce sera l'une de ces morts que nous nous efforçons d'oublier, celles qui sont dues à la faim ou au froid, à l'enfermement, aux balles perdues, aux mines, à la cachexie alcoolique, aux exécutions clandestines ou légales, à l'abandon, à la solitude, à l'ignorance, à l'indifférence.

Je ne pourrai vraisemblablement pas choisir ma mort, mais j'ai décidé que mes personnages, Pauline Kasser et Bruno Sachs, en auraient une belle. Au cas où je ne vivrais pas assez longtemps pour la décrire en détail dans un livre futur, je l'anticipe ici en quelques lignes que vous pouvez considérer comme la version officielle et définitive, car je ne reviendrai pas dessus : ils n'ont jamais cessé de s'aimer, ils sont vieux, elle a une insuffisance respiratoire, il a des artères fatiguées. Une nuit, après s'être étreints encore une fois, ils plongent ensemble dans l'inconscience et, enlacés, glissent insensiblement — lui par rupture d'anévrisme, elle doucement asphyxiée sous le corps de son amant — de la petite mort dans la grande...

... Du coup, je m'interroge. Pauline et Bruno existent, puisque je les ai créés. Ils mourront, puisque j'en ai décidé ainsi. Mais moi ? Est-ce que j'existe vraiment, quand je ré-invente ma vie ? Et si je n'existe pas, est-ce que je peux mourir ?

Bonne question !

Liens :
* Le rêve de l'escalier
* *La Maladie de Sachs*

L'orientation

(Lieux, 13 ; Fables, 39)

(Châtenay-Malabry, 4 août 1972.) Assis sur la banquette arrière de la Volvo, je trépigne d'impatience. Comme souvent, c'est Nelly qui conduit. Près d'elle, Ange ne dit rien. Je tripote sans arrêt l'appareil photo tout neuf que Claude m'a offert pour mon départ, un Canon de petite taille dont j'ai eu un peu de mal à apprendre la mise au point, mais que je ne quitte plus. Aujourd'hui, je ne me rappelle pas où peut être mon frère, ce jour-là, mais il ne nous accompagne pas.

Le bureau national de l'AFS reçoit les lycéens en partance et leurs parents près d'Antony, en banlieue parisienne, à 14 heures, dans l'enceinte de l'École centrale. Mes parents ont pensé qu'il serait plus sage de déjeuner sur place, et vers 12 h 30 nous entrons dans un restaurant non loin du lieu de rendez-vous. À notre arrivée, la salle est presque vide. Peu à peu, je vois des couples entrer, accompagnés d'adolescents et parfois d'enfants plus jeunes. Ils s'installent autour de nous. Les parents ont un visage crispé. Les plus jeunes sautent sur leur chaise. Les jeunes gens sourient de toutes leurs dents. Certains, certaines, me font un clin d'œil entendu. Ange et Nelly échangent des sourires inquiets et des soupirs avec les adultes. Mon cœur est ivre de joie. Je pourrais m'envoler.

*

Le responsable national de l'AFS, Bernard Lesterlin, accueille parents et lycéens dans l'amphithéâtre moderne de l'école. Il commence par rassurer les parents : leurs enfants seront encadrés; ils seront tenus au courant jour après jour; ils auront un correspondant attitré au centre parisien de l'AFS et d'autres en province, près de leur domicile. L'organisme ne leur enlève pas leur enfant; ce sont eux, les parents, qui lui offrent une chance formidable de découvrir un autre pays, une autre langue, une autre culture; bref, une expérience unique. Quand un parent lui demande comment il peut être sûr que son fils n'aura pas envie de rester là-bas, Bernard lui répond avec un grand sourire : « Moi aussi j'ai passé une année en Amérique, il y a cinq ans. Et me voilà. » Oui, le voilà, impressionnant d'assurance et de calme, pétillant d'intelligence et d'humour, beau et séduisant comme le gendre qu'on voudrait pour sa fille, ou (à mes yeux) le grand frère qu'on aurait aimé avoir.

Ensuite, il les prévient gentiment mais fermement : ils doivent laisser leur fille, leur fils, partir tranquille et passer leur année en paix; pas question de « prendre des vacances » pour aller les voir sur place : il va leur falloir s'acclimater à une nouvelle famille, à de nouvelles règles de vie; débarquer au beau milieu, ça pourrait déstabiliser tout le monde.

— Mais on a le droit de les appeler, quand même ?

— Oui, mais n'en abusez pas. Écrivez-leur, pour leur rappeler que vous existez... Mais n'attendez pas trop qu'ils vous écrivent. Ils seront très sollicités, ils auront autre chose à faire. Et puis, il y a les impondérables. Je suis parti en 1967. L'année suivante, au printemps, la poste n'a pas bien fonctionné...

Il leur parle pendant une heure ou une heure et demie, répond aux questions, répète une douzaine de fois le nom des responsables parisiens, les numéros de téléphone, le numéro du vol et l'heure de l'arrivée du groupe à New York, dans trois jours...

— Qu'est-ce qu'ils vont faire, ici, avant de partir?

— Ils vont faire connaissance. Ces deux jours sont ce qu'on appelle leur « orientation » : nous allons les préparer, leur expliquer ce qu'on attend d'eux, les erreurs à ne pas commettre... les règles à ne pas enfreindre.

— Ah bon! Il y a tout de même des règles! s'exclame un père.

— Mais est-ce qu'on pourra leur envoyer des colis? demande une mère.

Quand les questions s'éteignent, Lesterlin déclare aux adultes qu'ils doivent dire au revoir à leurs rejetons et vider les lieux dans le quart d'heure qui suit. Inutile de traîner plus longtemps, ça rend les choses encore plus difficiles. Il s'adresse aux jeunes gens, à présent, et leur donne rendez-vous dans cette même salle, d'ici une demi-heure. Il a des choses à nous dire.

*

Je ne me souviens pas de la manière dont j'ai fait mes adieux à mes parents. Je ne me souviens pas que Nelly ait pleuré. J'imagine Ange disant : « Allez, on y va! », retirer la clope éteinte de sa bouche, tendre sa main vers ma nuque, m'attirer vers lui et poser un baiser sur ma joue puis se détourner avant de se diriger vers la voiture. En regardant la Volvo disparaître dans l'avenue, je m'entends dire tout haut : « Enfin libre! »

Pelouse interdite

(Voix, 22 ; Bras, 5)

(Châtenay-Malabry, 4-5 août 1972.) Ce n'est pas la première fois que je me retrouve avec un grand nombre de jeunes gens de mon âge, mais la situation est un peu particulière : nous sommes tous en transit. Beaucoup d'entre nous savent où ils vont et qui va les accueillir, mais guère plus. Ils ne savent pas, en tout cas, ce qui les attend. C'est justement de ça que M. Lesterlin (« Appelez-moi Bernard... ») et les autres membres de l'association veulent nous « causer ». Ils nous parlent du « choc culturel » que nous allons éprouver. L'Amérique, ça ressemble à ce qu'on voit dans les films (les voitures, les gratte-ciel, les étendues immenses) mais ça n'est pas que ça. Des gens y vivent. Nous croyons savoir comment, mais ce n'est pas vrai : nous ne connaissons pas leurs coutumes, leur psychologie, leurs valeurs, leurs habitudes. Elles vont nous sembler étranges, et les nôtres leur paraîtront bizarres. Là-bas, rien ne ressemble à ce que nous connaissons. Et, comme il s'agit d'un pays immense, on ne peut même pas nous donner de recette. Ce qui sera vrai en Californie ne le sera pas au Texas ou en Caroline du Nord. Que faire, alors ? Regarder. Écouter. Demander conseil. Ne jamais foncer la tête la première sans savoir si c'est approprié.

Les codes de « bonne conduite » ne sont pas les mêmes qu'ici. Ce qui se fait ou ne se fait pas, nous devrons l'apprendre. Nous ne partons pas pour taper du pied dans leurs habitudes, nous partons pour vivre avec eux. Les jeunes Américains qui viennent ici font le chemin inverse : ils apprennent à vivre comme les Français. Là est tout le propos de l'expérience. Ça ne veut pas dire que nous devons abandonner toute identité culturelle. Au contraire : on nous sollicitera beaucoup pour parler de notre pays, de nos coutumes, de notre mode de vie. Nous allons découvrir que beaucoup d'Américains ne connaissent pas bien l'Europe [souvenez-vous que ceci se passe en 1972. Les choses ont changé, depuis...] mais qu'ils ont un préjugé favorable à l'égard des Européens : ils les considèrent comme de lointains cousins, gardiens d'un héritage culturel qui, pour eux, s'est dilué dans le *melting pot*.

Bernard parle bien, mais nous ne comprenons pas la moitié de ce qu'il nous raconte. Je suis très étonné, pour ma part, de me le rappeler encore. Quand il nous annonce le sujet suivant, l'attention monte d'un cran. Les règles à ne pas enfreindre, il les a précisées à nos parents juste avant leur départ. Il y en a trois. Pas de conduite automobile. Pas d'auto-stop. Pas de drogue. Les trois règles sont motivées par des considérations de sécurité, bien sûr, mais aussi juridiques et financières : en cas de pépin, l'AFS serait tenue pour responsable. Or, il s'agit d'une organisation à but non lucratif, pas question de la mettre en péril. En cas de transgression, la sanction sera simple et expéditive : un garçon ou une fille pris en flagrant délit de conduite automobile ou de consommation du moindre joint sera mis immédiatement dans l'avion du retour. Pendant l'année écoulée, deux jeunes Français l'ont découvert à leurs dépens.

— Et le sexe, c'est interdit ? demande une voix.

— Justement, on y arrive !

Bernard nous explique que même si les relations sexuelles ne sont pas interdites (« Vous serez encadrés, mais pas jusque dans votre chambre... »), nous découvrirons que la société américaine est très puritaine...

— Qu'est-ce que ça veut dire ?

— Que les relations entre filles et garçons peuvent être très réglementées... Vous ferez vos expériences...

— Vous pouvez nous raconter la vôtre, d'expérience ? demande une voix masculine rigolarde.

— Bien sûr, si tu me racontes la tienne, répond Bernard sans se démonter.

Mais la joute tourne court. Un médecin de l'hôpital Sainte-Anne est venu nous parler (je cite ma première lettre à mes parents) « de drogue [...] et de certains problèmes censés pouvoir nous concerner cette année : entre autres les maladies vénériennes et la contraception »... Au bout d'une heure d'échanges mêlés de rire, la fatigue et l'excitation aidant, le médecin décide d'en rester là : nous n'écoutons plus. Nous avons autre chose en tête.

*

Des groupes se forment spontanément. J'ai tenté de me rapprocher d'une ancienne de l'association, qui nous a fait patienter tout à l'heure en nous chantant des *folk songs,* mais elle est appelée à d'autres tâches et je me retrouve seul.

Je sais de quoi j'ai l'air, pendant ces trois jours : je porte un pantalon marron, un blouson fin de couleur claire, et une casquette de base-ball rouge (mais je suis incapable de dire qui me l'a offerte. Mon cousin Jacky ?). Je ne quitte pas mon appareil photo, il me donne une contenance face aux jeunes gens qui m'entourent et que je trouve, inexplicablement, plus jeunes *et* plus mûrs que moi. Je ne sais pas d'où me vient ce sentiment. J'ai l'impression qu'ils en savent plus, qu'ils sont moins empruntés, moins gênés dans leurs gestes et leurs paroles. En tout cas, ils sont beaucoup plus à l'aise que moi dans leurs vêtements ! Je suis en particulier très impressionné par un grand garçon brun aux cheveux longs, aussi barbu que le Maxime Le Forestier de l'époque, dont il est presque le sosie. Il est vêtu d'une chemise indienne et d'un jean assez fatigué, il sourit beaucoup, il écoute beaucoup, il parle peu et calmement, et un nombre impressionnant de filles lui tournent autour et le dévorent des yeux sans que cela semble le troubler. Il se prénomme Ulysse. Je n'aurai pas d'autre occasion de lui parler mais, bien des années plus tard, dans les journaux du soir d'une grande chaîne de télévision française, je croirai le reconnaître sous les traits d'un correspondant à Moscou puis aux États-Unis (ou était-ce l'inverse ?) lui aussi barbu, calme et souriant, et portant le même nom. J'ai beau me forcer à admettre qu'il s'agit très probablement du même homme, qu'on a le droit de grandir et de changer (ou alors, qu'est-ce que je devrais dire de *moi* ?) et que le boulot de correspondant à l'étranger, c'est une sacrée aventure, je ne peux jamais m'empêcher de sourire quand je vois Ulysse en costume et imperméable sur fond de Capitole embrumé ou en manteau fourré et chapka sur fond de Kremlin enneigé[1].

1. Au cas où cette reconnaissance serait seulement le fruit de mon imagination débordante, je prie les deux Ulysse, celui de 1972 et celui d'aujourd'hui, de bien vouloir me pardonner. Qu'ils soient, l'un et l'autre, assurés de ma sympathie.

*

La pelouse du campus de l'École centrale est interdite au public, des panneaux l'indiquent clairement. Ça n'empêche pas les uns et les autres de s'y étendre au milieu des sacs et des valises, de discuter, et de chanter. D'un groupe s'élève un refrain de Brassens. Un garçon blond à tête d'Antoine (le chanteur-navigateur), vêtu d'un T-shirt et d'un pantalon rouge, est assis sur un petit mur, le long d'un des bâtiments, et joue « Au bois de mon cœur ». Il a posé ses carnets de chansons devant lui. Je m'approche et je me glisse à ses côtés, je me mets à chanter en lui tournant les pages. Après avoir assassiné Brassens, les Beatles, Hugues Aufray (chaque fois qu'on termine une chanson il m'en désigne une autre — « Et celle-là, tu la connais ? » — et se remet à jouer) et beaucoup d'autres, nous faisons connaissance. Il se prénomme Jean-Louis. À trois semaines près, nous avons le même âge. Nos origines et nos histoires sont radicalement différentes (il est le dernier enfant d'une famille de dix ; son père est mort d'un accident du travail quand il était très jeune), nos caractères aussi (il est éminemment ouvert et sociable, il a un solide sens de l'humour, il est calme et organisé), mais nous resterons en contact pendant l'année qui va suivre et, à notre retour en France, nous nous lierons d'une indéfectible amitié.

Liens :

* *Wanderlust* et *On the Beach* (deux disques hors commerce)

* Mon second mariage

* *Papa m'a dit que son meilleur ami était un homme-grenouille* par Alain Le Saux, Éd. Rivages

Les diapos

(Clichés, 8)

(Tourmens, 2001.) Pendant mon année en Amérique et la quinzaine d'années qui a suivi, j'ai presque toujours fait des diapos. Initialement, ce choix avait été motivé par leur faible encombrement et la possibilité de les projeter : j'ai toujours aimé voir les photos sur écran, et à la suite d'une expérience faite à Lincoln High School, dont je reparlerai, j'ai souvent organisé des projections-photos pour mes amis. Ça fait des années que je ne les ai pas regardées (au moins depuis que nous avons emménagé dans cette maison-ci, en 1994) mais je sais que mes diapositives sont rangées au fond de la penderie de Thomas (pour les adultes, l'avantage des grandes maisons, c'est qu'on y trouve toujours de la place pour y ranger des objets dont on ne se sert jamais ; pour les enfants, l'inconvénient des grandes maisons, c'est que les parents trouvent toujours malin de ranger des trucs inutiles dans leurs placards sous prétexte qu'il n'y a pas de place ailleurs). Je suis allé les chercher. Les boîtes où je les entrepose portent des étiquettes, je n'ai pas eu de mal à retrouver celles de l'Amérique. Elles sont au nombre de deux. Ce sont des boîtes de classement en plastique, au couvercle transparent. Les photos y sont alignées sur cinq rangées de cent vingt ou cent cinquante environ. Des intercalaires surmontés d'un titre et d'une date séparent les dia-pos numérotées. Quand j'ouvre la boîte, je vois que les cadres en carton ont un peu moisi, que certains se sont décollés et que, si je n'y prends pas garde, le morceau de pellicule peut glisser. Il faudrait sans doute que je les numérise (il existe des caméras spé-ciales pour ça) et que je les stocke sur CD-Rom, mais à la seule pensée de cette entreprise j'ai le tournis : l'Amérique à elle seule compte huit cents clichés, et j'ai continué à mitrailler jusqu'à la fin des années quatre-vingt !

Je sors de la boîte les soixante carrés cartonnés intitulés « Orientation WP 73 » (WP signifie « World Program », le chiffre représente l'année du retour). Je les lève devant mes yeux pour que la lueur de mon écran d'ordinateur les éclaire.

C'est souvent décevant, les photos. Quand on se trouve immergé dans une situation nouvelle, comme ce fut mon cas à Châtenay, on ne sait pas quoi pho-tographier. On essaie de retenir un moment, un sen-timent, mais on ne sait pas ce qui, finalement, appa-raîtra à l'image. Quand je regarde celles-ci, je ne trouve pas ce que je cherche, et je remarque surtout ce que je ne vois pas.

Seules les quinze premières ont été prises pendant les quarante-huit heures de notre « orientation ». Plusieurs me rappellent un événement que j'avais complètement oublié : le soir du premier jour, on nous explique qu'à notre arrivée à New York nous allons être dirigés sur un campus universitaire et y retrouver les centaines de lycéens que l'AFS a fait venir du monde entier. Nous serons ensuite tous regroupés dans des bus qui nous conduiront vers un aéroport ou un lieu de destination. La plupart des adolescents qui arrivent ne parlent pas ou peu l'anglais. Pour faire connaissance, chaque groupe est invité à produire quelques numéros d'un grand spectacle collectif. Il nous faut préparer les nôtres... Les uns chantent, dansent ou jouent de la musique, d'autres font de la pantomime ; un grand garçon carré avec qui j'ai été sélectionné à Tours et qui, si je me souviens bien, est originaire de Blois ou d'Amboise, fait de la prestidigitation (une photo ultérieure le montre à New York, sur la pelouse du campus, faisant des tours de passe-passe avec une petite balle qu'il fait remonter seule, comme par magie, le long de son bras...).

*

Je constate qu'il manque des clichés dans la boîte. Les photos de Jean-Louis, en particulier : je me souviens avoir fait une sélection le montrant « à travers les âges » [en fait, surtout entre dix-huit et vingt-cinq ans, époque où nous nous sommes beaucoup vus — à presque toutes les occasions que nous donnait AFS-France] pour la projeter à l'un de ses anniversaires. Les voici, dans une boîte à part. Sur la première, il est à gauche, assis contre un mur, et il joue de la guitare. À droite, trois filles sont appuyées à une rambarde, la tête tournée vers lui. Entre leurs jambes un panneau dit probablement : « Il est formellement interdit de circuler sur les pelouses » mais je n'arrive pas à lire, c'est trop petit. Ce qui me surprend, c'est que Jean-Louis n'a pas la même tête que dans mon souvenir. Il est coiffé comme un Beatle, pas comme Antoine. Il porte une chemise blanche, pas un T-shirt, et un pantalon sombre, pas rouge. Sale coup pour la mémoire. En cherchant dans les photographies de la seconde boîte, je me rends compte que j'ai superposé sur cette première rencontre l'image que j'ai de lui un an plus tard, en nous retrouvant au moment de rentrer au pays.

Il manque d'autres diapos. Une, surtout. Je me tourne vers le grand carton que j'ai trouvé dans la penderie de Thomas, tout à l'heure. Sur le dessus sont entassées des enveloppes contenant des clichés dépareillés, des planches contact de photos noir et blanc (pendant mes premières années de fac, j'ai beaucoup développé et tiré au-dessus du lavabo de ma chambre d'étudiant). En dessous, je trouve d'autres boîtes de diapositives, datées des années quatre-vingt. Je trouve aussi quelques films super 8 : un ou deux courts métrages de Charlie Chaplin ; une version muette et abrégée de *La Pêche au trésor*, le dernier film des Marx Brothers. Et cela me rappelle que j'ai aussi fait quelques films en Amérique, car j'y ai emporté ma caméra.

Voici enfin une boîte à moitié pleine. Le couvercle porte les mots « Divers AFS ». Ce que je cherche est sûrement à l'intérieur. Je les regarde les unes après les autres : réunions de l'association pendant les années qui ont suivi mon retour ; visages amis ; une photo prise à Pithiviers le jour de mon vingtième anniversaire. Deux seulement viennent de la série prise sur le chemin de l'Amérique. Elles sont numérotées 41 et 44. Celle que je cherchais, c'est la seconde.

Lien :
* *Green Lady*

Un signe de la main

(Sens, 14 ; Traces, 21)

(Paris-New York, 7 août 1972.) Nous avons embarqué à Orly en milieu de journée, après une longue matinée d'attente au milieu de nos valises alignées sur le parking. Nous nous étions levés tôt. Nous avions peu dormi, d'ailleurs. Nous étions logés depuis trois jours dans les chambres d'étudiants du campus et, comme il s'agit de chambres individuelles, les anciens n'avaient pas jugé bon de répartir garçons et filles dans des bâtiments séparés. Ou alors, nous n'en avions pas tenu compte.

Quand j'essaie de me replonger dans l'atmosphère de ces journées, j'ai le sentiment de ne pas les avoir vues passer. Tout se mélange : les voix, les rires, les sentiments, les souvenirs. Nous sommes cent trente-deux. Il a fallu faire connaissance. La sympathie est chose étrange, on ne sait pas pourquoi on est attiré vers les uns plutôt que vers les autres ; je ne sais pas pourquoi celle-ci me parle alors que celle-là, à qui je voudrais bien parler, semble m'éviter. Pour faciliter les choses, on nous a remis à chacun une liste de tous les partants, avec leurs deux adresses : aux États-Unis et en France. Je repère dessus ceux avec qui j'ai commencé à sympathiser et les trois ou quatre qui, comme moi, se rendent dans le Minnesota.

*

Brusquement, j'abandonne le clavier et je me lève, pour sortir d'une de mes étagères un porte-documents à chemises transparentes où je conserve beaucoup de vestiges de l'Amérique et de mes premières années de fac.

La liste s'y trouve toujours. C'est une liasse de feuilles dactylographiées et ronéotées recto verso. Elle a longtemps été pliée en quatre, et les feuilles sont fendues au niveau des plis, ce qui a fait disparaître un nom.

Tous les noms sont surmontés du mot « Fait » écrit de ma main. Certains sont suivis de la lettre « R ». À Châtenay, ou peut-être à New York, j'ai fait seul le pari d'envoyer, pendant l'année, une carte postale à chacun de mes camarades WP 73, et je l'ai tenu. Une quarantaine (les « R ») m'ont répondu.

En relisant la liste, je vois réapparaître des visages oubliés, je me remémore ceux que j'ai revus depuis 1972, je me demande ce que sont devenus les autres... et je me prends à rêver que, malgré les inévitables coquilles, erreurs, fautes de frappe et surcharges qui m'empêchent d'en relire certains, un lecteur, une lectrice de ce livre, en lisant ici le nom de mes camarades, les WP 73 Philippe Aliouat, Bertrand Arcadias, Pascale Baert, Marie-Christine Barthalay, Marie-Paule Baud, Huguette Becel, Olivier Béchard, Michèle Benitah, Véronique Bertaut, Yvette Berthon, Gérard Bescond, Daniel Bichon, Monique Billant, Oreste Binczak, Barbara Borgeot, Martine Borger, Sophie Bouchet, Jacqueline Bourdet, Jean-Christophe Bougamont, Claire Bourguignon, Anne Brisson, Marie-Noëlle Brisson, Annie Bruslon, Fabienne Cabaret, Anne Carion, Jean-François Carpentier, Philippe Carquil, Christine Cassinelli, Edmond Chabant, Patrick Charton, Joseph Ceruetto, Anne Chemitte, Patricia Chevilot, Anne Cochard, Martine Constant, Odile Costaz, Catherine Cravero, Monique Dalaison, Joriane Dalheim, Colette Dao Trong, Bernard Dargaud, Guillaume Debaecker, Patrick Decam, Laurence Delsol, Elisabeth Deluier-Julliard, Évelyne Disdier, Monique Enjalbert, Yves-Marie Eusen, Jean-Pierre Fabart (Fabbri ?), Marie-Christine Falconnier, Didier Fassin, Marie-Hélène Foucard, Christiane Gautreau, Patricia Gay, Alain Gentils, Bruno Gimbert, Ulysse Gosset, Claudine Girardin, Brigitte Gras, Marie-Madeleine Goujard, Anne Isabelle Goulard, Régine Guéguen, Jean Guermont, Isabelle Guillaud, Christine Guillermou, Christian Guitton, Michel Hayotte, Christine Hédin, Catherine Herboux, Dominique Hervé, Pierrette Hesse, Michèle Hiéronimus, Isabelle Hostachy, Corinne Hulaux, Bénédicte Hund, Muriel Jollis, Maryse Kit, Serge Kochen, Patrick Krebs, Fabrice Kwiatkoski, Josianne Lacroix, Annie Lang, Brigitte Latapie, Myriam Langlois d'Estaintot, Sophie Lasne, Marie Christine Legrand, Caroline Lesieur, Chantal Le Tallec, Francis Letellier, Bernadette Lombard, Fanny Loubaton, Alain Limoges, Frank Éric Martin, Marie-Thérèse Martinez, Martine Monneret, Françoise Monnier, Chantal Munier, Alain Normandon, Jean-Pierre Outteryck-Schneider, Michel Pallavilini (Pallavicini ?), Vincent Pascal, Francis Perrot, Claudie Petit, Béatrice Petite, Nicole Pezelet, Dominique Pinon, Xavier Plantet, Christine Polaud, Hubert Poquet, Françoise Prevosteau, Marie-Paule Ramajo, Marie-Christine Rennert, Denis Ribbe, Josiane Richard, Marie-Claude Rivet, Isabelle Rognin, Marie-Christine Rousselière, Denis Roze (Rozé ?), André Sales, Reynaldo Salvi, Viviane

Sautereau, Jean-Louis Schmitlin, Antoine Frémin du Sartel, Michèle Sirguey, Yves Smague, Annie Tillie, [nom illisible], Pierre Van der Beken, Évelyne Van Melle, Marie-Christine Verhée, Marie-Andrée Verlet ou Alain Marchal, reconnaîtra l'un d'eux (se reconnaîtra parmi eux) et lui rappellera (ou se souviendra) du signe de la main que j'ai voulu lui faire, il y a trente ans, avec l'une de mes cent trente et une cartes postales du Minnesota.

Green Lady

(Sens, 15 ; Voix, 23)

(New York, 7 ou 8 août 1972.) L'avion, un Boeing 707, décolle vers 14 heures et fait escale à Londres pour prendre au passage les lycéens venus du Royaume-Uni. Quand nous arrivons à New York, il est 20 h 15, il fait déjà sombre. La ville est enveloppée dans une purée de pois qui n'est pas du brouillard, mais du smog. À Kennedy Airport, nous arpentons des couloirs interminables avant de nous retrouver au pied d'un autocar monstrueux, devant lequel est garée une limousine de trente mètres de long. J'en ai déjà vu de pareilles à la télévision ou au cinéma, mais je n'en ai jamais *touché.*

Le *Greyhound Bus* nous emporte vers Long Island et le *CW Post College,* où sont regroupés tous les *AFS'ers.* Je débarque dans un univers aux limites incertaines, qui grouille de jeunes gens de toutes origines, bruisse d'une cacophonie de langues. Je n'y vois rien, je suis épuisé, je traîne ma valise jusqu'à une chambre, je m'allonge sur le lit, je m'endors tout habillé.

Le lendemain, je découvre qu'en Amérique les campus sont aussi gigantesques que les limousines. Les bâtiments de celui-ci sont répartis autour d'une immense étendue de verdure. Des groupes de lycéens et d'étudiants chargés de les encadrer jouent au frisbee, chantent en arborant les drapeaux de leurs pays respectifs, répètent le *talent show* du soir suivant... Le premier jour, à Châtenay, je me sentais perdu. Au bout de quelques heures, ce sentiment avait disparu. Ici, tout ira beaucoup plus vite, je n'aurai pas le temps de prendre mes marques, je serai littéralement emporté.

*

Mes diapos ont des numéros et des titres. Parfois, c'est le nom de la ou des personnes que j'ai photographiées, mais, le plus souvent, c'est un titre allusif. La diapositive 41 s'intitule « Interfaith » et me fait forte impression même aujourd'hui. Elle représente la porte d'un bâtiment au linteau surmonté de quatre symboles religieux : le yin et le yang, l'étoile de David, la croix, le croissant. C'est l'*interfaith chapel,* la chapelle œcuménique du *CW Post College.* Jamais, auparavant, je n'avais pensé que les adeptes de religions différentes pouvaient se recueillir en un même endroit... Les dernières photos prises à New York témoignent, elles aussi, de ce mélange étonnant qu'est pour moi l'Amérique dès les premières heures que j'y passe : une jeune Sud-Américaine dont la robe bleu vif tourne sur la scène, un garçon venu d'un pays de l'Est jouant de l'accordéon, un groupe de filles écossaises en kilt, et l'un de mes camarades français très entouré par une Indienne et une Japonaise arborant les drapeaux de leurs pays respectifs.

*

J'avais pensé nommer ce chapitre-ci « La dame en vert ». J'ai souri en redécouvrant qu'il y a trente ans j'avais intitulé ma diapositive *Green Lady*.

Elle représente Laura (ce n'est pas son prénom, bien sûr, mais celui du personnage homonyme incarné par Gene Tierney dans le film de Preminger...). Je l'ai rencontrée sur le campus de Centrale, je lui ai beaucoup, beaucoup parlé (au point qu'aujourd'hui je me demande si je ne l'ai pas surtout saoulée de paroles) et, la peur de l'inconnu et mon rêve de compagne idéale aidant, je lui ai dit des choses insensées, des choses qu'à l'époque aucun garçon de dix-sept ans n'aurait dites à une fille à peine moins âgée que lui, sauf s'il était particulièrement romantique et absolument terrorisé par la vie et l'amour...

Laura s'avance à contre-jour sous l'un des grands arbres du campus, on ne voit pas son visage, encadré de longs cheveux blonds et frisés, elle porte une blouse verte légère et courte, elle est jeune, jolie, intelligente, épanouie et, en cet instant suspendu dans le flou de ma mémoire et vaguement restitué par un bout de celluloïd, je voudrais pouvoir la protéger de notre foutue vie, de ce destin dont on ne sait jamais, pas plus à quarante-sept ans qu'à dix-sept, quelles souffrances il réserve à ceux qu'on aime.

3000, W. 86th Street

(Lieux, 14 ; Bras, 6)

(Bloomington, Minnesota, août 1972.) Cinq jours après avoir regardé la Volvo de mes parents s'éloigner, j'embarque avec une centaine de jeunes gens dans un avion en partance de Kennedy Airport, direction le Minnesota. Pour les deux tiers d'entre nous, le voyage n'est pas fini ; beaucoup poursuivront vers les États du Nord-Ouest ou prendront un Greyhound vers l'Iowa ou les Dakota. Moi, on m'attend à Minneapolis. Quand nous atterrissons, je laisse tout le monde sortir avant de quitter mon siège. Est-ce par crainte d'avoir l'air bête en ne reconnaissant pas immédiatement ma famille d'accueil (leur photo est si posée, si impersonnelle, au fond) ? Ce n'est pas — consciemment, du moins — pour me faire désirer. Mais c'est le résultat qui compte, n'est-ce pas ? Quand je sors sur la rampe d'accès, mes camarades ont été accueillis par des jeunes gens excités brandissant des panneaux, on saute et on crie autour d'eux. Un groupe impressionnant — la famille Stainer et plusieurs camarades de leurs enfants — est agglutiné au bout de la rampe et guette mon arrivée, des pancartes à bout de bras. En me voyant, ils se mettent à crier mon nom. Une silhouette se précipite vers moi. C'est Betty, ma mère américaine, qui me prend dans ses bras.

*

J'ai deux souvenirs précis du tourbillon qui suit. Quand, après avoir traversé l'aéroport, nous arrivons à leur voiture — un *station wagon* probablement banal selon les critères locaux, mais qui me paraît immense — je m'exclame : « *What is this? An armored truck? It's so big*[1] *!* », et je les entends rire à tue-tête. Quand, une demi-heure plus tard [je suis retourné dans le Minnesota à plusieurs reprises, ces dernières années, j'ai loué une voiture et, bien que Betty ne vive plus à Bloomington, j'ai fait le trajet depuis l'aéroport pour aller revoir la maison, alors je sais à peu près combien de temps ça prend], nous nous asseyons dans la cuisine du 3000, W. 86th Street, on me demande si je veux boire ou manger quelque chose. Je réfléchis une seconde et je réponds : je veux une tomate.

[J'aime les tomates. J'aime beaucoup les tomates. Les tomates et moi, ce n'est pas une histoire d'amour, c'est une passion inextinguible. Je suis capable de manger des tomates chaque jour, trois fois par jour sous toutes les formes. Mais ce que j'aime par-dessus tout, c'est dévorer crue une tomate ferme, craquante, juteuse et légèrement acidulée. À mes yeux, la tomate est un fruit intemporel. Quand Nelly revenait du marché, je regardais dans son panier pour voir si elle en rapportait. Quand elle m'entendait ouvrir les sacs en papier, elle disait : « Oui, j'en ai acheté, et elles sont comme tu les aimes » ou : « Non, je n'ai pas

1. « C'est quoi, ça ? Une camionnette blindée ? Elle est énorme ! »

acheté de tomates aujourd'hui parce qu'elles étaient pas belles et toutes molles... » Plus tard, quand je vivrai seul, en fac de médecine, mes repas seront souvent constitués d'une énorme salade de tomates achetées au marché le matin même, nappées de vinaigrette ou de sauce à la moutarde et au citron. Plus tard encore, pendant mes années de mort lente, je ferai parfois des kilomètres pour aller m'acheter des tomates au Mans. Aujourd'hui, je vis un bonheur sans mélange, car les tomates sont un élément intégrant de notre vie conjugale : des tomates-cerises poussent tous les ans dans notre jardin ; MPJ ne sait pas seulement choisir les tomates *comme je les aime,* elle les cuisine merveilleusement, avec une simplicité confondante ou une sophistication qui me laisse pantois et ravi ; son taboulé, son velouté, son coulis, ses tomates à la provençale, sa salade grecque et ses tomates farcies sont légendaires ; quant à sa *tchoutchouka,* elle est tout bonnement divine...]

Ils rient encore une fois, ils ne rient pas de moi mais *avec moi,* ils me trouvent drôle et surprenant. Betty ouvre le frigo et en sort une tomate ferme, lisse, que je devine craquante et juteuse, mais qui fait six fois le volume des tomates que j'ai l'habitude de manger. Tout le monde pouffe devant mon air ahuri mais les rires explosent quand je secoue la tête en disant : « *Even* tomatoes *are big, here*[1] *!* »

à suivre...

1. « Ici, même les *tomates* sont énormes ! »

3000, W. 86th Street, suite

(Tourmens, 31 décembre 2001.) Dans la culture américaine, la ville et la maison familiales sont des lieux mythiques récurrents, presque obsessionnels. Ils sont associés tantôt au bonheur et à l'innocence, tantôt, au contraire, à une enfance pourrie, mais ils ont valeur de repère : on cherche à les retrouver ou bien à construire ce qu'ils n'ont pas été. J'ai grandi dans une belle maison bourgeoise et dans un grand jardin, mais si l'on me demandait où j'ai été le plus heureux avant d'atteindre l'âge adulte, il ne fait aucun doute que ce fut à Bloomington, dans la maison de la 86e rue ouest. Elle n'avait pourtant rien de très particulier et ressemblait (ressemble encore, même si ses derniers propriétaires en date l'ont repeinte d'une couleur qui, à mon avis, la défigure...) à toutes ces maisons qu'on voit dans les films : une bâtisse trapue en bois et en brique, au toit aplati, plantée en retrait d'un carré de gazon, flanquée à sa gauche d'un garage double au bout d'une allée asphaltée. Il y a un panneau de basket suspendu entre les deux garages, une moustiquaire devant la porte, une toute petite boîte aux lettres sur laquelle (évidemment) je me précipite en rentrant pour voir si j'ai du courrier. Les portes ne sont presque jamais verrouillées : le matin, le laitier s'arrête devant la maison, passe par le garage, et pénètre dans la cuisine pour déposer sur la table deux hauts cartons de lait ; l'après-midi, des adolescents frappent et entrent, appellent Juno, Chuck, Jimmy ou moi et, s'ils ne trouvent personne, laissent un mot et repartent ; le soir, quand nous allons dîner ou faire des courses quelque part, Betty laisse une des lampes du salon allumée et tire la porte derrière elle.

Sur la façade de la maison, une grande baie vitrée donne sur le salon. Quand on passe dans la rue, le soir, on nous y voit assis à discuter ou à lire, nous voyons les visiteurs traverser le carré de gazon en direction de la maison, nous leur faisons un signe de la main et ils nous font signe en réponse.

Dans cette maison, j'ai été attendu, j'ai été accueilli, j'ai été heureux ; tant qu'elle a appartenu à ma famille américaine, j'y suis retourné avec bonheur. Elle a pour moi la même valeur que si j'y avais grandi pendant toute mon enfance. J'en revois encore tous les recoins. Au rez-de-chaussée, il y avait, en façade, le salon-salle à manger : un coin repas, un canapé, deux fauteuils et une table basse devant la baie vitrée et, il me semble, un vieux poste de télé (je dis « il me semble », parce que nous ne regardions jamais la télé dans cette pièce). J'ai vu Charlie lire dans le fauteuil à bascule qui se trouvait près de la fenêtre. J'ai vu Betty coudre ou tricoter dans ce même fauteuil (ou dans l'autre ?). J'ai vu Juno et ses camarades du *debate team* (l'équipe de débat de Lincoln High) et ceux de son club de philosophie — les mêmes probablement — discuter assis sur le canapé et sur la moquette, autour de la table basse. Je m'y revois, assis avec Jim, Chuck et Charlie, engoncés dans nos habits propres, attendant que Betty et Juno soient prêtes pour que nous puissions nous rendre à l'office du dimanche. Je vois Betty ou Juno, enveloppée dans un grand châle de laine, dormir profondément sur le canapé en fin d'après-midi, et je me souviens m'y être couché et y avoir dormi plusieurs fois, moi aussi, en sachant que personne ne viendrait me déranger dans mon sommeil...

*

La cuisine, où nous mangeons le plus souvent, est contiguë au salon, côté garage. Elle est plus longue que large, mais c'est le lieu familial par excellence, un lieu de vie moins formel que le salon. Les souvenirs se bousculent et se télescopent : assis derrière la table, je raconte ma vie en France et Betty m'explique la vie en Amérique. Je vois entrer les voisins d'en face, Ed et Bev, qui sont venus faire ma connaissance. Je fais une partie d'échecs avec Jimmy. Je vois Betty se déplacer entre l'évier (à gauche, devant la fenêtre) et la cuisinière (à droite, contre la cloison contiguë à l'escalier du sous-sol), retourner des *hamburgers* dans la poêle et me faire signe de lui passer mon assiette ou encore sortir du four la plaque de caramel ou le moule de *brownies* qu'elle vient de cuire.

Je la vois aussi, une cigarette à la main, quitter son fourneau pour répondre au téléphone. C'est un téléphone mural, accroché à côté de la fenêtre et équipé d'un fil interminable. Elle incline la tête pour le coincer contre son épaule et se remet à cuisiner ; sans cesser de parler (à sa mère, qui vit en Oklahoma, ou à une de ses collègues de Lincoln High, ou encore à une ancienne élève avec qui elle a fait du théâtre), elle tourne sur elle-même et le fil s'enroule autour de son corps comme un serpent familier.

Je vois Charlie ouvrir le frigo et dire : « *What d'you*

wanna drink? You like 7 Up? » Je ne connais pas le *7 Up,* il m'en sert dans un grand verre avec des glaçons. C'est un soda sucré au goût acidulé. Il découvre que nous serons dorénavant deux à en boire. Il me regarde et se met à rire, puis tend son verre vers moi et me raconte que, lorsque les correspondants locaux de l'AFS sont venus les interviewer dans l'éventualité d'un accueil, on lui a demandé s'il verrait un inconvénient à accueillir un adolescent venu d'un pays dans lequel on boit du vin. Il a réfléchi une seconde et répondu :

— *There's one condition...*

— *What is it?*

— *He's gotta leave me some...*

Et, en riant, il conclut :

— *So, you remember : don't ever drink the* last *bottle of* 7 Up[1] *!!!*

1. « À une condition...

— Laquelle ?

— Il faut qu'il m'en laisse... [...] Alors, rappelle-toi : ne bois jamais la *dernière* bouteille de *7 Up* !!! »

La version de Betty

(Traces, 22 ; Sens, 16)

Bloomington, 16 août [1972]

Chers M. et Mme Zaffran

Je sais que vous avez dû recevoir des lettres de votre fils, à présent ; vous savez donc qu'il est arrivé ici sans encombre. Cela fait une semaine qu'il est chez nous et je crois qu'il s'acclimate très bien. Nous sommes très heureux de le recevoir et j'ai le sentiment que toute la famille va très bien s'entendre avec lui.

Quand Marc est arrivé mercredi soir, nous avons presque cru qu'il ne venait pas, car il était le dernier des quatre-vingt-quatorze jeunes gens à sortir de l'avion en provenance de New York. Mais il a fini par sortir, épuisé par le décalage horaire et les nombreuses heures qu'il a passées sans dormir à Paris et à New York. [...] Il n'a jamais fait aussi chaud qu'en ce moment, dans le Minnesota, et nous ne sommes pas beaucoup sortis dans la journée. [...] Marc vous a probablement parlé des endroits où nous l'avons emmené. Nous avons eu le plaisir de l'initier au ski nautique dimanche dernier ; il s'est bien débrouillé, pour une première fois ; tout le monde n'est pas capable de tenir sur des

skis aussi vite. La prochaine fois, nous le prendrons en photo !
Chuck et Jimmy sont à leur camp scout cette semaine, et Juno travaille du lundi au mercredi (elle garde les enfants d'une voisine qui travaille dans la journée) ; la maison est très calme. Marc et moi nous avons fait connaissance et il a écrit beaucoup de lettres, lu et regardé la télévision. Il m'a dit qu'il ne voulait pas regarder la télévision pendant l'année scolaire, mais il a passé du temps à découvrir des programmes très différents de ce que vous voyez en France [...]. Il est aussi très excité à l'idée de lire des *comic books* américains et en a déjà accumulé beaucoup. Chaque jour ou presque, des jeunes gens — les amis de Chuck ou Juno — passent à la maison et parlent ou jouent aux échecs. À beaucoup d'égards, Marc ressemble à Chuck, qui est grand et maigre et mange tout ce qui lui tombe sous la main mais ne prend pas un gramme. Je lui ai dit aussi qu'il est comme Chuck et moi ; en Amérique on appelle ça « avoir deux pieds gauches », ce qui veut dire qu'il trébuche sur tout (ou s'emmêle les pieds) quand il va trop vite.
J'ai essayé de lui demander ce qu'il mange d'habitude, mais il ne m'aide pas beaucoup. Jusqu'ici, il semble apprécier tout ce que je lui sers, même ce qui est nouveau pour lui. Il m'a seulement dit qu'il lui arrive de manger des *hamburgers* et des *hot dogs* en France, mais c'est tout ce que j'ai pu tirer de lui. Peut-être pourrez-vous me dire ce que sont ses plats favoris, et comment les préparer, afin qu'il se sente « à la maison », de temps en temps.
Aujourd'hui, nous avons fini de l'inscrire à Lin-

coln. Il suivra des cours de physique, biologie, histoire des États-Unis, psychologie, *Humanities,* et dactylographie, pendant le premier trimestre. Il n'est pas nécessaire qu'il prenne des cours de dactylographie pendant l'année entière ; au trimestre prochain, il suivra le cours de littérature de science-fiction, à la place. Je pense qu'il aura des cours intéressants, et de bons enseignants (quant à son professeur de *Humanities,* je n'en suis pas sûre — c'est moi). Dimanche, il part avec Charlie dans le nord du Minnesota (une région magnifique) passer une semaine au camp de *Boy Scouts* où se trouvent Chuck et Jimmy. La semaine suivante, nous partirons rendre visite à ma mère en Oklahoma (à environ mille trois cents kilomètres au sud), pendant quelques jours. Il verra ainsi une autre région du pays, et une culture assez différente. Nous serons de retour la veille de la rentrée à Lincoln High. À ce moment-là, il faudra bien sûr se mettre à étudier. Marc m'a dit qu'il travaillerait beaucoup à l'école cette année. Comme il a déjà son bac, il n'aura pas beaucoup d'efforts à faire pour avoir de bonnes notes ici. Les cours de physique et de biologie pourraient cependant présenter quelques difficultés car ce sont des spécialités pour lesquelles l'enseignant aide chaque élève à élaborer des projets et à étudier les matières de manière approfondie, de sorte que l'enseignement y est proche d'un tutorat individuel, et chaque classe a peu d'élèves. Marc va probablement avoir bientôt d'autres photos à vous envoyer et vous verrez à quoi les choses ressemblent, ici. Pour commencer, notre maison est beaucoup moins grande que la vôtre, sa chambre plus petite et, pour le

moment, un peu nue. En fait, quand je la regarde, j'ai le sentiment qu'elle ressemble à une cellule dans un monastère. Je n'ai pas mis de photos ou d'affiches au mur parce que je voulais qu'il choisisse ce qu'il allait y mettre; alors, il y a un lit, un bureau, une commode, une étagère de livres, une chaise, un tapis, des rideaux et c'est à peu près tout. Au moins, c'est une chambre claire : elle est rouge, blanche et bleue — un mur rouge, trois murs bleu pâle, et des meubles et des tapis bleu et blanc. Ce qui n'est pas aussi choquant que la chambre que nous venons de finir — celle de Chuck, qui est orange et violet.
[...] J'ai failli oublier. Notre numéro de téléphone est le 612-881-0467. Si quoi que ce soit de grave survenait, nous vous appellerions, bien sûr, et vous pouvez appeler Marc facilement en cas de besoin. [...] Dès que la compagnie de téléphone aura une ligne disponible, nous en ferons installer une deuxième, principalement parce que les enfants reçoivent beaucoup d'appels, et ça nous facilitera la vie [...]. Je sais que Marc vous parlera de sa vie ici, mais si vous vous posiez des questions sur ce qu'il ne vous dit pas, interrogez-moi et je pourrai peut-être répondre.

*

Je n'avais pas remarqué que cette lettre-ci se trouvait parmi les miennes. Je l'ai lue après avoir commencé ma description de la maison, et je l'ai trouvée éclairante à bien des titres, au point de la traduire dans sa presque totalité. Je ne me rappelais pas qu'on m'avait initié au ski nautique aussi tôt. Les

Stainer avaient un bateau depuis longtemps ; c'est chose courante, dans le Minnesota, dont les plaques d'immatriculation sont surmontées de l'expression « 10,000 Lakes ». Les dix mille lacs en question ont été creusés par les glaciers qui occupaient la région il y a des millions d'années. Il y a des lacs partout, où nous allons nous baigner ou faire du ski nautique. Il y a même un lac (Penn Lake ?) au bas de la 86e rue, je vais y faire du canoë avec Jimmy et des copains. Un jour, Charlie nous emmène, les garçons et moi, pêcher très tôt le matin. C'est la première fois que je tiens une canne à pêche. Une diapo me montre, tout fier, arborant un *walleye* de huit livres ! C'est la seule prise que j'aie jamais faite, mais elle vaut le coup d'œil !

Ainsi que l'écrit Betty, je me suis très vite mis à la recherche de *comic books*. Bloomington est une banlieue résidentielle traversée d'avenues interminables que croisent de petites rues sinueuses bordées de maisons. Les magasins et les locaux administratifs sont regroupés çà et là, de part et d'autre des carrefours, autour de parkings bordés de grands et petits commerces.

Je traverse la 86e rue, j'emprunte les petites rues obliques en direction de Lincoln High School (qui se trouve sur la 90e, si mes souvenirs sont bons), et je descends vers France (!) Avenue. Sur une esplanade, il y a un *general store* où je peux acheter des timbres, des pellicules photos — et les faire développer — et, sur des tourniquets en métal peint, des *paperbacks* de science-fiction et des *comic books* emballés par deux. Comme le chante Gene Kelly dans *Un Américain à Paris* : « *Who could ask for anything more*[1] ? »

1. « Que peut-on demander de plus ? »

Dans le sous-sol

(Chambres, 2)

Betty trouve que ma chambre est nue mais, même à mon arrivée, je n'ai pas ce sentiment. C'est, en réalité, la chambre de Chuck, qui la réinvestira après mon départ. Elle se trouve au fond du sous-sol — la partie la plus importante de la maison, j'y reviendrai. Quand on descend dans le sous-sol, on se retrouve pile devant le bureau de Betty, envahi de papiers divers, et sur lequel trône une machine à écrire électrique. À gauche, sous la cuisine, c'est l'atelier (*shop*) où Charlie et Chuck bricolent. À droite, juste sous la salle du rez-de-chaussée, se trouve une autre pièce à vivre, qui sert de salon de télévision et dont les cloisons sont bordées d'étagères de livres. Au-delà, deux réduits sont affectés à la chaudière (à gauche) et à la lingerie (à droite), où je parle avec Betty pendant qu'elle repasse. Au fond du sous-sol, à gauche, la chambre est une sorte de cube cloisonné, fermé par une porte en accordéon. À droite, il y a un tout petit cabinet de toilette équipé d'une douche et d'un lavabo. Entre les deux, la « chambre » de Chuck est en réalité un espace libre juste assez long pour y installer un lit. En voyant que je suis mieux loti que lui, je proteste, mais Chuck m'explique avec humour que c'est très bien comme ça : il a horreur de ranger sa chambre. Pendant un an, c'est moi qui vais le faire...

Je vais être très heureux dans cette chambre. Le plafond est bas, les murs tout proches, mais justement, ça me change de mon hall de gare pithivérien. Tout est à portée, y compris la lampe suspendue au plafond : il me suffit d'allonger le bras pour l'éteindre. J'ai un bureau, je peux écrire. J'ai des étagères : je peux y mettre les livres de SF que j'achète ou que j'emprunte. Dès que je me mettrai à apprendre à taper, Betty me prêtera son ancienne machine — une Underwood noire identique, j'en suis certain, à celle sur laquelle Bogart écrit ses éditoriaux dans *Deadline, USA* de Richard Brooks. Je l'installerai sur une petite table pliante à côté du bureau, et je commencerai très vite à taper dessus des tas de choses (sauf les lettres à mes parents qui, curieusement, sont presque toutes manuscrites).

La lettre de Betty témoigne de son désir que je me sente chez moi, de sa volonté de rassurer mes parents, mais aussi de son respect pour mes choix et de ses scrupules à mon égard.

Ce qu'elle ne dit pas, c'est ce qui paraît « normal » aux Stainer, mais me touche plus profondément qu'elle ne l'imagine. Dans cette chambre « nue » (mais qui ne va pas le rester longtemps), je peux me retirer sans qu'on vienne me harceler; personne n'ouvre jamais mes tiroirs, car c'est moi qui passe prendre mes vêtements dans la lingerie pour les ranger. Et, quand la ligne des enfants est installée (ce qui arrive très vite, autant que je m'en souvienne), le fil est assez long pour que je puisse prendre le téléphone avec moi et passer des heures allongé sur mon lit à discuter — oui, c'est à Bloomington, dans une autre langue que la mienne, que j'apprends à ne plus avoir peur du téléphone...

Dans ma chambre à Bloomington, je connaîtrai tout ce qu'un adolescent peut connaître : la solitude et l'amitié, la tristesse, la joie, les longues discussions à double sens au téléphone avec les filles, la maladie (une angine carabinée qui me clouera au lit pendant une semaine), le sommeil après les nuits sans sommeil. Bien sûr, je vais beaucoup y lire et beaucoup y écrire, mais j'apprendrai aussi *à en sortir*.

À la fin de la seconde lettre que j'ai envoyée à mes parents, le 11 août, j'écris en P.S. : « Sur ma taie d'oreiller il y a cette phrase : *Happiness is to be one of the gang* (Le bonheur, c'est faire partie de la bande). »

Pour Betty, comme pour beaucoup d'Américains, les mots ne sont pas que des mots. Ils donnent un sens aux objets et aux lieux ; ils sont le véhicule des sentiments ; ils tissent les relations.

Liens :
* *Today is the first day of the rest of your life*
* *Some enchanted evening*
* *Nixon Sucks !*

La place de la télé

(Reflets, 13)

(Bloomington, août-septembre 1972.) Dans la longue pièce à vivre du sous-sol, la télé est au bout, on la voit en arrivant en bas de l'escalier. C'est le premier poste en couleurs que je vois. Il n'a pas de télécommande (il en existe déjà, à fil, mais ce poste-ci n'en a pas). On change de chaîne en tournant un cadran. À Minneapolis, il y a (si je me souviens bien) cinq ou six chaînes au moins, aux sigles étranges mais signifiants : KSTP, WTCN... [« STP » est l'acronyme de St. Paul ; TC celui de « Twin Cities » ; quand nous irons nous balader dans le Sud, Chuck et moi, au mois de mai suivant, j'entendrai régulièrement sur la radio de la voiture le *jingle* de KCMO — Kansas City, MissOuri.]

À l'autre bout de la pièce, il y a deux fauteuils à haut dossier et pied tournant, formés d'une armature métallique sur laquelle sont tendus des rembourrages de skaï (orange ?). Les deux sièges ont des repose-pieds, qui servent de siège supplémentaire quand nous sommes nombreux. Contre la cloison, il y a un canapé, sur lequel gît un second châle en laine. Betty et Charlie s'installent sur les fauteuils pour regarder la télévision, les enfants sur le canapé ou par terre (Juno, en particulier, aime beaucoup s'asseoir par terre).

On ne regarde pas la télévision en dînant mais, lorsque les parents sortent, il arrive que Jimmy, Chuck, Juno et moi mangions un *TV dinner* : un plateau surgelé qu'on glisse dans le four pendant quelques minutes, et qu'on pose ensuite devant nous sur une des petites tables pliantes individuelles.

Tous les après-midi, avec Jimmy, je regarde *Star Trek*. La série est rediffusée en *syndication* — sur un réseau local — à 17 heures. Nous posons un paquet de chips et une boîte de *French dip* entre les fauteuils et en route pour les étoiles ! Mais on dîne tôt aux États-Unis et quand Betty nous appelle pour dîner vers 17 h 30, l'épisode n'est pas terminé...

Peu à peu, je découvre que la télévision américaine n'a rien à voir avec la télévision française. Ici, pas de monopole gouvernemental. Des chaînes privées, avec certes de la publicité toutes les douze minutes (mais on s'habitue très bien à voir les programmes par petits bouts : pendant la pub, on va aux toilettes, on se cherche un *7 Up*, on répond au téléphone, on discute...) et, surtout, des fictions, des fictions, des fictions. Des séries dramatiques et des comédies en début de soirée, de vieilles séries dans l'après-midi ou après onze heures du soir, et de vieux films à partir de minuit... De temps en temps, un match de football rassemble quelques camarades de classe de Chuck. Mais, le plus souvent, tout le monde préfère regarder un film, ou une comédie musicale. Avant la rentrée, Chuck et sa mère se demandent déjà quel spectacle ils vont produire, au printemps prochain, à Lincoln High. Un soir, une chaîne diffuse *Oklahoma !* Betty m'explique que c'est sa comédie musicale préférée, car elle a grandi là-bas. Chuck lui demande si on peut la monter. Betty répond qu'on peut tout faire sur scène, en se creusant un peu les méninges. Au cours de la première séquence, le personnage masculin apparaît sur son cheval au milieu d'un champ de maïs. Taquin, Chuck apostrophe sa mère :

— *How do we do* that ?

— *You'll build a wooden horse*[1]...

*

Et puis, il y a les feuilletons.

Le *Complete Directory to Prime Time Network and Cable TV Shows 1946-Present,* ouvrage de référence que j'utilise couramment aujourd'hui pour écrire mes articles sur les séries télévisées, détaille en annexe la grille des programmes des chaînes nationales et me rappelle ainsi que j'ai regardé *Mannix, M*A*S*H, Columbo, Madigan* (la seule série qu'ait tournée Richard Widmark), *Banacek* (une suite de téléfilms construits autour de crimes impossibles), *Streets of San Francisco, Kung Fu, Shaft, McCloud, Night Gallery* (l'anthologie fantastique de Rod Serling, créateur de *Twilight Zone*), *All in the Family, The Mod Squad* (la série préférée de Betty, cette année-là), mais aussi *Search* (une série d'aventures *hi-tech*) et *Temperatures Rising* (une *sit-com* médicale) que j'aimais beaucoup et qui malheureusement n'ont pas duré, et une émission comique que je regardais bouche bée, *Rowan & Martin's Laugh-In.*

Regarder la télévision, ça n'était pas une simple distraction, c'était une activité familiale, d'autant plus appréciée que nous ne le faisions pas tous les soirs. J'ai vu beaucoup de comédies musicales en

1. « Comment on fait *ça* ?
— Tu nous feras un cheval de bois... »

famille, car tout le monde à la maison en était friand et Betty mettait les pauses publicitaires à profit pour me raconter comment telle scène avait été tournée, et comment telle actrice avait décroché son rôle. Pour moi, c'était aussi faire chaque soir le plein d'histoires. Dès lors que j'étais capable de me lever pour aller en classe le lendemain matin, je n'étais pas contraint d'aller me coucher à 20 heures (aux États-Unis, envoyer un adolescent de dix-sept ans au lit n'a pas de sens, sauf s'il est mourant), j'avais le droit de m'assoupir devant *The Wild Wild West* ou de regarder un vieux *Charlie Chan* dans la case du *Late, Late Movie*.

À Bloomington, j'apprendrai à lire un programme (le petit mais très épais et très détaillé *TV Guide*) et à y repérer des émissions d'apparence anodine (un vieux film, un documentaire, une rediffusion), à choisir mes émissions et à défendre mes choix.

La langue maternelle

(Voix, 24 ; Sens, 17)

Si j'aime particulièrement *Laugh-In* et les comédies, c'est parce que leur humour est fondé sur deux ressorts principaux : la phrase à double sens et le clin d'œil au spectateur. Au début, évidemment, je ne comprends pas grand-chose. Quand je demande à Betty ou à Charlie de me dire ce qui les fait rire ils commencent par répondre : « *Oh, I can't translate that*[1] *!* » Et puis, ils précisent le contexte, détaillent le jeu de mots, expliquent à qui ou à quoi il est fait référence. Ils le font de bonne grâce, systématiquement, et bientôt c'est un jeu collectif : Juno, Jimmy, Chuck, mais aussi leurs camarades prennent l'habitude de le faire. « *You've got a lot to learn, Sjaaaack*[2] *!* », me dit régulièrement Chuck.

Betty, en particulier, sera toujours très attentive à la langue. Elle profite du fait que je comprends bien l'anglais pour m'en apprendre les nuances, mais surtout pour m'initier à la culture environnante. Quand nous nous rendons en Oklahoma, elle me prévient que les gens n'y parlent pas comme dans le Minnesota. Un jour, nous déjeunons quelque part à Kansas

1. « Ça, c'est intraduisible ! »
2. « Tu as beaucoup à apprendre, Jaaacques... »

City, et quand la serveuse, une dame d'une cinquantaine d'années, s'adresse à moi, Betty attire mon attention sur son accent et sur sa manière de me parler comme si j'étais son petit garçon...

*

Pendant les semaines qui ont suivi mon arrivée, tout s'est bien passé, mais Betty s'est rendu compte que j'ai du mal à m'intégrer aux camarades de Juno, souvent présents à la maison. Ils sont un peu plus jeunes que moi, mais très brillants : ils parlent de politique, de philosophie, d'écologie, d'économie mondiale, et je suis incapable de les suivre. Ils jouissent d'une complicité à laquelle je suis étranger. Petit à petit, je les prends en grippe et je finis par devenir carrément désagréable.

Un jour, nous sommes tous deux seuls à la maison, Betty me parle assez fermement, et m'explique que je ne peux pas continuer à me replier comme ça et à traiter les autres de haut. Elle comprend que ce n'est pas vraiment du mépris, mais surtout de la peur, du manque de confiance. Je n'ai aucun mal avec elle, mais j'en éprouve beaucoup dès qu'il s'agit de parler à des étrangers. Je fais tout à contretemps. Je m'immisce dans les conversations quand il ne faut pas ; je me replie quand on attend que je m'ouvre.

Cette conversation m'est pénible, mais elle me soulage, au fond. Je sais que je peux lui demander conseil, je sais qu'elle est de mon côté, je sais que je ne suis pas seul : dans cet univers fascinant mais inconnu, j'ai une alliée.

Betty n'a pas seulement été très heureuse de m'accueillir, elle m'aime depuis la seconde où elle m'a vu. Elle m'a adopté. Elle me traite comme si j'étais vraiment son enfant. Elle me parle et m'écoute. Elle m'apprend à relativiser en m'initiant à l'ironie et à l'autodérision. Elle me fait taire quand je parle trop, elle me tance quand je dépasse les bornes. Elle me prend dans ses bras quand je ne vais pas bien. Elle rit quand je commence à faire des calembours. Elle m'enseigne le sens des gestes et la texture des phrases. Elle est ma mère en terre étrangère, ma mère dans les mots.

*

Ce que Betty ne sait pas, mais sent sûrement, c'est que mon enfermement est en partie lié à ma famille : comme je me suis engagé à écrire régulièrement, Nelly a insisté pour que j'écrive *à tout le monde* — membres de la foutue famille Borgia, membres de la famille de mon père, amis proches ou éloignés, tout le saint-frusquin. Pourquoi ? Difficile à dire. Peut-être pour montrer que, même à distance, je reste le bon fils digne de fierté qui, grâce à ses parents qui se saignent aux quatre veines (ça, c'est un terme de Nelly), vit une année formidable, qui n'est pas seulement une année de vacances pour moi (même si ça en a tout l'air) mais un crève-cœur pour eux et, heureusement, un réel investissement dans l'attente d'un retour avec dividendes. Je résiste (dans mes premières lettres, je passe mon temps à expliquer pourquoi je n'ai pas écrit à deux cents membres de la famille dès mon arrivée), mais c'est dur quand même. Je suis en Amérique mais, contrairement à ce que j'imaginais, je ne suis pas encore affranchi. Mon sentiment de culpabilité est proportionnel à mon désir de prendre de la distance... Pour preuve, les tonnes de regrets exprimés dans plusieurs lettres, à l'idée de ne pouvoir aller à la synagogue le jour du Kippour (il n'y a pas d'office proche, et celui auquel j'ai voulu aller est plein — comme salle Pleyel, il faut réserver sa place!). J'affirme cependant à mes parents que je jeûne ce jour-là. Autant que je m'en souvienne, la religion a pourtant été le cadet de mes soucis à cette époque... Dans les mêmes lettres, j'insiste lourdement sur le fait que « je drague » (bien que ma « petite amie », dis-je en évoquant Laura sans donner son nom, se trouve dans une autre grande ville) et je me moque de mes parents en leur demandant s'ils ont bien reçu leur malle, s'ils ne se sentent pas trop dépaysés, là-bas, à Pithiviers, si Mick les traite bien et si « ils aident », à la maison...

Bref, je suis en permanence sur la défensive et plein d'agressivité.

Betty le sent. En écrivant : « Je sais que Marc vous parlera de sa vie ici, mais si vous vous posiez des questions sur ce qu'il ne vous dit pas, demandez-le-moi et je pourrai *peut-être* y répondre », elle ne veut pas du tout dire à mes parents qu'elle va leur raconter mes secrets (je sais pertinemment qu'elle ne le fera jamais); mais elle désamorce leurs interrogations possessives, les rassure (« Même si vous ne savez pas ce qui lui arrive, je veille sur lui, il ne lui arrivera rien ») et, ce faisant, me protège. En me parlant, en me faisant sortir de la chambre où je risquais de passer mon temps à rendre compte et payer tribut aux absents, elle me libère du cordon familial et me donne naissance.

Lincoln High School

(Lieux, 15)

(Bloomington, 7 septembre 1972.) L'école, son administration, ses enseignants et ses élèves accueillent leurs deux *AFS'ers* dans le gymnase où toutes les classes sont réunies. On nous demande de nous présenter. L'autre lycéen étranger se nomme Anders Ljung. Il est suédois, très blond, très flegmatique. Beaucoup plus à sa place que moi dans le Minnesota, où la population est majoritairement issue d'immigrants venus des pays scandinaves, deux ou trois générations plus tôt. Si Anders est d'emblée dans son élément, ce n'est pas mon cas : je suis habillé de manière terne (pantalons marron, chemises unies), je me suis laissé pousser la barbe pour m'épargner le rasage quotidien, mais aussi, bien sûr, pour cacher mon acné et me donner une contenance. Je suis un *senior* (terminale) mais je fais plus vieux que mes camarades. Betty m'aidera à changer ça. Mais, dans les couloirs, tout le monde me dit bonjour et me sourit, et beaucoup de lycéens, les plus jeunes surtout — *sophomores* (secondes) et *juniors* (premières) —, viennent me parler, me posent des questions sur mon pays, espèrent que je vais me plaire ici.

Pour nous faire mieux connaître, on nous demande à tous les deux de donner un texte au *Mah*

Quh (mot indien signifiant, si je ne m'abuse, « ours » — emblème de Lincoln High — et qui se prononce *ma-quoi*), le journal des élèves. Comme je ne quitte jamais mon appareil photo, son rédacteur en chef, un *junior,* me suggère de prendre des photos pour le *Yearbook,* l'annuaire de l'école. On me fournit la pellicule et j'ai toute liberté pour photographier manifestations sportives (je ne promets rien), pièces de théâtre (ah, ça oui !), élèves et profs en toutes circonstances [et toutes les positions : dans le volume 1971-1972, Betty est représentée faisant le poirier dans sa classe]. Mes clichés iront, avec ceux des autres élèves photographes, illustrer le volume 1972-1973. Quand il apprend que j'écris, il me suggère aussi de lui soumettre une nouvelle...

*

Lincoln High est un grand bâtiment de brique, sans caractéristique particulière, qui date probablement de la fin des années cinquante. Le seul « ornement » aux murs et sur certaines portes est un logo étrange composé de triangles jaunes et noirs, indiquant que le bâtiment a été conçu pour servir d'abri en cas d'attaque nucléaire. Le hall d'entrée est vaste et vitré, mais nous ne passons presque jamais par là : il y a des portes latérales (tout est toujours ouvert dans la journée, comme les maisons d'habitation) par lesquelles on entre et sort librement. La porte des classes n'est pas close en permanence : les professeurs passent de l'une à l'autre pour échanger des informations ou des documents ; quand un élève entre un peu en retard ou sort en avance, on ne lui pose pas de question : si c'est exceptionnel, c'est qu'il a certainement une bonne raison (ou en a déjà prévenu l'enseignant) ; si cela se répète trop souvent, l'enseignant demandera à lui parler à la fin du cours, mais ne l'apostrophera jamais devant les autres élèves. Le long des couloirs, les lycéens passent devant des rangées de casiers métalliques à combinaison (la mienne, je l'entends encore comme si c'était hier, était *seven left, eleven right, nine left*) où ils entreposent leurs manteaux, instruments de musique, photos et livres, et glissent des messages par les fentes d'aération ménagées à la partie supérieure de la porte.

*

L'atmosphère de cette *high school* du début des années soixante-dix n'a rien à voir avec celle du lycée de Pithiviers. Le Minnesota, ce n'est pas l'Amérique « profonde », mais c'est tout de même l'Amérique « moyenne », si tant est qu'une telle chose existe ; un article consacré à la vie dans l'État aux 10 000 lacs par *Time* ou *Newsweek,* pendant mon année là-bas, le formule ainsi : « *California is the flashy blonde you want to take out to dinner; Minnesota is the girl you want to marry*[1]. » La vie des lycéens de Lincoln High est à cette image. Non qu'il n'y ait aucun problème mais ces problèmes ne sont pas stigmatisés ou montés en mayonnaise. Un de mes voisins de classe me racontera calmement, à la cafétéria, comment il a eu maille à partir avec la police en se faisant prendre au volant après avoir un peu trop bu et fumé quelques joints ; la sœur d'une de mes camarades de théâtre me confiera avec émotion mais sans pathos

1. « La Californie, c'est la blonde tape-à-l'œil qu'on a envie d'emmener dîner en ville. Le Minnesota, c'est la fille qu'on a envie d'épouser. »

que, deux ans auparavant, elle a été enceinte et, plutôt que d'avorter, a préféré poursuivre sa grossesse et donner son enfant en adoption (ce sont les termes qu'elle utilise). Bien entendu, les lycéens que je fréquente sont ceux qui ont des liens privilégiés avec Betty, Juno et Chuck, tous trois extrêmement aimés et actifs à Lincoln High, et leur manière de s'exprimer, leur liberté et leur franchise ne sont probablement pas celles de tout le monde, mais nous sommes tous le produit de rencontres individuelles et ma vision de l'Amérique sera profondément imprégnée par la tolérance, l'intelligence et la maturité de ces adolescents-là.

*

Et puis, aller en classe à Lincoln High, c'est un plaisir. Ma présence en cours est présentée par tous comme une richesse. On attend bien sûr de moi autant que de tous les autres — étudier, participer, porter un regard personnel, oblique, neuf, sur ce qui se dit — mais aussi que je parle de mon pays, de ma culture, de mes coutumes, de la manière dont je vis, mange et m'amuse chez moi. Souvent, en classe, les enseignants ou les élèves disent avoir entendu telle ou telle chose au sujet de la France. Est-ce que je peux les éclairer ? Est-ce que je peux leur expliquer ?

Leur curiosité est réelle. Leur intérêt, sincère. Leur émerveillement, constant. En entendant leurs questions, je réalise que j'en sais beaucoup moins sur le fonctionnement des institutions, l'économie et la population de la France qu'eux-mêmes en savent sur leur pays. Souvent, je suis incapable de répondre. Mais on me fait comprendre que l'essentiel n'est pas de savoir répondre tout de suite. L'essentiel tient en un mot : *research* — qui signifie à la fois « recherche » et « documentation ». À Lincoln High, la source du savoir n'est pas, comme en France, la bouche de l'enseignant mitraillant les lycéens penchés sur leurs copies. La classe est un lieu d'échange entre enseignants et élèves. Le prof indique les pistes d'apprentissage, il brosse les grandes lignes d'un sujet. Il ne dicte pas, il interpelle les élèves pour leur donner la mesure de ce qu'ils savent ou ne savent pas encore. Il leur indique dans quels livres ils trouveront matière à réflexion, chez quels auteurs ils pourront trouver réponse aux questions qui se posent. Il n'est ni le dépositaire ni le gardien du savoir ; il n'impose pas, il guide. Très vite, j'apprends à me servir du *resource center* — la bibliothèque/centre de documentation — aussi bien pour répondre aux questions concernant la France que pour y mener mes propres recherches. Les élèves sont incités à y chercher l'information qui leur servira à rédiger leur *essay* — dissertation, compte rendu, exposé documenté — ou à mener à bien leur *project* — entreprise plus importante, qui peut être, je l'ai vu, la reproduction en carton et papier peint d'une caverne préhistorique avec les différents types de peintures rupestres exécutées par l'homme de Cro-Magnon ; la construction d'une maquette du fardier de Cugnot ou de l'avion des frères Wright ; une interview des agents de la voirie sur les problèmes techniques rencontrés lors des récentes tempêtes de neige ou encore (ce fut mon *project* en cours d'anthropologie) un reportage-diapo sur une « tribu » du Middle West. Ces entreprises, les élèves sont incités à les concevoir et à les imaginer librement. Plus elles seront personnelles, plus elles seront riches pour eux et pour les autres.

Pour la première fois, je découvre un endroit où l'on considère qu'*apprendre* et *devenir* doivent aller de pair, et qu'on peut faire confiance aux jeunes gens pour allier l'un et l'autre.

Liens :
* *Give me one good reason...*
* *Homo Studiensis Americanus*

L'album

(Clichés, 9; Sens, 18)

(Tourmens, 2001.) Je regarde l'album composé par Betty et je suis stupéfait de voir à quel point il résume parfaitement mon année à Bloomington... et tout ce qu'elle portait en germe.

L'album commence par la photo de famille qui figurait dans le dossier des Stainer. Les huit photos suivantes ont été prises avec mon Canonet : portraits de Betty et Charlie en activité dans la maison ; autoportrait dans mon lit (affublé de cette barbe noire, je me trouve plus vieux que quand je me regarde dans une glace aujourd'hui !) ; scènes de repas ; Charlie et moi faisant la vaisselle ; Charlie et Jimmy en uniformes de *Boy Scouts*.

Le reste de l'album contient les quatre séries de photos expédiées au fil des mois par Betty, assorties de commentaires que je traduis pour elle : ce sont, au fond, mes premières « vraies » traductions. Pas question de trahir Betty, pas question d'omettre un mot de ce qu'elle dit. Mais je ne me prive pas de les annoter, les compléter, les caviarder de calembours, comme pour bien marquer ma présence.

*

La première série est centrée sur ma vie quotidienne. Betty s'est offert un appareil photo d'une forme inhabituelle, haut, large et pas très épais, mais doté de deux poignées latérales. Il a un moteur et contient des pellicules de quarante ou cinquante vues. Elle me suit dans tous les recoins de Lincoln High pour me photographier. Elle entre dans la classe en faisant un signe au prof et, pendant que je suis concentré sur mon travail, elle me mitraille. Sur presque tous les premiers clichés j'ai la tête penchée au-dessus d'un livre ou d'une copie et, même à la cafétéria, je suis seul ; le moins qu'on puisse dire, c'est que je ne suis ni très souriant, ni très ouvert. Et, brusquement, il se passe quelque chose. Betty m'a saisi dans la classe de dactylographie, le nez sur mon clavier. Un peu plus loin, me voici à son bureau, devant la machine qu'elle m'a prêtée ; mais cette fois-ci, je lève la tête. Et, sur les clichés suivants, je ne suis plus seul : en parka et bonnet de ski je pose avec Juno déguisée en Pocahontas le soir de *Halloween* ; j'engloutis de la glace dans un *ice-cream parlor* avec d'autres lycéens ; je chahute avec les *Boy Scouts* de la patrouille de Charlie [à la fin de la soirée, quand nous sommes rentrés à Bloomington, Chuck, Jimmy et moi étions assis sur la banquette avant et dix autres Scouts s'entassaient sur la banquette arrière]. La série se termine par une coupure du *Minneapolis Tribune* datant du 6 décembre 1972, mentionnant que les Twin Cities viennent de battre leur record de froid de 1936 (– 14° F) : la veille, la température est descendue à – 19° F, c'est-à-dire pas loin de – 30° C.

*

La seconde série est prise aux alentours de Noël : on m'a couvert de cadeaux, tous signifiants ou utiles. Betty a en particulier entrepris de renouveler ma garde-robe. Un soir, en octobre ou novembre, prenant prétexte que Chuck n'était pas disponible et qu'elle voulait lui acheter des chemises et des pantalons, elle m'a demandé de l'accompagner au centre commercial pour que je fasse l'essayage à sa place (nous faisons la même taille). Comme je suis toujours très content d'être avec elle, je ne me fais pas prier. À Noël, je retrouve les pantalons et les chemises sous le sapin, dans des paquets étiquetés à mon nom. Dorénavant, je porterai des pantalons orange ou roses et des chemises vertes et rouges à col pointu. « *Dressed like this, you'll look more like the rest of the kids*[1] », dit-elle en souriant tendrement. Parmi les autres cadeaux que je retrouve sur les clichés, il y a une grande boîte en plastique destinée à conserver mes souvenirs d'Amérique, une « couverture de sécurité » (un drap de bain) portant le portrait de Linus — le personnage de *Peanuts* — et un jeu d'échecs à trois niveaux, comme celui auquel joue Spock dans *Star Trek*. Quelques clichés plus loin, Betty m'a portraituré allongé sur mon lit, le téléphone contre l'oreille. Traduction du commentaire : « Une facette du nouveau Marc : le téléphone. » Les derniers clichés, pris nettement plus tard, me montrent grimé et costumé pour la première production dans laquelle j'ai été enrôlé : une pièce musicale pour enfants intitulée *Benito's Burro*.

à suivre...

Liens :
* *Benito's Burro*
* *South Pacific*

1. « Habillé comme ça, tu ressembleras plus aux autres. »

Au clavier

(Traces, 23 ; Sens, 19)

(Tourmens, 1er janvier 2002.) Il y a deux ou trois jours, à table, tandis que je lui offrais un exemplaire d'un livre tout frais (*Les Miroirs de la vie*), Ariane — la petite sœur de MPJ — me demandait avec de grands yeux où je cachais mon nègre. Elle verbalisait ainsi l'incrédulité que manifestent la plupart de mes interlocuteurs en énumérant les livres que j'ai publiés depuis quelques années. Je lui ai répondu :

— Mon nègre ? Tu montes dans ma chambre, et tu regardes derrière le bureau. S'il n'est pas là, c'est qu'il est en train de bouffer...

*

Isaac Asimov expliquait qu'il ne savait pas — et ne saurait jamais — s'il était un grand écrivain, mais qu'il avait pour ambition d'être un écrivain *prolifique,* et que c'était cela qui lui importait. Je vois les choses de la même manière : à défaut de me féliciter d'écrire de bons livres (je suis mal placé pour le faire), je suis assez fier de dire que j'ai toujours écrit les livres que je voulais écrire — même s'ils n'ont pas tous été publiés, même s'ils ne sont pas tous des succès de librairie — et je n'ai pas d'autre ambition que d'écrire le plus grand nombre de livres possible, non pas pour battre un record [je n'égalerai jamais celui d'Asimov, qui commença à publier des nouvelles vers vingt ou vingt-deux ans, n'eut que deux enfants, écrivit à temps plein jusqu'à l'âge de soixante-dix ou soixante-douze ans et publia quatre cents ouvrages...] mais parce que, comme Asimov et Georges Perec, *j'ai envie de toucher à tous les genres que j'aime et de traiter tous les sujets qui m'intéressent.*

Je ne considère pas l'écriture comme une « vocation » ou un « sacerdoce », mais comme un instrument, un outil. Ma relation au clavier de l'ordinateur n'est pas différente, j'imagine, de celle qu'un musicien entretient avec son instrument. Rien ne me transporte plus que le mélange des genres ; si j'avais été pianiste, j'aurais voulu non seulement composer mes propres pièces, mais aussi interpréter toutes les œuvres que j'aime — Bach, Lalo Schifrin, Mozart, Debussy, Satie, Ravel, Gershwin, Cole Porter, Miles Davis, Bill Evans, Brel, Brassens et Léo Ferré. Pour bien connaître son instrument, il faut savoir jouer de tout ; rien ne me ravit plus que Stéphane Grappelli et Yehudi Menuhin jouant Cole Porter ensemble.

Cette attitude à l'égard de l'écriture remonte évidemment très loin, aux premières histoires que j'ai (ré)écrites, aux premiers tourments que j'ai consignés sur mes cahiers. Mais elle s'est trouvée justifiée, en Amérique, par des incitations et des encouragements répétés.

En Amérique, à la question : « *What do you want to be later ?* », je répondais : « *I want to be a doctor* and *a writer.* » Chaque fois, j'entendais mes interlocuteurs répondre : « *These are two great jobs*[1]. »

1. « Que veux-tu faire plus tard ? — Je veux être médecin *et* écrivain. — Ce sont deux belles professions. »

Chaque matin, entre septembre et décembre 1972, je me suis assis en classe devant un clavier de machine à écrire et j'ai appris à taper pendant une heure : d'abord des groupes de deux, trois, quatre lettres, puis des textes de plus en plus longs. Dès que je rentrais à la maison, je m'asseyais devant l'Underwood et je m'y remettais de plus belle. Au bout de trois mois, je savais taper avec dix doigts. Quand je suis entré en faculté de médecine, j'étais l'un des rares étudiants, sinon le seul, qui savait taper à la machine. Plus tard encore, quand on m'a confié des enseignements dirigés, quand j'ai collaboré à une revue contestataire, quand j'ai saisi des centaines d'informations dans le programme conçu pour ma thèse, quand j'ai collaboré à la revue *Prescrire,* quand j'ai acheté mon premier ordinateur et écrit *La Vacation,* quand je me suis mis à arrondir mes fins de mois de généraliste fauché en faisant des traductions, j'ai remercié Nelly de m'avoir montré la voie, Betty de m'avoir prêté l'Underwood et laissé utiliser son électrique (que personne, en principe, n'avait le droit de toucher !) et Mrs. Sather, ma prof de *typing,* de m'avoir enseigné les arcanes de la dactylographie.

Mrs. Sather a fait plus que m'initier au fonctionnement du clavier. Un matin de novembre, à notre entrée en classe, elle nous donne pour *assignment* (devoir du jour) de lui écrire un conte de *Halloween.* Je m'y mets illico. À la fin de l'heure, je n'ai pas terminé, je lui dis que je vais le finir à la maison et le lui rapporter le lendemain ou le surlendemain. C'est la première nouvelle que j'écris à Bloomington. L'histoire est simple, mais aborde une demi-douzaine de thèmes très personnels. Je crois qu'elle s'appelait « Little Boy Lost » (Le petit garçon perdu). Je ne sais pas si j'en ai encore le texte (Mrs. Sather me l'a rendu, mais où l'ai-je fourré ?), mais je m'en rappelle très bien l'argument :

> C'est un monologue. Le narrateur explique que, le soir de *Halloween,* il se rend à pied chez son copain Charlie pour y passer la soirée, comme chaque année. En traversant un bois, il entend un enfant pleurer. Il le cherche sans le trouver, jusqu'au moment où il se rend compte qu'il est tout près, mais qu'il ne le voit pas. C'est un enfant perdu, mais un peu particulier : il vient d'une autre planète. Le vaisseau de ses parents a fait escale dans les environs ; il est sorti, s'est perdu et ne sait plus où aller. Le narrateur lui demande de lui décrire l'endroit. L'enfant répond que le vaisseau s'est posé dans un terrain plat sur lequel poussent de grosses boules orange. Le narrateur se met à rire, le prend par sa main invisible et l'emmène vers le grand champ de citrouilles du fermier voisin. L'enfant « voit » ses parents et les rejoint. Les extraterrestres demandent au narrateur ce qu'ils peuvent faire pour le remercier et il répond qu'il est déjà récompensé au-delà de ses espérances. Quand le vaisseau décolle, il devient brièvement visible et le narrateur pense que, pour la première fois, quand il arrivera chez Charlie, il répondra affirmativement à la question rituelle : « *Well, have you seen the Great Pumpkin tonight, Linus ?* »

Comme la plupart des nouvelles anglo-saxonnes lues pendant mon adolescence, ce texte est construit pour prendre sens à la lecture de cette dernière phrase : Linus est ce petit garçon qui, dans *Peanuts* — la bande dessinée de Charles M. Schultz —, trimbale tout le temps sa couverture, et dont le plus grand désir serait de voir, le soir de Halloween, la « Grande Citrouille » s'élever dans le ciel. Mais, à mon insu (je ne le réalise qu'aujourd'hui), le texte traite aussi de l'écoulement du temps et de ce que deviennent les rêves quand les personnages (les enfants) vieillissent, de la fidélité et de l'amitié, des relations entre un homme et un enfant trouvé, de l'inquiétante étrangeté de la vie.

Je l'ai écrit d'une traite, dans un anglais sûrement très imparfait, mais je me souviens très bien de ma joie et de ma fierté devant la réaction de Mrs. Sather, quand elle me l'a rendu :

— *Marc, your story was very good ! I really* enjoyed *reading it*[1].

1. « C'est une *très* bonne histoire, Marc. J'ai eu beaucoup de *plaisir* à la lire. »

Le miroir

(Voix, 25 ; Pages, 21)

(Abraham Lincoln Senior High School, 1972-1973.) Signe de la souplesse avec laquelle l'école américaine s'adapte à l'élève, j'ai pu, au dernier moment, modifier mon programme du trimestre. Au lieu de la physique et de l'histoire des États-Unis, j'opte pour la physiologie et l'anthropologie. Elles sont toutes deux enseignées par le même homme, Mr. John Ramler, qui ressemble un peu à Guy Williams, l'interprète du *Zorro* de Walt Disney : il est grand, porte la moustache et a beaucoup d'humour — il posera pour moi serrant la main d'Arthur, le squelette de la classe. Le cours de physiologie ressemble à ce que j'ai fait au lycée, en plus développé. L'idée sous-jacente est de préparer aux cours de *pre-med* — ceux que suivent les étudiants de *college* pour les examens d'entrée en école de médecine. Mais l'anthropologie m'intéresse beaucoup plus. Les origines de l'homme, les différences entre cultures, tout cela fait écho à mes préoccupations, anciennes et immédiates. Outre les chapitres choisis de notre manuel, un volume énorme mais passionnant intitulé *Modern Cultural Anthropology,* Mr. Ramler nous demande de lire plusieurs ouvrages et, en particulier, *The Silent*

Language d'Edward T. Hall. J'y fais connaissance avec la notion de « bulle corporelle », espace symbolique qui entoure le corps de l'individu et ne doit pas être pénétré sans autorisation. John Ramler a bien vu que j'avais l'habitude de m'approcher très près de mes camarades, de poser la main sur leur bras ou leur épaule — bref, d'entrer dans leur « bulle ». En discutant le contenu du livre de Hall, il prend ma présence comme exemple pour lever mes incompréhensions (je trouve mes camarades « distants ») et celles des autres élèves (ils me trouvent « envahissant »). Quand nous prenons conscience du fait que ma bulle n'a pas la même taille que la leur, tout le monde se détend.

Mr. Ramler nous fait lire également *Tally's Corner.* L'anthropologue Elliott Liebow y raconte comment, pendant un an et demi, il a côtoyé, accompagné et écouté les hommes noirs sans emploi qui passent leur journée dans la rue, à Washington. Ce document impressionnant, écrit dans un langage simple et accessible, est une plongée en abyme dans plusieurs cultures enchâssées — celle des chômeurs, celle des Noirs américains, celle d'une grande métropole. Il anticipe et a peut-être inspiré, par son humilité, sa rigueur et son respect pour les hommes qu'il décrit, un document presque homonyme écrit au cours des années quatre-vingt-dix. *The Corner,* de David Simon et Edward Burns, raconte la difficile survie d'une poignée de toxicomanes et de *dealers* dans les rues de Baltimore ; il a été porté à l'écran en 2000 sous la forme d'une remarquable mini-série par l'acteur et réalisateur Charles S. Dutton. Quand j'ai vu *The Corner,* j'ai immédiatement pensé au livre de Liebow et je me suis dit que, décidément, la réalité est obstinée, alors même que les écrivains s'échinent à en témoigner. Aujourd'hui, je ne peux pas non plus m'empêcher de remarquer que les Français n'ont à ce jour jugé bon de traduire ni l'un ni l'autre de ces deux livres.

*

Sur le pan de son bureau qui fait face à la classe, Mr. Ramler a affiché une grande photo représentant trois chimpanzés qui nous considèrent d'un œil circonspect. À la fin de l'année scolaire, dans le cahier rouge que Juno m'a offert à Noël et que je ferai signer à tous mes amis, il écrira : « *Marc, I can only hope you learned and grew as much as we did this year as a result of knowing you. Many times we, as teachers, expect students to do the growing both intellectually and socially. Invariably, however, at the end of the year we realize that we are the ones who have possibly benefited the most as a result of classroom interaction.* [...] *If at all possible keep in touch. The best of luck with your future plans concerning medicine, but keep your mind open to other possibilities such as anthropology, psychology, etc. I see you as a physical anthropologist on your hands and knees with brush in hand, looking*[1]... »

1. « Marc, j'espère que tu as appris et grandi autant que nous, cette année, en apprenant à te connaître. Souvent, les enseignants comme moi espèrent que leurs élèves mûrissent à la fois intellectuellement et socialement. Mais chaque fois, à la fin de l'année, nous réalisons que c'est probablement nous qui avons bénéficié le plus des échanges en classe. [...] Si c'est possible, reste en contact. Tous mes vœux de réussite en ce qui concerne tes projets d'études de médecine, mais reste ouvert aux autres éventualités que sont l'anthropologie, la psychologie, etc. Je t'imagine anthropologue de terrain, à genoux, brosse en main, scrutant le sol... »

Et, sur l'autre page, parmi quelques phrases rappelant toutes les étapes de notre apprentissage pendant l'année, il ajoute : « *Always remember the mirror ? In front of my desk*[1] *!* »

Liens :
* *Homicide : Life on the Street*
* *L'émergence de l'homme*

1. « Tu te souviendras toujours du miroir ? À l'avant de mon bureau... »

La boîte

(Sens, 20)

(Abraham Lincoln Senior High School, 1972-1973.) Un autre enseignant va compter beaucoup pour moi tout au long de l'année. C'est Mr. Jim Dimond (ça se prononce *Daïmond*), le prof de psychologie. C'est un petit homme fin, malicieux et bienveillant. Lui aussi m'en apprendra beaucoup sur mon propre comportement et la manière dont je brutalise, sans le vouloir, mes camarades. Un jour, nous discutons tous deux dans la classe juste avant le cours, et l'une des élèves, Beth, entre. Elle fait partie des *cheerleaders,* ces filles gracieuses et athlétiques qui font des acrobaties pendant les manifestations sportives pour encourager l'équipe de leur école. (Les Français qui prennent ces filles pour des minettes sans cervelle n'ont jamais discuté avec elles ni vu celles de Lincoln High en action sur une patinoire pendant les arrêts de jeu des matchs de hockey... Pour la plupart, elles sont infiniment plus futées que les sportifs qu'elles encouragent.) Ce jour-là, Beth, qui est une très jolie fille, n'est pas vêtue de son uniforme vert de *cheerleader,* mais d'un superbe ensemble rouge. En la voyant entrer je m'exclame : « *Wow! Are you cute*[1]*!* » Elle

1. « Waou ! Comme tu es jolie ! »

devient aussi rouge que son ensemble, balbutie quelques mots et se précipite hors de la classe. Mr. Dimond m'explique gentiment que ma réaction était disproportionnée et que j'ai mis Beth en difficulté. J'aurais dû exprimer mon admiration sans élever la voix et en la formulant de manière plus discrète...

Mais notre professeur de psychologie sait aussi être provocateur... Devant l'une des fenêtres de la classe, il a posé une boîte à chaussures renversée portant l'écriteau suivant : « *Do not look under the box*[1] *!* » Nous lui avons souvent demandé pourquoi elle est là, et ce qu'elle signifie, et il nous a toujours répondu : « *This is a* psychology *class*[2]... » Le mystère s'épaissit lorsque, passant devant la salle pendant l'interclasse, j'entends l'une de mes camarades pousser un cri et jaillir dans le couloir, les joues empourprées. Si Mr. Dimond est dans le couloir à ce moment-là, il murmure en souriant : « *Someone didn't follow the rule*[3]... » Je lui demande si les filles semblent plus enclines à regarder sous la boîte que ne le sont les garçons. Il me répond qu'à moins d'avoir une caméra dans la classe, il ne peut rien affirmer : quand il entend un cri de surprise, il est poussé par une fille. Ça ne veut pas dire que les garçons ne regardent pas sous la boîte...

Il avait raison. Quand j'ai à mon tour soulevé la boîte pour voir ce qu'il y avait dessous, mon cœur battait à tout rompre, mais je n'ai pas crié.

1. « Ne regardez pas sous cette boîte ! »
2. « Vous êtes en cours de *psychologie*... »
3. « Quelqu'un a enfreint la règle... »

Les planches

(Voix, 26)

(Bloomington, 1972-1973.) Betty et Chuck sont passionnés de théâtre. Ils n'ont pas grand mal à me faire partager leur passion. Je découvre en les suivant que les arts du spectacle font partie de presque toutes les situations de la vie communautaire. À Bloomington et Minneapolis, nous assistons à des spectacles montés dans les endroits les plus divers — au *Guthrie Theater,* bien sûr, mais aussi à l'université du Minnesota, ou dans un bateau à aubes flottant sur le Mississippi, ou encore dans de microscopiques sous-sols d'école ou d'église à peine plus grands que les garages où se produisent les troupes du festival *off,* à Avignon.

Le *Guthrie,* dont la salle principale est un amphithéâtre disposé autour d'une scène à géométrie variable, présente souvent des productions de taille considérable (un *Midsummer Night's Dream* dans un décor stylisé entièrement métallique ; un *Cyrano de Bergerac* où Christopher Plummer, dans le rôle-titre, ferraille d'un bout à l'autre de la scène, ou se retrouve brusquement entouré par une horde de marmitons sortant des trappes) et d'autres, aussi stupéfiantes que sobres, telle cette mise en scène de *A Christmas Carol* de Dickens, interprétée par un unique acteur sans décor ni accessoire sur l'immense scène ovale. Betty, Chuck et Juno m'emmènent aussi dans un café-théâtre, *The Brave New Workshop,* spécialisé dans les revues satiriques.

Le théâtre est très présent au sein même de Lincoln High, et prend des dimensions que je n'imaginais pas. Au lycée de Pithiviers, en seconde, j'ai tenu un rôle secondaire dans un *Knock* massacré par quelques élèves abandonnés à eux-mêmes au milieu de deux tables et trois chaises de classe. À Lincoln High, pendant les répétitions de *The Seven Year Itch* (*Sept ans de réflexion*), je regarde bouche bée des adolescents plus jeunes que moi interpréter des rôles d'adultes, dire des paroles d'adultes, faire des gestes d'adultes sous la direction d'un des professeurs d'anglais, Joe Tufigno. Je me mêle au groupe qui œuvre sur et derrière les planches de la salle de théâtre de l'école ; je sympathise avec Debbie, une *senior,* qui assure la fonction de costumière, avec Joël et Jeff, *juniors* jumeaux qui sont tout à la fois régisseurs, accessoiristes et éclairagistes. Sous la direction de Chuck, je participe à la construction des décors... Chacun des élèves impliqués dans les activités théâtrales est à sa place, et œuvre à une ou à plusieurs des tâches nécessaires au bon déroulement de la pièce, alors même qu'elle ne sera représentée que trois ou quatre fois seulement, pendant la journée devant les élèves de Lincoln High, mais aussi le soir, devant des adultes et des adolescents de villes et d'écoles environnantes — le théâtre scolaire est aussi un lieu de rencontre intercommunautaire.

Un peu plus tard dans l'année, Joe Tufigno dirige trois *juniors,* Gordy Fransen, Laurie Maple et Liz Bohn dans *Lady of Larkspur Lotion,* une pièce en un acte de Tennessee Williams. Dans *The Seven Year Itch,* Gordy était un Américain moyen désarçonné, pendant l'absence de son épouse, par la torride voisine du dessus. Dans *Lady,* il interprète un Russe alcoolique pris entre une prostituée (Laurie) et une logeuse abominable (Liz). Leur interprétation est remarquée et vaut à la pièce d'être sélectionnée, au printemps, pour figurer dans un festival interscolaire.

*

La musique, elle aussi, est omniprésente : concerts de l'orchestre et de la fanfare en salle et en plein air, *rock* et *jazz bands,* spectacles de chant, bals et soirées dansantes dans les écoles et les églises. Il y a une chorale (*choir*), à Lincoln High, et ses répétitions ont lieu chaque jour pendant un cours spécifique, auquel j'assiste pendant deux trimestres. Au sein du *choir,* un *pop group* d'une dizaine d'élèves interprète des *standards* populaires comme *Sentimental Journey* ou *Mood Indigo* de Duke Ellington. Le 14 février, jour de la Saint-Valentin, les élèves peuvent, pour 25 *cents*, passer commande d'une chanson que le *pop group* ira chanter à la personne de leur choix. Toute la journée, les classes sont interrompues dans la bonne humeur par une demi-douzaine d'élèves qui entrent, entourent les heureuses et heureux élus et poussent la sérénade *a cappella.*

Chaque saison, Lincoln High produit deux spectacles chantés et dansés. Un spectacle pour enfants pendant l'hiver, une grande comédie musicale au printemps. Cette année, Betty assure leur mise en scène. En février, ce sera *Benito's Burro,* écrit par le chef de chorale, Gordon Barry. Betty me suggère de me présenter à l'audition. On m'attribue le rôle d'un vieux travailleur mexicain, père de famille nombreuse. Ma barbe est longue et fournie, inutile de m'en coller une fausse, mais on la blanchit, et mes cheveux avec. Vêtu d'une salopette bleue, je rentre chez moi le soir et je m'effondre de fatigue à la table familiale. Quand on m'apprend que Margarita, ma fille aînée, a été entraînée à Mexico par un vil séducteur qui veut la faire travailler comme danseuse, je suis désespéré. Mon jeune fils Benito, accompagné de son âne (le « burro » du titre), part à la recherche de sa sœur. Il la ramène, bien entendu...

J'ai encore l'un des refrains en tête :

They're going to Mexico City
Just Benito and Burro alone
What good will they do in the city ?
They hope to bring Margarita home !
Ay ay ay ay[1]...

à suivre..

1. Traduction libre (mais tout à fait dans le même esprit) :
« Les v'là partis pour Mexico
Benito et son bourricot
Que vont-ils faire à Mexico ?
Sauver Marg'rita d'son boulot ! »

Give me one good reason...

(Traces, 24; Sens, 21)

Sur les deux pages du *Yearbook* consacré au *Mah Quh,* une photo de l'équipe montre plusieurs de mes camarades les plus proches cette année-là : Juno Stainer, bien sûr, mais aussi Lisa Doering et Karen Le Beau, ses deux meilleures amies, et John Sheldon, un garçon d'une intelligence remarquable, qui me servira souvent d'interprète et de guide à travers l'humour à double sens des lycéens américains et m'initiera à la politique intérieure des États-Unis.

À la fin de l'année 1972, le *Mah Quh,* journal le plus ancien de Bloomington (!), devient un mensuel de douze pages qui s'intéresse non seulement aux « facettes cachées » de Lincoln High, mais aussi à la communauté environnante. Comme mes camarades de théâtre, ces adolescents-ci travaillent de manière semi-professionnelle : Chris Gauker, le rédacteur en chef, n'est qu'en première, mais c'est déjà un journaliste prometteur. C'est lui qui m'a proposé d'écrire une nouvelle pour le journal. L'idée va me trotter dans la tête un bon moment, et je vais finir par lui apporter une histoire intitulée *Give Me One Good Reason*[1].

1. « Donne-moi une seule bonne raison... »

> C'est l'histoire simple et compliquée d'un accident qui est peut-être un suicide : un adolescent s'est noyé dans l'un des lacs environnants. Ses camarades ne comprennent pas pourquoi cet excellent nageur se serait laissé mourir, alors qu'il avait tout pour être heureux et filait le parfait amour avec une jeune fille adorable. L'un de leurs camarades, qui connaît son secret, le révèle en voix *off*. Le garçon est mort pour que son amie, enceinte de lui, puisse garder leur enfant. Il sentait que les adultes se ligueraient pour la faire avorter ou abandonner le bébé. Désespéré mais résolu, il s'est dit que, s'il mourait, personne n'oserait les toucher.

Stimulé et impressionné par l'enthousiasme, la maturité et le professionnalisme des jeunes journalistes du *Mah Quh,* j'ai surestimé leur capacité à affronter un puritanisme dont je ne mesure pas le poids. Chris aime ma nouvelle mais, gêné, m'explique toutes *ses* bonnes raisons de ne pas publier un texte qui aborde de front le suicide et la sexualité adolescente. Aujourd'hui seulement, je réalise à quel point ma nouvelle a dû le mettre mal à l'aise.

Échanges

(Traces, 25 ; Sens, 22)

(Tourmens, janvier 2002.) Un jour, il faudra que je relise en détail toutes mes lettres écrites en Amérique. Je ne l'ai jamais fait, par pudeur et pour les mêmes raisons, sans doute, qui m'empêchent de relire mes journaux d'adolescence. Aujourd'hui, quand je parcours quelques paragraphes pour situer chronologiquement tel ou tel événement, je rougis. Ce paquet de feuilles manuscrites (quelques-unes seulement sont tapées à la machine) est comme une bombe affective. J'y écris à mes parents des choses invraisemblablement provocatrices, qui laissent transparaître des sentiments d'emprisonnement et de révolte, que j'ai beaucoup de mal à réprimer. L'une de mes interrogations récurrentes concerne, tenez-vous bien... le mariage. En bon garçon attaché aux origines ethniques de ses parents, je suis particulièrement préoccupé par la problématique du « mariage mixte » et Nelly m'envoie une lettre de quatre pages, probablement pour me donner son avis sur le sujet. Je dis « probablement » car je mentionne cette lettre dans l'une des miennes, mais, si je l'ai conservée jusqu'à ce jour, je ne sais pas du tout où elle est rangée. Ai-je d'ailleurs gardé ses lettres ? Celles d'Ange, celles de Mick et de Bertrand et, bien entendu, les nombreux dessins que m'a envoyés Grec, sont dans mon classeur souple... Mais où sont les lettres de Nelly ?

Une autre chose me préoccupe. De temps à autre, je trouve dans la pile une lettre adressée à quelqu'un d'autre que mes parents : mon oncle André, ma tante Colette, mon cousin Jacky. C'étaient des lettres *personnelles*. Que font-elles là ? Comment Nelly est-elle entrée en leur possession ? Je ne vois qu'une explication : de même que la parole, ma famille considère l'écrit intime comme une denrée en libre circulation. Mon oncle et mes tantes font lire mes lettres à leur sœur. En ce qui concerne mon cousin, c'est plus douteux : la lettre que je lui ai envoyée est très révoltée, à la mesure des siennes, dont je me rappelle parfaitement la virulence. Alors ? Alors, « on » — sa mère, son père — a dû la lui subtiliser pour la transmettre à Nelly. Ça ne contribue pas à diminuer mon malaise.

Pour alléger en partie la contrainte de deux lettres par semaine que je me suis imposée seul et que je m'échine à respecter (mais quelle andouille ! ! !), je ne cesse de jouer avec les formes, les allusions, les mises en pages sophistiquées, les lignes écrites en rouge entre des lignes en bleu, les graffiti sur enveloppes... On pourrait avoir le sentiment que je m'amuse ; je crois surtout que je me débats. Bien plus tard, ma sœur me rappellera que je lui ai écrit, à la fin de l'année scolaire, une lettre où j'exprime mon désespoir à l'idée de devoir rentrer en France.

J'ai jeté un coup d'œil à la lettre que j'ai écrite à mon oncle André. Une fois encore, je rougis. Je sais depuis longtemps que l'écriture, peu ou prou, énonce entre les lignes tout ce qui n'ose pas se dire, mais dans cette lettre, je joue sans le savoir avec tous les non-dits familiaux que j'ai, bien plus tard, devinés ou compris. Si tout le reste est de la même veine, la lecture du courrier n'a pas dû être de tout repos, cette année-là, à Pithiviers.

Lien :

* Marc Zaffran, *Journaux et écrits intimes,* édition intégrale en fac-similé commentée et annotée, P.O.L, 2055

Flicks

(Toiles, 12)

(Tourmens, janvier 2002.) En anglais, *an old flick,* c'est un vieux film. Le mot vient du verbe *to flicker,* clignoter, en référence au rythme des films muets, qui laissent voir, lorsqu'ils changent de vitesse, l'alternance d'ombre et de lumière.

J'ai vu ou revu beaucoup de films aux États-Unis.

Au début de l'année, je me souviens être sorti très en colère de la projection de *Cabaret,* de Bob Fosse, que Chuck et Juno m'avaient emmené voir. Le film m'avait profondément choqué. J'étais vraiment très con, ce jour-là.

Je me souviens de Charlie me demandant si je connaissais *What's Up, Doc ?,* la comédie de Peter Bogdanovich avec Ryan O'Neal et Barbara Streisand. Quand je lui ai répondu non, il m'a dit : « *You'll laugh your head off*[1] *!* » C'était vrai. Quand j'ai revu le film avec MPJ, il y a un an ou deux, j'ai ri comme la première fois.

Vers le mois de mai, je suis allé voir *Everything You Always Wanted to Know about Sex,* de Woody Allen, avec Karen Le Beau, l'une des deux meilleures amies de Juno. Quelques semaines auparavant, j'avais

1. « Tu vas crever de rire ! »

découvert dans les étagères du sous-sol le (très sérieux) livre de sexologie homonyme écrit par David Reuben et je l'avais lu d'un bout à l'autre avec une certaine... émotion. En découvrant le traitement que lui avait fait subir Allen, je n'ai pas seulement hurlé de rire, j'ai tiré mon chapeau aux deux hommes. L'un pour avoir écrit un livre franc et passionnant sur la sexualité et avoir ensuite accepté qu'on jette dessus un regard absolument impertinent. L'autre pour avoir associé, en un seul long métrage, un formidable hommage au cinéma, un propos incisif sur les clichés sexuels et un film érotique parfaitement réussi (les plans « subjectifs » du dernier sketch). Quand Karen et moi sommes sortis du cinéma, nous rigolions comme des baleines. J'avais beaucoup progressé depuis *Cabaret*.

[Je n'ai pas vu *Harold and Maude* de Hal Ashby à Bloomington, car il date de 1978 (je viens de vérifier), je l'ai très certainement vu pendant mes études à Tours. Je ne peux cependant m'empêcher d'associer le film à Betty car je suis retourné aux États-Unis pendant l'été cette année-là. J'en ai parlé avec elle et nous sommes tombés d'accord sur le fait que les deux personnages apprennent quelque chose l'un de l'autre. « *He teaches her to die and she teaches him to live*[1]... »]

Un soir, début 1973, je suis allé au cinéma dans un *drive-in*. C'était un *double date* : on sort à quatre parce qu'il n'y a qu'une voiture, ou un seul chauffeur pour deux couples. Un de mes camarades (j'ai oublié lequel) sortait avec sa petite amie, moi avec une camarade de classe. Les deux autres étaient serrés du côté gauche de la banquette avant. J'ai regardé le film depuis le siège arrière de la voiture, collé contre

1. « Il lui apprend à mourir et elle lui apprend à vivre... »

cette adolescente que je n'ai pas embrassée, alors même que l'envie n'en manquait ni à moi ni à elle — si j'en juge à la manière dont elle me tenait la main, posait sa tête contre mon épaule et, de temps en temps, fermait les yeux en soupirant... J'ai sans doute dû la décevoir, car elle n'a plus voulu sortir avec moi. Mais je voyais les deux autres, devant, se rouler furieusement des patins interminables et je n'avais pas envie de les imiter...

Liens :
* Les « Studios », rue des Ursulines, Tours
* *Un été 42* de Robert Mulligan
* *Flicker* par Theodore Roszjak

L'enfer...

(Reflets, 14 ; Sens, 23)

(3000, W. 86th Street, 1973.) Allongé sur le canapé du sous-sol, je suis seul devant la télévision. Il est tard. Betty, Charlie, Jimmy et Juno sont couchés, Chuck est pendu au téléphone. Il est 23 h 30. Je me régale en découvrant des épisodes de *The Wild Wild West* que je n'ai jamais vus — en couleurs, s'il vous plaît. Deux d'entre eux me frappent beaucoup, en particulier par leur tonalité proprement fantastique.

Le premier est une histoire de voyage dans le temps : un général sudiste de la guerre de Sécession entraîne James West dans le passé pour tenter d'inverser le cours de l'Histoire.

Le second est plus étrange encore : West et Gordon, les héros de la série, convoient un prisonnier très âgé (ses longs cheveux et sa barbe sont tout blancs). Une nuit, ils campent dans un bois où ils se sont égarés. Au matin, ils arrivent devant une grande maison abandonnée. Quand ils y pénètrent, les portes se referment, le prisonnier disparaît. Brusquement, la maison s'illumine et prend l'aspect qu'elle avait vingt ans auparavant. Le prisonnier réapparaît. Il a considérablement rajeuni. La maison est habitée par l'esprit de sa mère, qui veut empêcher les deux hommes de le reprendre. Ils finissent par échapper à la maison hantée, et... se réveillent. Ils ont rêvé pendant la nuit passée dans le bois. Ils reprennent leur route et, au dernier plan de l'épisode, arrivent devant une grande maison abandonnée...

Cette extraordinaire liberté dans le ton, les variations et les formes, le culot des scénaristes, leur volonté de briser les carcans et les conventions ainsi que leur connaissance intime des classiques (le prisonnier rajeuni est incarné par Hurd Hatfield, qui tint le rôle-titre du magnifique *Portrait de Dorian Gray* d'Albert Lewin) m'ont toujours émerveillé.

Lien :

* *Les Grandes Séries américaines, des origines à 1970* par Alain Carrazé et Christophe Petit, Huitième art, 1994

... et le ciel

(Reflets, 15 ; Sens, 24)

(3000, W. 86th Street, 1973.) Allongé sur le canapé du sous-sol, je suis seul devant la télévision. Il est tard. Betty, Charlie, Jimmy et Juno sont couchés, Chuck est pendu au téléphone. Il est 23 h 30. Je regarde un film de Leo McCarey que je n'ai jamais vu, *An Affair to Remember.* Je ne sais pas pourquoi je le regarde. M'en a-t-on parlé ? Je ne m'en souviens pas. Je sais qu'il m'émeut tant que je le raconterai à Nelly en rentrant. Elle m'en donnera le titre français (*Elle et lui*) et m'apprendra qu'il en existe une autre version, plus ancienne, avec Charles Boyer et Irene Dunne. Comme Hitchcock et Cecil B. DeMille l'ont fait avant lui, McCarey a tourné un remake de l'un de ses meilleurs films.

Vous connaissez peut-être l'histoire : Cary Grant, play-boy bien connu, doit épouser une riche héritière ; Deborah Kerr, ancienne chanteuse de night-club, est promise à un industriel. Tous deux embarquent sur un paquebot pour une croisière entre la Méditerranée et New York. Ils tombent follement amoureux l'un de l'autre, décident de rompre avec leurs fiancés et se promettent de se retrouver, six mois plus tard, au sommet de l'Empire State Building (si cette histoire vous dit quelque chose, c'est sûrement parce que vous avez vu *Nuits blanches à Seattle,* avec Meg Ryan et Tom Hanks, qui fait constamment allusion au film de McCarey). Six mois plus tard, l'un des deux n'est pas au rendez-vous...

Je n'en dis pas plus car je ne veux pas gâcher le plaisir à venir de celles et ceux qui n'ont pas vu ce film magnifique. Rien ne me fout plus en colère que les gens qui racontent la fin des livres — comme ce crétin de prof qui révéla à Mélanie et à ses camarades, comme ça, « en passant », qui était l'assassin dans *Le Meurtre de Roger Ackroyd,* alors que personne ne l'avait lu dans la classe ; ou cet autre crétin que j'entendis un jour, dans un cinéma, expliquer négligemment, à une fille assise à côté de lui, ce que désignait le *Rosebud* de *Citizen Kane*.

La triple structure (une comédie dans la première partie, un mélodrame dans la seconde et, entre les deux, une comédie musicale — comme le note très justement Clélia Cohen dans un numéro spécial récent — janvier 2002 — des *Cahiers du cinéma*) et l'interprétation fabuleuse de *An Affair to Remember* m'ont profondément marqué, lors de cette première vision, et je suis retourné le voir de nombreuses fois en salle, à Tours et à Paris. Je l'ai aussi enregistré à plusieurs reprises, à cause de la déplorable habitude qu'ont longtemps eue les chaînes de retailler son format scope « au carré ». J'ai même acheté le laserdisc américain à une époque où l'on ne trouvait pas encore la VOST en France.

Il y a quelques années, j'ai découvert la première version, tournée en noir et blanc. (Elle se nomme *Love Affair,* mais les Français l'avaient déjà intitulée *Elle et lui*.) Elle est magnifique mais, dans mon cœur de garçon romantique, la première émotion sera toujours la plus forte, et Irene Dunne et Charles Boyer ne pourront jamais égaler Deborah Kerr et Cary Grant.

Humanities

(Pages, 21)

(Abraham Lincoln Senior High School, 1972-1973.) Nous passons beaucoup de temps ensemble, Chuck, Betty et moi. Chaque jour, nous nous levons à la même heure, pour partir ensemble à l'école. Je déjeune parfois d'un simple verre de lait dans lequel je jette trois cuillerées de Nesquik à la fraise et, pendant que Chuck rassemble ses affaires et que Juno finit de s'habiller, je sors mettre la Valiant rouge de Betty en marche pour la faire chauffer, et j'enlève la neige qui recouvre les pare-brise. J'ai horreur de la neige ; j'ai beaucoup souffert en aidant Chuck et Charlie à accrocher les guirlandes électriques aux gouttières de la maison, juste avant Noël (mais j'ai appris, à cette occasion, qu'il ne faut pas faire couler de l'eau chaude sur des mains gelées, mais de l'eau *froide*... qui suffira à les « réchauffer », mais ne risquera pas de les blesser par une trop grande différence de température) ; j'ai ouvert grand mes yeux un jour où, rentrant de l'école avec mon Canonet sur l'épaule, j'ai constaté en le posant sur la table de la cuisine que la bretelle, raidie par le froid extérieur, tenait debout toute seule. Et malgré ça, j'aime ôter la neige de la Valiant. Peut-être est-ce parce que c'est la voiture de Betty. (J'aurai beaucoup de plaisir à l'emprunter et à la conduire, quand je retournerai à Bloomington en 1976...)

Quand nous arrivons à Lincoln High, chacun de nous se rend à son premier cours de la matinée. Mais nous nous retrouvons tous les trois en *Humanities.* Au début de l'année, soucieuse de ne laisser planer aucune ambiguïté, Betty a demandé à la classe si Chuck devait l'appeler *Mom* ou *Mrs. Stainer.* Tout le monde était d'accord pour qu'il l'appelle *Mom.* Évidemment, je fais de même.

Alors que les Français ne jurent que par leur littérature millénaire, les Américains ne résument pas leurs « classiques » aux œuvres nées sur le territoire des États-Unis. Le cours de Betty est, ni plus ni moins, un panorama de la culture et des arts humains au fil des siècles. Au cours de l'année, elle nous initie successivement à la légende de Gilgamesh et à l'art mésopotamien, aux récits bibliques et à l'Antiquité gréco-romaine ; elle nous fait découvrir la chanson de Roland et la légende arthurienne, nous présente Shakespeare, Molière, Racine, Goethe, Dante, Cervantès, Dickens, Mark Twain, Melville, Joyce, Proust, Camus, Sartre et Beauvoir, nous montre des extraits de films japonais, nous fait lire des extraits de livres chinois, nous emmène à une exposition d'art des Indiens du Minnesota, nous fait imaginer un chapitre supplémentaire de *Lord of the Flies,* ce livre de William Golding dans lequel des enfants naufragés tentent de former une communauté parfaite...

Elle nous suggère de nous inspirer de tout ça pour inventer, imaginer, explorer. Elle nous invite à dessiner, à peindre, à composer des poèmes ou des chansons, à prendre des photos, à tourner des films, à écrire.

La lettre d'Ange

(Pages, 22 ; Sens, 25)

(*Humanities class,* 1973.) Quand il est question d'existentialisme, je mentionne qu'Ange est allé au lycée avec Albert Camus. Betty me dit que cela intéresserait certainement la classe d'en savoir plus. Pourrais-je demander à mon père d'évoquer ses souvenirs ? Je ne me fais pas prier. La lettre, dactylographiée par Nelly, m'arrive quelques semaines plus tard.

Elle évoque la première rencontre d'Ange et Albert à douze ans, au réfectoire du lycée d'Alger ; elle rappelle leurs points communs de *fils de tués* d'origine modeste ; elle décrit très précisément (très fantasmatiquement, sans doute) un match de football à Miliana, en 1927 ; elle me révèle qu'adolescent Camus adapte Malraux et qu'Ange joue dans son adaptation (mais alors, *il a fait du théâtre* !) ; elle se termine par de brèves réflexions sur les influences et les sentiments qui — de l'avis d'Ange — animaient Camus l'écrivain.

Le contenu de cette lettre est évidemment plus affectif et symbolique qu'historique ou littéraire. Pour moi, son intérêt est tout autre. L'air de rien, Betty a réussi le tour de force de pousser mon père à écrire un texte autobiographique.

Lien :
* *Plumes d'Ange*

Trois camarades

(Bras, 7 ; Voix, 27 ; Sens, 26)

(Bloomington-Pithiviers, 1973-1976.) John Sheldon a le front haut, il se dégarnit déjà à dix-huit ans, comme si ses cheveux tombaient sous l'effet de son activité cérébrale bouillonnante. Il est extrêmement brillant, très au fait de la politique de son pays, et participe activement au *debate team* de Lincoln High — un groupe d'élèves engagés dans des concours d'argumentation autour de problèmes de société : la peine de mort, l'avortement, l'intervention de l'État dans la vie privée du citoyen, etc. Il me regarde avec un mélange de bienveillance et un intérêt presque entomologique, relevant dans ma manière de parler ou de me comporter ce qui lui paraît trahir mes origines et ma culture. Il me raconte des histoires très étonnantes et me cite des philosophes et des auteurs dont j'ignore et le nom et les œuvres... Il me parle de la guerre du Vietnam et, bien entendu, du scandale du *Watergate Hotel,* qui a éclaté quelques semaines avant mon arrivée aux États-Unis. Son humour incisif l'éloigne de la gent féminine, qu'il respecte, mais maintient à distance. Il est très ami avec Juno, aime beaucoup Betty et vient souvent chez les Stainer car sa vie familiale est compliquée, et il s'assume plus ou moins seul car ses parents sont plutôt absents. Pour toutes ces raisons, nous devenons de très bons amis.

*

Bruce Southworth me fait penser à la fois à Oscar Wilde et à Orson Welles. Son nom de famille, d'ailleurs, contient leurs initiales communes (O-W) dans cet ordre. Il est lui aussi très fin, très lettré, mais dans des domaines très différents de ceux de John : il aime le roman policier et porte une admiration toute particulière à Conan Doyle et Sherlock Holmes, ce qui contribue évidemment à nous rapprocher. Il vit dans le sous-sol de sa maison familiale, aménagé comme un appartement. J'y passe des heures à parler avec lui ; je vois (je réinvente ?) les murs de son « salon » recouverts de livres. Il me fait écouter des disques et des enregistrements rares d'émissions de radio — Spike Mulligan, les Monty Python — ou de spectacles — Woody Allen. Comme John, Bruce est bien plus mûr que ses dix-huit ans, et ça ne lui facilite pas les choses auprès des filles de son âge. Je le vois souvent avec une de ses camarades de classe, pour qui il a manifestement beaucoup d'affection, mais qui ne semble pas la lui rendre. Elle l'apprécie beaucoup — il est raffiné, drôle, attentif et délicat — mais j'ai le sentiment qu'elle le fait un peu tourner en bourrique...

*

Jim Langseth, c'est autre chose. Il est doté d'un charme étonnant : grand, calme, athlétique, il est aussi aimable qu'il est amical et son rire est contagieux. Pensez à l'acteur William Hurt dans *The Accidental Tourist,* mais sans la tristesse. Jim lui ressemble non seulement physiquement mais par la posture, les gestes, l'attitude, la manière de se déplacer. Car c'est un candide, tout l'étonne et rien ne l'effraie. Il pose sur moi un regard totalement dénué de préjugés, sans doute parce qu'il a déjà fait l'expérience de l'accueil : sa famille a reçu, l'année précédente, un étudiant AFS scandinave. Les Langseth sont d'ailleurs originaires de Scandinavie — de Norvège, si je me souviens bien. Ils ont gardé de leurs origines un flegme assez considérable, un sens de l'humour qui ne l'est pas moins et une chaleur tout entière véhiculée par les sourires, les mots, les regards, les attitudes, les rires, sans jamais avoir besoin de faire intrusion dans la « sphère rapprochée » de leur interlocuteur. En 1975-1976, Jim viendra passer sa troisième année de *college* en France, à la faculté de Grenoble. Je le confierai à deux autres anciens *AFSers* vivant là-bas, deux copains de bords politiques opposés qui l'initieront aux boums, au cinéma d'art et d'essai et aux manifestations estudiantines. Il viendra me voir à Tours cette année-là et passera les fêtes de Noël à Pithiviers. Au début de l'été 1976, je repars passer deux mois en Amérique et j'arrive à Bloomington un peu avant lui. Le soir de son retour, nous dînons avec ses parents sur la terrasse en bois de leur maison. Sa mère fait griller des steaks. Elle me sert le premier. Je me tourne vers Jim, assis près de moi et, sans un mot, je désigne mon assiette du menton. Sans hésitation ni hâte, il coupe le steak en deux et en transfère la moitié dans la sienne. Sa mère lève un sourcil et, d'une voix à peine plus sonore que d'habitude, déclare :

— *He* really *behaves like your brother.*

Jim pouffe la bouche pleine. Je me retiens de rire et, sur le même ton qu'elle, je réponds :

— *He* is *my brother*[1].

1. « Il se comporte *vraiment* comme s'il était ton frère.
— *C'est* mon frère. »

« Mr. T » and Professor Lehrer

(Voix, 28 ; Sens, 27 ; Reflets, 16)

Joe Tufigno, l'enseignant de littérature de Lincoln High qui a mis en scène *Seven Year Itch* et *Lady of Larkspur Lotion,* est un homme assez mystérieux, au caractère un peu imprévisible, mais de qui j'apprends beaucoup de choses. Un jour, je l'entends protester contre le traitement qu'une émission de télévision satirique fait subir à George Washington. Il m'explique que la satire a des limites, et qu'il n'aime pas qu'on dénigre certaines valeurs. À la fin de l'année, alors que tout un groupe de lycéens passent la soirée dans le sous-sol des Stainer, « Mr. T », comme le nomment les élèves qu'il dirige sur les planches, se moque de *The Alamo,* le film de John Wayne. Je m'étonne. Il m'explique que le film est, historiquement, fallacieux. Wayne en fait des martyrs, mais les Américains retranchés dans la vieille mission fortifiée étaient, politiquement et territorialement, dans leur tort. Les Texans ont manipulé ce conflit pour annexer ensuite un territoire mexicain...

Un soir, Gordy et Laurie m'emmènent chez « Mr. T » pour parler de mise en scène avec lui. L'enseignant en profite pour me faire écouter un disque d'un chansonnier de Nouvelle-Angleterre nommé Tom Lehrer. Ce disque est une révélation. Professeur de mathématiques formé à Harvard, Lehrer écrit et met en musique des textes satiriques d'une force et d'une noirceur qui m'étaient jusqu'alors inconnues. Le disque me fascine tant que je l'emprunte à « Mr. T ». À la maison, je le passe et le repasse sur l'électrophone... et je retiens les chansons par cœur — celle-ci, en particulier :

I hold your hand in mine, dear
I press it to my lips
I take a healthy bite from
Your dainty fingertips
Our love would be complete, dear
If you were only here
But still I keep your hand as
A precious souvenir[1]...

À mon départ de Bloomington, j'emporterai dans mes bagages un 30 cm enregistré en public par Tom Lehrer en 1965, au cours d'une revue intitulée *That Was the Year That Was*. Il s'y moque de la politique américaine, de Wernher von Braun et de la NASA, des marines, de la Troisième Guerre mondiale ; il parle (déjà) de pollution, met en boîte les *protest songs,* fustige les maths modernes dans une ébouriffante leçon chantée de *New Math* et assas-

1. « Je tiens votre jolie main, ma chère
J'y dépose un baiser
Je prends une bonne bouchée
De vos jolis doigts nacrés
Notre amour serait parfait, ma chère
Si vous étiez parmi nous
Alors je garde votre main
En souvenir de vous... »

sine le catholicisme en un *Vatican Rag* irrésistible.

Vingt-cinq ans plus tard, assis devant un épisode de *Picket Fences,* la première série de David E. Kelley, je bondis en entendant le shérif Brock chanter du Lehrer sur un rythme endiablé. La citation me ravit, sans vraiment m'étonner : comme le chansonnier, Kelley est originaire de Nouvelle-Angleterre, et ses scénarios sont très imprégnés par les conflits entre religion et sexualité, caractéristiques de l'Amérique puritaine. J'éprouvais déjà une profonde sympathie pour les deux hommes : Lehrer est professeur de mathématiques ET auteur-compositeur-interprète ; Kelley est avocat ET scénariste-producteur de fictions télévisées... En comprenant le clin d'œil (pour une fois, les doubleurs français ont évité de *traduire* la chanson !) je me sens doublement privilégié : Lehrer n'a jamais été un artiste très connu ; lors de la première diffusion de l'épisode aux États-Unis, l'allusion a dû passer inaperçue de la plupart des Américains. En France, où les grandes chaînes méprisent souverainement les séries américaines et leur public, *Picket Fences,* rebaptisé d'un titre inepte[1], est programmée à des heures impossibles et... dans le désordre. Ce jour-là, en savourant l'hommage du scénariste au chansonnier, j'aurai l'illusion que les deux hommes me font signe à travers le temps et l'espace, et pulvérisent de leur talent l'ignorance et l'incurie des programmateurs français.

1. *La Ville du grand secret...* Le titre original, *Picket Fences,* désigne les barrières de bois qui entourent les maisons familiales dans beaucoup de villes provinciales en Amérique.

Liens :

* *Prime Time, Prime Movers* de David Marc et Robert J. Thompson, Syracuse University Press, 1992

* *Television's Second Golden Age* de Robert J. Thompson, Continuum, New York, 1996

Holmes, Cosby et la question raciale

(Pages, 23 ; Voix, 29 ; Traces, 26)

(Tourmens, 2002.) Ce que Bruce, John et Jim ont en commun, ce qui me rapproche d'eux, c'est notre goût à tous pour les récits et les mots — le goût du sens.

Tous trois sont des mines d'histoires, d'anecdotes et de réinventions nées de la littérature, du cinéma, de la politique, de la culture populaire. Quand j'y repense aujourd'hui, je suis ébahi devant ce qu'ils savent déjà, à dix-huit ans à peine.

À leur contact, je me familiarise avec un humour, une malice, une impertinence, une folie créatrice tout à fait impensables chez des adolescents français du même âge.

Au fil des années, nos liens se sont relâchés mais ne se sont jamais rompus. Bruce m'enverra régulièrement des cassettes et, pendant toutes les années où j'exercerai dans la campagne sarthoise, entre deux visites, j'écouterai Spike Mulligan, les Monty Python et Woody Allen sur mon autoradio.

Quelques jours avant de quitter Bloomington, j'écrirai ma cinquième nouvelle américaine sur la machine à écrire de John. Il sera le premier à la lire. Plus tard, il m'expédiera par bateau, volume après volume, les œuvres complètes de James Joyce en précisant que rien ne presse, mais que tout écrivain qui se respecte se doit d'avoir Joyce sur ses étagères.

À mon retour à Bloomington en 1976, juste après avoir commenté pour ses parents les diapositives de son séjour en France, Jim m'offrira *The Annotated Sherlock Holmes,* une splendide intégrale en deux volumes, illustrée de gravures d'époque et commentée ligne par ligne par un des *sherlockians* les plus célèbres du XXe siècle, W. S. Baring-Gould. Je mesure la valeur de ce présent quelques mois plus tard, en apprenant que l'ouvrage est depuis longtemps épuisé.

Je ne sais plus qui, de mes trois camarades, m'a initié à Bill Cosby, dont les Français ignorent qu'il fit d'abord, comme Woody Allen, une brillante carrière de *stand-up comic,* en racontant sur des scènes de cabarets de petites histoires toutes simples puisées dans son enfance et transcendées par ses extraordinaires talents de narrateur. Aujourd'hui, Thomas vient régulièrement m'emprunter l'un des nombreux CD de Cosby que je me suis procurés grâce à amazon.com, s'étonne que je n'en aie pas encore écouté certains, et me tanne pour que je découvre *49,* une cassette vidéo que Betty m'a donnée il y a quelques années, mais que je n'ai pas encore regardée.

J'ai gardé toutes les lettres de mes amis. Celles de Jim, avec qui j'ai échangé plus de courriers qu'avec aucun autre garçon — ou aucun autre homme — de mon âge, occupent un carton à elles toutes seules. Pendant mes études à Tours, les aérogrammes couverts de son écriture serrée seront pour moi des bouffées d'air pur aussi rafraîchissantes que les lettres de Betty.

J'ai également conservé un document assez extraordinaire, rédigé l'année qui précéda mon séjour. C'est la photocopie d'un devoir dactylographié intitulé *Black Questions,* daté d'avril 1972 et cosigné par John et par Jim. Il porte sur un livre[1] étudié en classe ; à la première page du devoir, les questions posées par l'enseignante témoignent de l'évolution du discours politique et social au début des années soixante-dix :

1. Quels ont été les facteurs de l'immigration africaine [en Amérique] ?
2. En quoi les conditions de cette immigration différaient-elles de celles des Européens ?
3. Quelles initiatives les gouvernements, les citoyens blancs et les Noirs ont-ils prises pour améliorer lesdites conditions ?
4. Quelles traditions et cultures européennes ce livre met-il en lumière ?
5. Quelle est l'attitude de l'auteur à l'égard des revendications des Noirs ?
6. Quels procédés l'auteur utilise-t-il pour communiquer son opinion au lecteur ?
7. Le livre influence-t-il les attitudes du lecteur ? En quoi ?

À ces questions rigidifiées par le *politically correct,* mes deux amis vont répondre de manière dévastatrice et mon seul regret est de ne pas pouvoir traduire ici l'intégralité de leur texte. [Ce n'est certes pas l'envie qui m'en manque mais, pour lui rendre complètement justice, je devrais probablement pas-

1. Le titre n'est pas mentionné dans le devoir mais il s'agit vraisemblablement de *The Adventures of Huckleberry Finn* de Mark Twain.

ser quinze jours dessus, or il faut que je finisse ce feuilleton pour qu'il devienne un livre et, à l'instant où j'écris, je suis en train de *faire charrette.*]

Ils pulvérisent le discours bien-pensant de l'enseignante en truffant leurs réponses de calembours éhontés, de jeux de mots cinglants et de phrases telles que : « Pendant que les Européens voyageaient en troisième classe, les Africains étaient véhiculés sous forme de fret, probablement pour compenser le fait qu'on leur offrait le voyage gratis. [...] Les deux populations bénéficiaient de la même possibilité (*equal opportunity*) de crever de faim. [...] Les esclaves étaient assurés de trouver immédiatement un foyer en Amérique, tandis que les Européens, eux, devaient encore affronter les prairies hostiles. » Etc.

Leur conclusion (qualifiée par eux-mêmes d'impertinente et d'irresponsable) est à l'avenant :

« Ce livre, à notre avis, ne prouve rien du tout. Nos travaux concluent de manière formelle que 99 % des consommateurs d'héroïne ont commencé en buvant du lait — or, il n'y a pas l'ombre d'une héroïne dans ce roman. [...] Certains prétendent que l'esclavage a disparu avec son abolition mais, de semblables déclarations, autant en emporte le vent : en réalité, l'esclavage a plongé quand la marine est passée de la voile à la vapeur. [...] » et enfin : « Définition d'un *redneck* : prenez un planteur de coton ; il est plein de noblesse, il est policé, et c'est un raciste patenté. Enlevez-lui sa plantation, que reste-t-il ? Un raciste patenté. »

Abraham et Isaac

(Pages, 24; Traces, 27; Sens, 28)

(Bloomington, 1973.) Dans les tourniquets, j'ai trouvé *Bug Jack Barron* de Norman Spinrad. Je l'ai lu en France un an auparavant. La couverture de l'édition de poche américaine me choque : on y voit une femme nue allongée devant une rangée d'écrans de télévision. Comme moi, Jim aime la SF — il est fasciné par les romans du cycle *Riverworld,* de Philip José Farmer, et m'enverra plus tard les troisième et quatrième volumes à leur parution. J'ai envie de lui faire lire le Spinrad, mais je connais sa réserve et ses inhibitions, et je crains que l'illustration de couverture, qui donne du livre une idée absolument fausse, ne le rebute. Je recouvre le *paperback* de papier d'aluminium et je le lui offre, en lui demandant de ne pas découvrir l'illustration avant de l'avoir lu. Il suit mon conseil. Il lit le livre et l'adore. En découvrant l'illustration de couverture, il reconnaît que, si je ne l'avais pas masquée, il n'aurait probablement pas été au-delà de la première page.

En retour, il m'offre *The Gods Themselves* d'Isaac Asimov, paru tout récemment. J'apprendrai plus tard, en lisant l'autobiographie d'Asimov, que ce roman marque le retour de l'écrivain à la SF : pendant les quinze années précédentes, celui-ci s'est consacré à toutes sortes d'autres ouvrages — vulgarisation historique ou scientifique, recueils de poésie, nouvelles policières, ouvrages savants, anthologies, etc.

*

The Gods Themselves est très différent des romans qu'Asimov a publiés pendant les années cinquante. Autour d'une histoire de cataclysme menaçant deux univers parallèles, il tisse deux histoires d'amour. L'une, entre un savant terrien et la femme qui l'aide à éviter le cataclysme ; l'autre, entre les êtres d'un univers parallèle où coexistent... trois sexes. C'est un roman expérimental, à la construction virtuose ; dans ces pages, Asimov transcende et renouvelle les codes du genre.

Avec « Suicide », une nouvelle de Theodore Sturgeon que je traduirai pendant mes années de faculté, *The Gods Themselves* me fera pour la première fois beaucoup réfléchir aux pièges et aux difficultés de la traduction littéraire. Le dernier chapitre du livre met en scène Denison, le savant, face à Selene, la femme qu'il aime mais n'a jamais osé effleurer. Selene lui révèle qu'elle a postulé pour une seconde grossesse (la reproduction est réglementée en raison de la surpopulation). Elle propose à Denison de contribuer à l'insémination... pour favoriser la diversité génétique. Flatté, mais mal à l'aise, Denison accepte. Selene précise que, cela dit, elle n'a rien contre l'insémination par voies naturelles. Denison acquiesce sans rien dire. Selene ajoute qu'elle a *d'autres raisons* de vouloir procéder à une insémination naturelle : « ... *I like you.* » Denison ne dit rien. Selene, en pétard, insiste en déclarant que l'amour, ça n'est pas seulement le sexe. Et que le sexe, ça ne se résume pas à faire des acrobaties... Son interlocuteur, intimidé, continue à acquiescer. À bout de patience, Selene lui lance qu'il pourrait faire l'effort d'apprendre ! Denison répond qu'il serait heureux qu'elle... l'éduque.

La scène et le roman se concluent sur ces trois phrases :

> « *Hesitantly, he moved toward her.*
> *She did not move away.*
> *He stopped hesitating.* »

J'adore cette fin. Elle joue sur les mots et sur les signes comme j'aimerais savoir le faire, elle fait appel à l'intelligence visuelle et linguistique du lecteur comme le font, aujourd'hui, en langue française, Camille Laurens, Jean Echenoz ou Jean-Luc Benoziglio.

La dernière phrase joue en effet sur le mot « stopped » (qui signifie « tomba en arrêt » mais aussi « cessa de »), et sur le mot « hesitating », qui pourrait signifier « hésitant » s'il était précédé d'une virgule (« He stopped, hesitating ») mais qui, en l'absence de celle-ci, fonctionne comme la phrase « He stopped fretting » (« Il cessa de tergiverser ») ou « He stopped talking » (« Il cessa de parler »). Mes exemples ne sont pas ambigus mais la dernière phrase d'Asimov, elle, l'est : dans un premier temps, on *recherche* la virgule, pour s'assurer qu'on a bien compris. Ne la trouvant pas, le lecteur peut aller de l'avant, reproduisant ainsi, d'une manière presque miraculeuse, le moment où Denison surmonte ses inhibitions.

J'aurais donc traduit alors — et je traduirais encore :

« En hésitant, il fit un pas vers elle.
Elle ne recula pas.
Il cessa d'hésiter. »

Lorsque je suis tombé sur la traduction française du roman, j'ai lu la dernière page et eu le sentiment désagréable que j'avais été trahi, et tous les autres lecteurs avec moi — ou que j'étais un imbécile qui prenait ses désirs pour des réalités. La dernière phrase est en effet libellée :

« Il s'arrêta, hésitant. »

*

Enthousiasmé par *The Gods Themselves,* je prends mon courage à deux mains et j'écris à Isaac Asimov, en lui déclarant toute l'admiration que j'ai pour lui et en joignant à ma lettre une nouvelle en anglais, composée spécialement à son intention.

Elle s'intitule « *The Right Time and the Right Place* ».

A.A. Bramzaff (*sic*), le personnage principal, est un explorateur temporel. Au retour d'un voyage dans le passé, il constate que le monde autour de lui change. Tous les lieux de culte issus des religions bibliques disparaissent les uns après les autres : d'abord les mosquées, puis les églises et, enfin, les synagogues. Il en déduit qu'un voyageur temporel a modifié le passé, empêchant ainsi les trois religions d'apparaître. Si je me souviens bien [j'ai perdu le texte original de la nouvelle ; j'en ai quelque part la version française, rédigée par l'amie qui traduisait les lettres de Betty à mes parents, mais je n'ai pas encore remis la main dessus], A.A. Bramzaff découvre que ce voyageur (qui n'est peut-être que lui-même), s'est posé dans un désert il y a plusieurs milliers d'années et a, simplement, effrayé un bélier. Cet incident minime a modifié à lui seul l'histoire de l'humanité. Il retourne dans le passé, rattrape le bélier et conduit l'animal jusqu'à un vieil homme. Le vieil homme est sur le point d'immoler son propre fils. Tel un ange envoyé par le Seigneur, A.A. Bramzaf lui suggère de tuer le bélier, à la place. C'est ainsi qu'Abraham ne sacrifie pas Isaac.

*

Quelques semaines après avoir posté l'enveloppe, je reçois une réponse de mon écrivain fétiche. Il me remercie de ma lettre mais m'explique que, pour des raisons juridiques, il n'a pas le droit de lire ma nouvelle. Sur le moment, je suis très déçu. En y réfléchissant, je comprends qu'il ne veut pas risquer de reprendre mes idées plus tard, même inconsciemment. Aujourd'hui, je me sens fier comme tout, chaque fois que j'ouvre mon cahier rouge et qu'au milieu des lettres de mes amis américains, je retrouve celle que m'adressa Isaac Asimov.

Liens :

* *Bug Jack Barron* par Norman Spinrad. En français : *Jack Barron et l'éternité,* Robert Laffont, coll. « Ailleurs et Demain », 1971

* *The Gods Themselves* par Isaac Asimov, Doubleday, 1972

* *I. Asimov* par Isaac Asimov. En français : *Moi, Asimov,* Denoël, 2000

* *The Riverworld Series* par Philip José Farmer. En français : *Le Monde du fleuve, Le Bateau fabuleux, Le Noir Dessein, Le Labyrinthe magique, Les Dieux du fleuve,* Robert Laffont, coll. « Ailleurs et Demain »

* « Suicide » par Theodore Sturgeon, in *Sturgeon is Alive and Well,* Berkley Medallion, 1971

Sixième interlude : La révolte

Je suis à Pithiviers, en cours d'histoire-géographie. Le prof, toujours aussi caractériel, invective la classe en nous disant que c'est fini la rigolade, on est là pour en chier. Tout le monde le regarde, effaré. Les filles pleurent. Les garçons baissent le nez sur leur copie. À l'extérieur, un orage explose. Les fenêtres vibrent sous l'effet du tonnerre. À la lueur de la foudre, une ombre menaçante se projette sur le tableau et l'enseignant prend un visage diabolique.

Il se penche vers moi et, d'une voix glaciale et mauvaise, m'annonce :

— Vous, Zaffran ! Vous avez passé une année de vacances en Amérique, vous avez pris du bon temps, mais à présent c'est terminé. Vous êtes de retour, et si vous pensiez que vous alliez vous en tirer comme ça, c'est raté. L'Amérique est loin, place à la réalité. Vous allez voir ce que vous allez voir !

Je suis d'abord pétrifié mais, bientôt, je me révolte, je me lève brusquement et, le poing levé, je lui lance :

— C'est ce que vous croyez ? *Think again !* Vous ne me faites pas peur, caricature de père fouettard ! Vous n'avez aucun droit sur moi ! Je ne me souviens pas de la fin de mon année en Amérique. Si je ne m'en souviens pas, c'est que je ne l'ai pas vécue. Et si je ne l'ai pas vécue, c'est parce que je suis toujours à Bloomington, et vous n'êtes qu'un mauvais cauchemar !

Et, sur ces mots, je me réveille.

Les planches, suite

(Voix, 30; Sens, 29; Pages, 25)

(Bloomington, fin de l'hiver et printemps 1973.) Encouragé par le plaisir que j'ai éprouvé pendant les répétitions et les représentations de *Benito's Burro,* je me suis laissé entraîner dans d'autres activités. Mr. Barry, qui trouve que j'ai une belle voix de baryton (en l'entendant dire ça, je souris et je pense au rabbin Kaçmann...), me propose, comme à d'autres camarades de *choir,* de participer à titre individuel aux rencontres interscolaires de chant. Après la classe, il me fait répéter *Black is the Color of my True Love's Hair,* une chanson élisabéthaine. Un dimanche, nous nous rendons tous dans une autre *Senior High School* des environs et, tandis que l'une de nos camarades nous accompagne au piano, un professeur de musique nous auditionne. Il nous remet ensuite une feuille portant ses appréciations et ses critiques. Les meilleurs sont symboliquement gratifiés d'une étoile dessinée au bas de la feuille. À la fin de l'après-midi, nous remettons nos feuilles à Mr. Barry pour lui faire partager l'honneur de nos étoiles.

Betty, de son côté, nous a fait lire *Cyrano de Bergerac.* Je lui raconte qu'en cinquième ou en quatrième, ma professeur de français a prétexté de mes activités d'escrimeur pour me faire interpréter, fleuret en main, la *Ballade du duel* pendant un spectacle scolaire. Elle saute sur l'occasion et m'inscrit au *speech contest* (concours de déclamation). Il consiste à interpréter un texte de la manière la plus expressive possible en usant exclusivement des possibilités de la voix — le règlement interdit d'avoir recours à la moindre gestuelle, et chaque participant passe devant le jury texte en main. Me voilà récitant la *Ballade* en anglais !

Je me souviens que juste avant moi, une fille d'une autre école interprétait plusieurs pages de *The Secret Life of Walter Mitty.* Elle était géniale.

*

Mais quelques semaines à peine après *Benito's Burro,* l'excitation de tous les amoureux des planches que compte Lincoln est à son comble. La grande affaire du dernier trimestre, c'est en effet le *spring musical,* le spectacle de printemps. Betty, qui le met en scène, et Mr. Barry, qui en assure la direction musicale, ont choisi *South Pacific,* de Rogers et Hammerstein.

Inspirée de *Tales of the South Pacific,* du prolifique James Michener, cette comédie musicale se déroule pendant la Seconde Guerre mondiale. Sur une île servant de base avancée à la marine américaine, une infirmière de la Navy, Nellie Forbush, tombe amoureuse d'un planteur français, Émile de Becque. Le Français, qui veut rester neutre, refuse obstinément de guider les Américains dans l'archipel voisin, truffé de Japonais. Il impressionne cependant beaucoup Nellie qui, après avoir marivaudé avec lui, découvre qu'Émile a deux enfants nés d'une indigène, morte en mettant le second au monde. Pétrie de puritanisme, elle ne peut envisager de se lier à un homme qui a vécu « dans le péché ». Blessé d'avoir été ainsi rejeté, de Becque décide d'accepter une mission suicide pour la Navy. Il embarque avec le jeune lieutenant Cable, qui est lui-même amoureux d'une jeune femme de l'île, Liat. Reviendront-ils vivants ?

Je suis évidemment partial, mais j'ai toujours beaucoup aimé *South Pacific* parce qu'elle prit à bras-le-corps quelques tabous peu après la fin de la guerre : sa première représentation eut lieu au Majestic Theater, à New York, en 1949. Lorsque de Becque lui demande comment il se fait que les Américains aient tant de préjugés, Cable lui répond en chantant *You've got to be taught,* magnifique complainte par laquelle il laisse éclater sa colère et sa révolte : les préjugés, la haine, le racisme ne sont pas innés, on les inculque aux enfants dès le plus jeune âge... et lui-même est le produit de cette éducation.

*

Dès le mois de février, Betty et Mr. Barry, aidés par Mrs. Darrell, la chorégraphe, auditionnent les élèves désireux de participer à l'aventure. Leur objectif est de distribuer le spectacle de manière aussi appropriée que possible. Chaque candidat passe donc trois auditions — chant, danse, jeu théâtral.

Pendant toute une semaine, après les heures de cours, la chorégraphe nous réunit dans l'auditorium de Lincoln High ; elle montre une demi-douzaine de figures prévues pour le spectacle, les fait répéter et les fait danser à des groupes de dix ou quinze garçons et filles. Betty nous confie des scènes à interpréter à deux ou à trois. Mr. Barry, lui, nous auditionne individuellement. Le jour où vient mon tour, j'aurais dû choisir une chanson depuis longtemps mais, cinq minutes avant d'auditionner, je farfouille encore dans les partitions. Finalement, je choisis *Summertime* de George Gershwin. C'est une chanson pour soprano. Je la chante en baryton... parce que je ne peux pas faire autrement. Mes camarades sont ébahis par mon culot : ça ne se fait pas ! Mr. Barry ne fait pas de commentaire.

Un soir, à son retour de Lincoln, Betty m'annonce que la distribution est enfin terminée et sera affichée le lendemain matin. Gordon Barry et elle ont pensé à moi pour deux rôles. Le premier est celui du « Professeur », un personnage secondaire comique. C'est un rôle dansant, mais ils pensent que je pourrais très bien m'en tirer. L'autre est celui d'Émile. Ils ont beaucoup hésité, car ils ne voulaient pas céder à la facilité de confier le rôle d'un planteur français... à un lycéen français. Mais ils sont d'accord.

— *So, from now on, Marc, you* are *Émile de Becque*[1].

*

Cette décision, que j'ai accueillie avec autant de stupéfaction que de plaisir, a d'immédiates conséquences sur mon image : Émile n'a pas de barbe ; je vais devoir me passer de la mienne.

Je me souviens du soir où j'ai changé de visage. Je l'ai fait juste avant de me rendre à l'une des *AFS parties* organisées par les clubs locaux pour rassembler les lycéens accueillis, leurs familles et leurs amis.

Quand j'arrive à la *party,* Jim Langseth est là, souriant. Je m'attends à ce qu'il fasse un commentaire sur ma nouvelle tête, mais il se contente de me

1. « Dorénavant, Marc, tu *es* Émile de Becque. »

tendre une raquette de ping- [Jim est probablement la personne avec laquelle, en trente ans, j'ai le plus joué au ping-pong. Nous y jouons rituellement au moins une heure chaque fois que je retourne le voir. La dernière fois, en 2000, j'ai aussi joué avec son fils, Abraham, qui doit avoir aujourd'hui seize ou dix-sept ans] pong et nous nous mettons à jouer. Au bout de deux heures de jeu [et de conversation, car en jouant, nous parlons beaucoup et tout le temps] effréné, Jim pose sa raquette et me dit :

— *There's something* different *about you. Is it your glasses*[1] ?

*

Quelques jours plus tard, c'est mon anniversaire. J'ai dix-huit ans, et tout Lincoln High est au courant, car la secrétaire l'annonce par haut-parleur et un gâteau m'attend dans l'une de mes salles de cours. Le midi, à la cafétéria, un garçon baraqué glisse devant moi une enveloppe et retourne s'asseoir près de ses copains, une demi-douzaine de joueurs de football et de lutteurs plus musclés les uns que les autres. J'ouvre l'enveloppe. Elle contient un préservatif dans son emballage. Je rougis, mais je ne me démonte pas. Je me lève, et je vais les remercier chaleureusement du cadeau, en espérant que ça ne les privera pas trop.

— *Be wise*[2], me dit l'un d'eux.

à suivre...

1. « Tu m'as l'air changé. Tu as de nouvelles lunettes ? »
2. « Sois sage. »

Boy Meets Girl

(Voix, 31 ; Bras, 8 ; Sens, 30)

(Bloomington, printemps 1973.) Un soir, au Guthrie Theater, Betty nous emmène voir une comédie intitulée *Boy Meets Girl.* Je crois me souvenir qu'elle se déroule au cours des années trente dans le milieu du cinéma. Comme souvent en Amérique, elle parle en abyme de ce qu'elle est : un spectacle. Elle reprend et tourne dans tous les sens le sempiternel schéma narratif : 1. *Boy Meets Girl.* 2. *Boy Loses Girl.* 3. *Boy Wins Girl*[1].

*

Bien que notre statut d'adolescents étrangers exerce un fort attrait sur nos camarades féminines, mes relations avec les filles sont très différentes de celles d'Anders, l'*AFSer* venu de Suède. Dès le début de l'année, il s'attache à une camarade de classe, et ils forment bientôt un *steady couple.* « To go steady » ne signifie pas seulement « sortir ensemble », mais se comporter comme un couple marié — la sexualité en moins. Garçon et fille ne font rien l'un sans

1. 1. Un garçon rencontre une fille. 2. Le garçon perd la fille. 3. Le garçon gagne la fille.

l'autre, ils vont ensemble au bal, au cinéma, à l'église, déjeunent et dînent régulièrement l'un chez l'autre — bref, ne se quittent plus. Les *steady couples* ne sont pas rares à Lincoln. Bruce K. et Robin R., que je vois chaque jour dans la classe de Mr. Ramler, sont ensemble depuis déjà un an ou deux. Ils se marieront quelques années plus tard, et, aux dernières nouvelles, ils ont eu plusieurs enfants et vivent toujours ensemble.

Pour ma part, je n'ai pas de *girlfriend* attitrée. Un peu avant Noël, je fréquente brièvement une fille mince, au visage agréable mais un peu sévère — appelons-la Teresa. Nous passons pas mal de soirées ensemble (au moment où je relis cette phrase, le souvenir me revient d'un joyeux *hay ride,* une balade nocturne faite avec cinq ou six autres couples, dans une charrette de foin tirée par un cheval sur des routes de campagne enneigées). Mais Teresa fait partie d'une église plutôt fermée, elle ne comprend pas que je me pose tant de questions sur l'existence de Dieu, que je doute de Lui, que je m'éloigne lentement de ma propre religion. En dehors même du fait que ce ne sont pas les discussions théologiques qui m'intéressent chez elle, je réalise bientôt (*with a little help from Betty*) que Teresa risque de m'enfermer dans une relation exclusive. Très vite, je prends mes distances.

*

Un autre soir, tandis que nous répétons *South Pacific,* un groupe de jeunes gens venus de Jefferson High, l'une des deux autres *Senior High Schools* de Bloomington, vient nous rendre visite ; eux-mêmes se préparent à monter *Camelot* ; ils sont venus voir où nous en sommes. On me présente. L'une des filles du groupe — grande, fine, les cheveux châtain clair — reste un pas en arrière et me regarde sans rien dire. Elle a un sourire indéfinissable. Elle se nomme Cherie.

Je ne me souviens pas de tout et je le regrette. Je ne sais plus comment Cherie et moi sommes devenus amis. Il ne me revient que des bribes : je me joins à la troupe de *Lady of Larkspur Lotion* quand elle participe au festival interscolaire qui l'a sélectionnée, parce que je sais que *JB,* la pièce en un acte de Jefferson High, s'y rend aussi, et que Cherie en est le *stage manager,* la régisseuse... Là, loin de Bloomington, je passe toute la représentation de *JB* assis près d'elle, dans le noir des coulisses. Lorsque je réapparais, mes camarades éclatent de rire — Marc était avec une fille, ils l'auraient parié !

Comme Cherie fréquente une autre école, je ne peux pas la voir tous les jours. Mais je me mets, au grand dam de Juno et de Chuck, à monopoliser la seconde ligne, et je passe des heures au téléphone avec elle.

Le samedi, aux beaux jours, j'emprunte un plan de rue et un vélo pour aller la voir.

Mais, excepté nos longues conversations au téléphone et cette heure magique passée dans le noir, épaule contre épaule, je ne parviens jamais à la voir seule : il y a toujours du monde chez elle.

Un jour, pourtant, je découvre en débarquant que, pour une fois, la maison est vide. Mais à peine suis-je entré qu'elle m'entraîne ailleurs : elle veut me présenter quelqu'un.

*

Ann, l'une de ses meilleures amies, est *playwright* — elle écrit des pièces de théâtre. Elle est un peu plus âgée que nous. Comme mon ami Bruce, elle vit dans le sous-sol de sa maison familiale. Au milieu d'une pièce servant de salon, il y a un billard. Quand Cherie et moi entrons, Ann est en train de jouer. Elle est aussi mince que Cherie et, dans mon souvenir, ses cheveux courts sont déjà poivre et sel ; elle porte des lunettes rondes et arbore en permanence un sourire en coin. C'est une fille épatante, cultivée et pleine d'esprit. Nous sympathisons immédiatement. Je ne suis donc pas étonné outre mesure, ni même vraiment fâché quand, chaque fois que je vais la voir, Cherie m'entraîne chez elle.

Des années plus tard, Ann me racontera qu'à notre première visite, elle a pris Cherie à part pour lui demander si elle était folle.

— *What are you* doing*? This handsome French guy came all this way just to be with you. Why did you bring him* here*?*

— *Because I'm afraid I might lose my mind and suddenly come to my senses and find myself without any clothes on*[1].

1. « Qu'est-ce que tu *fabriques* ? Un beau petit Français fait des kilomètres pour te voir et tu l'amènes *ici ?* Mais pourquoi ?

— Parce que j'ai peur de perdre la tête et de réaliser brusquement, en retrouvant mes esprits, que je n'ai plus rien sur le dos. »

Anthropologie

(Traces, 28 ; Sens, 31)

(Bloomington, Printemps 1973.) Alors même que Betty nous initiait au *Bible Reader*, volumineux recueil de commentaires historiques et littéraires des deux Testaments, Mr. Ramler nous a conseillé de lire un roman de James Michener (encore !), *The Source*. Au cours de fouilles en Palestine, des archéologues creusent un tumulus vieux de plusieurs milliers d'années et, à chaque niveau de la coupe verticale qu'ils ont effectuée, découvrent les traces des hommes et des femmes qui se sont succédé en ce lieu. Chaque partie du livre retrace une histoire personnelle en la replaçant dans une époque précise. Ce livre passionnant m'inspire lorsque j'entreprends la réalisation d'un reportage sur une peuplade autochtone.

*

Ma présentation a lieu devant les élèves de ma classe d'anthropologie, en présence de Mr. Ramler.

Je commence par présenter le groupe étudié : *Homo Studiensis Americanus* est un groupe ethnique composé d'individus des deux sexes mus par un fort sentiment religieux ; cinq jours sur sept, ils se rassemblent dans un temple et s'inclinent devant six autels différents situés dans de petites salles gardées par un prêtre. Les HSA pratiquent des rites religieux variés mais qui comportent tous l'étude et la rédaction de textes sacrés. Chaque période de dévotion, d'environ cinquante minutes, commence et se termine au son d'une cloche, qui marque l'entrée et la sortie des fidèles. Après les six périodes de la matinée, les HSA sortent en plein air pour rendre hommage aux forces de la nature, tantôt en plein soleil, tantôt sous la neige. Des prêtresses dansent et chantent autour de guerriers opposés en des joutes symboliques. D'autres HSA se réunissent dans des salles obscures pour y interpréter des mystères...

J'énumère ensuite les objets usuels des membres du groupe : chaque HSA dispose, au sein même du temple, d'un cabinet secret dans lequel il range les objets personnels indispensables à ses rites. Je montre et décris quelques-uns d'entre eux à la classe : un morceau de bois cylindrique destiné à la copie de textes sacrés, dont l'extrémité porte des traces de dents — les primitifs ont souvent recours à la morsure pour marquer leurs objets personnels — et que les techniques de datation par *dendrochronology* permettent de faire remonter à environ trois semaines ; un bréviaire illustré contenant des images de prêtresses dénudées ; un manteau rituel portant des signes cabalistiques ; des restes de nourriture ; des instruments de musique rudimentaires (flûte, harmonica, guimbarde) ; des fragments de gomme à mâcher durcie naguère imprégnés d'une substance hallucinogène destinée à produire une transe mystique ; une vieille chaussette — « *There's* always *an old sock in a teenage kid's locker*[1] », m'a un jour déclaré Betty...

1. « On trouve *toujours* une vieille chaussette dans le casier d'un adolescent. »

Enfin, je projette le reportage-photo de mon enquête. Jour après jour, j'ai suivi les HSA comme Betty m'a suivi. En une trentaine de diapos, au milieu de l'hilarité générale, je brosse pour mes camarades un tableau complice et rigolard de la vie qu'ils mènent à Lincoln High et que je suis heureux de partager avec eux.

*

Dans mon classeur souple, j'ai retrouvé plusieurs devoirs rédigés pour mes cours d'anthropologie et de psychologie. L'un d'eux s'intitule « *Report on distances between people* » (Description des distances entre les individus). Je l'ai écrit à la fin de l'année. J'y définis les notions d'espace corporel que Mr. Ramler nous a appris à reconnaître, et je décris les rudiments d'une communication non verbale, telle que j'ai appris à la repérer dans le comportement de mes camarades. C'est un texte très personnel, dans lequel j'analyse aussi mon propre comportement. Grâce à Betty, à Mr. Ramler et à beaucoup d'autres, j'ai fait du chemin.

Les planches, suite

(Voix, 32 ; Sens, 32 ; Songes, 11)

(Lincoln High School, printemps 1973.) Sur sa première page, le programme imprimé en lettres bleues sur fond blanc porte la silhouette d'un palmier, d'un bateau sur l'océan et les mots suivants :

South Pacific
Music by Richard Rogers
Lyrics by Oscar Hammerstein II
Book by Oscar Hammerstein II and Joshua Logan
Adapted from James A. Michener's Pulitzer Prize
Winning Novel
Tales of The South Pacific
Produced by The Lincoln Players

*****

Les trois volets intérieurs détaillent la distribution (à gauche), le déroulé des scènes et des morceaux musicaux (au milieu et à droite) et la liste des musiciens d'orchestre (en bas, à droite ; Jim Langseth fait partie des violons). Au verso figurent les noms de tous les membres de l'équipe de production et enfin une courte notice biographique pour chacun des acteurs principaux et pour les trois *directors*. J'en traduis ici quelques phrases :

« KIM ELTON tient son premier grand rôle dans un *musical* de Lincoln en interprétant Nellie, mais elle n'est pas étrangère à la scène de LHS [...].

MARC ZAFFRAN [...] était le père dans *Benito's Burro* [...] ; il participe actuellement aux *speech competitions*. Il est l'un des étudiants AFS de Lincoln et a parcouru de nombreux kilomètres depuis Pithivivers [*sic* !], France, pour faire ses débuts sur les planches.

NANCY MILLER, qui interprète Bloody Mary, joue pour la première fois à Lincoln [...].

DAVE CHAPMAN, qui est *sophomore,* tient lui aussi son premier rôle parmi les « Lincoln Players », mais ce n'est pas tout à fait un débutant [...].

LAURIE MAPLE a joué dans *Benito's Burro* ainsi que dans la mise en scène de *The Lady of Larkspur Lotion,* qui fut l'une des sept pièces invitées à se produire au *metropolitan festival* [...].

CHARLES STAINER a commencé à travailler dans les coulisses de Lincoln pour *Arsenic et vieilles dentelles,* lorsqu'il était en *ninth grade* [troisième]. [...] Il a depuis assuré toutes les tâches techniques au cours des pièces montées à Lincoln. [...] Il a fait ses premiers pas d'acteur en momie dans *Dracula, Baby !* et, cette année, a tenu le rôle de la queue du bourricot dans *Benito's Burro* [...].

BETTE DARRELL a derrière elle une longue et riche carrière de danseuse. [...] Plusieurs de ses élèves sont aujourd'hui des professionnels de la scène. L'une d'elles, NANCY BURT, ancienne élève de Lincoln, est son assistante pour [*South Pacific*], première *high school production* dont elle assure la chorégraphie. En dépit de ce que lui avaient prédit certains collègues, Bette a eu beaucoup de plaisir à travailler avec des élèves adolescents.

GORDON BARRY a fait ses débuts de directeur musical à LHS avec *On a Clear Day,* en 1968. [...] Non content d'avoir écrit et mis en musique *Benito's Burro* l'hiver dernier et d'avoir dirigé le groupe vocal et les chorales de LHS pendant toute l'année, il dirigera bientôt le *'Lil Abner* de l'Anthony Corale [...].

South Pacific est la première grande comédie musicale que BETTY STAINER met en scène. Avant de s'installer à Bloomington, elle avait à son actif de nombreux spectacles à Del City High, une école de la banlieue d'Oklahoma City. LHS lui doit d'avoir monté plusieurs pièces en un acte et organisé ses troupes de théâtre pour enfants [...]. »

En relisant ces notices, je réalise que deux des acteurs principaux (Dave, Nancy) n'avaient jamais joué à Lincoln et que Dave et Laurie n'étaient que *sophomores,* c'est à dire élèves de seconde. Pour eux, comme pour moi, *South Pacific* était une grande première.

*

Émile de Becque n'est pas le personnage principal de *South Pacific.* C'est un rôle chantant mais, à l'exception d'une courte valse avec ma partenaire féminine, je ne participe pas aux numéros dansés. Les deux piliers de la pièce sont Nellie Forbush, l'infirmière, et Luther Billis, l'un des marins stationnés sur l'île, figure comique qui sert également de catalyseur aux deux histoires d'amour. Nellie est interprétée par Kim Elton, une fille que je trouve un peu trop imbue d'elle-même : elle ne cesse de répéter que c'est le « grand rôle » dont elle a toujours rêvé et que nous devons tous nous dépasser, car « c'est très important pour elle ».

Comme la pièce compte une cinquantaine de personnages, certains de nos camarades en assument deux à la fois — un rôle secondaire et une figuration. De plus, chacun des acteurs principaux est suivi comme une ombre par un ou une *understudy,* qui apprend son rôle et pourra prendre le relais si, par malheur, il ou elle se casse la jambe la veille d'une représentation. À plusieurs reprises, je répète avec Marty Burnett, l'*understudy* de Kim. C'est une fille fraîche et pétillante dont le visage souriant est constellé de taches de rousseur. Son entraînement de *cheerleader* en fait une danseuse plus gracieuse que Kim. Mais, bien qu'elle chante tout à fait juste, sa voix trop éprouvée par les cris qu'elle pousse sur les stades ne lui permet pas d'incarner Nellie. C'est bien dommage, car elle est bien plus drôle et plus enjouée que la titulaire du rôle. Pendant tout le temps que dureront les répétitions, je croiserai les doigts (en vain, hélas...) pour que Kim attrape la grippe et que Marty, ne serait-ce qu'une fois, incarne Miss Forbush...

Luther Billis n'est autre que notre *Chucky Baby,* qui ne mesure pas plus ses efforts pour danser et jouer la comédie que pour diriger la construction des décors — deux plateaux mobiles circulaires que l'équipe pousse ou fait pivoter en quelques secondes pour passer d'une scène à la suivante. Dans son rôle de marin, Chuck est naturel et hilarant. Le morceau de bravoure de la pièce est un numéro intitulé *Honey Bun,* au cours duquel, devant les marins privés de femmes, Nellie en uniforme masculin chante et danse avec Luther vêtu d'un pagne et d'un soutien-gorge en noix de coco...

*

Sous la direction de Betty, j'apprends à me déplacer sur une scène, à saisir une réplique au bond, à jouer avec les autres. Sous celle de Gordon Barry, j'apprends à chanter avec un orchestre, à placer ma voix pour qu'elle porte jusqu'au fond de la salle, et à tenir la note (« *We're not* crooning *here, Marc*[1] *!* »).

Ann et Cherie viennent à plusieurs reprises assister aux répétitions. À la fin d'une séance particulièrement fatigante qui me laisse un peu découragé tant je suis irrité par les caprices de diva de ma partenaire, elles s'approchent. Je désigne Kim et je dis que j'en ai marre de voir cette fille tirer tout le temps la couverture à elle.

Elles se lancent un regard et Ann s'exclame :

— *Come on ! Do you really think the girls in the audience will look at* her[2] ?

à suivre...

1. « Ici, on ne chante pas comme un *crooner,* Marc ! »
2. « Allons ! Tu crois vraiment que c'est *elle* que les spectatrices vont regarder ? »

Psychologie

(Traces, 29 ; Sens, 33)

(Bloomington, 1973.) Dans le classeur souple, j'ai trouvé deux documents étonnants. Ce sont des devoirs rédigés pour le cours de psychologie.

Le premier est un protocole expérimental de « conditionnement opératoire » (*operant conditioning*), destiné à induire chez un individu un comportement donné. Construit dans les règles de l'art (avec la définition et la description de chaque étape), le protocole que j'ai imaginé a pour but d'amener un humain mâle âgé de seize ans à feuilleter un exemplaire de *Playboy* dont les pages photo ont été découpées. Quand le cobaye feuillette le magazine deux ou trois fois, un projecteur de diapos s'allume et lui montre une des photos qu'il aurait pu s'attendre à y trouver. En le « récompensant » par une nouvelle image, on lui apprend (on le conditionne) ainsi à le feuilleter sans arrêt ou à faire n'importe quoi — tout comme on conditionne un pigeon à picorer une tache de couleur en le récompensant par du grain chaque fois qu'il la tape du bec. Mon devoir est relativement long (quatre pages) car il détaille toutes les étapes du processus de conditionnement et définit les variantes et améliorations qu'on peut lui apporter. Dans la marge, Mr. Dimond manifeste par divers commentaires combien il apprécie son humour provocateur.

*

L'autre devoir n'est pas moins remarquable : c'est une dissertation intitulée : « *Am I a carbon copy of my parents*[1] *?* »

Elle mérite un chapitre à elle toute seule.

Mais pas tout de suite.

Lien :

* *Plumes d'Ange*

1. « Suis-je la copie conforme de mes parents ? »

Les planches, suite et fin

(Voix, 33 ; Sens, 34 ; Songes, 12)

(Lincoln Auditorium, 7 avril 1973.) Que ce soit sur scène pour répéter, dans les coulisses pour construire les décors ou monter les lumières, ou dans la salle pour regarder mes camarades jouer, je suis heureux dans ce théâtre. Entre février et avril, j'y passerai le plus clair de mes après-midi, auprès de Betty et Chuck et de tous ceux dont les visages me reviennent aujourd'hui quand je lis leur nom sur le programme : Nancy Miller, extraordinaire dans le rôle de l'hénaurme Bloody Mary, la matrone indigène ; Gary Wolfe et Bill Haaheim, deux copains inséparables, dans ceux du « Professeur » et du Capitaine Brackett ; Dave Chapman dans le rôle du lieutenant Cable et Laurie Maple dans celui de sa *sweetheart,* la tendre Liat ; Debbie Maple, la meilleure des costumières ; Joel et Jeff, les techniciens jumeaux les plus doués des coulisses de théâtre ; Cathy Barry et Deanna Simpson en nonnes ; Marty Burnett, Sally Barry, Donna Smith, Pam Olson, Debbie Schlagel, Halley Leffler dans leurs shorts d'infirmières... Gordy Fransen, qui interprète le *Commander* Harbison, est également mon *understudy.* Trois ans plus tard, à mon retour à Bloomington, nous ferons ensemble une expérience peu banale. Quand nous entrons dans l'*ice cream parlor* où nous attendent d'autres camarades, un garçon d'une douzaine d'années se plante devant nous et déclare : « *You're Gordon Fransen and Marc Zaffran! You both were in the cast of* South Pacific *at Lincoln, in 1973*[1] *!* »

*

Nous jouons en soirée. Nous avons distribué des programmes dans tous les lieux publics et dans les High Schools environnantes et, le soir de la première, la salle est pleine à craquer. Elle le sera aussi les autres soirs et nous jouerons une cinquième fois, en matinée, pour toute l'école, car de nombreux élèves en ont formulé la requête.

Le soir de la dernière, à la fin de la représentation, toute la troupe se réunit au pied de la scène pour une distribution de trophées improvisée.

Marty Burnett reçoit un trophée spécial récompensant une actrice qui, si je me rappelle la formule de Betty, « n'a jamais ménagé ses efforts pour interpréter son propre rôle avec brio, ni pour connaître à la perfection un autre rôle qu'elle avait pourtant peu de chance d'incarner ».

Chuck est récompensé pour avoir mené de front la construction des décors et l'interprétation du rôle de Luther.

Betty, elle, nous a appris que nous devons toujours respecter nos personnages, si secondaires qu'ils puissent sembler. À l'une d'entre nous qui décla-

1. « Vous êtes Gordon Fransen et Marc Zaffran ! Vous faisiez partie de la troupe de *South Pacific* à Lincoln, en 1973 ! »

rait que son petit rôle ne méritait pas qu'elle s'investisse, elle a répondu : « *Stanislavski once said :* There are no small parts, there are only small actors[1]. » Tous, nous sommes d'accord pour dire qu'elle est le meilleur metteur en scène du monde, et nous lui remettons un trophée portant ce titre, ou presque.

De son côté, elle s'est souvent arraché les cheveux en m'entendant lui expliquer pourquoi je n'ai pas suivi telle ou telle indication scénique. Elle tient donc à récompenser « celui d'entre vous qui a toujours su me donner un tas de bonnes raisons d'avoir tort », et me remet un badge portant la phrase : « *Once I thought I was wrong, but I was mistaken*[2]. »

*

Pour moi, ce soir de dernière est un vrai brise-cœur : c'est fini, je ne serai plus Émile de Becque, le séducteur vieillissant au costume blanc et aux cheveux grisonnants ; je ne chanterai plus *Some Enchanted Evening* et *This Nearly Was Mine* seul face à la salle...

Je remonte sur la scène avec mes camarades. Des adolescents d'autres écoles nous rejoignent.

Cherie se trouve parmi eux.

Je repense à la conversation téléphonique que nous avons eue, quelques nuits plus tôt. Avec son habituelle réserve, ses évitements, ses silences et

1. « Stanislavski disait : il n'y a pas de petits rôles, il n'y a que de petits acteurs. »

2. « J'ai cru un jour que j'avais tort ; mais je faisais erreur. »

cette ironie qui lui donnent un charme fou, elle m'a expliqué qu'elle a le béguin pour trois garçons. Elle m'a parlé des deux premiers mais, lorsque j'ai mentionné le troisième, elle a changé de sujet.

Elle reste à l'écart, au bout de la scène. Je vais à sa rencontre. Elle me félicite, me dit combien elle a aimé me voir tenir ce rôle et m'entendre chanter. Je la prends par la main, je veux la présenter à Chuck, à Betty, à Charlie. Mais je ne les trouve pas dans les coulisses. Ils ont dû sortir dans le hall. Je l'entraîne dans la salle et, en remontant l'allée, je me tourne vers elle et je dis :

— *Can I ask you one question ?*

— *Yes...*

— *Who is number three ?*

— *What kind of a question is that ?*

Je me sens bête, mais je me force à répéter.

— *You know what I'm talking about !*

Elle regarde de tous les côtés, jouant à celle qui veut changer de sujet de conversation.

— *Your lighting is great, I think...*

— *Please, tell me. Answer me. You owe me that.* (Je désigne la scène derrière moi.) *I did a good job, didn't I ?*

— *Yes, you were fantastic.*

— *Then tell me who number three is.*

— *Now ?*

— *Now !*

— *Why ?*

— *I want to* read *it on your lips.*

Elle me regarde et, très doucement, répond :

— *What ? Did you think it weren't you ?*

Et je m'attendais tellement à ce qu'elle dise : « *Did you think it was you ?* », que je réponds machinalement :

— *No, I just wanted...* What did you say ?
— *Did you think it weren't you*[1] *?*

1. « Je peux te poser une question ?
— Oui...
— Qui est le troisième ?
— Qu'est-ce que c'est que cette question ?
— Tu sais très bien de quoi je parle !
— Votre éclairage est vraiment très réussi...
— S'il te plaît, réponds-moi. Tu me dois bien ça. J'ai fait du bon travail, non ?
— Oui, tu as été fantastique.
— Alors, dis-moi qui est le troisième.
— Maintenant ?
— Maintenant !
— Pourquoi ?
— Je veux le *lire* sur tes lèvres.
— Quoi ? Tu pensais que ce n'était pas toi ?
Et je m'attendais tellement à ce qu'elle dise : « Tu pensais que c'était toi ? », que je réponds machinalement :
— Non, je voulais seulement... *Qu'est-ce que tu as dit ?*
— Tu pensais que ce n'était pas toi ? »

Une barbe au Smithsonian

(Sens, 35 ; Fables, 40 ; Clichés, 10)

(Washington, D.C., mai 1973.) Betty, William Rumple et plusieurs autres enseignants accompagnent une trentaine d'élèves à New York et Washington dans le cadre de « *the I.R. (International Relations) Trip* ». Chaque année, les élèves inscrits à l'I.R. Club, animé par Mr. Rumple, discutent de la situation internationale et prennent contact avec des diplomates et des fonctionnaires de la Maison-Blanche, des Nations unies et du Pentagone pour qu'ils les accueillent et répondent à leurs questions sur la politique extérieure des États-Unis. Les élèves ont préparé leurs questions tout au long de l'année, au cours de réunions spécifiques qui ont lieu l'après-midi ou en soirée. Ils ont suivi l'actualité au jour le jour et ont bien l'intention de n'épargner aucune question gênante à leurs interlocuteurs.

John Sheldon, Jim Langseth, Chuck et Juno font partie du groupe. Pour partager l'expérience avec eux, j'ai demandé à Nelly et Ange de m'envoyer l'argent du voyage. De son côté, Betty s'est déjà arrangée pour me faire subventionner par l'école et l'association locale de l'AFS.

En échange, elle me donne pour mission de réaliser un reportage en images de nos activités et de photographier tout le monde : élèves et intervenants. Quand nous nous envolons, j'ai trois appareils autour du cou : le Canonet et deux reflex que le labo-photo de l'école m'a prêtés ; on m'a également fourni une trentaine de pellicules.

J'ai peu de souvenirs précis de ce voyage, mais les clichés en couleur que Betty a collés dans mon album me montrent plus souriant que jamais et les appareils autour du cou ; sur un bateau à quelques milles de la statue de la Liberté ; dans le train qui nous conduit de New York à Washington ; debout devant la gigantesque statue d'Abraham Lincoln ou allongé par terre pour réussir un cadrage acrobatique et, surtout, faisant le pitre au milieu de mes camarades. Je porte des chemises rouges ou jaunes à col pointu et je suis heureux.

Libérés des contraintes et des règles qui ont habituellement cours quand nous sommes en classe, mes camarades se détendent. Ils sont autonomes et responsables et les enseignants qui nous accompagnent ne jouent pas les gardes-chiourmes. Le soir, dans les hôtels où nous sommes hébergés, nous parlons de longues heures dans les chambres des uns ou des autres. Beaucoup disent m'avoir « découvert » à l'occasion de *South Pacific*. Auparavant, ils se méfiaient un peu de moi parce que je suis plus âgé, parce que je viens de France, parce que je parle souvent de manière « directe ». À présent, ils ont le sentiment d'avoir le même âge, les mêmes préoccupations, les mêmes émotions que moi.

*

Je me souviens que, dans le train qui nous a transportés de New York à Washington (le seul train américain que j'aie jamais pris), Su Crocker s'est endormie sur l'épaule de John Sheldon, et Juno sur celle de Jim Langseth.

Je me souviens que, lorsque nous avons pénétré à l'intérieur du Lincoln Memorial et découvert l'immense statue du Président assis, Shelley Eckels, très émue, m'a pris la main.

Je me souviens qu'avec Betty et quelques autres je suis monté, un soir, au sommet de l'Empire State Building. La grande terrasse vitrée vibrait sous les rafales de vent.

Je me souviens que tout le groupe a passé une soirée sur la plage (mais où ?) à la lueur d'un feu — comme Hermie et ses camarades dans *Summer of'42*... J'en ai gardé une photo. À l'arrière-plan, un poteau de bois porte les mots *Nixon Sucks*[1] *!* Nous avions décidé que c'était le meilleur endroit pour s'installer.

Je me revois entrant dans un bâtiment officiel et m'avisant que le portrait de Nixon pend de travers. Machinalement, je m'approche, je tends le bras et je remets le cadre d'aplomb. L'un des gardiens me regarde d'un air amusé. Pour me justifier, je dis :

— *The picture was crooked.*

— *So is the man*[2], répond-il.

*

1. « Nixon est nul » (mais « *sucks* » est plein de sous-entendus bien plus vulgaires...).

2. « Le portrait était de travers...
— L'homme l'est aussi. » [« *Crooked* » signifie « tordu », au propre et au figuré.]

Jim Langseth me raconte que son arrière-grand-père avait une barbe de sept mètres de long. L'aïeul la lavait soigneusement mais ne la peignait et ne la taillait jamais. Au fil des années, les poils s'entortillaient les uns autour des autres, formant une tresse de plus en plus longue. Pour arrondir ses fins de mois, il se produisait dans les foires. À sa mort, ses enfants ont coupé la barbe et l'ont rangée dans une boîte à chaussures. Vingt ou trente ans plus tard, les petits-enfants l'ont retrouvée et en ont fait don, ainsi que des photos représentant l'aïeul savonnant sa barbe dans un baquet puis la faisant sécher au soleil sur une rangée de chaises, au Smithsonian Institute, le grand musée historique et culturel de Washington. Depuis, elle y est exposée. Évidemment, je ne crois pas un mot de cette histoire.

Mais nous voici à Washington, et la visite du Smithsonian fait partie de nos objectifs pédagogiques. À peine y sommes-nous entrés que Jim interroge un guide. Celui-ci lui désigne une salle sur le plan. Jim me fait signe de le suivre.

Dans une salle consacrée (si je me souviens bien) aux immigrants qui ont peuplé l'Amérique, une vitrine renferme la photo agrandie d'un homme vêtu d'un costume XIXe et portant autour du bras une sorte de boa étique. Le panonceau précise qu'il s'agit de Mr. Hans Langseth, qui gagnait sa vie dans les foires en exhibant sa barbe de 18 pieds et demi de long...

Devant la photo pend un mince mais interminable écheveau de poils gris qui s'enroule plusieurs fois autour de lui-même sur le plancher de la vitrine.

Le bout de la piste

(Clichés, 11 ; Songes, 13)

(Tourmens, 19 janvier 2002.) Tout va très vite. Trop vite. Je n'ai pas envie de repartir d'Amérique, j'aimerais pouvoir faire durer ce voyage pendant des jours et des jours, des pages et des pages, mais on dirait que ma mémoire a comme « écrasé » le souvenir du dernier mois à Bloomington.

La *graduation,* la remise des diplômes aux *seniors,* a lieu le 5 juin. Sur les chaises installées à même la pelouse du terrain de sports, nous applaudissons quand deux de nos camarades interprètent sur l'estrade une saynète humoristique évoquant l'année écoulée et celle qui se profile à l'horizon. Nous murmurons « *All Right* ! » quand l'un de nos camarades est appelé. Nous nous levons, l'un après l'autre, pour recevoir l'étui vert contenant le diplôme.

Dans l'album, Betty a collé quatre photos prises après la cérémonie. Sur les trois premières je pose et je fais le clown avec John, Jim, Juno et Bob Ihrig — un jeune enseignant qui nous a accompagnés pendant le voyage dans l'Est. Jim, John et moi portons de longues robes vert foncé et des écharpes jaune d'or — les couleurs de LHS.

Quelques jours plus tard, j'embarque avec Chuck dans la vieille Ford. Betty et Charlie ont obtenu de l'AFS l'autorisation de le laisser m'emmener faire une grande virée dans le Sud — Oklahoma City — d'obliquer vers l'ouest et Salt Lake City, de remonter vers le nord en longeant les Rocheuses, via le Grand Canyon, le parc national de Yellowstone, de revenir vers le Minnesota en passant par le mont Rushmore...

De ce voyage-là, j'ai beaucoup de photos et peu de souvenirs. Je ne regarde ni la route ni le paysage. Je pense sans cesse à ce dont je m'éloigne, à ce qui s'éloigne déjà de moi.

Le cahier rouge

(Clichés, 12 ; Pages, 26 ; Traces, 30)

(Bloomington-Tourmens, 1972-2002 — bon Dieu ça fait *trente* ans !) Il y a quelques jours, j'ai sorti du carton où sont rangés tous mes papiers d'Amérique un petit livre dont Juno a illustré les « conseils de sagesse » par des photos de mon année à Bloomington, et deux minces cahiers lignés contenant des phrases, des maximes et des photos de mes amis. J'ai également ressorti le cahier rouge. Dedans, j'ai relu la conversation entre Cherie et moi, recopiée, au mot près, il y a trois chapitres. Je l'avais transcrite le soir même.

J'ai commencé à remplir le cahier rouge en février. J'y ai rédigé le texte de ma présentation sur *Homo Studiensis Americanus* en indiquant soigneusement le moment opportun pour projeter les diapos, représentées par des numéros d'ordre. Plus loin, je trouve le texte d'un montage audio que j'ai fait pour Grec en réponse à une cassette qu'il m'avait envoyée pendant l'année. « Ici Radio La Havane, la voix de l'Amérique castriste, voici notre générique — *L'Ouverture cubaine,* de George Gershwin... »

Mais, peu à peu, ce cahier devient un journal. On dirait que je ne veux pas laisser le temps s'écouler et emporter tout ce qui m'arrive. En écrivant, j'ai peut-être le sentiment d'en retenir une partie.

De loin en loin, près des pages où John, Jim, Bruce, Marty, Shelley et les autres ont écrit, j'ai collé leur photo. Ailleurs, j'ai fait des collages évoquant LHS, les pièces de théâtre, la chorale... Presque à la fin, dans une carte portant le sigle de *7 Up* et datée du 2 août — après mon départ —, « Biggie Charlie » Stainer me dit, à sa manière, combien je lui manque déjà. Sur une demi-feuille blanche, j'ai tapé à la machine deux ou trois phrases extraites d'une lettre que Betty a dû m'écrire encore plus tard, pendant mes premiers mois de faculté à Tours, et qui visent manifestement à me remonter le moral.

Mais malgré tous les mots de sympathie, d'amitié et d'encouragement, malgré les histoires drôles et les déclarations d'affection, malgré les photographies marrantes et les souvenirs joyeux, la tonalité du cahier rouge est indiscutablement celle du chagrin.

Boy Loses Girl

(Quêtes et Pertes, 6)

(Tourmens, 19 janvier 2002.) J'ai retrouvé aussi trois lettres de Cherie. La première est écrite sur deux pages du cahier rouge. C'est bien une lettre, car elle n'a pas le même ton que les mots rapides et les au revoir parsemés çà et là. Elle a noté la date (le 10 juin) et, d'une main posée, m'avoue que si nous ne nous sommes pas vus plus souvent, c'est parce qu'elle avait peur de moi et d'elle-même... Elle poursuit en évoquant ma voix au téléphone, disant : « *Allo, Is Cherie here ?* », alors que la formule correcte était, « *Is Cherie* there *?* » Elle termine sa lettre en me demandant de ne pas l'oublier.

La seconde, reçue en France, date du 24 juillet et commence par ces mots : « *Funny how someone can miss a broken-English-speaking-French-accent on a telephone. But I do*[1]. » Cette lettre, Cherie a dû l'écrire après avoir reçu l'une des miennes, ce qui explique qu'elle cherche surtout à me remonter le moral : il faut que je revienne à la réalité ; je suis

1. « C'est drôle de penser qu'une voix parlant un anglais bizarre avec l'accent français puisse me manquer. Mais c'est le cas. »

rentré, mais je suis *chez moi* ; il me faut m'en réjouir et aller de l'avant.

Bien entendu, elle ne sait pas qu'elle se trompe. Mon « chez moi », ce n'est pas Pithiviers, c'est Bloomington. Ma famille, c'est Betty et les siens. Mes amis, ce sont Jim, John, Bruce, Chuck, *all the gang.* Quant à Cherie...

Minnesota is the girl you want to marry.

Tout cela, elle ne le sait pas. Ou elle ne le sent que trop bien et ne veut pas m'enfoncer dans mon chagrin. Ou alors, c'est mon imagination qui déborde... Au fond, je n'en sais rien. Ai-je été aussi important pour elle qu'elle l'a été pour moi ?

Il m'est arrivé bien des fois, depuis, de tomber amoureux de filles qui m'ont clairement signifié qu'elles n'en avaient cure. Il m'est arrivé presque aussi souvent de décliner plus ou moins poliment, plus ou moins délicatement, les avances qu'on me faisait. Tout cela va tellement mieux en le disant.

Avec Cherie, tout a été dit, et rien n'a été dit.

Tout était possible, et rien ne s'est passé.

Il y a eu cette heure côte à côte en coulisses, les balades à vélo pour aller chez Ann, les conversations à trois dans le sous-sol, les heures au téléphone. C'est beaucoup, et c'est peu.

Et pourtant, si je monte dans le grenier de ma tête, si je déplace les malles empilées au fond pour sortir celle qui porte l'étiquette « Adolescence en Amérique », et si je l'ouvre, je vois une jeune femme debout sur la scène de l'auditorium, les mains dans les poches de son imperméable, avec aux lèvres un sourire ironique et, dans les yeux, un regard qui semble vouloir me dire quelque chose — c'est elle, c'est Cherie, *contenue* dans cette image captive de ma quatrième dimension.

*

Il y a une troisième lettre dans le cahier rouge. Celle-là, je l'ai reçue longtemps après. Après avoir, pensais-je, fait mon deuil de cette histoire.

November 15,

Marc

It's been many years — do you remember me ? We just recently moved back from Wisconsin to Minnesota and in the process, I found all of your old letters. What fun it was to read them again after fifteen years !

So after several months of deliberation, I decided to call the Stainers and see if I could track you down.

I understand you made it through med school and are practicing as well as writing. You always wrote well. The Stainers said you're published and also do translating for the AMA — is this right ?

I am so happy to hear you're also married with a family. Is it two children or three ?

I finished college in design and proceeded to work in advertising for ten years. My husband and I have been married thirteen years. He's an ophtalmologist here in Minneapolis. I worked while he was in school, but when the kids arrived, I decided to stay home. We have two lovely girls, five and three.

I'd love to hear from you and about your family, though I know it's been many years[1].

1. « Marc,

Bien des années ont passé — est-ce que tu te souviens de moi ? Nous avons récemment quitté le Wisconsin pour revenir nous installer dans le Minnesota et, au cours du déménagement, j'ai retrouvé toutes tes lettres. Comme c'était drôle de les relire, quinze ans après !

Alors, après des mois de réflexion, j'ai décidé d'appeler les Stainer pour voir si je pouvais retrouver ta trace.

J'ai cru comprendre que tu as terminé tes études de médecine, et que tu exerces, et qu'en même temps tu écris. Tu as tou-

À la lettre était jointe une photographie de Cherie et de sa fille aînée, Claire. Ce qui m'a le plus frappé dans cette lettre, reçue probablement en 1988 ou 1989, ce n'est pas qu'elle me l'ait écrite, mais qu'elle me l'ait écrite *à ce moment-là* : j'avais, au cours des mois précédents et dans cet ordre, rencontré MPJ et publié mon premier roman — je sortais d'un long tunnel, ma vie était en train de changer radicalement. Sa lettre m'a fait l'effet d'un rayon de soleil imprévu au moment où je commençais, enfin, à voir le jour.

Nous avons échangé deux ou trois lettres, et ça s'est arrêté là.

Du moins, je le pensais.

à suivre...

---

jours bien écrit. Les Stainer m'ont dit que tu as été publié et que tu fais des traductions pour l'A[merican] M[edical] A[ssociation] — je ne me trompe pas ?

Je suis heureuse de savoir que tu es toi aussi marié et que tu as une famille. Deux enfants, ou trois ?

J'ai terminé mes études de *design* et j'ai travaillé pendant dix ans dans la publicité. Mon mari et moi sommes mariés depuis treize ans. Il est ophtalmologiste ici, à Minneapolis. J'ai travaillé pendant qu'il faisait ses études mais, lorsque les enfants sont arrivés, j'ai décidé de rester à la maison. Nous avons deux adorables petites filles de cinq et trois ans.

J'aimerais beaucoup avoir des nouvelles de toi et de ta famille, mais je sais que bien des années ont passé. »

Boy Loses Girl, suite et fin

(Tourmens, 20 janvier 2002.) Au cours de l'été 1998, je me suis envolé vers le Minnesota pour voir Betty, alors souffrante. J'ai passé huit ou dix jours à Mound, dans la maison où elle vivait avec Dick Hanson — son second mari —, au bord du lac Minnetonka. Ce n'était pas la maison de la 86ᵉ rue, mais ça n'avait pas d'importance : je m'y suis immédiatement senti chez moi.

Cet été-là, Chuck et sa femme Peggy s'y trouvaient aussi et ils m'ont beaucoup véhiculé. Le reste du temps, j'ai emprunté la voiture de Dick pour aller voir mes amis. J'ai rendu visite à Jim Langseth, qui vit depuis très longtemps dans la même maison avec sa femme Thea et leur fils Abraham. En compagnie de Karen Le Beau (l'amie de Juno avec qui j'avais vu *Everything You Always Wanted to Know About Sex...*), de passage elle aussi, j'ai bavardé pendant trois heures avec John Sheldon qui, comme par miracle, transitait ce jour-là par Minneapolis. C'était bon de les revoir et de parler avec eux comme si nous nous étions quittés quinze jours plus tôt... J'ai cherché et trouvé dans l'annuaire l'adresse d'Ann Stinde, je suis passé chez elle et j'ai fait la connaissance de Howard, son mari, avec qui j'ai immédiatement sympathisé.

Jusqu'au dernier moment, j'ai hésité à appeler Cherie. Lorsque j'ai enfin trouvé le courage de le faire, c'était la veille de mon départ. Une fois encore, nous avons longtemps parlé, mais il était trop tard pour que je passe la voir.

*

L'année suivante, je suis retourné aux États-Unis. Betty allait mieux, mais j'avais envie de la revoir et de *retourner au pays.* J'ai fait escale à New York pour rencontrer Dan Simon, l'éditeur américain de *La Maladie de Sachs,* et déjeuner avec Linda Asher, ma traductrice. Arrivé à Minneapolis, j'ai loué une voiture. Pendant la semaine qui a suivi, j'ai revu Jim, Ann et d'autres vieux copains, je me suis baladé à droite et à gauche, je suis retourné à Bloomington pour revoir la maison, passer devant LHS — qui n'est plus une école mais un immeuble de bureaux —, et j'ai poussé jusqu'à la maison de Cherie. Je me suis garé. Je suis descendu de voiture. J'ai verrouillé les portes et j'ai pensé aux scènes de ce genre qu'on voit dans les films — une main sonne, un visage apparaît à la double porte, un sourire incrédule s'esquisse sur la bouche d'où jaillit un cri de joie ou de reconnaissance...

Je suis resté un long moment au bout de l'allée. Je n'ai pas traversé la pelouse, je n'ai pas sonné. Je suis remonté en voiture et je suis reparti.

*

En 2000, je suis retourné à Mound pour la dernière fois. Dick et Betty, qui passaient jusque-là l'été dans le Minnesota et l'hiver en Arizona, se trouvaient trop âgés pour faire le déplacement deux fois par an, et avaient décidé de vendre la maison à l'automne.

Deux jours après mon arrivée, j'ai appelé Cherie. Elle était à la fois surprise et heureuse de m'entendre... mais elle partait en vacances en famille, tôt le lendemain matin.

Au mois d'octobre suivant, l'éditeur Seven Stories m'invitait à présenter *The Case of Dr. Sachs* dans plusieurs villes américaines. J'ai demandé s'il serait possible, entre Kansas City et Chicago, prévues sur mon itinéraire, de caser une soirée à Minneapolis. Je ne m'imaginais pas traversant les États-Unis sans m'arrêter dans le Minnesota. Betty et Dick n'y vivaient déjà plus, mais Juno, Jim Langseth, Bruce Southworth, Ann et d'autres s'y trouvaient encore. J'avais envie de leur dédier mon premier livre traduit en anglais.

Seven Stories a organisé une séance de lecture et dédicaces à la librairie « Ruminator Text Books » (je crois qu'elle s'appelait auparavant « The Hungry Mind »), à St. Paul. J'ai envoyé quelques e-mails pour battre le rappel. Le soir de la signature, sur la vingtaine de chaises installées par les libraires, j'ai lu devant une quinzaine d'auditeurs parmi lesquels figuraient Juno, Jim Langseth et Tom Cooner — un autre copain de LHS —, Bruce Southworth accompagné de sa femme et de sa fille, ainsi qu'Ann et son mari, Howard.

Cherie était présente, elle aussi. Je la revoyais pour la première fois depuis plus de vingt ans et, si semblable chose est possible, elle n'avait pratiquement pas changé. Le même regard, le même sourire, la même spontanéité — et les mêmes questions à la fois candides et directes quand j'ai dialogué avec la salle.

La même distance, aussi. Je lui ai proposé de venir dîner avec toute la bande, mais elle a répondu qu'elle devait rentrer : sa fille Claire était venue avec elle et elle devait l'emmener quelque part.

Le lendemain, avant de quitter Minneapolis, je l'ai appelée de mon hôtel.

Je ne suis pas retourné en Amérique cette année. Mais lorsque je me branche sur le Réseau, en fin d'après-midi, il m'arrive souvent de voir à l'écran qu'Ann ou Cherie sont en ligne. Quand le pseudo d'Ann est affiché, je lui envoie presque toujours un message éclair. Quand le pseudo de Cherie apparaît, je me demande toujours : est-ce que je lui fais signe ? Elle m'a un jour expliqué que son mari éprouve une certaine jalousie à mon égard. Comme ils partagent la même adresse e-mail, je redoute de commettre un impair en me trompant d'interlocuteur. Parfois, je risque tout de même un « Hello ! », et nous dialoguons pendant quelques minutes. De temps en temps, c'est elle qui, la première, me fait signe. Mais, le plus souvent, j'ai si mal au cœur que j'éteins.

*

Un jour, peut-être, on ne sait jamais (en attendant, je peux toujours l'imaginer), j'en aurai assez de tous ces non-dits qui nous empêchent de parler comme des adultes ; j'en aurai assez de cette douleur sourde qui ne veut pas disparaître ; j'en aurai assez d'entendre l'adolescent prisonnier du passé remuer bruyamment des malles dans le grenier. Il faudra mettre un point final à cette histoire et passer à autre chose. Alors, c'est décidé, un jour, sans prévenir, je ferai le voyage vers Minneapolis, je louerai une voiture à l'aéroport, j'irai me faire héberger par Jim,

Bruce ou Ann et, le lendemain — ce sera un jour de semaine —, j'irai jusque chez Cherie. Il sera onze heures du matin ou trois heures de l'après-midi. Je sonnerai à la porte, elle viendra m'ouvrir. Je dirai : « *Remember me* ? » et, comme elle restera sans voix, je demanderai : « *May I come in* ? » Elle me fera entrer, j'expliquerai poliment, l'air de rien, que je passais par là et que j'ai eu envie de rendre visite à une vieille amie. Elle me proposera un verre d'eau glacée ou un soda, je m'installerai à la table de la cuisine et, quand elle posera son verre près du mien, je lui dirai...

Enfin, je verrai bien ce que je lui dirai. Mais j'espère que nous parlerons jusqu'à ce que son petit dernier rentre de l'école. Je connais les petits garçons. Les étrangers les fascinent. Quand il me verra assis là et m'entendra parler, il dira que son père aimerait sûrement rencontrer un médecin-écrivain français et il demandera à sa mère de me garder à dîner.

Jet Plane

À Bloomington, peu avant Noël 1972, j'avais retrouvé les trois autres Français qui passaient leur année dans le Minnesota au cours d'un week-end AFS, je ne sais plus où. L'une des filles (Marie-Andrée ?) avait reçu de France une cassette de chansons. Nous avions passé une heure à rire et à pleurer en écoutant, entre autres, Michel Fugain chanter : *C'est un beau roman/c'est une belle histoire / c'est une romance d'aujourd'hui...*

À Washington, en mai 1973, pendant l'*I.R. Trip,* la chanson que nous chantions le plus souvent était *Jet Plane* de John Denver.

All my bags are packed
I'm ready to go
I'm standing here
Outside your door
I hate to wake you up
To say goodbye...
[...]
So kiss me and smile for me
Tell me that you'll wait for me
Hold me like you'll never let me go
'Cause I'm leaving on a jet plane

Don't know when I'll be back again
Oh, babe, I hate to go[1]*...*

À l'aéroport de Paris, le 14 juillet 1973, je n'ai pas du tout envie de chanter. Je porte la salopette rayée que Betty m'a offerte quand j'ai participé à la construction des décors de *South Pacific*, des mocassins en cuir que je ne me résoudrai à jeter que lorsque mes pieds passeront au travers, ma *graduation ring* — la bague aux armes de Lincoln, sur laquelle sont gravées mes initiales et l'année de ma *senior year*. J'ai réparé mes lunettes cassées avec du sparadrap. Le Canonet ballotte sur ma poitrine. Je rentre en France, je savais que ça ne durerait pas éternellement et pas moyen de faire autrement, mais j'ai envie de pleurer comme jamais, de rage et d'impuissance.

Ma valise à la main, encore une fois, je sors le dernier. Cette fois-ci, les cris qui m'accueillent sont stridents et une main glacée m'arrache le cœur.

1. « Tous mes sacs sont prêts
Je vais m'en aller
Me voilà debout
Devant ta porte
Je ne veux pas te réveiller
Pour un au revoir...

Alors embrasse-moi et souris-moi
Dis-moi que tu m'attendras
Serre-moi pour me retenir
Car je m'envole aujourd'hui
Je ne sais quand je reviendrai
Oh, *babe*, je ne veux pas partir... »

Ce qui reste ou pas

(Traces, 31)

Les diapos
Les photos
Les lettres
Le cahier rouge que m'a offert Juno
Le *yearbook*
Les *paperbacks* défraîchis
Les disques de Tom Lehrer et de Bill Cosby
Les *Christmas carols* d'Armstrong, Ella et Bing Crosby
Les *comic books*
Les cahiers
Le diplôme dans son étui
La *graduation ring,* que je n'ai pas portée très longtemps, finalement
La boîte dans laquelle je conserve mes souvenirs
Le livret de *South Pacific,* avec mes dialogues surlignés et des petits mots écrits par toute l'équipe

Les cassettes et les lettres de Jim, de Bruce et de John
La lettre d'Isaac
John citant Groucho Marx ou W.C. Fields
Les livres de cours de Mr. Ramler et de Mr. Dimond

L'épingle de cravate en forme d'État du Minnesota que Charlie et Betty m'ont offerte pour ma *graduation*

Les lettres de Cherie

Betty dans la lingerie venant vers moi pour me prendre dans ses bras

Le dernier repas que j'ai pris, seul avec Charlie, qui regrettait de ne pas avoir passé plus de temps avec moi

Le désordre indescriptible dans la chambre de Juno quand elle me demandait de l'aider à retrouver un devoir qu'elle aurait dû rendre quinze jours plus tôt

La gerbille de Jimmy — il l'a sortie de sa cage pour la mettre dans ma main, mais comme je la serrais trop de peur de la laisser s'échapper, la gerbille m'a mordu

Les noix de coco de Chuck dans *Honey Bun* et le téléviseur démonté qui gisait au pied de son lit

Le colis que Nelly m'a envoyé en avril. Chuck me l'a apporté à l'auditorium pendant une répétition de *South Pacific*. Il contenait des gâteaux de Pourim — je me demande encore comment ils ont réussi à passer la douane. Nous les avons mangés tous ensemble

Laura sous les arbres du *CW Post college*

Jean-Louis excité le jour des retrouvailles

Ann et Cherie assises dans le sous-sol, échangeant des regards que je ne comprends pas

Cherie dans la pénombre des coulisses de *JB*

Ann me disant : *You're very fond of her*

Le sourire de Cherie le jour de sa *graduation* sur un de mes films aux couleurs passées

La pièce (*Jack Be Nimble*) qu'Ann m'a envoyée à Tours et dont le personnage se nomme Marc

Cherie sur la scène à Lincoln High

Les enveloppes sous la porte
Le silence

La venue de Betty et Juno en Europe en 1973 et leur rencontre avec mes parents

Jim, fin 1975, disant à ma mère : « J'aime ta *coui*sine »
Le baptême de l'eau qu'il m'a imposé en retournant le canoë sur Lake Calhoun (ou était-ce Lake Harriet ?)

La conversation que j'ai surprise entre Charlie et Betty quand ils se sont séparés

John, barbu, m'accueillant devant son immeuble à Washington
Les visites impromptues de Chuck en permission de l'Air Force
Les chemises à col pointu que j'ai eu beaucoup de mal à jeter
La *thumbstone* que j'ai toujours gardée

La photo de Betty et Dick, souriants, le jour de ce qui fut pour tous deux leur second mariage et certainement le plus heureux
La maison de Bloomington et la maison de Mound

Le hochement de tête d'Howard lorsqu'il m'a entendu dire à Ann qu'elle se sous-estimait. Ann répliquant ironiquement que les rares hommes pour lesquelles elle a de la sympathie se liguent toujours contre elle

Cherie, il y a trente ans, murmurant : *Did you think it weren't you ?*

Le souvenir des larmes
Le souvenir des rires
La lumière sur Penn Lake
La buée sur mes verres

On the Beach

(Voix, 34 ; Bras, 9 ; Fables, 41 ; Clichés, 13)

(Le Havre, puis Kernaou, août 1973.) Bernard Lesterlin, le responsable national de l'AFS, se souvient peut-être de son propre retour difficile en France ; en tout cas, il sent à quel point je vais mal (à moins que Nelly ne lui en ait parlé... Ce n'est pas impossible. Tout au long de sa vie, ma mère a eu à mon égard des attentions d'autant plus émouvantes qu'elles étaient imprévisibles), car il propose de m'emmener au Havre participer à l'orientation des WP 74, qui s'envolent dans quelques jours. Je me revois pendant le trajet, on dirait que je ne me suis pas changé depuis mon arrivée : je porte la même salopette rayée, la même chemise bleue, les mêmes mocassins.

Nous y allons en voiture. L'aération est grande ouverte. À notre arrivée au Havre, je suis aphone, mais ça ne m'arrête pas. Quand on me présente aux heureux partants, je parle, je parle, je parle, je suis intarissable, je noie mon chagrin dans la narration ininterrompue de l'année écoulée, pour tenter d'en retrouver les émotions, à défaut de la revivre.

Les adolescents sur le départ me regardent en ouvrant de grands yeux incrédules. Ils se disent peut-être : « Est-ce qu'au bout d'un an on ressemblera à ce *vieux cheval de retour* ? »

*

Dans la voiture, Bernard m'a parlé de l'expérience qu'il organise à la fin du mois d'août : les *AFS'ers* rentrés au pays sont invités à se joindre à une association qui retape un vieux hameau au fin fond de la Bretagne, dans la presqu'île de Crozon. « Pour les aider à retrouver leurs marques... » Il demande si ça me tente. Cette blague !

*

Le hameau en question se nomme Kernaou. C'est un groupe de quatre ou cinq maisons, pas plus, au bout d'un chemin broussailleux, à un kilomètre ou deux de la mer, à tout casser. Les membres de l'association qui le retapent accueillent la douzaine d'adolescents *sur le retour,* vêtus de leurs vestes indiennes et de leurs sandales de cuir, avec humour et curiosité.

Ai-je insisté ou avait-il déjà l'intention de venir ? Jean-Louis, en tout cas, est de l'aventure. C'est somme toute la première fois que nous passons autant de temps ensemble depuis notre première rencontre ; nous apprenons à nous connaître. La compréhension immédiate, la complicité spontanée et la liberté totale d'être soi qui s'installent entre nous seront pour moi, dorénavant, les signes de l'amitié véritable.

*

À la fin du mois d'août, sur la presqu'île de Crozon, il fait frais et brumeux le matin, beau et doux dans l'après-midi. Dans la matinée, on monte sur les toits pour poser des ardoises ; on fait du ciment ; on scie, on cloue, on peint. Dans l'après-midi, on va se balader sur les plages environnantes, on marche dans les rues des villages. Une après-midi, il fait particulièrement chaud. Comme personne n'a d'argent pour acheter deux bouteilles d'eau, Jean-Louis sort la guitare de sa boîte et nous faisons la manche : il joue, nous chantons autour de lui, recréant l'un de ces concerts de rue spontanés que nous avons vus maintes fois, *là-bas*.

Quelques mois plus tard, dans un train en partance pour je ne sais quelle rencontre régionale de l'AFS, Jean-Louis se mettra à improviser *On the Beach,* un blues inspiré par notre semaine à Kernaou et dont nous inventerons les paroles à tour de rôle. Cette chanson, plus tard, nous en ferons un 45 tours.

Le grand saut

(Sens, 36; Fables, 42; Bras, 10; Corps, 22)

(Kernaou, août 1973.) L'un des membres de l'association qui nous accueille dans le hameau est un homme grand, athlétique, peut-être professeur d'éducation physique. Un jour, pour descendre sur la plage, nous empruntons les chemins qui serpentent le long de la falaise. Pour remonter, il nous propose de l'escalader. Avec deux autres camarades, je le suis. J'aime grimper. J'ai toujours aimé ça. Je me souviens avoir passé une après-midi formidable, enfant, en forêt de Malesherbes, avec Mick et d'autres camarades, à grimper et à sauter parmi d'énormes rochers — peut-être des moraines laissées là par un glacier antédiluvien.

La falaise est haute, mais les prises ne manquent pas. Je ne regarde pas vers le bas, je grimpe. Je scrute les parois à la recherche des aspérités, et je grimpe. Comme lorsque j'escaladais la muraille du Mail pour atteindre le passage où je me cachais pour écrire, je grimpe. J'oublie mon chagrin et mon désespoir, je ne pense pas à la fac de médecine qui m'attend dans quelques semaines. Je grimpe.

Arrivés à quelques mètres du sommet, nous devons nous arrêter. Juste au-dessus de nous, un surplomb nous empêche d'avancer. Notre guide l'avait vu d'en bas, mais pensait que nous pourrions le contourner. De plus près, ça ne paraît pas si facile, et nous sommes trop haut pour redescendre. Mais il en a vu d'autres, il trouve des prises, se glisse le long de l'obstacle et atteint un bout de corniche assez large pour s'y asseoir à deux. De là, il nous indique les appuis. Épuisés, mes deux camarades passent les premiers. Il les aide à atteindre le sommet de la falaise, puis me hisse à ses côtés. Je lui dis que je veux reprendre mon souffle. Qu'il monte. Ensuite, il m'aidera à les rejoindre.

Je reste assis un long moment sur la corniche. Pour la première fois depuis le début de l'ascension, je regarde vers le bas. La marée a rétréci la plage. La mer est immense, le ciel ouvert.

Mon cœur est lourd, gourd et anesthésié. Je sais que, d'un moment à l'autre, il va se réveiller, me faire mal de nouveau. À moins que...

Ça pourrait se terminer là. Je ne peux pas repartir, mais je peux ne plus souffrir. Ce serait facile. Je suis si fatigué que je ne sentirai rien...

*

C'est un autre soir. Le suivant, peut-être. En tout cas, le dernier que nous passons à Kernaou. Nous allons pique-niquer au sommet d'une autre falaise. Je prends la plus belle photo que je prendrai jamais de Jean-Louis. Il a les cheveux longs, il est vêtu d'un pull corail et d'un pantalon rouge sombre, il porte la caisse de sa guitare, il marche seul dans la lumière déclinante. Cette photo-là, je la collerais volontiers sur une pochette de disque, son disque, un vrai 30 cm que personne d'autre que moi ne pourrait lui fabriquer.

La dernière photo de la pellicule, je la prends au

soleil couchant. Tout le monde est debout au bord de la falaise. Mon Canonet ne veut pas fonctionner avec si peu de lumière, alors je débraye la cellule et je prends la photo au jugé, en laissant l'obturateur ouvert une seconde et en faisant mon possible pour ne pas trembler. Sur la diapositive, toutes les silhouettes seront bien visibles, mais légèrement dédoublées.

*

Nous décidons de passer notre dernière nuit tous ensemble, dans la grande salle où nous avons, chaque soir, discuté et chanté autour du feu. Les garçons ont descendu leurs matelas, les filles ont apporté leurs sacs de couchage. Nous sommes une quinzaine, allongés dans la lueur des braises. Maggie s'est allongée près de moi. Ce n'est pas son nom, mais je la nomme ainsi parce que, aujourd'hui, elle me fait penser au personnage de Maggie O'Connell, dans la série *Northern Exposure* (*Bienvenue en Alaska*) : c'est une jolie brune dotée d'une forte personnalité.

Je ne sais ni comment ni pourquoi, mais, alors que nous n'avons pas du tout flirté ensemble pendant les jours écoulés, nous voilà bientôt serrés l'un contre l'autre. Elle m'embrasse, doucement d'abord, puis de plus en plus frénétiquement. Je me dis qu'elle doit être dans le même état que moi, désespérée d'être rentrée et terrorisée à l'idée de ce qui l'attend. Elle aussi a dû vivre ces huit jours à Kernaou comme un dernier havre avant d'avoir à replonger dans une vie balisée. Elle m'embrasse, et je l'embrasse en retour, j'avais envie depuis longtemps d'embrasser une fille à pleine bouche, j'avais envie depuis longtemps qu'une fille m'embrasse, qu'elle y prenne le même plaisir, qu'elle en redemande, qu'elle m'en redonne.

Alors je l'embrasse pour toutes les filles que je n'ai pas embrassées, toutes les filles que je n'ai pas tenues dans mes bras, toutes celles que j'ai à peine touchées... Et ça dure très, très longtemps, et la température monte... et brusquement, vibrante, éperdue, hors d'haleine, Maggie se lève. Elle roule en boule son sac de couchage, se penche vers moi, murmure : « Marc, je vais dans la grange », et sort de la maison.

Et moi, stupéfait, je retourne cette phrase une fois, deux fois, dix fois dans ma tête, je n'en crois pas mes oreilles, qu'est-ce qu'elle me dit, là ? Qu'elle va dormir ailleurs parce qu'elle en a marre de m'embrasser ? Non, crétin ! Elle te dirait pas qu'elle va dans la grange ! Mais alors ? Il faut que je la rejoigne ? Je peux la rejoindre ? *Moi, tout seul avec une fille, avec Maggie, toute la nuit, dans la grange ?*

Et me revoilà assis sur la corniche, en haut de la falaise, à me demander si je vais oser faire le grand saut.

ÉPILOGUE

> « When the legend becomes fact, sir, print the legend[1] »
>
> JOHN FORD,
> *L'homme qui tua Liberty Valance* (1962)

Adolescent, j'ai dévoré Richard Matheson. Je crois que le premier texte de lui que j'ai lu était le *Journal d'un monstre,* qui figurait en bonne place parmi *Les 20 meilleurs récits de science-fiction* réunis par Hubert Juin pour Marabout. Ce qui me frappait, chez Matheson, c'était son goût pour les individus à part, et sa manière de mettre en scène des situations innommables avec un humour noir assez désarmant. J'ai traqué ses nouvelles dans les revues et les anthologies des années soixante, j'ai été impressionné par ses scénarios pour *La Quatrième Dimension,* et j'ai lu ses deux romans les plus connus.

L'homme qui rétrécit est très présent à ma mémoire grâce à l'excellent film qu'en a tiré Jack Arnold, et que j'ai regardé à plusieurs reprises avec

1. « Quand la légende devient réalité, monsieur, on publie la légende. »

mes enfants : après être passé dans un nuage radioactif, un homme se rend compte que sa taille diminue lentement mais inexorablement. À l'humiliation (ses vêtements deviennent trop petits, sa femme, avec qui il ne peut bientôt plus dormir, le traite comme un enfant) succède l'impuissance (tous les objets sont trop grands ou trop lourds pour lui) puis l'horreur (un chat, une araignée deviennent des monstres menaçant de le détruire). Il finit par vaincre l'araignée, puis, après avoir atteint une taille microscopique, part à la découverte du nouveau monde inexploré qui s'ouvre à lui.

Le second roman parle aussi d'un isolé, d'un individu à part. Celui-là, j'ai un peu de mal à me le rappeler, car je ne l'ai lu qu'une fois. C'est l'histoire d'un rescapé — le seul homme laissé indemne par une épidémie qui a transformé toute l'humanité en vampires. Ce dont je me souviens surtout, c'est de sa lutte farouche contre les humains monstrueux qui le traquent, et de sa quête d'un sérum. Je crois me souvenir qu'il finit par le découvrir, mais aussi que cette découverte lui apparaît dérisoire et inutile : tous les habitants de la Terre ont été contaminés. Le monstre, à présent, c'est lui. Il décide de mettre fin à ses jours et se dit avec ironie que ces néo-humains inventeront à son sujet des histoires qui les hanteront bien après sa mort. La dernière phrase m'est apparue comme un signe de maîtrise absolue, car elle *boucle* le roman et, en même temps, lui donne son titre : *I am Legend* — Je suis (une) légende.

Trente-cinq ans après l'avoir lu, je boucle un livre dans lequel les fictions parlent de ma vie, dans lequel les mots évoquent des images et des histoires lointaines et certainement réinventées. Le vampire, ici, c'est moi. Depuis que je suis enfant, depuis que je sais parler, lire et écrire, les mots m'entourent, me portent et grandissent avec moi. Je les bois, je les absorbe, je les assimile. Ils se substituent aux images, ils les représentent, même lorsque celles-ci se sont évanouies. Les pages que je viens d'écrire, que vous venez de lire, ressemblent à des légendes au sens traditionnel du terme : ce sont des récits imaginaires, transmis par voie orale puis retranscrits. Mais une légende, c'est aussi le texte qu'on insère *sous* l'image, ou bien dans sa marge, pour en commenter ou en souligner le contenu sans jamais l'épuiser. De même que les sous-titres des films en V.O. laissent parfois en nous des échos extraordinairement nets, comme si les personnages avaient parlé notre langue, nos *légendes* survivent à ce qui nous est arrivé.

Aujourd'hui, 22 février 2002, j'ai quarante-sept ans.
Je suis ces légendes.

GÉNÉRIQUE

Il n'y aurait pas de « Martin Winckler » sans l'écriture, les encouragements et l'affection de Raphaël Monticelli, Betty et Dick Hanson, Claude Pujade-Renaud et Daniel Zimmermann.

Il n'y aurait pas de *Légendes* sans Opher Liba et Paul Otchakovsky-Laurens, qui, à plus de vingt ans d'intervalle, ont accueilli mes premières nouvelles et mon premier roman.

Merci à Jean-Luc Mengus qui a relu ces pages avec attention et intelligence.

Merci à Laetitia Cardon, qui en a fait un élégant feuilleton et un beau livre.

Ce livre a été publié, en livraisons quotidiennes, sur le site P.O.L. entre le 3 septembre 2001 et le 22 février 2002. Pendant ces cent soixante-treize jours, de nombreuses personnes m'ont fait part de leurs réactions ou de leurs sentiments par courrier électronique (martinwinckler@compuserve.com). D'autres ont simplement eu la gentillesse de m'envoyer un message le dimanche... D'autres encore m'ont réconforté et encouragé par leur affection ou leur amitié — voire par leur seule présence. Tous et toutes m'ont, sans l'ombre d'un doute, accompagné et nourri en « temps réel ». *Légendes* porte leur marque.

Merci à Marcel Alocco, Marie-Claude Arnould, Paul Attanasio, Véronique Aurrens, Philippe Bagros, René Balcer, Alan Ball, Virginie Barranger, Sophie et Félix Béranger, Daphné Berner, Rick Berman et Michael Piller, François Berton, Yvonne Blondel, François Bon, Victor Bouadjio, Pierre-Marie Bourdaud, Jean-Pierre Bourgault, Mireille Bournaud, Christian Bouthors, Andre Braugher, Joshua Brand et John Falsey, Danièle Brossier, Caroline Burzynski-Delloye, Drew Carey, Alain Carrazé, Fabrice Casimiri, Max Charvolen, Florence Chemin et Pierre Chasseguet, Gilles Chertier, Marie-Laure Choplin et Michel Jégou, Philippe Claudel, Randee Dawn Cohen, Jacky Collet, Mike Connors, Sylviane Cucheval, Arthur D., Michèle et Jean-Pierre Dagonneau, Miles Davis, Paola et Jean-Claude Decoudun, Philippe De Jonckheere, Martine Delahaye, Valérie et Christophe Deshoulières, Rosalinde et Michel Deville, Joël Doussain et Michel Moreau, Dominique Dussidour, Christine Egloff, « Éliane », Xavier Ess, Bill Evans, Éric Fassin, Tom Fontana, Thierry Fourreau, « Fran », Dennis Franz, Alain Freixe, Antoine de Froberville, David Foster, Michèle et Alain Gahagnon, André Garcia, Marike Gauthier, Antoine Gibier, Anne-Marie et André Gillet, Lee Goldberg et William Rabkin, Danièle Grivel et Roland Lacourbe, Anne Guérand, Éléonore Hamaide, Maryse Hazé, « Hélène », Marshall Herskovitz et Edward Zwick, Jean-Paul Hirsch, Edward D. Hoch, Delphine Hudry, Xavier Jabraud, Yves Jeanson, Vincent Josse,

Jacques Jouet, David E. Kelley, Ariane Koenig, Thierry Koltès, Zanna Kirkus Jeffries et Dougal Jeffries, Yann Kukucka, Jane Kuntz et Richard Powers, Jim Langseth, Monique et Yves Lanson, Sophie Lasne, Camille Laurens, Catherine Leblanc, Christian Lehmann, Philippe Lejeune, Véronique Leroux-Hugon, Mathilde Le Goff, Frédérique Louché, Flavia Luchino, Vibeke Madsen, Maddy et Raoul Mainette, Mandy, Hélène Marcy, Frédéric Maria, Antoine-Joseph Martin, Simone et Gérard Martin, Sophie Martinet, Marion Mazauric, Christopher Meloni, Philippe Michard, Guy Miquet, Pierre Molin, André Molina, Joëlle Molina, Anne Mongin, Blake Morrison, Claude Mouren, Hélène Multigner, Armande Nabot, Juno et Ally et Josiah Nosek, Jerry Orbach, Didier Pasamonik, Michel Paquot, Adrian Pasdar, Igor Patchinsky, Chantal Pelletier, Éric et Danièle Perrier-Palisson, Oscar Peterson, William Petersen, Jacques Poggio, Émilie Pointereau, Jean Princivalle, Matthieu Rémy, Anne Rilliet Howald, Anne Roche, Ray Romano, Anne et Jean-Louis Schmitlin, John Sheldon, Olivier Simon et Pascal Guénet, J. K. Simmons, David Simon et David Mills, Aaron Sorkin, Gaye et Bruce Southworth, David Spade, Jean-Michel Spagnol, Carol et Charlie Stainer, Peggy et Chuck Stainer, Lori et Jimmy Stainer, Alexis Stamatis, Ann Stinde et Howard Swenson, Jean-Paul Studer, Anneke et Bernard Thuard, Janine Turner et Rob Morrow, Anne Turrettini, Yves Ughes et ses cuisineurs de poulpe, Claude Unger, Dick Van Dyke, Geneviève Van Rossum, Philippe Vasset, Sela Ward et Bill Campbell, Françoise Weil, Debbie White, Cherie Smith Willerscheidt, James Willis, Dick Wolf, Noah Wyle.

Merci à Heli, Mélanie, Meredith, Jean-Baptiste, Léo, Martin, Olivier, Paul, Pierre et Thomas.

Et merci, *Vous*.

Fin
de
LÉGENDES...

... mais Marc Zaffran reviendra

dans

PLUMES D'ANGE

INDEX ALPHABÉTIQUE DES LÉGENDES

Abraham et Isaac, 518
Accident (L'), 271
Acné, 234
Agents secrets, 202, 206, 209, 213
Album (L'), 473
Alger, 1955-1961, 20
Amnésie, 66
Ancien camp (L'), 409
Anthologies, 220
Anthropologie, 534
Appartements, 30
Au clavier, 476
Autobiographie (L'), 395
Au travail, 50
Avis de recherche, 288

Bac (Le), 406
Baiser (Le), 375
Beaux parleurs, 46
Bibliothèque pour Tous (La), 116
Billet de 5 francs (Le), 68
Boîte (La), 485
« Bookie », 254
Bout de la piste (Le), 553
Bowling, 232
Boy Loses Girl, 557, 561
Boy Meets Girl, 530
Bribes, 64

Cabale (La), 329
Cadeau (Le), 391
Cahier rouge (Le), 555
Ce qui reste ou pas, 568
Cerf-volant (Le), 91
Chambre d'enfant, 109
Chronologie, 18
Chute (La), 380
Cinémas, 128
Cinérama et littérature, 268
Comme si, 124
Copains (Les), 226
Correspondances, 306, 309
Cosmos privé, 416

Dans la chambre des parents, 134
Dans la 4L, 332
Dans le hall de gare, 154, 158
Dans le sous-sol, 456
Départ (Le), 73
Des filles, 252

Des hommes, 298, 302
Deux nouvelles d'adolescence, 369
Diapos (Les), 433
Dieu, la mort et moi, 265
Diplôme (Le), 372
Dje'ha, 56

Échanges, 493
Enfance, 26
Enfer et le ciel (L'), 499, 501
En visite, 336
Épopée d'Ashby (L'), 313

Famille (La), 412
Films d'Alger (Les), 59
Fin mot (Le), 175
Flavia, 377
Flicks, 496

Garçon sur la terrasse (Le), 84
Générique, 583
Genèse, 248
Give me one good reason..., 491
Grand saut (Le), 575
Grec, 387
Green Lady, 441
Grenier (Le), 257

Haut-parleurs, 44
Héros, 183
Histoires de pères, 61
Histoires extraordinaires, 171
Holmes, Cosby et la question raciale, 514
Humanities, 503

Île (L'), 261
Illustrés, 48
Instamatic, 245
Interludes, 73, 91, 175, 375, 416, 523
Israël, 77

Jardin suspendu (Le), 99
Jet Plane, 566

Kanmargo, 34
Kirk, Spock et Mrs. Elias, 244

Langue maternelle (La), 463
Lectures à haute voix, 162
Lettre d'Ange (La), 505
Librairie Gibier (La), 217
Lincoln High School, 467
Lire les images, 36
Liste (La), 120
Livre d'Esther (Le), 87
Livret de famille, 341
Lupin blancs (Les), 223
Lycée, 354, 357

Magnétophones, 176, 180
Main gantée (La), 294
Miroir (Le), 481
Miroir de sorcière, 139
Mon 102, 291
Mon cousin Jacky, 147
Monsieur Berthier, 143
« Monsieur Cinéma », 278
Monsieur Monticelli, 362, 365
« *Mr. T* » *and Professor Lehrer*, 510

Nécrologie (La), 42

New York, 11 septembre 2001, 41

On the Beach, 572
Orientation (L'), 425
Origines, 23, 53, 70
Outre-Manche, 229
Ouverture dans la muraille (L'), 351

« Palmarès des chansons » (Le), 353
Pelouse interdite, 428
Petits soldats, 193, 196
Peur que mon père meure (La), 39
Photos remémorées, 32
Pièces éparses, 113
Pithiviers (Loiret), 104
Place de la télé (La), 459
Planches (Les), 487, 525, 537, 544
Positions, 187, 190
Prix d'anglais (Le), 164, 168
Psychologie, 542

Revanche (La), 360
Rêve d'Amérique (Le), 393
Rêve de la pendaison (Le), 38
Rêve du singe (Le), 237
Révolte (La), 523
Rituels, 321, 324, 328
Roman (Le), 399

Sana, 339
Secrets, 344, 347
Sélection (La), 402
Sur la *teba*, 273
Surnoms, 95

Table de multiplication (La), 97
Téléphone (Le), 283
3000, W. 86th Street, 444, 447
Tour du pâté de maisons (Le), 151
Tourniquets, 240
Trois camarades, 506

Un été 42, de Robert Mulligan, 383
Un signe de la main, 437
Une barbe au Smithsonian, 549

Verre d'eau (Le), 200
Version de Betty (La), 451
Vêtements, 318
Vie et la mort (La), 420, 423
Voyage d'hiver (Le), 92

Zone de transit, 80

Préambule 13
Chronologie 18
Alger, 1955-1961 *(Lieux, 1)* 20
Origines *(Clichés, 1)* 23
Enfance *(Fables, 1)* 26
Appartements *(Lieux, 2 ; Reflets, 1)* 30
Photos remémorées *(Bras, 1)* 32
Kanmargo (Voix, 1) 34
Lire les images *(Pages, 1)* 36
Le rêve de la pendaison *(Sens, 1)* 38
La peur que mon père meure *(Sens, 2)* 39
New York, 11 septembre 2001 41
La nécrologie *(Quêtes et Pertes, 1)* 42
Haut-parleurs *(Voix, 2)* 44
Beaux parleurs *(Toiles, 1)* 46
Illustrés *(Cases, 1 ; Fables, 2)* 48
Au travail *(Traces, 1)* 50
Origines, suite *(Clichés, 2)* 53
Dje'ha *(Fables, 3)* 56
Les films d'Alger *(Reflets, 2)* 59
Histoires de pères *(Fables, 4)* 61
Bribes *(Sens, 3)* 64
Amnésie *(Quêtes et Pertes, 2)* 66

Le billet de 5 francs *(Songes, 1)* 68
Origines, fin *(Clichés, 3)* 70
Premier interlude : Le départ 73
Israël *(Lieux, 3)* 77
Zone de transit *(Pages, 2; Lieux, 4; Fables, 5)* 80
Le garçon sur la terrasse *(Clichés, 4; Fables, 6)* 84
Le Livre d'Esther *(Pages, 3; Sens, 4)* 87
Deuxième interlude : Le cerf-volant 91
Le voyage d'hiver *(Lieux, 5; Sens, 5; Fables, 7)* 92
Surnoms *(Sens, 6)* 95
La table de multiplication *(Voix, 3; Reflets, 3)* 97
Le jardin suspendu *(Fables, 8; Lieux, 6; Sens, 7)* 99
Pithiviers (Loiret) *(Lieux, 7; Songes, 2; Traces, 2)* 104
Chambre d'enfant *(Lieux, 8; Voix, 4)* 109
Pièces éparses *(Lieux, 9)* 113
La Bibliothèque pour Tous *(Lieux, 10; Pages, 4)* 116
La liste *(Traces, 3)* 120
Comme si *(Pages, 5)* 124
Cinémas *(Toiles, 2; Reflets, 4; Voix, 5; Fables, 9)* 128
Dans la chambre des parents *(Songes, 3; Pages, 6)* 134
Miroir de sorcière *(Reflets, 5; Voix, 6)* 139
Monsieur Berthier *(Bras, 2; Voix, 7; Fables, 10)* 143
Mon cousin Jacky *(Quêtes et pertes, 3; Clichés, 5; Voix, 8; Fables, 11)* 147
Le tour du pâté de maisons *(Fables, 12)* 151
Dans le hall de gare *(Chambres, 1; Pages, 7; Voix, 9)* 154
Dans le hall de gare, suite et fin 158
Lectures à haute voix *(Cases, 2; Pages, 8; Voix, 10)* 162
Le prix d'anglais *(Clichés, 6; Fables, 13; Pages, 9)* 164
Le prix d'anglais, suite et fin 168
Histoires extraordinaires *(Traces, 4; Voix, 11; Fables, 14)* 171
Troisième interlude : Le fin mot 175

Magnétophones *(Cases, 3; Quêtes et Pertes, 4; Traces, 5; Voix, 12)* 176
Magnétophones, suite et fin 180
Héros *(Toiles, 3; Cases, 4; Traces, 6; Pages, 10)* 183
Positions *(Corps, 1)* 187
Positions, suite et fin 190
Petits soldats *(Toiles, 4; Pages, 11; Cases, 5; Corps, 2)* 193
Petits soldats, suite et fin 196
Le verre d'eau *(Fables, 15)* 200
Agents secrets *(Reflets, 6; Pages, 12; Fables, 16)* 202
Agents secrets, 2e épisode 206
Agents secrets, 3e épisode 209
Agents secrets, dernier épisode 213
La librairie Gibier *(Pages, 13; Lieux, 11)* 217
Anthologies *(Pages, 14)* 220
Les Lupin blancs *(Pages, 15)* 223
Les copains *(Fables, 17)* 226
Outre-Manche *(Cases, 6; Traces, 7; Corps, 3)* 229
Bowling *(Fables, 18; Corps, 4)* 232
Acné *(Corps, 5; Songes, 4)* 234
Le rêve du singe *(Fables, 19; Corps, 6; Songes, 5)* 237
Tourniquets *(Pages, 16; Cases, 7; Traces, 8)* 240
Kirk, Spock et Mrs. Elias *(Fables, 20; Reflets, 7)* 244
Instamatic *(Clichés, 7; Corps, 7; Traces, 9)* 245
Genèse *(Traces, 10)* 248
Des filles *(Corps, 8)* 252
« Bookie » *(Traces, 11)* 254
Le grenier *(Pages, 17; Toiles, 5; Reflets, 8)* 257
L'île *(Traces, 12; Pages, 18; Fables, 21; Corps, 9)* 261
Dieu, la mort et moi *(Corps, 10; Fables, 22)* 265
Cinérama et littérature *(Toiles, 6; Traces, 13)* 268
L'accident *(Corps, 11; Songes, 6)* 271
Sur la *teba* *(Corps, 12; Fables, 23)* 273
« Monsieur Cinéma » *(Toiles, 7; Fables, 24)* 278

Le téléphone *(Fables, 25)* 283
Avis de recherche 288
Mon 102 *(Fables, 26 ; Corps, 13)* 291
La main gantée *(Fables, 27 ; Corps, 14 ; Toiles, 8)* 294
Des hommes *(Toiles, 9 ; Reflets, 9 ; Cases, 8)* 298
Des hommes, suite et fin 302
Correspondances *(Corps, 15 ; Songes, 7)* 306
Correspondances, suite et fin 309
L'épopée d'Ashby *(Reflets, 10 ; Traces, 14 ; Fables, 28 ; Corps, 16)* 313
Vêtements 318
Rituels *(Fables, 29 ; Songes, 8 ; Corps, 17 ; Voix, 13)* 321
Rituels, suite 324
Rituels, suite et fin 328
La cabale (Toiles, 10 ; Fables, 30) 329
Dans la 4L *(Voix, 14, Fables, 31)* 332
En visite *(Voix, 15)* 336
Sana *(Fables, 32)* 339
Livret de famille *(Fables, 33)* 341
Secrets *(Voix, 16 ; Traces, 15)* 344
Secrets, suite 347
L'ouverture dans la muraille *(Corps, 18 ; Traces, 16)* 351
Le « Palmarès des chansons » *(Reflets, 11 ; Voix, 17)* 353
Lycée (Voix, 18 ; Fables, 34) 354
Lycée, suite 357
La revanche *(Corps, 19)* 360
Monsieur Monticelli *(Voix, 19 ; Traces, 17)* 362
Monsieur Monticelli, suite 365
Deux nouvelles d'adolescence *(Traces, 18 ; Reflets, 12)* 369
Le diplôme *(Fables, 35)* 372
Quatrième interlude : Le baiser 375
Flavia *(Corps, 20 ; Voix, 20 ; Sens, 8)* 377
La chute *(Corps, 21 ; Voix, 21 ; Sens, 9)* 380
Un été 42 de Robert Mulligan *(Toiles, 11)* 383

Grec *(Bras, 3)* 387
Le cadeau *(Traces, 19)* 391
Le rêve d'Amérique *(Fables, 36 ; Sens, 10)* 393
L'autobiographie *(Pages, 19)* 395
Le roman *(Pages, 20)* 399
La sélection *(Fables, 37 ; Sens, 11)* 402
Le bac *(Fables, 38 ; Sens, 12)* 406
L'ancien camp *(Lieux, 12 ; Quêtes et Pertes, 5)* 409
La famille *(Bras, 4)* 412
Cinquième interlude : Cosmos privé 416
La vie... *(Songes, 9 ; Sens, 13)* 420
... et la mort *(Traces, 20 ; Songes, 10)* 423
L'orientation *(Lieux, 13 ; Fables, 39)* 425
Pelouse interdite *(Voix, 22 ; Bras, 5)* 428
Les diapos *(Clichés, 8)* 433
Un signe de la main *(Sens, 14 ; Traces, 21)* 437
Green Lady (Sens, 15 ; Voix, 23) 441
3000, W. 86th Street *(Lieux, 14 ; Bras, 6)* 444
3000, W. 86th Street, suite 447
La version de Betty *(Traces, 22 ; Sens 16)* 451
Dans le sous-sol *(Chambres, 2)* 456
La place de la télé *(Reflets, 13)* 459
La langue maternelle *(Voix, 24 ; Sens, 17)* 463
Lincoln High School *(Lieux, 15)* 467
L'album *(Clichés, 9 ; Sens, 18)* 473
Au clavier *(Traces, 23 ; Sens, 19)* 476
Le miroir *(Voix, 25 ; Pages, 21)* 481
La boîte *(Sens, 20)* 485
Les planches *(Voix, 26)* 487
Give me one good reason... (Traces, 24 ; Sens, 21) 491
Échanges *(Traces, 25 ; Sens, 22)* 493
Flicks (Toiles, 12) 496
L'enfer... *(Reflets, 14 ; Sens, 23)* 499
... et le ciel *(Reflets, 15 ; Sens, 24)* 501

Humanities (Pages, 21) 503
La lettre d'Ange *(Pages, 22 ; Sens, 25)* 505
Trois camarades *(Bras, 7 ; Voix, 27 ; Sens, 26)* 506
« Mr. T » and Professor Lehrer (Voix, 28 ; Sens, 27 ; Reflets, 16) 510
Holmes, Cosby et la question raciale *(Pages, 23 ; Voix, 29 ; Traces, 26)* 514
Abraham et Isaac *(Pages, 24 ; Traces, 27 ; Sens, 28)* 518
Sixième interlude : La révolte 523
Les planches, suite *(Voix, 30 ; Sens, 29 ; Pages, 25)* 525
Boy Meets Girl (Voix, 31 ; Bras, 8 ; Sens, 30) 530
Anthropologie *(Traces, 28 ; Sens, 31)* 534
Les planches, suite *(Voix, 32 ; Sens, 32 ; Songes, 11)* 537
Psychologie *(Traces, 29 ; Sens, 33)* 542
Les planches, suite et fin *(Voix, 33 ; Sens, 34 ; Songes, 12)* 544
Une barbe au Smithsonian *(Sens, 35 ; Fables, 40 ; Clichés, 10)* 549
Le bout de la piste *(Clichés, 11 ; Songes, 13)* 553
Le cahier rouge *(Clichés, 12 ; Pages, 26 ; Traces, 30)* 555
Boy Loses Girl (Quêtes et Pertes, 6) 557
Boy Loses Girl, suite et fin 561
Jet Plane 566
Ce qui reste ou pas *(Traces, 31)* 568
On the Beach (Voix, 34 ; Bras, 9 ; Fables, 41 ; Clichés, 13) 572
Le grand saut *(Sens, 36 ; Fables, 42 ; Bras, 10 ; Corps, 22)* 575

Épilogue 579
Générique 583
Index alphabétique des légendes 589

DU MÊME AUTEUR

Aux Éditions P.O.L

PLUMES D'ANGE, 2003.

LÉGENDES, 2002 (Folio n° 3950).

LA MALADIE DE SACHS, 1998.

LA VACATION, 1989.

Chez d'autres éditeurs

Littérature

MORT IN VITRO, Polar Santé, Fleuve noir, 2003.

LE MYSTÈRE MARCŒUR, L'Amourier, 2001.

TOUCHE PAS À MES DEUX SEINS, Baleine, Le Poulpe, 2001.

L'AFFAIRE GRIMAUDI (en coll. avec Claude Pujade-Renaud, Alain Absire, Jean-Claude Bologne, Michel Host, Dominique Noguez, Daniel Zimmermann), éditions du Rocher, 1995.

Essais

ODYSSÉE, UNE AVENTURE RADIOPHONIQUE, Le Cherche-Midi, 2003.

SUPER HÉROS, Le Chêne, 2003.

CONTRACEPTIONS MODE D'EMPLOI, Au diable Vauvert, 2001. 2e édition, 2003.

NOUS SOMMES TOUS DES PATIENTS, Stock, 2003.

C'EST GRAVE, DOCTEUR? La Martinière, 2002.

LE CORPS EN SUSPENS, sur des photographies de Henri Zerdoun, Zulma, 2002.

LES MIROIRS DE LA VIE, HISTOIRE DES SÉRIES AMÉRICAINES, Le Passage, 2002.

EN SOIGNANT, EN ÉCRIVANT, Indigène, 2000 ; J'ai lu, 2001.

GUIDE TOTEM DES SÉRIES TÉLÉVISÉES (en coll. avec Christophe Petit), Larousse, 1999.

LES NOUVELLES SÉRIES AMÉRICAINES ET BRITANNIQUES, 1996-1997 (en coll. avec Alain Carrazé), Les Belles Lettres/Huitième Art, 1997.

LES GRANDES SÉRIES AMÉRICAINES (ouvrage collectif), Huitième Art, 1994.

LES GRANDES SÉRIES BRITANNIQUES (ouvrage collectif), Huitième Art, 1994.

MISSION : IMPOSSIBLE (en coll. avec Alain Carrazé), Huitième Art, 1993.

Traductions

LE JOURNALISTE de Harry Mathews, P.O.L, 1997.

LA MAÎTRESSE DE WITTGENSTEIN de David Markson, P.O.L, 1990.

CHRONIQUE DU JAZZ de Melvin Cooke, Abbeville, 1998.

CANARD MORTEL de Patrick Macnee, Hutième Art, 1996.

L'ARTICLE DE LA MORT de Patrick Macnee, Huitième Art, 1995.

UPDIKE ET MOI de Nicholson Baker, Julliard (inédit).

GIANDOMENICO TIEPOLO de Harry Mathews, Flohic, 1993.

Ouvrages de vulgarisation médicale (sous le nom de Marc Zaffran)

L'ALIMENTATION ET SES TROUBLES, Reader's Digest, 1999.

MIGRAINE ET MAUX DE TÊTE, Reader's Digest, 1998

MAL DE DOS ET DOULEURS ARTICULAIRES, Reader's Digest, 1998.

LE SOMMEIL, Reader's Digest, 1998.

LE STRESS, Reader's Digest, 1998.

LIAISON FATALE : GUIDE 1995 DE L'ALCOOL ET DES MÉDICAMENTS, Giropharm, 1994.

COLLECTION FOLIO

Dernières parutions

3727. Jean-Paul Kauffmann — *La Lutte avec l'Ange.*
3728. Ian McEwan — *Amsterdam.*
3729. Patrick Poivre d'Arvor — *L'Irrésolu.*
3730. Jorge Semprun — *Le mort qu'il faut.*
3731. Gilbert Sinoué — *Des jours et des nuits.*
3732. Olivier Todd — *André Malraux. Une vie.*
3733. Christophe de Ponfilly — *Massoud l'Afghan.*
3734. Thomas Gunzig — *Mort d'un parfait bilingue.*
3735. Émile Zola — *Paris.*
3736. Félicien Marceau — *Capri petite île.*
3737. Jérôme Garcin — *C'était tous les jours tempête.*
3738. Pascale Kramer — *Les Vivants.*
3739. Jacques Lacarrière — *Au cœur des mythologies.*
3740. Camille Laurens — *Dans ces bras-là.*
3741. Camille Laurens — *Index.*
3742. Hugo Marsan — *Place du Bonheur.*
3743. Joseph Conrad — *Jeunesse.*
3744. Nathalie Rheims — *Lettre d'une amoureuse morte.*
3745. Bernard Schlink — *Amours en fuite.*
3746. Lao She — *La cage entrebâillée.*
3747. Philippe Sollers — *La Divine Comédie.*
3748. François Nourissier — *Le musée de l'Homme.*
3749. Norman Spinrad — *Les miroirs de l'esprit.*
3750. Collodi — *Les Aventures de Pinocchio.*
3751. Joanne Harris — *Vin de bohème.*
3752. Kenzaburô Ôé — *Gibier d'élevage.*
3753. Rudyard Kipling — *La marque de la Bête.*
3754. Michel Déon — *Une affiche bleue et blanche.*
3755. Hervé Guibert — *La chair fraîche.*
3756. Philippe Sollers — *Liberté du XVIIIème.*
3757. Guillaume Apollinaire — *Les Exploits d'un jeune don Juan.*
3758. William Faulkner — *Une rose pour Emily* et autres nouvelles.

3759. Romain Gary — *Une page d'histoire.*
3760. Mario Vargas Llosa — *Les chiots.*
3761. Philippe Delerm — *Le Portique.*
3762. Anita Desai — *Le jeûne et le festin.*
3763. Gilles Leroy — *Soleil noir.*
3764. Antonia Logue — *Double cœur.*
3765. Yukio Mishima — *La musique.*
3766. Patrick Modiano — *La Petite Bijou.*
3767. Pascal Quignard — *La leçon de musique.*
3768. Jean-Marie Rouart — *Une jeunesse à l'ombre de la lumière.*
3769. Jean Rouaud — *La désincarnation.*
3770. Anne Wiazemsky — *Aux quatre coins du monde.*
3771. Lajos Zilahy — *Le siècle écarlate. Les Dukay.*
3772. Patrick McGrath — *Spider.*
3773. Henry James — *Le Banc de la désolation.*
3774. Katherine Mansfield — *La Garden-Party* et autres nouvelles.
3775. Denis Diderot — *Supplément au Voyage de Bougainville.*
3776. Pierre Hebey — *Les passions modérées.*
3777. Ian McEwan — *L'Innocent.*
3778. Thomas Sanchez — *Le Jour des Abeilles.*
3779. Federico Zeri — *J'avoue m'être trompé. Fragments d'une autobiographie.*
3780. François Nourissier — *Bratislava.*
3781. François Nourissier — *Roman volé.*
3782. Simone de Saint-Exupéry — *Cinq enfants dans un parc.*
3783. Richard Wright — *Une faim d'égalité.*
3784. Philippe Claudel — *J'abandonne.*
3785. Collectif — *«Leurs yeux se rencontrèrent...». Les plus belles premières rencontres de la littérature.*
3786. Serge Brussolo — *Trajets et itinéraires de l'oubli.*
3787. James M. Cain — *Faux en écritures.*
3788. Albert Camus — *Jonas ou l'artiste au travail* suivi de *La pierre qui pousse.*
3789. Witold Gombrovicz — *Le festin chez la comtesse Fritouille* et autres nouvelles.
3790. Ernest Hemingway — *L'étrange contrée.*

3791. E. T. A Hoffmann | *Le Vase d'or.*
3792. J. M. G. Le Clezio | *Peuple du ciel* suivi de *Les Bergers.*
3793. Michel de Montaigne | *De la vanité.*
3794 Luigi Pirandello | *Première nuit et autres nouvelles.*
3795. Laure Adler | *À ce soir.*
3796. Martin Amis | *Réussir.*
3797. Martin Amis | *Poupées crevées.*
3798. Pierre Autin-Grenier | *Je ne suis pas un héros.*
3799. Marie Darrieussecq | *Bref séjour chez les vivants.*
3800. Benoît Duteurtre | *Tout doit disparaître.*
3801. Carl Friedman | *Mon père couleur de nuit.*
3802. Witold Gombrowicz | *Souvenirs de Pologne.*
3803. Michel Mohrt | *Les Nomades.*
3804. Louis Nucéra | *Les Contes du Lapin Agile.*
3805. Shan Sa | *La joueuse de go.*
3806. Philippe Sollers | *Éloge de l'infini.*
3807. Paule Constant | *Un monde à l'usage des Demoiselles.*
3808. Honoré de Balzac | *Un début dans la vie.*
3809. Christian Bobin | *Ressusciter.*
3810. Christian Bobin | *La lumière du monde.*
3811. Pierre Bordage | *L'Évangile du Serpent.*
3812. Raphaël Confiant | *Brin d'amour.*
3813. Guy Goffette | *Un été autour du cou.*
3814. Mary Gordon | *La petite mort.*
3815. Angela Huth | *Folle passion.*
3816. Régis Jauffret | *Promenade.*
3817. Jean d'Ormesson | *Voyez comme on danse.*
3818. Marina Picasso | *Grand-père.*
3819. Alix de Saint-André | *Papa est au Panthéon.*
3820. Urs Widmer | *L'homme que ma mère a aimé.*
3821. George Eliot | *Le Moulin sur la Floss.*
3822. Jérôme Garcin | *Perspectives cavalières.*
3823. Frédéric Beigbeder | *Dernier inventaire avant liquidation.*
3824. Hector Bianciotti | *Une passion en toutes Lettres.*
3825. Maxim Biller | *24 heures dans la vie de Mordechaï Wind.*
3826. Philippe Delerm | *La cinquième saison.*

3827.	Hervé Guibert	*Le mausolée des amants.*
3828.	Jhumpa Lahiri	*L'interprète des maladies.*
3829.	Albert Memmi	*Portrait d'un Juif.*
3830.	Arto Paasilinna	*La douce empoisonneuse.*
3831.	Pierre Pelot	*Ceux qui parlent au bord de la pierre (Sous le vent du monde, V).*
3832.	W.G Sebald	*Les émigrants.*
3833.	W.G Sebald	*Les Anneaux de Saturne.*
3834.	Junichirô Tanizaki	*La clef.*
3835	Cardinal de Retz	*Mémoires.*
3836	Driss Chraïbi	*Le Monde à côté.*
3837	Maryse Condé	*La Belle Créole.*
3838	Michel del Castillo	*Les étoiles froides.*
3839	Aïssa Lached-Boukachache	*Plaidoyer pour les justes.*
3840	Orhan Pamuk	*Mon nom est Rouge.*
3841	Edwy Plenel	*Secrets de jeunesse.*
3842	W. G. Sebald	*Vertiges.*
3843	Lucienne Sinzelle	*Mon Malagar.*
3844	Zadie Smith	*Sourires de loup.*
3845	Philippe Sollers	*Mystérieux Mozart.*
3846	Julie Wolkenstein	*Colloque sentimental.*
3847	Anton Tchékhov	*La Steppe. Salle 6. L'Évêque.*
3848	Alessandro Baricco	*Châteaux de la colère.*
3849	Pietro Citati	*Portraits de femmes.*
3850	Collectif	*Les Nouveaux Puritains.*
3851	Maurice G. Dantec	*Laboratoire de catastrophe générale.*
3852	Bo Fowler	*Scepticisme & Cie.*
3853	Ernest Hemingway	*Le jardin d'Éden.*
3854	Philippe Labro	*Je connais gens de toutes sortes.*
3855	Jean-Marie Laclavetine	*Le pouvoir des fleurs.*
3856	Adrian C. Louis	*Indiens de tout poil et autres créatures.*
3857	Henri Pourrat	*Le Trésor des contes.*
3858	Lao She	*L'enfant du Nouvel An.*
3859	Montesquieu	*Lettres Persanes.*
3860	André Beucler	*Gueule d'Amour.*
3861	Pierre Bordage	*L'Évangile du Serpent.*

3862	Edgar Allan Poe	*Aventure sans pareille d'un certain Hans Pfaal.*
3863	Georges Simenon	*L'énigme de la* Marie-Galante.
3864	Collectif	*Il pleut des étoiles...*
3865	Martin Amis	*L'état de L'Angleterre.*
3866	Larry Brown	*92 jours.*
3867	Shûsaku Endô	*Le dernier souper.*
3868	Cesare Pavese	*Terre d'exil.*
3869	Bernhard Schlink	*La circoncision.*
3870	Voltaire	*Traité sur la Tolérance.*
3871	Isaac B. Singer	*La destruction de Kreshev.*
3872	L'Arioste	*Roland furieux I.*
3873	L'Arioste	*Roland furieux II.*
3874	Tonino Benacquista	*Quelqu'un d'autre.*
3875	Joseph Connolly	*Drôle de bazar.*
3876	William Faulkner	*Le docteur Martino.*
3877	Luc Lang	*Les Indiens.*
3878	Ian McEwan	*Un bonheur de rencontre.*
3879	Pier Paolo Pasolini	*Actes impurs.*
3880	Patrice Robin	*Les muscles.*
3881	José Miguel Roig	*Souviens-toi, Schopenhauer.*
3882	José Sarney	*Saraminda.*
3883	Gilbert Sinoué	*À mon fils à l'aube du troisième millénaire.*
3884	Hitonari Tsuji	*La lumière du détroit.*
3885	Maupassant	*Le Père Milon.*
3886	Alexandre Jardin	*Mademoiselle Liberté.*
3887	Daniel Prévost	*Coco belles-nattes.*
3888	François Bott	*Radiguet. L'enfant avec une canne.*
3889	Voltaire	*Candide ou l'Optimisme.*
3890	Robert L. Stevenson	*L'Étrange Cas du docteur Jekyll et de M. Hyde.*
3891	Daniel Boulanger	*Talbard.*
3892	Carlos Fuentes	*Les années avec Laura Díaz.*
3894	André Dhôtel	*Idylles.*
3895	André Dhôtel	*L'azur.*
3896	Ponfilly	*Scoops.*